岩波文庫
31-027-17

鏡花随筆集

吉田昌志編

岩波書店

目次

玉川の草

――これは、そぞろな秋のおもいでである。青葉の雨を聞きながら――

露《つゆ》をそのままの女郎花《おみなえし》、浅葱《あさぎ》の優しい嫁菜《よめな》の花、藤袴《ふじばかま》、また我亦紅《われもこう》、はよく伸び、よく茂り、慌《あわ》てた蛙《かえる》は、蒲《がま》の穂と間違えそうに、（我こそ）と咲いて居る。――添えて刈萱《かるかや》の濡《ぬ》れたのは、蓑《みの》にも織らず、折からの雨の姿である。中に、千鳥と名のあるのは、蕭々《しょうしょう》たる夜半《よわ》の風に、野山の水に、虫の声と相触《あいふ》れて、チリチリ鳴りそうに思われる……その千鳥刈萱。――通称はツリガネニンジンであるが、色も同じ桔梗《ききょう》を薄く絞《しぼ》って、俯向《うつむ》けにつらつらと連《つらな》り咲く紫の風鈴草、或《あるい》は曙《あけぼの》の釣鐘草《つりがねそう》と呼びたいような草の花など――皆、玉川の白露《しらつゆ》を鏤《ちりば》めたのを、――その砧《きぬた》の里に実家のある、――町内の私《わたくし》のすぐ近所の白井《しらい》氏（1）に、殆《ほとん》ど毎年《まいねん》のように、土産《みやげ》にして頂戴《ちょうだい》する。

その年も初秋の初夜過ぎて、白井氏が玉川べりの実家へ出向いた帰りだと云って、

——夕立が地雨《じあめ》に成って、しとしとと降る中を、まだ寝ぬ門《かど》を訪れて、框《かまち》にしっとりと置いて、帰んなすった。

慣れても、真新しい風情《ふぜい》の中に、その釣鐘草の交ったのが、わけて珍らしかったのである。

鏑木清方《かぶらききよかた》さんが(2)——まだ浜町《はまちょう》に居る頃(3)である。塵《ちり》も置かない綺麗事《きれいごと》の庭の小さな池の縁《ふち》に、手で一寸劃《ちょっとしき》られるばかりな土に、紅蓼《べにたで》、露草《つゆくさ》、蚊帳《かや》釣草《つりそう》、犬じゃらしなんど、雑草なみに扱わるるのが、野山路、田舎《いなか》の状《さま》を髣髴《ほうふつ》として、秋晴《あきばれ》の薄日に乱れた中に、——その釣鐘草が一茎《ひとくき》、丈《たけ》伸びて高く、すっと咲いて、たとえば月夜の村芝居に、青い幟《のぼり》を見るような、色も灯《とも》れて咲いて居た。

遣水《やりみず》の音がする。……

萩も芙蓉《ふよう》も、この住居《すまい》には頷《うなず》かれるが、縁日の鉢植を移したり、植木屋の手に掛けたものとは思われない。

「あれは何《ど》うしたのです。」

と聞くと、お照《てる》さん(4)——鏑木夫人——が、

「春ね、皆で玉川へ遊びに行きました時、——まだ何にも生えて居ない土を、一かけ持って来たんですよ。」

即《すなわ》ち名所の土の傀儡師《かいらいし》が、箱から気を咲かせた草の面影なのであった。

さらさらと風に露が散る。

また遣水の音がした。

金をかけて、茶座敷を営むより、この思いつき至って妙《みょう》、雅《が》にして而《しか》して優《ゆう》である。

……その後《ご》、つくし、餅草《もちぐさ》摘みに、私たち玉川へ行った時、真似《まね》して、土を、麴《こうじ》一枚ばかりと、折詰を包んだ風呂敷《ふろしき》を一度ふるっては見たものの、土手にも畦《あぜ》にも河原にも、すくすくと皆気味の悪い小さな穴がある。——釣鐘草の咲く時分に、振袖の蛇体《じゃたい》なら好《い》いとして、黄頷蛇《あおだいしょう》が、にょろにょろ、などは肝《きも》を冷《ひや》すと何だか手をつけかねた覚えがある。

「何を振廻《ふりま》わして居るんだな、早く水を入れて遣《や》らないかい。」

でんでん太鼓《だいこ》を貰《もら》えたように、馬鹿《ばか》が、嬉しがって居る家内のあとへ、私は縁側へついて出た。

「これですもの、どっさりあって……枝も葉もほごしてからでないと、何ですかね、蝶々が入って寝て居そうで……いきなり桶《おけ》へ突込《つっこ》んでは気の毒ですから。」

へん、柄《がら》にない。

フフンと苦笑《にがわらい》をする処だが、此処《ここ》は一つ、敢《あえ》て山のかみのために弁じたい。

秋は、これよりも深かった。――露の凝《こ》った秋草を、霜早き枝のもみじに添えて、家内が麴町《こうじまち》の大通りの花政《はなまさ》と云うのから買って帰った事がある。

……その時、おや、小さな木兎《みみずく》、雑司《ぞうし》ケ谷《や》から飛んで来たような、木葉《このは》木兎《ずく》、青葉《あおば》木兎とか称《とな》うるのを提げて来た。

手広い花屋は、近まわり近在を求《あさ》るだけでは間に会わない。其処《そこ》で、房州、相模《さがみ》はもとより、甲州、信州、越後あたりまで――持主から山を何町歩《なんちょうぶ》と買いしめて、片っ端から鎌を入れる。朝夕の風、日南《ひなた》の香《か》、雨、露、霜も、一斉《いっとき》に貨物車に積込むのだそうである。――その年活《い》けた最初の錦木《にしきぎ》は、奥州の忍《しのぶ》の里、竜胆《りんどう》は熊野平碓氷《くまのだいらうすい》の山岨《やまそば》で刈りつつ下枝を透かした時、昼の半輪《はんりん》の月を裏山の峰にして、ぽかんと留《と》まったのが、……その木兎で。

若い衆か串戯《じょうだん》に生捉《いけど》った。

こんな事はいくらもある。

「洒落《しゃれ》に持ってって御覧なせえ。」と、花政の爺《じい》さんが景《けい》ぶつに寄越したのだと言うのである。

げに人柄こそは思わるれ。……お嬢さん、奥方たち、婦人の風采によっては、鶯《うぐいす》、かなりや、……せめて頬白《ほおじろ》、獦子鳥《あとり》(5)ともあるべき処を、よこすものが、木兎か。……ああ人柄が思われる。

が、秋日の縁側に、ふわりと懸《かか》り、背戸《せど》の草に浮上って、傍《かたわら》に、そのもみじに交《まじわ》る樫《かし》の枝に、団栗《どんぐり》の実の転げたのを見た時は、恰《あたか》も買って来た草中《くさなか》から、ぽっと飛出したような思いがした。

いき餌《え》だと言う。……牛肉を少々買って、生々《なまなま》と差しつけては見たけれど、恁《こ》う、嘴《はし》を伏せ、翼《はね》をすぼめ、あとじさりに、目を据《す》えつつ、あわれに悄気《しょげ》て、ホ、と寂しく、ホと弱く、ポポーと真昼の夢に魘《うな》されたように鳴く。

その真黄《まっきい》な大きな目からは、玉のような涙がぽろぽろと溢《こぼ》れそうに見える。山懐《やまふところ》に抱《いだ》かれた稚《おさな》い媛《ひめ》が、悪道士《あくどうし》、邪仙人《じゃせんにん》の魔法で呪われでもしたようで、血の牛肉どころか、吉野、竜田《たつた》の、彩色《さいしき》の菓子、墨絵《すみえ》の落雁《らくがん》でも啄《ついば》みそうに、しおらしく、いたいたしい。……その菓子の袋を添えて、駄賃《だちん》を少々。特に、もとの山へ戻すように、と云って、花屋の店へ返したが。――まったく、木の葉草の花の精が顕《あら》われたようであった。ここに於《おい》て、蝶の宿《やどり》を、秋の草にきづかったのを嘲《あざけ》らない。

「ああ、ちらちら。」

手にほごす葉を散って、小さな白いものが飛んだ。障子《しょうじ》をふっと潜《くぐ》りつつ、きのう今日蚊帳《かや》を除《と》った、薄掻巻《うすかいまき》の、袖に、裙《すそ》に、ちらちらと舞いまうたのは、それは綿《わた》よりも軽い蘆《あし》の穂であった。

（大正十三年十月「三越カレンダー」）

雨のゆうべ

よくふる、よくふる。九月の末の今日も、朝から、しとしとと雨である。外出《そとで》の用を控えた人や働く方たちには、こう云っては失礼だけど、四時《しいじ》とも、私は雨が大好き……と云ううちにも、やさしく、冷《つめた》く、しんみりと、うそ寂しい、この秋の雨は、古借家《ふるしゃくや》の軒の雨垂《あまだれ》も、桂《かつら》の葉の散り交る月の雫《しずく》かとも思うのである。一風呂浴びて、雨の簾《すだれ》に、頬摺《ほおずり》をするばかり裏窓近い、二階に寝転がってた心持などと云うものは、しっとりと、さらりとして、木綿《もめん》も絹の膚《はだ》ざわり。負惜《まけおし》みではないけれども、われながら頼もしい。……

が、ここへ来るまで、今年の夏は、取分けて暑かった。時節がら偲《こ》ういっては、贅沢《ぜいたく》に聞こえようが、ああ、このあんばいじゃ、霜月《しもつき》に布子《ぬのこ》が着られようかの、と云った、慌《あわ》てものの、とぼけぐちを、あっぱれ名士の識言《しきげん》だと思うばかりであった。雲の峯《みね》がパチパチ弾《はじ》けて、胡麻《ごま》になりそうな、その炎天。……

よく見れば朝顔蕾《つぼ》む土用《どよう》かな
山路《やまじ》はや秋の虫なく土用かな

古今《ここん》を混《こん》じ、然《しか》も句ぬしさえ忘れたが、あとの句は、凡《およ》そ三十年あまりも以前に、その頃の毎日新聞(1)に載って居たのを、今でも覚えて居るほど、虫の音《ね》がなつかしい。いや、なつかしいぐらいではない、あせって焦《こ》がれる。すなわち、その虫の音とともに音信《おとず》る、木《こ》の葉一枚ばかりの涼しさをも、憧憬《あこが》れて待つのである。

——句の巧拙《こうせつ》を論ずるのではない。それ土用に入った……さあ愈々《いよいよ》だ、愈々だ。……もぐりの号外屋が売るように、愈々極暑《ごくしょ》だ、と恐れをなす時、しかし、山路には、もう秋の虫と、句の意《こころ》を読むばかりでも、いくらかは慰《なぐさ》められる。

不景気はお互様《たがいさま》、暑さも——何も一人ばかりではない。そんなに騒ぐのもまた極《きま》りが悪いが、実際の処、百度近(2)くが、今年のように七日《なぬか》九日《ここのか》と続いたにしろ、東京の炎暑は凌《しの》ぎ易《やす》い。ただ、むかし故郷で悩んだ、年々《としどし》の暑さの苦《くるし》さが、いつまで経っても浸《し》みついて忘れられないせいであろう、と思う。

小児《こども》の時分(若い時分と云えと嘲《あざ》けるのあり。)敷茣蓙《しきござ》の上で、裸で転がって、氷を嚙《かみ》砕《くだ》いて、身内へ吹掛けたのを覚えて居る。——氷と云うのが、例の江戸ものが越路《こしじ》に旅して、青笹に包んだ真白《まっしろ》なのを、試《こころみ》に買って、道中嗜《たしな》みに持った黄粉《きなこ》をふりかけて、おなじ黄粉を、松魚《かつお》の魚軒《さしみ》にまぶしたより始末に困ったと云う白雪《しらゆき》である。

その雪の名にも恥《はず》かしい、裸へ吹掛けるは殺風景《さっぷうけい》だが、閨《ねや》に、雪を散らすといえば、いたいけでない事もなかろう。まして、拍子木《ひょうしぎ》、いや心太《ところてん》ぐらいに切ったのを娘たちが、華奢《きゃしゃ》に手にして、吸うのに口紅が染まって、氷室《ひょうしつ》を薄紅梅《うすこうばい》の出た風情《ふぜい》は美しかった。

心得た小父《おじ》さんは、端《はじ》を握った手拭《てぬぐい》が冷切《ひえき》ると、一寸《ちょっと》頭へのせながら、日盛《ひざかり》の道を歩《あ》行《る》く。すぱすぱ遣《や》っているから雫《しずく》は垂れない。そのまま、他家を音《おと》ずれて、雪を吸いながら、さて毎年の事とは申せ、怪《け》しからぬお暑さで、などは洒《しゃ》落れたもの？　であった。

銭《ぜに》は入《い》らない、形容をつけて置け。田舎《いなか》の事で、手《て》とらまえだ。蛍《ほたる》を蚊帳《かや》に放した影で、白雪を吹散らして暑さを凌ぐ、と遣ると、がきよりは坊ちゃんに聞こえて格が好《い》い。が、のちに東京へ出て書生となると、暑くて寝られない時は、ごつごつでも、もくもくでもなりたけ綿《わた》ぶくれな大夜具《おおやぐ》を頭から引被《ひっかぶ》る。……待て、気が変なんじゃないかと、大丈夫。自分で蒲団蒸《ふとんむし》を行《おこな》って、全身に流るる汗《あせ》、然《さ》も、然《そ》うず、息の苦しさを歯がみをして堪《こら》えながら、うむと呻《うめ》くと、一斉に、すぽんと手足で刎《は》ねのける、何と、泰山《たいざん》を擲《なげう》つ勢《いきおい》。夜具は湯気をあげて怒《いか》る。が、その涼しさ。すまして、すやすやと寝るのである。ただし、坊ちゃんが野武士になった。これ、万宝全書《ばんぼうぜんしょ》(3)、智囊《ちのう》(4)にも掲《かか》げてない、当《とう》流煉涼《りゅうれんりょう》の避暑術であった。

と云った処で、もう、そんな荒事《あらごと》は覚束《おぼつか》ない。用《もち》うれば、すぐ風邪《かぜ》をひく。……かたがた、おとなしく、癖《くせ》のように、秋のおとずれを、虫の声……中にも、第一早い、蟋蟀《こおろぎ》の鳴く音《ね》に待つのである。もう土用から、宵《よい》はもとより、ともすれば夜ふけてまで、町の四辻《よつつじ》に立って、これが、節分だと、あいつ、三厘《さんもん》つけて褌《ふんどし》を落す、と思われよう。耳を澄まして、大通に、町に、露路《ろじ》に、立つ秋風の辻占《つじうら》を聞澄ます。

三日——土用があけて三日、四日め頃から、大抵《たいてい》、それも、おなじ町のおなじ垣根で、鳴きはじめる。さて、その声をまだ聞かぬまに、他所《よそ》の町を通りかかったある夕《ゆうべ》、町はあかるし賑《にぎや》かで、日が暮れたとも覚えぬのに、ふと、宵闇の塀の根に、きり、きり、きり、……上の忍返《しのびがえ》しには、すり硝子《ガラス》の電燈が点いて、かぶさって百日紅《ひゃくじつこう》が、赫々《あかあか》と照った。が、傍《そば》の土蔵の白壁も、葉越《はごし》の二階の青簾《あおすだれ》も目につかない。じっと彳《たたず》んだ処へ、ぽつり、ぽつり、さっと雨がかかった時は、もみじに月を見るおもいがした。すぐ隣の町である。この声を待つものは、私ばかりではない、連れて聞かせようと、急いで戻ると、その辻には、町内のが、町内のが、よし、よし、その時から、鈴で砧《きぬた》を打ちはじめた。屹《きっ》とでもいうように、昼間からははじめない。二夜《ふたよ》三夜《みよ》は前後しても、殆《ほとん》ど言い合わせたように、町々で鳴《なら》し出すらしい。

が、今年ばかりは、余りの暑さか、はじめて七日《なぬか》ばかりもおくれたのである。

——朝顔の方は、ごぞんじの通り、莟《つぼみ》どころか、近頃は、園《その》の籬《まがき》に包まれた、お嬢さんも、もののあわれより色が早い。客分といいたいが、物干の泥鉢《どろばち》に居候《いそうろう》のおてんばの姉《あね》えでさえ、早いのは、五月雨《さみだれ》の中で、青い手絡《てがら》に傘もささずに、うら葉《ば》のまくり手に、白く咲き、藍《あい》に咲く。

時に、蟋蟀をはじめて、続いて鉦《かね》たたき——今年はこの方がさきに唄った——草ひばり、茶立虫《ちゃたてむし》、ぎっちょ、すいちょなど、その一節《ひとふし》ずつ……お聞かせ申すは行きすぎか、(5)お話をするつもりであったが、暑さの長かったためか、これでさえ、当文藝春秋社のあつらえの員数を越したようだ。

やっぱり降ってる、しとしとと降って居る。これだけでは、小《こ》やみの間《ま》にぶらつきに出て、ざっと来たので、駆戻った形である。雨具を用意して又出《また》ようか。先《ま》ず——煙草《たばこ》を——一服……

（昭和七年十一月「文藝春秋」）

飛花落葉《ひからくよう》(抄)

青山葉山《あおやまはやま》

青山葉山、羽黒《はぐろ》の権現《ごんげん》さん

　　あとさきいはずに

　なかは窪《くぼ》んだおかまの神さん

右の句を節《ふし》つけてうたひながら、ぐるりと環《わ》になりて五、六名手を引きあひ、一人の周囲をめぐること幾度《いくたび》かすれば、中なるが、おのづから躍《おど》り出すものなりと云ひ伝ふ。あふ魔《ま》が時《どき》とて、これを試むるは、人顔《ひとがお》の幽《かす》かに見ゆる黄昏《たそがれ》に限ることといたしあり。ためして見んと、一人《あるひと》のいひ出したれば、幼き同士とて、直《ただ》ちに皆同《どう》じたれど、秋の夕暮の、雨は降らざるも尚《な》ほもの淋《さみ》しきに、さすが気おくれして我とて供物《くもつ》にあがるものなければ、僕自《みず》からその任にあたり、眼を瞑《ねむ》りて踞《うずく》まりたり。連中づらりと手を引きて、ぐる〳〵と押取巻《おっとりま》き、さて件《くだん》の、青山葉山を口々に唄ひつれて押しまはる。やゝ二、三分間ぐつとうつむき居たるに、一同が行きつ、帰りつ、めぐりめぐるうち、一人《いちにん》の袂《たもと》がつむりに触ると、次なる膝頭《ひざがしら》が背《せな》にふれ、あとなるものの手のさきがまた頸《うなじ》にあたるといふ風《ふう》にて、環がのび、縮み、広くなり、狭くなる不順序な歩《ある》行き方につれて、次第に見当がわからなくなる。薄暗くはあり、人顔もよく見えねば、もの凄《すご》く、唄ふ声も何処《どこ》か遠くの方にて聞《きこ》ゆるやうにて、ますます心細くなるにつれ、うつとりした気持になるや、段々我ながら身のいま那辺《なへん》にあるやを怪《あやし》む如き心地するにぞ、足もおのづから浮いて上《あが》つて、ふら〳〵となる。南無三《なむさん》躍るのはこゝだと思つて、堪《たま》らずわつとばかりに人の環を潜《くぐ》つて出《い》でしが、かくても少時《しばらく》の間は茫然《ぼうぜん》たりき。おとなげなき事よ。試みたまへと言ふにはあらず。

黄昏《たそがれ》

ものの最も凄《すご》きは黄昏なり。魑魅《ちみ》妖怪、変化《へんげ》の類《たぐい》、皆この時に出《い》でて事業《しごと》に取りかゝる。恰《あたか》も遊廓《くるわ》にて娼妓《しょうぎ》が店に出揃ふと同じ刻限と知るべし。早や丑三《うしみつ》となれば、化物の世界とよ。故《かるがゆえ》に彼等《かれら》宇宙を占領して、人間如きに眼もくれず、好《すき》なことをして遊び廻《まわ》る。されば人をだまさうとも威《おど》さうとも思はぬなり。またしん〳〵と更《ふ》け渡りて、寅《とら》の一点に近づく時、即《すなわ》ち三時四時になれば、気の利いた化物は皆足を洗うて引込むなり。因《よ》つて御連中《ごれんじゆう》にも一定の時刻あること、恰も学校に時間あるが如きを知るべし。何も不思議はなきぞとかや。然《しか》るにいひやうに因りて、譬《たと》へば「手前宅に何《ど》うでせう、毎晩十一時をうつと屋根の上にどさりといふ、ものの押覆《おつか》ぶさるやうな音がしますが、去暮《きよくれ》から絶えずでございます。いつも丁《ちよう》ど同《おな》じ一時刻でな、十一時がチン〳〵、来たなと思ふと屋の棟《むね》へどさり、ぞつといたします。何か藪《やぶ》の中に住んで居ります。テンといつて鼬《いたち》の劫経《こうへ》た奴ださうで、イヤもう不気味千万な。」とかやうなることになれば、次第によつては、家賃が下《さが》らぬとも限らざるべし。おなじことにて、油が毎晩おなじ時になくなるさうだ、とたゞかうばかりにても妖氛《ようふん》の気ありて人を襲う。よく〳〵考へて見れば、店をあけるのも、火を点《とも》すのも、寝るのも、起きるのも、家々にては大抵極《たいていきま》つたものなり。

をさなあそび

児《こ》を取ろ、児を取ろといひ、一ツ星見着《ほしみつ》けた二ツ星見着けたといひ、子守唄、鞠唄《まりうた》など、幼児《こども》の唄ふうた、また遊戯《あそび》の仕方に、何ぞ悲哀なること多き、また無常なること多き。都鄙《とひ》を通じて一般に然《しか》り。暮前《くれまえ》より、いろ〳〵のこととして遊び、やがて星も見えなくに黄昏《たそが》るゝ頃になれば、集まれる児等《こら》、手に手に石を拾ひ、二ツ両手に持ちてカチ〳〵と打合せつゝ、あはれなる声してうたふを聞け。まづ一人《いちにん》、

今打つ鐘は幾つの鐘ぢや(1)

また別なるがこれに和して

今打つ鐘は幾つの鐘ぢや

二ツの鐘ぢや。

と口々に繰返しては、かくいひて、やがて八ツの鐘ぢやといふ時、出たよ、わあ――とばかり、おばけに逐《お》はれた状《さま》にて、ちり〴〵に家に帰るが、わが郷里にては習《ならい》となり居れり。

また石隠《いしかくし》と称《とな》へ、釣鐘堂の傍《はた》、宮の手洗水《みたらし》の蔭など、故《わざ》と淋《さび》しき遊び場所を選びて、一人《いちにん》が礫《こいし》を一個《ひとつ》何処《いずく》にか秘《かく》し置くを、連《つれ》なるがあとより此処彼処《ここかしこ》と物凄《ものすご》きあたりを屈みて差覗《さしのぞ》き、探し歩く遊びあり。蛙法師鬼《かわずほうしおに》と称へて、これは月夜に限る、銘々地《つち》の上に踞《つくば》ひて、ギヤク〳〵ギヤク〳〵といひながら、ひよこ〳〵と桂馬飛《けいまとび》(2)に飛び移るを、鬼ありてあとを追ひ、おなじく踞ひたるまゝにてその影法師を踏むと、踏まれたるが鬼になるなり。

いろ〳〵あるべし、土地に依《よ》りて異《こと》なれども、いづれ無常か、悲哀か、魔の趣味のなきはあらず。うまれぬさきから何かの因縁ごとと見えたり。

野《の》宿《しゅく》

六部巡礼(3)など、諸国をめぐるもの、また宿なしの野宿するものなどが語るよし。行暮れて、夜更《よふ》けに唯《ただ》木の葉の下に露を凌《しの》ぎて宿《しゅく》するに、一寸《ちょっと》聞きては不気味なるべき、火葬場、墓原《はかはら》、寺の境内《けいだい》などは少しも凄《すご》からず。夜一夜《よひとよ》、森《しん》として快く眠り得《う》れども、宮、社《やしろ》などは殊《こと》の外《ほか》心置かれて恐《おそろ》し。怪しきものの眼に見ゆるといふにはあらねど、水の音、風の声の他に、何ともなく物音するが、不思議に耳につきて易《やす》からず思ふものとよ。火葬場まではなか〳〵に大儀なり。宮は間近なればその不気味さ加減を試みむとて、月のあかかりしに、高き石段をのぼりて、暗き森の中を潜《くぐ》り出《い》で、やがて社縁《しゃえん》にのぼりぬ。額《がく》はあれど見えず、狐格子《きつねごうし》(4)の奥は限《かぎり》なく遥かにて、身に染《し》む思ひありしが、斯《か》くてもひるまず、欄干《らんかん》につきて左の縁《えん》に曲らむとして、一目見て、ゾッとして立竦《たちすく》みぬ。朽《く》ちたる縁の上に、ちぎれ〳〵なる蓆《むしろ》ありて、その上に、椀《わん》と、皿と置きたる、皿は一所《ひとところ》欠けて白く、椀の剝《は》げたる色の赤きさへ、月あかりにあかるく認められたるなり。これにこそ。

十銭の価《あたい》

金子《かね》といふものは、なか〳〵に費《ついや》しにくきものなりとて、知れるもの語りていふ。窮《きゅう》を極《きわ》めて数々《しばしば》身に一銭をだも着けざりし折から、三月花咲きて、友より十銭の金子を恵まれぬ。よりて本郷より向島《むこうじま》まで花見にとて出掛けたり。思ふさまこの金子つかはむものと、まづ枕橋《まくらばし》(5)まで渡《わたし》に乗りて、土堤《どて》につき、長堤《ちょうてい》を、おされ〳〵歩《あ》行きしが、鮨《すし》の価もよくは知らず、ゆで卵子《たまご》を三ツ噛《かじ》るにもあらず、言《こと》とひに入る働《はたらき》はなし、持合せたる価にて得らるゝほどのものは、折からの人のすることを見るにつけ、不満足にて欲しからず。船に妓《ぎ》を乗せ三絃《さんげん》ひきたる、するめを裂いて樽を傾くる、羨《うらやま》しとおもふことは、得《う》べくもあらで、半日にして十銭の内わづかに三厘《りん》、渡賃《わたしちん》に払ひしのみ、余《よ》は懐《ふところ》にして帰りしとよ。

一銭の価

また銭《ぜに》の価は貴《とうと》し、おなじ花の頃なりしが、わが友またその友と二人上野の山内《さんだい》にて雨にあひたり。蝙蝠傘《こうもりがさ》一本持合せたる友は池《いけ》の端《はた》に用ありて、それへ行かねばならずとて、心細くも袂《たもと》を探りて、一銭うそのやうなれど真《しん》に外《ほか》にはあらぬ持合《もちあわせ》を与へて、五軒《ごけん》町《ちょう》まで馬車に乗りたまへといひて別れぬ。家は二人とも恰《あたか》も五軒町の北のうらあたりに男世帯の自炊して住みたるなり。おもふやう、此処《ここ》に来るまでに早《は》や袖裾《そですそ》は濡《ぬ》れたり、五町《ちょう》六町の間馬車に乗りたりとて何かせむ、濡れたるものは乾くものを、惜しかるべき袷《あわせ》にもあらず、これだに保存し置かば、好《すき》なる煙草一包《たばこひとつつみ》も買ひ得《う》べしと、そのまゝ雨のなかを潜《くぐ》り抜けて帰りぬ。暮近くなりて残少《のこりすくな》なる、飯櫃《いいびつ》の底洗ふまでになし。やゝ一《いち》椀《わん》を弁《わきま》へ得て、形《かた》ばかりの夕餉《ゆうげ》済ましたり。常はその半《なかば》を友に残したるを。けふ路《みち》より分れて彼が行きたる家は、友心易《やす》し、いつにても時分にはすまして帰るをと思ひしには似ず、点燈頃《ともしびごろ》に帰りたる、かの蝙蝠傘持ちたるは、腹を凹《くぼ》めて来《き》ぬ。いかゞせむ何もなし、蕎麦《そば》一ツなりとも食べたまへとて、つかはで持ちし彼《か》の一銭を返しけるに、押頂きてしめやかに出《い》で行きつ。やがて嬉しげに帰り来て快く手を取りたりとよ、案ずるにその頃はもりかけ一銭なり。

立《たち》ン坊《ぼう》

諸君は立ン坊といふものを御存じなるべし。山の手に多く、坂下に立ちて、腕車《わんしゃ》(6)を見ると青面獣《せいめんじゅう》(7)諸手《もろて》をあげて「おしましよか、おしましよか」といふ。一見して知るゝばかりの境遇、尤《もっと》も夜は軒下、庇合《ひあわい》、秣《まぐさ》の中、薪《まき》の蔭などに、寒き頃は両膝を立て膝頭《ひざがしら》に頤《おとがい》を突き、両手で頸《うなじ》を抱いて昏睡《こんすい》をするものなり。食するものも推《すい》すべく、いかに味気《あじき》なき浮世をと思ひ遣《や》るに、敢《あえ》て然《しか》らず、一人明神坂《あるひとみょうじんざか》(8)を通りかゝる、夜中の事とぞ。これも知り給《たま》はむ、月琴《げっきん》と、胡弓《こきゅう》と、琵琶《びわ》など合奏してうたひありく書生体《てい》の芸人、その時は二人にて寝静まりたる人の軒に立ちて、秘曲を尽して掻鳴《かいな》らし居たるにぞ、聞く人もなき状《さま》を、殊《こと》に四辻《よつつじ》にておかしと思ひながら、立寄り見れば、地の上に胡坐《あぐら》かきて三人の立ン坊、皆酒気を帯びたるが時々相見《あいみ》て笑語《しょうご》しながら快げに聞きたるなり。これはと思ひし程に、やがて価《あたい》ほどのことし果《はて》たりけむ、芸人は、「親方、難有《ありがと》うございます、」といって弾《たん》じやめて去らんとせしに、立ン坊の一人《いちにん》、海草《みる》の如き腹がけの間より、光るもの一個《いっこ》投出《なげいだ》して、「もうちつとやつてくんねえ。」と自若《じじゃく》としていふ、およそ十銭と見たり。よしとも、わるしとも、恐《おそろ》しとも感じたるにもあらねど、思はず足早にのきて急ぎ来ぬ。すべて人知れず演ぜらるゝ夜の舞台には意外なることども多かりなんといへり。

（明治三十一年三月―四月「太陽」）

春狐談(抄)

曲《きょく》線《せん》

人に悪感《あっかん》と美感を与える線の作用があると聞いた。これは数理から割出したものだそうで、鬼の頤《あご》を描く、きざきざの彼《あ》の栄螺《さざえ》のような線は、恐怖か、嫌悪か、いずれ悪感を与えるので、婦人の乳などを描く柔《やわらか》な線は、人をして美感を起さしむるものだという。譬《たと》えば鬼の頤の如き形は、茨《いばら》の刺《とげ》にあっても、蟹《かに》の甲にあっても、ひいらぎの葉にあっても好《い》い心持のものではない。之《これ》に反して、婦人の乳房、又《また》足などは一ツ一ツ切放して、壁にかけてあっても悪くないものかも知れぬ。ほととぎすが杜若《かきつばた》の紫の池で、片腕切落されたといっても、残酷な中に麗《うるわ》しい処がある。女の児《こ》でも、錦絵は美しい姉《ねえ》さんの方が好いのであるから、この感情は男女ともにかわりはあるまい。

して見ると異《おつ》な寸法というのは、畜生ござりゃあがった(1)線を物差で計った時の言葉であろう。鼻の下の伸びたのは馬鹿げた線で、眉間《みけん》の八の字は顰《ひそ》んだ線で、野郎の褌《ふんどし》がぶらりと下《さが》ると、滑稽《こっけい》な線になる。

ものの不思議も、不気味も、難有《ありがた》いのも、嬉しいのも、羨《うらやま》しいのも皆この線に依《よ》って然《しか》りだとあって、彼処《かしこ》の町は、うすら淋《さみ》しいというのも矢張《やっぱり》この線の配合の様子に外《ほか》ならず。

切支丹坂《きりしたんざか》(2)の下から茗荷谷《みょうがだに》を通って大塚へ出ようという、人通《ひとどおり》の稀《まれ》な細い道の丁《ちょう》ど中頃に、一本いやな形の榎《えのき》がある。

昼見れば何事もないが、夜は月の時も暗がりにも、何となく気がさして、必ず五七間《けん》此方《こなた》で立停《たちどま》って、視《なが》められるのが例である。

幹の中央《なかば》あたりから曲って出て居る小さな枝だが、何の所為《せい》か、大《おおき》な犬の頭に肖《に》て厭《いや》な形。

見馴《みな》れて知って居ても、何時《いつ》でも引返《ひっかえ》そうかと思う位ぼんやりこんもりとかたまった、これが悪感を引く幾百条の線の集合して居るのに違いない。

行ってその樹の前まで近《ちかづ》くと形が崩れ、傘《からかさ》のように颯《さっ》と拡がって、何でもない。通越《とおりこ》して茗荷谷の方から振返ると、梢《こずえ》がばらばらになって星もまばらに、葉の間、枝の中に見え透《す》いて、些《ちっ》とも不思議はないのである。恁《こ》ういうことは何処《どこ》でも間々《まま》あるであろう。

或時《あるとき》四五人が集《あつま》って、これまでに一番凄《すご》いと思ったのは、箱根の山を朝早く越した時だった、と一人がいった。

それは何《ど》うして、というと、霧が晴れて行く中から、足許《あしもと》に見える山松が底も知れない谷へ、橋になって生えて居る、その一枝、凡《およ》そ七八間もあるだろうと思う、長く伸《のび》て然《しか》も細いのが谷の上へ葛《つた》かずらの一条《ひとすじ》もからまず、何にもない処まで差出て居た、その突《とっ》さきと思う所に、新しい草鞋《わらじ》が一足《そく》、二ツちゃんと並べてあった。

感《かん》応《おう》

感応というのであろう。私が小児《こども》の時不思議な事があった。田舎《いなか》に居て、父は博覧会(3)に出品したものがあった。見物 旁《かたがた》東京に出て居た留守、晩方《ばんがた》のことで、ちょうどあかりを点《とも》した時、四歳《よッつ》になる妹の、縁側に居たのが、何かいって駈《か》けた拍子《ひょうし》に石の上へ落ちて、頭を切った。颯《さっ》と血がはじいたのを見て、母があッといって思わず声を立てなすった。

すると三日措《お》いて、東京の父から手紙が来て、上野の宿坊《しゅくぼう》に一室《ひとま》借りて居る、一昨日晩景《ばんけい》、座敷の障子越《しょうじごし》、縁側で、御身《おんみ》があッというのを、形は見ないで聞いたが、別条はなきや、案じ暮すとの一通、おなじ月おなじ日おなじ時。

少し趣《おもむき》は異《こと》なるけれど、恐しく雷《らい》の嫌いな人は、その日朝あたりから予《あらかじ》め晩に鳴るのが分るって、多くいう処であるが、知己《ちかづき》の者に、恋人から手紙の来るのを、つい一秒前に、今だなと、思って悟ることが出来るのがある。何時《いつ》かも庭へ朝顔を見に出ようとして、片足おろしたがフッと気がついて、衝《つ》と玄関へ出ると、郵便、御存じより。紅葉《こうよう》先生の内の玄関に一人、夜中《やちゅう》の郵便物を一纏《ひとまと》めにして配達が受取函《うけとりばこ》へ入れるのを、引出しながら暗がりで、手に触る感覚《こころもち》で、多くの中から、その故里《ふるさと》の親のおとずれを分けて取って誤らないのがあった。

真言《しんごん》

燈《ともしび》へ虫が来るのを、格別に厭《いや》がるのが、十二時前後のことだったそうで、洋燈《ランプ》の下に書を開いて読んで居ると、それを防がんため、いくらか暑いのを我慢して閉切《しめき》ってある窓の障子へ、ざらざらといって飛《と》びついた虫があった。音にもぞっとする位、厭なのであるから、もしやこれが飛込んだ日には怨霊《おんりょう》に取着かれたように座敷の中を立って逃げ、居て防ぎ、手で払い、袂《たもと》で払い、じたばた狂い廻《まわ》らねばならぬ。丁《ちょう》ど書を読んで佳境に入《い》って居るのに、情《なさけ》ないと思う内も、ばさりばさりと障子にぶつかる。たわしで擦《こす》るほどの響《ひびき》、小さな雀《すずめ》ででもあろうと思われて、益々《ますます》恐しい。入れてはならぬと一生懸命、読んで居た書《ほん》も是等《これら》のものであったらしい。妙な考えを持った少年であるから、整然《ちゃん》と坐って、屹《きっ》と向《むか》い、真言を称《とな》えて一心に印《いん》を結んだ。

別にこれが事を仕出来《しでか》したとも思わず、そのまま又《また》机に向うと、つい読み惚《ほ》れて果《はて》は忘れて了《しま》ったのである。

やがて寝ようという時、その外の雨戸をしめようと思って、障子をあけると、敷居の処に、かたまったものがある。いますらりと明けて、その者の骸《からだ》にさわったと思うのに、蠢《うごめ》きもしないで、じっとして居るのを、灯《ともしび》をかかげて見ると一疋《いっぴき》の蝉《せみ》。

それではと、気がついたから、羽を抓《つま》んで掌《てのひら》へ乗せたが、下羽《したは》も振らず、もがき苦しんだように小さな足を寄せたまま冷《つめた》くなって居るのであった。

何心《なにごころ》なかったのが、この体《てい》に吃驚《びっくり》して、今更験《いまさらしるし》のあるのに、我ながら氷を浴びたように悚然《ぞっ》とするばかり。

これが、毒虫ででもあれば知らず、何の罪もないものをと、あわれになった。けれども何とせん、固《もと》より修行を積んだ神通《じんずう》があるのでない、はずみで無心にやったこと。呪《じゅ》ああ飛んだ人知れず、思出《おもいだ》したから、とかくして思出来ない。を解いて助けてやることが出来ない。とかくして思出《おもいだ》したから、人知れず、ああ飛んだことをしたっけ、蟬、蟬、おまえだと思えばこんなことにするのじゃなかった。又いやな灯取虫《ひとりむし》だと思ったもんだから、つい気の毒なことを、堪忍しておくれ、もう可《い》いから飛んで行かないか、とありのまま打《うち》あけて、それから静《しずか》に呼吸《いき》を吹《ふっ》かけると、むぐむぐ動きはじめたが、這《は》うようにして指のさきまで、擽《くすぐ》ったく歩行《ある》いたので、どきどきしながらふるう掌を、障子の外へ出すと、中庭で颯《さっ》とたって、月のかかった棕櫚《しゅろ》の樹の梢《こずえ》に羽ばたきを聞いたという。

(明治三十三年五月「太陽」)

森の紫陽花《あじさい》

千駄木《せんだぎ》の森の夏ぞ昼も暗き。此処《ここ》の森敢《あえ》て深しといふにはあらねど、おしまはし、周囲を樹林《きばやし》にて取巻きたれば、不動坂《ふどうざか》、団子坂《だんござか》、巣鴨《すがも》などに縦横《たてよこ》に通ずる蜘蛛手《くもで》の路《みち》は、恰《あたか》も黄昏《たそがれ》に樹深《こぶか》き山路《やまじ》を辿《たど》るが如し。尤《もっと》も小石川白山《はくさん》の上、追分《おいわけ》のあたりより、一円の高台なれども、射る日の光薄ければ小雨《こさめ》のあとも路は乾かず。この奥に住める人の使へる婢《おんな》、やつちや場に青物買《あおもの》ひに出《い》づるに、いつも高足駄《たかあしだ》穿《は》きて、なほ爪先《つまさき》を汚すぬかるみの、特《こと》に水溜《みずたまり》には、蛭《ひる》も泳ぐらんと気味悪きに、唯一重《ただひとえ》森を出《い》づれば、吹通しの風砂を捲《ま》きて、雪駄《せった》ちやら〳〵と人の通る、此方《こなた》は裾端折《すそはしょり》の然《しか》も穿物の泥、二の字ならぬ奥《おく》山住《やまずみ》の足痕《あしあと》を、白昼に印《いん》するが極悪《きまりわる》しなど歎《かこ》つ。

嘗《かつ》て雨のふる夜、その人の家より辞して我家《わがや》に帰ることありしに、固《もと》より親《おや》いまさず、いろと提灯《ちょうちん》は持たぬ身の、藪《やぶ》の前、祠《ほこら》のうしろ、左右畑の中を拾ひて、蛇《じゃ》の目の、傘《からかさ》脊筋《せすじ》さがりに引《ひっ》かつぎたるほどこそよけれ、たかひくの路の、ともすれば、ぬかるみの撥《はね》ひやりとして、然《さ》らぬだに我が心覚束《おぼつか》なきを、やがて追分の方《かた》に出《いで》んとして、森の下に入《い》るよとすれば呀《や》、真闇三宝黒白《まっくらさんぼうあやめ》も分《わ》かず。今までは、春雨に、春雨にしよぼと濡《ぬ》れたもよいものを、夏はなほと、はら〳〵はらと降りかゝるを、我ながらサテ情知《なさけし》り顔《がお》の袖にうけて、綽々《しゃくしゃく》として余裕ありし傘とともに肩をすぼめ、泳ぐやうなる姿して、右手《めて》を探れば、竹垣の濡れたるが、する〳〵と手に触る。左手《ゆんで》を傘の柄《え》にて探りながら、顔ばかり前に出せば、この折ぞ、風も遮《さえぎ》られて激しくは当らぬ空に、蜘蛛《くも》の巣の頬にかゝるも侘《わび》しかりしが、然《さ》ばかり降るとも覚えざりしに、兎《と》かうして樹立《こだち》を出づれば、町の方は車軸を流す雨なりき。

　蚊遣《かやり》の煙古井戸のあたりを籠《こ》むる、友の家の縁端《えんばた》に罷来《まかりき》て、地切《じぎり》の強煙草《つよたばこ》を吹かす植木屋は、年久しくこの森に住めりとて、初冬《はつふゆ》にもなれば、汽車の音の轟《とどろ》く絶間、凩《こがらし》の吹きやむトタン、時雨《しぐれ》来るをり〳〵ごとに、狐狸《きつねたぬき》の今も鳴くとぞいふなる。然《さ》もあるべし、但《ただ》狸の声は、老夫《おじ》が耳に蚯蚓《みみず》に似たりや。

　件《くだん》の古井戸は、先住《せんじゅう》の家の妻ものに狂ふことありて其処《そこ》に空しくなりぬとぞ。朽《く》ちたる蓋犇々《ふたひしひし》として大いなる石のおもしを置いたり。友は心強《ごう》にして、小夜《さよ》の蛍《ほたる》の光明るく、梅の切株に滑《なめら》かなる青苔《せいたい》の露を照して、衝《つ》と消えて、背戸《せど》の藪《やぶ》にさら〳〵とものの歩行《ある》く気勢《けはい》するをも恐れねど、我は彼《か》の雨の夜を悩みし時、朽木《くちき》の燃ゆる、はた板戸洩《も》る遠《とお》灯《ともし》、畦《あぜ》行《ゆ》く小提灯の影一つ認めざりしこそ幸《さいわい》なりけれ。思へば臆病の、目を塞《ふさ》いでや歩《あ》行《る》きけん、降しきる音は径《こみち》を挟《さしはさ》む梢《こずえ》にざツとかぶさる中に、取つて食はうと梟《ふくろう》が鳴きぬ。

恁《か》くは森のおどろ〳〵しき姿のみ、大方《おおかた》の風情《ふぜい》はこれに越えて、朝夕の趣《おもむき》言ひ知らずめでたき由《よし》。

曙《あけぼの》は知らず、黄昏《たそがれ》にこの森の中辿《たど》ることありしが、幹に葉に茜《あかね》さす夕日三筋《みすじ》四《よ》筋《すじ》、梢には羅《うすもの》の靄《もや》を籠《こ》めて、茄子畑《なすばたけ》の根は暗く、その花も小さき実となりつ。棚《たな》して架《かく》るとにもあらず、夕顔のつる西家《せいか》の廂《ひさし》を這《は》ひ、烏瓜《からすうり》の花ほの〴〵と東家《とうか》の垣に霧を吐きぬ。強《し》ひて我《われ》句を求むるにはあらず、藪には鶯《うぐいす》の音《ね》を入《い》るゝ時ぞ。

日は茂れる中より暮れ初《そ》めて、小暗《おぐら》きわたり蚊柱《かばしら》は家なき処に立てり。袂《たもと》すゞしき深みどりの樹蔭《こかげ》を行く身には、あはれ小さきものども打群《うちむ》れてもの言ひかはすわと、それも風情かな。分けて見詰むるばかり、現《うつつ》に見ゆるまで美しきは紫陽花なり。その浅葱《あさぎ》なる、浅みどりなる、薄き濃き紫なる、中には紅《くれない》淡き紅《べに》つけたる、額《がく》といふとぞ。夏は然《さ》ることながらこの辺《あたり》分けて多し。明きより暗きに入る処、暗きより明きに出づる処、石に添ひ、竹に添ひ、籬《まがき》に立ち、戸に彳《たたず》み、馬蘭《ばらん》の中の、古井の傍《わき》に、紫の俤《おもかげ》なきはあらず。寂《じゃく》たる森の中深く、もう〳〵と牛の声して、沼とも覚しき泥の中に、埒《らち》もこはれ〴〵牛養へる庭にさへ紫陽花の花盛《さかり》なり。

この時、白襟《しろえり》の衣紋《えもん》正しく、濃いお納戸《なんど》の単衣《ひとえ》着て、紺地の帯胸高《むなたか》う、高島田の品よきに、銀の平打《ひらうち》の笄《こうがい》のみ、唯《ただ》黒髪の中に淡くかざしたるが、手車《てぐるま》と見えたり、小豆色《あずきいろ》の膝かけして、屈竟《くっきょう》なる壮佼《わかもの》具したるが、車の輪も緩やかに、彼《か》の蜘蛛手《くもで》の森の下道を、訪《と》ふ人の家を尋ね悩みつと覚《おぼ》しく、此処彼処《ここかしこ》、紫陽花咲けりと見る処、必ず、一時《ひととき》ばかりの間《あいだ》に六度七度《むたびななたび》出であひぬ。実《げ》に我もその日はじめて訪《と》ひ到れる友の家を尋ねあぐみしなりけり。

玉簾《たますだれ》の中もれ出でたらんばかりの女の俤《おもかげ》、顔の色白きも衣《きぬ》の好みも、紫陽花の色に照《て》り栄《は》えつ。蹴込《けこみ》の敷毛《しきげ》燃立つばかり、ひら〳〵と夕風に徜徉《さまよ》へる状《さま》よ、何処《いずこ》、いづこ、夕顔の宿やおとなふらん。

笛の音《ね》も聞えずや、あはれこのあたりに若き詩人や住める、うつくしき学士やあると、折からの森の星のゆかしかりしを、今も忘れず。さればゆかしさに、敢《あえ》て岡焼《おかやき》をせずして記をつくる。

（明治三十四年八月「新小説」）

草あやめ

二丁目(1)の我が借家の地主、江戸児《えどっこ》にて露地《ろじ》を鎖《とざ》さず、裏町の木戸《きど》には無用の者入《い》るべからずと式《かた》の如く記したれど、表門には扉さへなく、夜が更《ふ》けても通行勝手なり。但《ただ》知己《ちかづき》の人の通り抜け、世話に申す素通りの無用たること、我が思《おもい》もかはらず、然《さ》りながらお附合《つきあい》五六軒、美人なきにしもあらずと雖《いえど》も、濫《みだり》に垣間見を許さず、軒に御神燈《ごしんとう》の影なく、奥に三味《さみ》の音《ね》の聞ゆる類《たぐい》にあらざるを以《もっ》て、頬被《ほおかぶり》、懐手《ふところで》、湯上りの肩に置手拭《おきてぬぐい》などの如何《いかが》はしき姿を認めず、華主《とくい》まはりの豆府屋《とうふや》、八百屋《やおや》、魚屋、油屋の出入《しゅつにゅう》するのみ。

朝まだきは納豆売、近所の小学に通ふ幼きが、近路《ちかみち》なれば五《いつ》ツ六《む》ツ袂《たもと》を連ねて通る。お花やお花、撫子《なでしこ》の花や矢車《やぐるま》の花売、月の朔日《ついたち》十五日には二人三人呼び以《も》て行くなり。やがて足駄《あしだ》の歯入《はいれ》、鋏磨《はさみとぎ》、紅梅《こうばい》の井戸端に砥石《といし》を据《す》ゑ、木槿《むくげ》の垣根に天秤《てんびん》を下ろす。目黒の筍売《たけのこうり》、雨の日に蓑《みの》着て若柳の台所を覗《のぞ》くも床《ゆか》しや。物干の竹二日月《ふつかづき》に光りて、蝙蝠《こうもり》のちらと見えたる夏もはじめつ方《かた》、一夕《あるゆうべ》、出窓の外を美しき声して売り行くものあり、苗や玉苗《たまなえ》、胡瓜《きゅうり》の苗や茄子《なす》の苗と、その声恰《あたか》も大川の朧《おぼろ》に流るゝ、今戸《いまど》あたりの二上《にあが》(2)りの調子に似たり。一寸《ちょっと》苗屋さんと、窓から呼べば引返《ひっかえ》すを、小さき木戸を開けて庭に通せば、潜《くぐ》る時、笠を脱ぎ、若き男の目つき鋭からず、頬《ほお》の円《まろ》きが莞爾莞爾《にこにこ》して、へい〳〵召しましと荷を下ろし、穎割葉《かいわりば》の、蒼《あお》き鶏冠《とさか》の、いづれも勢《いきおい》よきを、日に焼けたる手して一ツ一ツ取出《とりいだ》すを、としより、弟、またお神楽座《かぐらざ》一座の太夫《たゆう》、姓は原口、(3)名は秋さん、呼んで女形《おんながた》といふ容子《ようす》の可《い》いのと、皆縁側に出《い》でて、見るもの一ツとして欲しからざるは無きを、初鰹《はつがつお》は買はざれども、昼のお肴《さかな》にがし、晩のお豆府いくらと、先《ま》づ帳合《ちょうあい》を〆《し》めて、小遣《こづかい》の中より、大枚一歩《たいまいいちぶ》が処、苗七、八種をずばりと買ふ、尤《もっと》も五坪《いつつぼ》には過ぎざる庭なり。

隠元《いんげん》、藤豆《ふじまめ》、蓼《たで》、茘枝《れいし》、唐辛《とうがらし》、所帯の足《たし》と罵《ののし》りたまひそ、苗売の若衆一々名に花を添へていふにこそ、北海道の花茘枝《はなれいし》、鷹《たか》の爪の唐辛、千成《せんな》りの酸漿《ほおずき》、蔓《つる》なし隠元、よしあしの大蓼《おおたで》、手前商《あきな》ひますものは、皆玉揃《たまぞろ》ひの唐黍《とうもろこし》と云々《うんぬん》。

朝顔の苗、覆盆子《いちご》の苗、花も実もある中に、呼声の仰々《ぎょうぎょう》しきが二ツありけり、曰《いわ》く牡《ぼ》丹咲《たんざき》の蛇《じゃ》の目菊《めぎく》、曰くシヽデンキウモン也。愚弟《ぐてい》(4)直《ただち》に聞き惚《と》れて、賢兄《にいさん》お買ひなく〳〵と言ふ、こゝに牡丹咲の蛇の目菊なるものは所謂《いわゆる》蝦夷菊《えぞぎく》也。これは……九代《くだい》の後胤平《こういんたいら》の、……と平家の豪傑が名乗れる如く、のの字二ツ附けたるは、売物に花の他ならず。シ、デンキウモンに至りては、その何等《なんら》の物なるやを知るべからず、苗売に聞けば類《たぐい》なきしをらしき花ぞといふ、蝦夷菊はおもしろし、その花しをらしといふに似ず、厳《いかめ》しくシ、デンキウモンと呼ぶを嘲《あざ》けるにあらねど、この二種、一歩の外《ほか》、別に五銭なるを如何《いかん》せん。

然《しか》れども甚六《じんろく》(5)なるもの、豈夫《あにそれ》白銅一片に辟易《へきえき》して可ならんや。即《すなわ》ち然《さ》り気《げ》なく、諭《さと》して曰く、汝若輩《なんじ》、シ、デンキウモンに私淑《ししゅく》したりや、金毛九尾《きんもうきゅうび》(6)ぢやあるまいしと、二階に遁《に》げ上《あが》らんとする袂《たもと》を捕へて、可《い》いぢやないかお買ひよ、一ツ咲いたつて花ぢやないか。旦那だまされたと思《おぼ》し召してと、苗売も勧めて止《や》まず、僕が植ゑるからと女形も頻《しきり》に口説《くど》く、皆キウモンの名に迷へる也。長歎《ちょうたん》して別に五百を奢《おご》る。

垣《かき》に朝顔、藤豆を植ゑ、蓼を海棠《かいどう》の下《もと》に、蝦夷菊唐黍を茶畑の前に、五本三本《いつもとみもと》培《つちか》ひつ。彼《か》の名にしおふシ、デンは庭の一段高き処、飛石《とびいし》の傍《かたえ》に植ゑたり。此処《ここ》に予《あらかじ》め遊蝶花《ゆうちょうか》、長命菊《ちょうめいぎく》、金盞花《きんせんか》、縁日名代《なだい》の豪のもの、白、紅《べに》、絞《しぼり》、濃紫《こむらさき》、今を盛《さかり》に咲競ふ、中にも白き花紫雲英《げんげ》、一株方《ほう》五尺に蔓《はびこ》り、葉の大《だい》なること掌《たなそこ》の如く、茎《くき》の長きこと五寸、台《うてな》を頂く日に二十を下らず、蓋《けだ》し、春寒き朝、めづらしき早起の折から、女形とともに道芝の霜を分けてお濠《ほり》の土手より得たるもの、根を掘らんとして、袂に火箸《ひばし》を忍ばせしを、羽織の袖の破目《やぶれめ》より、思《おも》いがけず路《みち》に落して、大《おお》に台所道具に事欠きし、経営惨澹仇《さんたんあだ》ならず、心なき草も、あはれとや繋りけん。シ、デンキウモンの苗なるもの、二日三日の中《うち》に、この紫雲英《げんげ》の葉がくれに見えずなりぬ。

茘枝《れいし》の小さきも活々《いきいき》して、藤豆の如き早《は》や蔓の端も見え初《そ》むるを、徒《いたずら》に名の大にして、その実の小なる、葉の形さへ定《さだか》ならず。二筋三筋《ふたすじみすじ》すく〳〵と延びたるは、荒れたる庭に挘《むし》り果つべくも覚えぬが、彼処《かしこ》に消えて此処《ここ》に顕《あらわ》れけむ、其処《そこ》に又彼処に、シ、デンに似たる雑草数ふるに尽きず、弟はもとより、はじめは殊《こと》に心を籠めて、水などやりたる秋さんさへ、いひ効《がい》なきに呆《あき》れ果てて、罵倒《ばとう》すること斜《なな》めならず。草が蔓《はびこ》るは、又してもキウモンならんと、以来然《さ》もなくて唯《ただ》呼声のいかめしき渾名《あだな》となりて、今日は御馳走《ごちそう》があるよ、といふ時、弟も秋さんも、蔭で呟《つぶや》いて、シ、デンかとばかりなりけり。

日を経《ふ》るまゝに何事も言はずなりし、不図《ふと》そのシ、デンの菜《さい》に昼食《ちゅうじき》の後《のち》、庭を視《なが》むることありしに、雲の如き紫雲英に交りて小さき薄紫の花二ツ咲出《さきい》でたり。立寄りて草を分けて見れば、形菫《すみれ》よりは大《おおい》ならず、六弁にして、その薄紫の花片《はなびら》に濃き紫の筋あり、蘂《しべ》の色黄に、茎《くき》は糸より細く、葉は水仙に似て浅緑柔《あさみどりやわら》かう、手にせば消えなむばかりなり。苗なりし頃より見覚えつ、紛《まが》ふべくもあらぬシ、デンなれば、英雄人を欺《あざ》むけども、苗売我を愚《ぐ》になさず、と皆打寄りて、土ながら根を掘りて鉢に植ゑ、水やりて縁《えん》に差置き、とみかう見るうち、品《しな》も一段打上《うちあが》りて、縁日ものの比にあらず、夜露に濡《ぬ》れしが、翌日は花また二ツ咲きぬ、いづれも入相《いりあい》の頃しぼみて東雲《しののめ》に別なるが開く、三朝《みあさ》にして四日目の昼頃見れば花唯《ただ》一ツのみ、葉もしをれ、根も乾きて、昨日には似ぬ風情、咲くべき蕾《つぼみ》も探し当てず、然《さ》ればこそシ、デンなりけれ、申訳《もうしわけ》だけに咲いたわと、すげなくも謂《い》ひけるよ。

翌朝《あくるあさ》、例の秋さん、二階へ駈上《かけあが》る跫音《あしおと》高く、朝寝の枕を叩きて、起きよ、心なき人、人心なく花却《かえ》つて情《じょう》あり、昨《さく》、冷《ひや》やかにいひおとしめしを恥ぢたりけん、シ、デンの花、開くこと、今朝一時《いっとき》に十一と、慌《あわた》だしく起出《おきい》でて鉢を抱《いだ》けば花菫野山に満ちたる装《よそお》なり。見つゝ思はず悚《ぞっ》然として、いしくも咲いたり、可愛《かわゆ》き花、薊《あざみ》、鬼百合《おにゆり》の猛《たけ》くんば、我が言《ことば》に憤《いきどお》りもせぬ、姿形《すがたかたち》のしをらしさにつけ、汝《なんじ》優しき心より、百年《ももとせ》の齢《よわい》を捧げて、一朝《いっちょう》の盛《さかり》を見するならずや、いかばかり、我を怨みなんと、あはれさ言ふべくもあらず。漱《くちそそ》ぎ果てつ、書斎なる小机に据ゑて、人なき時、端然《たんぜん》として、失言を謝す。然《しか》も夕《ゆうべ》にはしをれんもの、願《ねが》わくば、葉の命だに久しかれ、荒き風にも当《あ》つべきか。なほ心安からず、みづから我が心なかりしを悔いたりしに、次の朝に至りて更に十三の花咲けり、嬉しさいふべからず、やよや人々又シ、デンといふことなかれ、我が家のものいふ花ぞと、いとせめて愛《め》であへりし、その日、日曜にて宙外《ちゅうがい》君(7)立寄らる。

巻莨《まきたばこ》の手を控へ掌《たなそこ》に葉を撫《ぶ》して、何ぞ主人のむくつけき、何ぞこの花のしをらしきと。主人大いに恐縮して仮名の名を聞けば氏も知らずと言はる。忘れたり、斯道《しどう》に曙山《しょざん》君(8)ありけるを、花一ツ採りて懐《ふところ》にせんも惜《おし》く、よく色を見、葉を覚え、あくる日、四丁目の編集局《へんしゅうきょく》(9)にて、しかぐ〵の草はと問へば、同氏頷《うなず》きて、紙に図《ず》して是《これ》ならん、それよ、草菖蒲《くさあやめ》。女扇《おんなおうぎ》の竹青きに紫の珠《たま》を鏤《ちりば》めたらん姿して、日に日に装増《よそおいまさ》る、草菖蒲といふなりとぞ。よし何にてもあれ、我がいとほしのものかな。

(明治三十六年七月「新小説」)

北国空

月令《げつれい》に冬日雷声《とうじつらいせい》を収むとあれども、北国《ほっこく》にては雪雷《ゆきがみなり》と称《とな》へて白きもの丶降らむとするに方《あた》りては、例年必ず雷鳴のあらざることなし。又この頃を期《き》として、鰤猟《ぶりりょう》の盛《さかん》なれば、俗にこの雷《らい》を鰤起《ぶりおこし》とも謂《い》ふ。師走《しわす》中旬、一夜《や》極《きわ》めて、肩寒く、足の凍《こご》ゆる時、殷々《いんいん》として雷の轟《とどろ》くを聞けば、「もうお正月の音がするよ。」と母は添寐《そいね》の児《こ》をば慰《なぐさ》むるなり。

さるほどに寒威《かんい》一層を加へ、夜は明くれども日光を見ず、淡墨《うすずみ》に染まれる明窓《あかりまど》の障子《しょうじ》を開けば、黯雲漠々《あんうんばくばく》として、灰色の布は一天《いってん》を包めり。果《はた》せる哉《かな》その夕《ゆうべ》より、霏々《ひひ》として降積《ふりつ》む雪は、一夜にして七八寸乃至《ないし》一尺に余るを常とす。

之《これ》より先霜月《しもつき》の上旬より、霰《あられ》降り、霙《みぞれ》落ち、続きて雪降り、五六寸づゝも積りては消え、消えては積ること率《おおむ》ね日毎《ひごと》なれば、今更《いまさら》、「珍らしきものが降りました。」と云ふ者無く、相見る人は眉を顰《ひそ》めて、「お寒うございます」と挨拶するのみなり。

天色昏瞢《てんしょくこんもう》として昼も黄昏《たそがれ》の如く、甚《はなはだ》しきは日中燈《ともしび》を点ずることありて、手元暗く、裁縫《さいほう》に便《べん》ならず、読書も煩《わずらわ》しく、凡《すべ》て精小《せいしょう》なる職業の碍《さまた》げられざるはなし。然《さ》ればとて日傭取《ひようとり》大工、左官など粗大の業《ぎょう》を営む者も、雪中は甚《はなは》だ閑散《かんさん》なれども、かねて恁《か》く有りと知りて備荒《びこう》貯蓄を怠《おこた》らざるが故《ゆえ》に、各《おのおの》坐食《ざしょく》して飢渇《きかつ》を患《うれ》ひず、却《かえ》りて嘗《かつ》て善《よ》く働きたりし者は、平時の労を慰むるを得《う》べければ、実に冬の日は北国の住民が、永き安息日と謂《い》ふも可ならむか。

渠等《かれら》が藁《わら》或《あるい》は板を以《もっ》て、雪垣《ゆきがき》を結繞《ゆいめぐ》らせる薄暗き家に閉居《へいきょ》して徒然《とぜん》にその日を暮す間《あいだ》に、児輩《じはい》は軈《やが》て来《きた》らむずる「お正月」の希望に輝ける愛らしき顔を、風に曝《さら》し雪に撲《う》たせて仇気《あどけ》無き声々に「雪は一升《しょう》、霰は五合《ごう》、」と手拍子鳴《なら》して囃《はや》しつゝ、兎《うさぎ》の如く跳廻《はねまわ》りて喜べり。

遊戯《ゆうぎ》は「雪投《ゆきなげ》」、「雪達摩《ゆきだるま》」、或は「荒坊主《あらぼうず》」と称《とな》へて、二間《けん》有余の大入道を作る。こは渠等の小さき手には力及ばず、突飛《とっぴ》なる壮佼《わかもの》の応援を仰ぐと知るべし。

氷辷《こおりすべり》は盛《さかん》にして、之《これ》に用うる「雪木履《ゆきげた》」なるものは、竹片《たけきれ》を茶合《ちゃごう》の如く切りたるに緒《お》をすげたるなり。「竹草履《たけぞうり》」とて普通の草履の裏に竹片を結附《ゆいつ》けたるもあり。此等《これら》を穿《うが》ちて堅氷《けんぴょう》の上を走るに、さながら流るゝ如く、一二町《ちょう》は一息とも謂はず、瞬間なり。されども多少の鍛錬《たんれん》を積まざれば、一歩にして蹈辷《ふみすべ》らし、二三間にして投飛《なげとば》され忽《たちま》ち巌《いわお》の如き氷に傷《きずつ》き、時としてその危害謂ふべからざるものあり。親たちは口を酸《す》くしてこの険悪《けんお》の遊戯を禁ずれども、その心を知らざる児輩はこの忘られざる愉快の為《ため》に身体髪膚《しんたいはっぷ》を忘れざるはあらず。

元来雪国にては池の上、田の面《おも》など、水ある処をもてこの遊戯の場に充《あ》つるにはあらず、五尺六尺と積れる雪の上に通ぜる唯《ただ》一条の路《みち》は、頻繁《ひんぱん》なる往来の為に、恰《あたか》も普請《ふしん》後の道の蹈《ふ》まれ〳〵て平夷《へいい》になりたる如くなれば、そのまゝ用ゆるに屈竟《くっきょう》なり。されども所用ある者もこの玉盤《ぎょくばん》の如き雪の道を行かざるべからず。足腰の達者なる輩《はい》は氷辷の呼吸を以て歩むが故に無事なるを得《う》れども、老脚《ろうきゃく》の蹌踉《そうろう》たるは、一支《ささえ》も支へず覆《くつが》へされて、大怪我《おおけが》を蒙ること屢《しばしば》なり。之を防ぐに庭下駄の後歯《あとば》に釘を打ちて、「雪下駄《ゆきげた》」とて用ゆ。こは釘の尖《さき》もて行く〳〵堅氷《けんぴょう》の滑《なめらか》なる面《おもて》を突砕《つきくだ》きつゝ、足懸《あしがけ》を造るなり。或は藁灰《わらばい》を散布して蹈むもあり。噫《ああ》危《あやう》き哉《かな》北国の路、生きながら剣《つるぎ》の山を越ゆるなりけり。

児輩よ何ぞ早く家に皈《かえ》らざる。路は明るけれども日は既に暮れむとするなり。御身等《おんみら》の母は好《よ》き物を作りて御身等を待つこと久し。好き物とは何ぞ塩鰤《しおぶり》の糟汁是《かすじるこれ》なり。

鰤は冬籠《ふゆごもり》の間の佳肴《かこう》にとて家々に二三尾を購《あがな》ひつ。久しき貯蓄に堪《た》ゆるため強き塩を施したれば烘《あぶ》りてその肉を食《くら》ふさへ鼻頭《びとう》に汗するばかりなり。汁は温《あたた》きが取柄《とりえ》とて、多量の酒の糟をとかして濃きこと宛然《さながら》とろゝの如きに件《くだん》の塩鰤の肉の残物を取交ぜて汁鍋の中《うち》に刻《きざ》み入《い》れ、煮立《にたて》の湯気の朦々《もうもう》たるをそのまゝ大《だい》なる塗椀《ぬりわん》に装出《もりいだ》し、一家打寄《け》りて之を啜《すす》る晩食の一室には時ならぬ霞棚引《かすみたなび》きて朧月《おぼろつきよ》の趣《おもむき》あり。されば、三椀の熱羹《あつもの》に春風《しゅんぷう》忽《たちま》ち腸胃に入《い》りて、一夜の春を占《し》むるを得《う》べく、酒量なき婦女たちはこれにも酔《え》ひて面《おもて》を染むるもいと可笑《おかし》。

こゝに最も愛すべきは雪の夜の炬燵《こたつ》にこそ。雪国の人の家、といふ名には必ず一個以上の炬燵を含むものと知《しる》べし。

親子、夫婦、兄弟、姉妹、四角八面に推並《おしなら》びて、隔意《かくい》無く、作法無く、雑談笑語《ぞうだんしょうご》和気《わき》靄々《あいあい》たる家の外に、夜もやゝ闌《ふ》けて、押詰りたる年の暮ながら、人跡《ひとあと》やう〳〵絶えて、最静《いとしずか》に雪のみ独《ひと》り降りしきる時、重たげなる跫音来《あしおときた》りて軒下に留まりぬ。

良《やや》ありて下駄の雪を落さむとて、敷居に爪先《つまさき》を打当つる音は聞ゆ。「唯今開けます。」と二声三声内より応ずれども、なほほと〳〵と訪《おとな》ひて已《や》まず。「応々《おうおう》といへど敲《たた》くや雪の門《かど》」(1)と実に是《これ》なり。

戸を開くる間も遅しと入来《いりきた》るは、児輩の常に両手を挙げて歓迎せる話上手の伯父様《おじさん》なり。頭巾《ずきん》も合羽《かっぱ》も真白になりて鷺《さぎ》の如くなるを、家人《かじん》等の箒《ははき》もて掃落《はらいおと》すを待ちて、打笑《うちえ》みつゝ、炬燵に進来《すすみきた》れり。

さて渠《かれ》も団欒《まどい》の莚《むしろ》に列《つらな》りて、児輩が例の如くおもしろき物語を聞かせよと謂ふがまゝに、咳《がい》一咳して、徐《おもむろ》に説出《ときいだ》せり。

愛らしき児《こ》よ、御身は今伯父が内に入らむとして、少時《しばらく》軒下に躊躇《ためら》ひたりしを知らむ。実に予が門口《かどぐち》に来《きた》りし時、白無垢《しろむく》の衣を絡《まと》ひて同《おなじ》一色の被《かつぎ》を被《かぶ》れる、一個美《うる》はしき上臈《じょうろう》あり。この家の軒下に彳《たたず》みて頻《しきり》に内を窺《うかが》ひしが、来懸《きかか》りし予の姿を見るより声を密《ひそ》めて問ひけるやう、「いかに小児《こども》に縁《ゆかり》ある人よ。妾《われ》は大雪の夜を籠《こ》めて、何処《いずこ》にもあれ幼児《こども》ある家内をば窺ひ歩行《ある》く婦人なるが、独りこの家の幼児は慈愛深き母がその袖を以て犇《ひっし》とその行為を蔽《おお》ひつゝ妾《われ》の眼を遮《さえぎ》るためその善悪を知るに由《よし》なし。願はくば御身秘すことなく渠に就《つい》ての一切を語れよ。賞すべくば之を賞し罰すべくば之を罰せむ」と。

予は嘗《かつ》て御身が種々《しゅじゅ》の悪戯《あくぎ》を為《な》して母を困らすを知りたれば、ありやうに打明《うちあけ》んかと一度は思ひしが待て、然《し》かせむには彼《か》の上臈立処《たちどころ》に何等《なんら》かの手段を以て我が可愛《かあゆ》き児を罪し給《たま》はむとつひ〳〵御身のいとをしさにいつはりて、「否《いな》、某《それがし》が甥《おい》はよく母の言《ことば》に従ひて大人しく候へば御褒美《ごほうび》をこそ遣《つか》はされ度《た》きものなれ」とまめやかに告げたるに、嬉しげに莞爾《かんじ》と笑みて打頷《うちうなず》き給ふと見えし紛々《ふんふん》たる雪に紛《まぎ》れて消失《きえう》せたりし真白き扮装《いでたち》の上臈は、一町ばかり彼方《あなた》なる御身が悪戯朋達《わるさともだち》の門口に朦朧《もうろう》として露《あら》はれ給ひ、雪垣の辺《あたり》を行きつ戻りつ、内の様子を窺ひたり。之は疑ふべくもあらぬ雪上臈なり。上臈は蓋《けだ》し白きもの、美なる精霊にして、冬季小児等《こどもら》の賞罰を司り給ふ神女《しんじょ》にこそ。疑ふを休《や》めよ、御身が父と母と姉と与《とも》に、平和なる、幸福なるこの団欒《まとい》をなし能《あた》ふは、皆この伯父が執成《とりなし》に因《よ》りて善き幼児《こども》を賞したる、雪の神女が賜物《たまもの》なり。」と。

彼《か》の伯父が所謂《いわゆる》雪上臈なるものは、雪の夜に於《お》ける一種奇異なる現象なりとす。元来雪の大《おおい》に積れる時は、幅三四間の道路と雖《いえど》も、巨蛇蜿蜒《きょだえんえん》、唯《ただ》一条人の一人漸く通行し得《う》べきほどの細き雪道の開くのみなれば、夜半往来の人傍《かたわら》の雪溜《ゆきだまり》に踏込まざらむため傍《わき》目《め》も触らでぞ足許《あしもと》を見詰めて行く、眼《まなこ》に遮《さいぎ》るは唯銀沙《ぎんざ》渺々《びょうびょう》として他《た》に物色《ぶっしょく》を見ざるを以て、素白《ましろ》に眩《げん》せる視線の不図他《ふとた》に転ずるトタン、眼球に映ずる処の森、家、垣根など何等《なんら》か物体の作用に因《よ》りて、橋の上、軒端《のきは》、山の端《は》、或は松の梢《こずえ》などに、髣髴《ほうふつ》たる神女の姿を認む、これ蓋《けだ》し一種異様の幻影なり。

時ありては意外なる出来事の為にこの団欒の座の平和を破らるゝことあり。他なし、川に近き家にては、炬燵の暖気《だんき》を慕ひて、水中より獺《かわうそ》の密《ひそか》に床下に潜込《ひそみこ》み、人々が擁《よう》せる炉《いろり》の下なる板一枚を隔つる処に来《きた》りて、暖《だん》を取る、怪しき気勢に驚くなり。渠等《かれら》が炬燵に厚衾《あつぶすま》して暖かに眠《ねぶ》る時、家無く裀《しとね》無き乞食は橋の上に、軒下に、犬を抱《いだ》き藁《わら》を冠《かぶ》りて臥《ふ》す。諺《ことわざ》に、「蒲団《ふとん》に突かれ、行火《あんか》に噛《か》まる」と謂ふもの即ち是なり。「寐《ね》る恩に門《かど》の雪掃く乞食かな(2)」さりとは凄まじき境遇ならずや。

凄まじと謂へばまた雪の夜は常に爾《しか》く静《しずか》なるものにはあらず。一夜《よ》颯然《さつぜん》として虚空《こくう》に吹笛《すいてき》の音《ね》を聞くはこれぞ吹雪《ふぶき》が怒号《どごう》の声なる。

粉吹雪はその最も凄まじきものにして、降りつゝある粉雪《こゆき》よりも寧《むし》ろ既に積りたる、屋根の雪地《ゆきち》の雪の風の為に吹上げられ、吹下《ふきおろ》され、急激にその位置を変ずるより起るなり。真白き烟《けぶり》の渦巻ける、吹雪の内に捲込《まきこ》まるれば、冷《ひや》やかなる灰は眼も口も開かざるまでに飛散して人の呼吸を窒《ちっ》せしむ。山中に於《おい》て不幸なる旅人の命を落すは、多々この吹雪の害迫《がいはく》に因《よ》る。

この時に当りてや譬《たと》ひ九重《ここのえ》の奥深く金屏風《きんびょうぶ》を引廻《ひきま》はして籠《こも》り居るも、粉雪《ふんせつ》は針の目をも吹通して畳も真白に、床も敷居も野原の如く、端近《はしちか》き処に到りては足の跡をも印《いん》するばかり白き砂にて埋《うず》むるなり。

夜《よ》とも謂はず、昼とも謂はず、あれ渡り、吹き通して殆《ほと》むど旬日《じゅんじつ》に及ぶことあり。人は蟄《ちっ》して門口にも出でず。海に遠き山居《さんきょ》の民は、「鯨《くじら》を捕つた祟《たたり》だ。」と謂ひて、これを

「鯨あれ」と号し、山に遠き漁村の民は、「熊を捕つた祟だ。」と因りて「熊あれ」と称するなり。果して然《しか》るか、然らざるか、就《つ》いて聞け、雪の神女は知給《しりたま》はむ。

恪《かく》て日を経《ふ》るに従ひて雪はます〳〵降積りて屋根にも三四尺の堆《うずだか》きに到れば、務めて「雪おろし」をなさゞるべからず。瓦葺《かわらぶき》の屋根ならむには人手を籍《か》らず融《と》くるに従ひてづり落つれども田舎《いなか》の市街には板葺《いたぶき》にて圧石《おしいし》を載せたるが、十中の八九を占むるを以て、人の逸疾《いちはや》く之を取棄《とりす》つるにあらざれば、やがて水気《すいき》立つ時その重量に圧《お》されて家屋の崩潰《ほうかい》すること無きを保《ほ》せず。

この「雪おろし」をなす者は簑、笠、藁靴《わらぐつ》に身を固めて屋根に出《い》で「こすきだ」とて大《おお》いなる団扇《うちわ》の柄《え》の長《ながき》を木にて造りたるとおなし器具を役《えき》して、掬《すく》ひては投げ投げ力の達する家の周囲にあらむ限《かぎり》の空地《くうち》におろす。而《しか》して往来におろしたるは、厳重なる道路の取締《とりしまり》を奉じて層《そう》一層高きより、その上またその上へと投下ろしたる力にて岩の如く堅くなれる上面《じょうめん》は、鋸《のこぎり》を以て之をひき、数日来金石《きんせき》凍れる最下層は薪割《まきわり》にて打割りて、広き野原に橇《そり》に積みて運びて棄て、或は最寄の川に流して、辛《から》くも後始末をなすものなるが、いづれもこの労を厭《いと》ふが故に、少しにても己《おのれ》が管領する土地の区域の狭隘《きょうあい》ならむことを欲し、奇異なる境論《さかいろん》屢《しばしば》起る。

斯《かく》の如きはなほ可なり然れどもその凍冷《とうれい》人に禍《わざわい》するに到りては雪も亦《また》無情ならずや。然り、平和に馴れ栄花になづめる万物の悪を懲《こ》らさむとする雪の手は極めて冷《ひや》かなるものなれども、心は却《かえ》りて暖かに未来の米穀を養ひつゝあり。謝せよ、天は原仁《もとじん》なるぞ。

（明治二十九年一月「智徳会雑誌」）

一景話題《いっけいわだい》

夫人堂《ぶにんどう》

神戸にある知友、西本氏(1)、頃日《このごろ》、摂津国摩耶山《せっつのくにまやさん》(2)の絵葉書を送らる、その音信《おとずれ》に、なき母のこひしさに、二里《り》の山路《やまじ》をかけのぼり候《そうろう》。靉靆《たなび》き渡る霞《かすみ》の中に慈光洽《あまね》き御姿《おんすがた》を拝み候。

しかぐ〵と認《したた》められぬ。見るからに可懐《なつか》しさ言はんかたなし。此方《こなた》もおなじおもひの身なり。遥《はるか》にそのあたりを思ふさへ、端麗《たんれい》なるその御姿の、折からの若葉の中に梢《こずえ》を籠《こ》めたる、紫の薄衣《うすぎぬ》かけて見えさせ給《たま》ふ。

地誌を按《あん》ずるに、摩耶山は武庫郡六甲山《むこごおりろっこうさん》の西南に当りて、雲白く聳《そび》えたる峰の名なり。山の蔭に滝谷《たきだに》ありて、布引《ぬのびき》の滝の源といふも風情《ふぜい》なるかな。上《のぼ》るに三条《みすじ》の路《みち》あり。一《いっ》はその布引より、一は都賀野村上野《つがのむらうえの》より、他《た》は篠原よりす。峰の形峻厳崎嶇《しゅんげんきく》たりとぞ。然《しか》も海を去ること一里ばかりに過ぎざるよし。漣《さざなみ》の寄する渚《なぎさ》に桜貝の敷妙《しきたえ》も、雲高き夫人の御手《みて》の爪紅《つまべに》の影なるらむ。

伝へ聞く、摩耶山忉利天上寺《とうりてんじょうじ》夫人堂の御像《おんすがた》は、その昔梁《いにしえりょう》の武帝、女人《にょにん》の産に悩む者あるを憐《あわれ》み、仏母摩耶夫人《ぶつもまやぶにん》の影像《えいぞう》を造りて大功徳《だいくどく》を修《しゅ》しけるを、空海上人《くうかいしょうにん》入唐の時、我が朝《ちょう》に斎《かしず》き帰りしものとよ。

知ることの浅く、尋ぬること怠《おこた》るか、はたそれ詣《もう》づる人の少《すく》なきにや、諸国の寺院に、夫人を安置し勧請《かんじょう》するものを聞くこと稀《まれ》なり。

十歳《とお》ばかりの頃なりけん、加賀国石川郡《かがのくにいしかわごおり》、松任《まっとう》の駅より、畦路《あぜみち》を半町《はんちょう》ばかり小村《こむら》に入《い》込《こ》みたる片辺《かたほとり》に、里寺あり、寺号は覚えず、摩耶夫人おはします。なき母をあこがれて、父とともに詣でしことあり。初夏《はつなつ》の頃なりしよ。里川に合歓花《ねむ》あり、田に白鷺《しらさぎ》あり。麦や、青く、桑の芽の萌黄《もえぎ》に萌えつゝも、北国《ほっこく》の事なれば、薄靄《うすもや》ある空に桃の影の紅染《くれないそ》み、晴れたる水に李《すもも》の色蒼《あお》く澄みて、午《ご》の時、月の影も添ふ、御堂《みどう》のあたり凡《ぼん》ならず、畑《はた》打つものの、近く二人、遠く一人、小山《こやま》の裾《すそ》に数ふるばかり稀なりしも、浮世に遠き思《おもい》ありき。

本堂正面の階《きざはし》に、斜めに腰掛けて六部（3）一人、頭《かしら》より高く笈《おい》をさし置きて、寺より出《いだ》せしなるべし。その厨《くりや》の方《かた》には人の気勢《けはい》だになきを、日の色白く、梁《うつばり》の黒き中に、渠唯《かれただ》一人渋茶のみて、打憩《うちやす》らうて居たりけり。

その、もの静《しずか》に、謹みたる状《さま》して俯向《うつむ》く、背のいと痩《や》せたるが、取る年よりも長き月日の、旅のほど思はせつ。

よし、それとても朧気《おぼろげ》ながら、彼処《かしこ》なる本堂と、向つて右の方《かた》に唐戸《からど》一枚隔てたる夫人堂の大《おおい》なる御厨子《みずし》の裡《うち》に、綾《あや》の几帳《きちょう》の蔭なりし、跪《ひざまず》ける幼きものには、すら〳〵と丈高う、御髪《おぐし》の艶《つや》に星一ツ晃々《きらきら》と輝くや、ふと差覗《さしのぞ》くかとして、拝まれたまひぬ。浮べる眉、画《えが》ける唇、したゝる露の御《おん》まなざし。瓔珞《ようらく》の珠《たま》の中にひとへに白き御胸《おんむね》を、来《こ》よとや幽《かすか》に打寛《うちくつ》ろげたまへる、気高く、優しく、かしこくも妙《たえ》に美しき御姿、何時《いつ》も、まのあたりに見参らす。

今思出《おもいい》でつと言ふにはあらねど、世にも慕はしくなつかしきまゝに、余所《よそ》にては同じ御堂の又あらんとも覚えずして、この年月《としつき》をぞ過したる。されば、音にも聞かずして、摂津、摩耶山の忉利天上寺に摩耶夫人の御堂ありしを、このたびはじめて知りたるなり。西本の君の詣でたる、その日は霞の靉靆《たなび》きたりとよ。……音信《おとずれ》の来《き》しは宵月《よいづき》なりけり。

あんころ餅《もち》

松任《まっとう》の次手《ついで》なれば、其処《そこ》に名物を云ふべし。餅あり、あんころと云ふ。城下金沢より約三里、第一の建場《たてば》にて、両側の茶店軒を並べ、件《くだん》のあんころ餅を鬻《ひさ》ぐ……伊勢に名高き、赤福餅《あかふくもち》、草津のおなじ姥《うば》ケ餅、相似たる類《たぐい》のものなり。

松任にて、いづれも売競《うりきそ》ふなかに、何某《なにがし》と云ふあんころ、隣国他郷にもその名聞ゆ。ひとりその店にて製する餡《あん》、乾かず、湿らず、土用の中《うち》にても久しきに堪《た》へて、その質を変へず、格別の風味なり。其家《そこ》のなにがし、遠き昔なりけん、村隣りに尋ぬるものありとて、一日宵《あるひよい》のほど偶《ふ》と家を出《い》でしがそのまゝ帰らず、捜すに処なきに至りて世に亡きものに極《きわま》りぬ。三年の祥月《しょうつき》命日の真夜中とぞ。雨強く風烈《はげ》しく、戸を揺《ゆす》り垣を動かす、物凄《ものすさま》じく暴《あ》るゝ夜なりしが、ずどんと音して、風の中より屋の棟《むね》に下立《おりた》つものあり。ばたりと煽《あお》つて自《おのず》から上に吹開く、引窓の板を片手に擡《もた》げて、倒《さかさま》に内を覗《のぞ》き、おくの、おくのとて、若き妻の名を呼ぶ。その人、面《おもて》青く、髯《ひげ》赤し。下に寝《い》ねたるその妻、然《さ》ばかりの吹降りながら折からの蒸暑さに、ゐぎたなくて、搔巻《かいまき》を乗出でたる白き胸に、暖き息、上よりかゝりて、曰《いわ》く、汝《なんじ》の夫なり。魔道に赴きたれば、今は帰らず。されど、小児等《こどもら》も不便《ふびん》なり、活計《たっき》の術《すべ》を教ふるなりとて、すなはち餡の製法を伝へつ。今はこれまでぞと云ふまゝに、頸《くび》を入れて又差覗《またさしのぞ》くや、忽《たちま》ち、黒雲を捲《ま》き小さくなりて空高く舞《まい》上《あが》る。傘《からかさ》の飛ぶが如し。天赤かりしとかや。天狗《てんぐ》相伝の餅と云ふものこれなり。

いつぞやらん、その松任より、源平島《げんぺいじま》、水島《みずしま》、手取川《てどりがわ》を越えて、山に入《い》る、辰口《たつのくち》といふ小さな温泉に行きて帰るさ、件《くだん》の茶屋に憩《いこ》ひて、児心《こどもごころ》に、ふと見たる、帳場にはあらず、奥の別なる小さき部屋に、黒髪の乱れたる、若き、色の白き、瘦《や》せたる女、差俯向《さしうつむ》きて床《とこ》の上に起直りて居たり。枕許《まくらもと》に薬などあり、病人なりしなるべし。思はずも悚然《ぞっと》せしが、これ、しかしながら、この頃のにはあらじかし。

今は竹の皮づつみにして汽車の窓に売子出でて旅客に鬻ぐ、不思議の商標《しるし》つけたるが彼《か》の何某屋《なにがしや》なり。上品らしく気取りて白餡に小さくしたるものは何の風情もなし、すきとしたる黒餡の餅、形も大《おおい》に趣《おもむき》あるなり。

夏《げ》の水

松任より柏野《かしわの》水島などを過ぎて、手取川を越ゆるまでに源平島と云ふ小駅あり。里の名に因《ちな》みたる、いづれ盛衰記《せいすいき》(4)の一条《ひとくだり》あるべけれど、それは未《いま》だ考へず。われ等《ら》がこの里の名を聞くや、直《ただ》ちに耳の底に響き来《きた》るは、松風玉を渡るが如き清水の声なり。夏の水とて、北国《ほっこく》によく聞ゆ。

春と冬は水湧《わ》かず、椿の花の燃ゆるにも紅《べに》を解《と》くばかりの雫《しずく》もなし。たゞ夏至《げし》のはじめの第一日《だいいちじつ》、村の人の寝心《ねごころ》にも、疑ひなく、時刻も違《たが》へず、さら〳〵と白銀《しろがね》の糸を鳴して湧く。盛夏三伏《せいかさんぷく》(5)の頃ともなれば、影沈む緑の梢《こずえ》に、月の浪越すばかりなり。冬至《とうじ》の第一日に至りて、はたと止《や》む、恰《あたか》も絃《げん》を断つ如し。

周囲に柵を結《ゆ》ひたれどそれも低く、錠はあれど鎖《さ》さず。注連引結《しめひきゆ》ひたる。青く艶《つやや》かなる円《まろ》き石の大《おおい》なる下より溢《あふ》るゝを樋《ひ》の口に受けて木の柄杓《ひしゃく》を添へあり。神業《かみわざ》と思ふにや、六部順礼など遠く来りて賽《さい》すとて、一文銭二文銭の青く銹《さ》びたるが、円き木の葉の如くあたりに落散りしを見たり。深く山の峡《かい》を探るに及ばず。村の往来のすぐ路端《みちばた》に、百《ひゃく》姓家《しょうや》の間に恰も総井戸の如くにあり。いつなりけん、途《みち》すがら立寄りて尋ねし時は、東《とう》家《か》の媼《おうな》、機織《はたお》りつゝ、納戸《なんど》の障子《しょうじ》より、西家《さいか》の子、犬張子《いぬはりこ》を弄《もてあそ》びながら、日向《ひなた》の縁《えん》より、人懐《ひとなつか》しげに瞻《みまも》りぬ。

甲冑《かっちゅう》堂《どう》

橘南谿《たちばななんけい》(6)が東遊記《とうゆうき》(7)に、陸前国苅田郡高福寺《りくぜんのくにかつたごおりこうふくじ》なる甲冑堂の婦人像を記《き》せるあり。

奥州白石《しろいし》の城下より一里半南に、才川《さいかわ》と云ふ駅あり。この才川の町末《まちずえ》に、高福寺といふ寺あり。奥州筋《すじ》近来の凶作にこの寺も大破に及び、住持《じゅうじ》となりても食物乏しければ僧も不住《すまず》、明寺《あきでら》となり、本尊だに何方《いずかた》へ取納《とりおさ》めしにや寺には見えず、庭は草深く、誠に狐梟《こきょう》のすみかといふも余《あまり》あり。この寺中に又《また》一ツの小堂あり。俗に甲冑堂といふ。堂の書附《かきつけ》には故将堂《こしょうどう》とあり、大《おお》さ纔《わずか》に二間《けん》四方許《ばかり》の小堂なり。本尊だに右の如くなれば、この小堂の破損はいふ迄《まで》もなし、やう〳〵に縁《えん》にあがり見るに、内に仏とてもなく、唯《ただ》婦人の甲冑して長刀《なぎなた》を持ちたる木像二つを安置せり。

これ、佐藤継信忠信《さとうつぎのぶただのぶ》兄弟の妻、二人都にて討死《うちじに》せしのち、その母の泣悲《なきかな》しむがいとしさに、我が夫の姿をまなび、老いたる人を慰めたる、優しき心をあはれがりて時の人木像に彫《きざ》みしものなりといふ。

この物語を聞き、この像を拝するにそゞろに落涙《らくるい》せり。(略)かく荒れ果てたる小堂の雨風をだに防ぎかねて、彩色《さいしき》も云々《うんぬん》。

甲冑堂の婦人像のあはれに絵の具のあせたるが、遥《はる》けき大空の雲に映りて、虹《にじ》より鮮明《あざやか》に、優しく読むものの目に映りて、その人恰《あたか》も活《い》けるが如し。われらこの烈《はげ》しき大都会の色彩を視《なが》むるもの、奥州辺《へん》の物語を読み、その地の婦人を想像するに、大方は安《あ》達《だち》ケ原《はら》の婆々《ばばあ》(9)を想ひ、もつぺ穿《は》きたる姉《あねえ》をおもひ、紺の褌《ふんどし》の嬶々《かかあ》をおもふ。同じ白石の在所うまれなる、宮城野《みやぎの》と云ひ信夫《しのぶ》と云ふ(10)を、芝居にて見たるさへ何とやらん初鰹《はつがつお》の頃は嬉しからず。たゞ南谿が記したる姉妹《きょうだい》のこの木像のみ、外ケ浜《そとはま》の沙漠《さばく》の中にも緑水《オアシス》のあたり、花菖蒲《はなあやめ》、色のしたゝるを覚ゆる事、巴《ともえ》(11)、山吹のそれにも優《まさ》れり。幼き頃より今も亦然《またしか》り。

元禄《げんろく》の頃の陸奥千鳥《むつちどり》(12)には——木川村《きがわむら》入口に鐙摺《あぶみずり》の岩あり、一騎立《いっきだち》の細道なり、少し行きて右の方《かた》に寺あり、小高き所、堂一宇《いちう》、継信、忠信の両妻、軍立《いくさだち》の姿にて相双《あいなら》び立つ。

軍《いくさ》めく二人の嫁や花あやめ

また、安永《あんえい》中の続奥の細道(13)には——故将堂女体、甲冑を帯《たい》したる姿、いと珍し、古き像にて、彩色の剝《は》げて、下地なる胡粉《ごふん》の白く見えたるは、

卯の花や縅《おど》し毛《げ》ゆらり女武者

としるせりとぞ。この両様《りょうよう》とも悉《くわ》しくその姿を記さざれども、一読の際、われらが目には、東遊記に写したると同じ状《さま》に見えて最《い》と床《ゆか》し。

然《しか》るに、観聞志《かんもんし》(14)と云へる書には、――斎川以西有羊腸《さいかわいせいようちょうあり》、維石巌々《これいしげんげん》、嚙足《あしをかみ》、毀蹄《ひづめをやぶる》、一《いっ》高坂也《こうはんなり》、是以馬憂虺隤《これをもってうまかいたいをうれう》、人痛嶮艱《ひとけんかんをいたむ》、王勃所謂《おうぼついわゆる》、関山難踰者《かんざんこえがたきもの》、方是乎可信依《まさにここにおいてかしんいすべし》、土人称破鐙坂《どじんやれあぶみのさかとしょうす》、破鐙坂東有一堂《やれあぶみざかのひがしにいちどうあり》、中置二女影《なかににじょえいをおく》、身着戎衣服《みにじゅういのふくをつけ》、頭戴烏帽子《かしらにえぼしをいただき》、右方執弓矢《うほうにきゅうしをとり》、左方撫刀剣《さほうにとうけんをぶす》――とありとか。

この女像にして、もし、弓矢を取り、刀剣を撫《ぶ》すとせんか、いや、腰を踏張《ふんば》り、片膝押《おし》はだけて身構へて居るようにて姿甚《はなは》だとゝのはず。この方が真《まこと》ならば、床しさは半ば失《う》せ去る。読む人々も、かくては筋骨逞《きんこつたくま》しく、膝節《ひざぶし》手ふしもふしくれ立ちたる、がんまの娘を想像せずや。知らず、この方《かた》は或《あるい》は画像などにて、南谿が目《ま》のあたり見て写し置ける木像とは違《たが》へるならんか。その長刀《なぎなた》持ちたるが姿なるなり。東遊記なるは相違あらじ。またあらざらん事を、われらは願ふ。観聞志もし過《あやま》ちたらんには不都合なり、王勃《おうぼつ》が謂《い》ふ所などは何《ど》うでもよし、心すべき事ならずや。

近頃心して人に問ふ、甲冑堂の花あやめ、あはれに、今も咲けるとぞ。

唐土《とうど》の昔、咸寧《かんねい》の吏《り》、韓伯《かんはく》が子某《なにがし》と、王蘊《おううん》が子某と、劉耽《りゅうたん》が子某と、いづれ華冑《かちゅう》の公子等《ら》、相携《あいたずさ》へて行きて、土地の神、蔣山《しょうざん》の廟《びょう》に遊ぶ。廟中数婦人の像あり、白皙《はくせき》にして甚《はなは》だ端正。

三人この処に、割籠《わりご》を開きて、且《か》つ飲み且つ大《おおい》に食《くら》ふ。その人も無《な》げなる事、恰も妓《ぎ》を傍《かたわら》にしたるが如し。剰《あまつさ》へ酔《えい》に乗じて、三人おの〳〵、その中《うち》三婦人の像を指《ゆびさ》し、勝手に選取《よりど》りに、おのれに配して、胸を撫で、腕を圧《お》し、耳を引く。

時に、その夜の事なりけり。三人同じく夢《ゆめ》む。夢に蔣侯、その伝教《さんだいふ》を遣はして使者の趣《おもむき》を白《まお》さす。曰《いわ》く、不束《ふつつか》なる女ども、猥《みだり》に卿等《けいら》の栄顧を被《こうむ》る、真《しん》に不思議なる御縁の段、祝着《しゅうちゃく》に存ずるもの也。就《つい》ては、某《それ》の日、恰も黄道吉辰《こうどうきっしん》なれば、揃《そろ》って方々《かたがた》を婿君《むこぎみ》にお迎へ申すと云ふ。汗冷たくして独《ひと》りづゝ夢さむ。明くるを待ちて、相見て口を合はするに、三人符を同じうして聊《いささか》も異なる事なし。於是《ここにおいて》青くなりて大《おおい》に懼《おそ》れ、斉《ひと》しく牲《にえ》を備えて、廟に詣《まい》つて、罪を謝し、哀《あい》を乞ふ。

その夜又倶《とも》に夢む。この度《たび》や蔣侯神、白銀の甲冑し、雪の如き白馬に跨《またが》り、白羽《しらは》の矢を負ひて親しく自《みずか》ら枕に降《くだ》る。白き鞭《むち》を以て示して曰く、変更の議罷成《まかりな》らぬ、御身《おんみ》等、我が処女《むすめ》を何と思ふ、海老茶《えびちゃ》(15)ではないのだと。

木像、神《しん》あるなり。神なけれども霊あつて来《きた》り憑《よ》る。山深く、里幽《ゆう》に、堂宇廃頽《はいたい》して、愈々《いよいよ》活けるが如く然《しか》る也。

（明治四十四年六月「新小説」）

自然と民謡に——郷土精華（加賀）——

私は金沢に生れて、十七歳まで棲《す》んでいたが、加賀ッぽは何だか好かない。郷里の悪口をいうようだが、加賀の人間は傲慢《ごうまん》で、自惚《うぬぼ》れが強くて、人を人とも思わない、頑固で分《わか》らず漢《や》で、殊《こと》に士族などと来ては、その悪癖が判然と発揮されて、吾々町人共はまるで人間とも思わないと云ったような傲慢不遜《ふそん》な態度の不可好《いけすか》ない特性は、同郷人たる私でさえ嫌で嫌で仕方がない。だから人間としての加賀人程私の癪《しゃく》にさわる者はないのである。それに百万石だぞと云った偉《え》らがりが、今日でもその性格の奥に閃《ひら》めいているのが、何よりも面白くないと思う。

けれども、加賀の自然、金沢の天地は、流石《さすが》に今も尚《な》お幼ない時分の追憶を動かして来る。これ丈《だけ》は、最も私の金沢に或《あ》る遣《や》る瀬《せ》ない懐かしさを、心の奥に刻んで、昔遊んだ町や、山や川なぞの有様を想い浮べるのである。

民謡に残る金沢の情調は、遉《さす》がにうれしいものの一つである。「大風いやで、こ風はたのむ」と紙鳶《たこ》を揚げて遊んだのも、この頃の故郷であった。金沢は御承知の北陸の市であるから、冬は雪の中に埋《うず》もれて、榾《ほた》や囲炉裏《いろり》の火にあたりながら、徒然《つれづれ》な日を送らねばならぬ。で東京なぞでは、昔から正月頃には子供の遊びの一つとして賑《にぎわ》った凧《たこ》を飛ばすことは、故郷では出来なかった。先《ま》ず、春は三月四月にかけてからが紙鳶の世界であった。その紙鳶に就《つ》いての追憶でも、幾らも懐《なつか》しいことがある。東京の紙鳶は糸目を附けて売っているが、国での紙鳶は糸目を付けてない。その紙鳶の形も違っている。そして紙鳶の絵は青い色で星のようなものとか、赤い日の丸とか月の象などを描いた簡単なもので、買って来ては自分で糸目を付ける。そしてその名もタコとはいわず、イカと呼んでいた。

「雪は一升、あられはごんご」と云って、無邪気な民謡を謳《うた》いながら、重《おも》に霰《あられ》のふる日に袂《たもと》で受けて喜んで遊んだが、それは極《ご》く小さい霰で、量の少ない時で、北陸の名物たる大きな霰などの降る日には、袂で受けるなどの悠暢《ゆうちょう》なことでなく遊んでいる子供でも、頭を撲《う》たれる痛さに堪《た》え兼ねて、袂で頭を蔽《おお》いながら、逃げ帰ったものである。

凡兆《ぼんちょう》(1)の句に「呼び返す鮒売《ふなうり》見えぬ霰かな」(2)と云うのがあるが、冬の故郷の情調は、この一句に尽くされている。金沢の近郊には河北潟《かほくがた》と云うのがあって、周囲三里の湖であるが、潟から鮒や鯔《いな》なぞが沢山に漁《と》れる。そこから漁れた鮒を大原女《おはらめ》のような女が、矢《や》張盤台《はりはんだい》を頭に戴《いただ》いて町に売りに来る。中々それが懸値を云う。

霜月の、殊に雪や霰などの降った日には、よくこの鮒売の女の呼び声が、シックリと寂れた情景にあう。

粉雪の降る時には、「天な灰やたつ、下にゃ雪や降る」と謳いながら遊ぶ。

お正月には、「お正月はどこまで、からから山の下まで、土産《みやげ》はなんじゃ、榧《かや》や勝栗《かちぐり》、蜜柑柑子《みかんこうじ》 橘《たちばな》」と云う民謡も床《ゆか》しいものの一つである。

茸狩は、近郊の山でとれないから、少し隔った所へゆく、その頃は紅葉も色づいて、秋の眺めの佳《よ》いことは、又《ま》た格別である。

「とんべのおしろ(後《うしろ》のこと)に鷹匠《たかじょう》がいーる。あっち向いて見され、こっち向いて見され」といって騒いだり、「あてこにこてこに、たれにあたろうや、まだしょが知れぬ、いけのふち(井戸の縁と云う意味にて井桁《いげた》の縁のこと)に茶碗おいてあぶないことやった」と云って、朋輩の誰《だ》れ彼《か》れを当てたりして遊んだ故郷の有様は、今も心を嗾《そそ》る程なつかしい。故郷の自慢は、人物や人間ではなく、私はその自然と民謡とに、微《かす》かながらも或る種の矜《ほこ》りを感ずるのである。

（大正四年十月「日本及日本人」）

寸情風《すんじょうふ》土《ど》記《き》

金沢の正月は、お買初《かいぞ》め、お買初めの景気の好《い》い声にてはじまる。初買《はつがい》なり。二日の夜中より出立《いでた》つ。元日は何の商売も皆休む。初買の時、競つて紅鯛《べにだい》とて縁起ものを買ふ。笹の葉に、大判、小判、打出《うちで》の小槌《こづち》、宝珠《ほうしゅ》など、就中《なかんずく》、緋《ひ》に染色《そめいろ》の大鯛小鯛を結付《ゆいつ》くるによつて名あり。お酉様《とりさま》の熊手《くまで》、初卯《はつう》の繭玉《まゆだま》の意気なり。北国《ほっこく》ゆゑ正月はいつも雪なり。雪の中をこの紅鯛綺麗《きれい》なり。このお買初めの、雪の真夜中、うつくしき灯《ひ》に、新版の絵草紙を母に買つてもらひし嬉しさ、忘れ難《がた》し。

おなじく二日の夜、町の名を言ひて、初湯《はつゆ》を呼んで歩く風俗以前ありたり、今もあるべし。たとへば、本町《ほんちょう》の風呂屋ぢや、湯が沸《わ》いた、湯がわいた、とこのぐあひなり。これが半纏向《はんてんむこ》うはち巻《まき》の威勢の好《い》いのでなく、古合羽《ふるがっぱ》に足駄《あしだ》穿《ば》き懐手《ふところで》して、のそり〳〵と歩行《ある》きながら呼ぶゆゑをかし。金沢ばかりかと思ひしに、久須美佐渡守《くすみさどのかみ》の著す、（浪華《なにわ》の風《かぜ》(1)）と云ふものを読めば、昔、大阪にこのことあり——二日は暁《あけ》七つ時《どき》前より市中螺《ほら》など吹いて、わいたわいたと大声に呼びあるきて湯のわきたるをふれ知らす、江戸には無きことなり――とあり。

氏神《うじがみ》の祭礼は、四五月頃と、九十月頃と、春秋《しゅんじゅう》二度づゝあり、小児《こども》は大喜びなり。秋の祭の方賑《にぎわ》し。祇園囃子《ぎおんばやし》、獅子《しし》など出《い》づるは皆秋の祭なり。子供たちは、手に手に太《たい》鼓《こ》の撥《ばち》を用意して、社《やしろ》の境内《けいだい》に備へつけの大太鼓をたゝきに行き、また車のつきたる黒《くろ》塗《ぬり》の台にのせてこれを曳《ひ》きながら打囃《うちはや》して市中を練りまはる。ドヾンガドン。こりや、と合《あい》の手に囃す。わつしよい〳〵と云ふ処なり。

祭の時のお小遣を飴買銭《あめかいぜに》と云ふ。飴が立てものにて、鍋にて暖《あたた》めたるを、麻殻《あさがら》の軸にくるりと巻いて売る。飴買つて麻やろか、と言ふべろんの言葉あり。饅頭《まんじゅう》買つて皮やろかなり。御祝儀、心づけなど、軽少《けいしょう》の儀を、これは、ほんの飴買銭。

金沢にて銭《ぜに》百と云ふは五厘《りん》なり、二百が一銭《せん》、十銭が二貫《かん》なり。たゞし、一円を二円とは云はず。

蒲鉾《かまぼこ》の事をはべん、はべんをふかしと言ふ。即《すなわ》ち紅白のはべんなり。皆板についたまゝを半月《はんげつ》に揃《そろ》へて鉢肴《はちざかな》に装《も》る。逢ひたさに用なき門《かど》を二度三度、と言ふ心意気にて、ソツと白壁、黒塀について通るものを、「あいつ板附《いたつき》はべん」と言ふ洒落《しゃれ》あり、古い洒落なるべし。

お汁《つゆ》の実の少ないのを、百間堀《ひやつけんぼり》に霰《あられ》と言ふ。田螺《たにし》と思つたら目球《めだま》だと、同じ格なり。百間堀は城の堀にて、意気も不意気《ぶいき》も、身投《みなげ》の多き、昼も淋《さび》しき所なりしが、埋立てたれば今はなし。電車が通る。満員だらう。心中《しんじゆう》したのがうるさかりなむ。

春雨のしめやかに、謎を一つ。……何枚衣《き》ものを重ねても、お役に立つは膚《はだ》ばかり、何？……筍《たけのこ》。

然《しか》るべき民謡集の中に、金沢の童謡を記して(鳶《とんび》のおしろに鷹匠《たかじよ》が居る、あつち向いて見さい、こつち向いて見さい)としたるは可《よ》きが、おしろに註して(お城)としたには吃驚《びつくり》なり。おしろは後《うしろ》のなまりと知るべし。この類あまたあり。茸狩《たけが》りの唄に、(松みゝ、松みゝ、親に孝行なもんに当れ。)この松みゝに又註して、松茸とあり。飛んだ間違なり。金沢にて言ふ松みゝは初茸なり。この茸《きのこ》は、松美しく草浅き所にあれば子供にも獲《え》らるべし。(つくしん坊めつかりこ)ぐらゐな子供に、何処《どこ》だつて松茸は取れはしない。一体童謡を収録するのに、なまりを正したり、当推量《あてずいりよう》の註釈は大の禁物なり。

鬼ごつこの時、鬼ぎめの唄に、……(あてこに、こてこに、いけの縁《ふち》に茶碗《ちやわん》を置いて、危《あぶ》いことぢやつた。)同じ民謡集に、このいけに(池)の字を当ててあり。あの土地にて言ふいけは井戸なり。井戸のふちに茶碗ゆゑ、けんのんなるべし。(かしや、かなざもの、しんたてまつる云々《うんぬん》)これは北海道の僻地《へきち》の俚謡《りよう》なり。其処《そこ》には、金沢の人多人数、移住したるゆゑ、故郷にて、(加州金沢の新竪町の云々)と云ふのが、次第になまりて(かしや、かなざものしんたてまつる。)知るべし、民謡に註の愈々《いよいよ》不可なること。

新竪町《しんたてまち》、犀川《さいがわ》の岸にあり。こゝに珍しき町の名に、大衆免《だいじめ》、木《き》の新保《しんぼ》、柿《かき》の木畠《きばたけ》、油車《あぶらぐるま》、目細小路《めぼそのしょうじ》、四這坂《よつばいざか》。例の公園に上《のぼ》る坂を尻垂坂《しりたれざか》は何《ど》うした事？　母衣町《ほろまち》は、十二階辺《かいへん》と言ふ意味に通ひしが今は然《しか》らざる也。——六斗林《ろくとばやし》は筍《たけのこ》が名物。目黒の秋刀魚《さんま》の儀にあらず、実際の筍なり。百々女木町《どどめきまち》も字に似ず音《おん》強し。

買物にゆきて買ふ方が、(こんね)で、店の返事が(やあ〳〵。)帰る時、買った方で、有がたう存じます、は君子なり。——ほめるのかい——いゝえ。

地震めつたになし。しかし、そのぐら〳〵と来る時は、家々に老若男女、声を立てて、世なほし、世なほし、世なほしと唱ふ。何とも陰気にて薄気味悪し。雷の時、雷山《かみなりやま》へ行け、地震は海へ行けと唱ふ、たゞし地震の時には唱へず。

火事をみて、火事のことを、あゝ火事が行く、火事が行く、と叫ぶなり。弥次馬《やじうま》が駈《か》けながら、互《たがい》に声を合はせて、左、左、左、左。

夏のはじめに、よく蝦蟇《がま》売りの声を聞く。蝦蟇や、蝦蟇《がんま》い、と呼ぶ。又この蝦蟇売りに限りて、十二三、四五位なのが、きまつて二人連れにて歩くなり。よつて怪《け》しからぬ二人連を、畜生、蝦蟇売め、と言ふ。たゞし蝦蟇は赤蛙《あかがえる》(2)なり。蝦蟇や、蝦蟇い。——そのあとから山男のやうな小父《おじ》さんが、柳の虫は要らんかあ、柳の虫は要らんかあ。

鯖《さば》を、鯖や三番叟《さんばそう》、とすてきに威勢よく売る、おや〳〵、初鰹の勢《いきおい》だよ。鰯《いわし》は五月を季《しゅん》とす。さし網鰯《あみいわし》とて、砂のまゝ、笊《ざる》、盤台《はんだい》にころがる。嘘にあらず、鯖、鯔《ぼら》ほどの大《おおき》さなり。値《あたい》安し。これを焼いて二十食つた、酢にして十《とお》食つたと云ふ男だて沢山なり。次手《ついで》に、目刺《めざし》なし。大小いづれも串を用ゐず、乾《ほ》したるは干鰯《ひいわし》といふ。土地にて、いなだは生魚《なまうお》にあらず、鰤《ぶり》を開きたる乾《ひ》ものなり。夏中の好下物《いいさかな》、盆の贈答に用ふる事、東京に於《お》けるお歳暮《せいぼ》の鮭《さけ》の如し。然《さ》ればその頃は、町々、辻々を、彼方《あっち》からも、いなだ一枚、此方《こっち》からも、いなだ一枚。

灘《なだ》の銘酒、白鶴《はくつる》を、白鶴《はっかく》と読み、いろ盛《ざかり》をいろ盛《もり》と読む。娘盛《むすめざかり》を娘盛《むすめもり》だと、お嬢さんのお酌《しゃく》にきこえる。

南瓜《とうなす》を、かぼちゃとも、勿論南瓜《もちろんとうなす》とも言はず皆ぼぶら。真桑《まくわ》を、美濃瓜《みのうり》。奈良漬にする浅瓜《あさうり》を、堅瓜《かたうり》、この堅瓜味《あじわい》よし。

蓑《みの》の外《ほか》に、ばんどりとて似たものあり、蓑よりはこの方を多く用ふ。磯一峯《いそいっぽう》が、(この地《じ》紀行(3))に安宅《あたか》の浦を一里左に見つゝ、と言ふ処にて、(大国《おおくに》のしるしにや、道広くして車を並べつべし、周道如砥《しゅうどうとのごとし》とかや言ひけん、毛詩の言葉まで思ひ出でらる。並木の松厳しく聯《つらな》りて、枝をつらね蔭を重ねたり。往来の民、長き草にて蓑をねんごろに造りて目馴《めな》れぬ姿なり。)と言ひしはこれなるべし。あゝ又雨ぞやと云ふ事を、又ばんどりぞやと云ふ習ひあり。

祭礼の雨を、ばんどり祭と称《とな》ふ。だんどりが違って子供は弱る。

関取、ばんどり、おねばとり、と拍子《ひょうし》にかゝつた言《ことば》あり。負けずまふは、大雨にて、重湯《おもゆ》のやうに腰が立たぬと云ふ後言《しりゅうごと》なるべし。

いつぞや、同国の人の許《もと》にて、何かの話の時、鉢前のバケツにあり合せたる雑巾《ぞうきん》をさして、その人、金沢で何んと言つたか覚えてゐるかと問ふ。忘れたり。ぢぶきなり、その人、長火鉢を、これはと又問ふ。忘れたり。大和風呂《やまとぶろ》なり。さて酔《よっ》ぱらひの事を何んと言つたつけ。二人とも忘れて、沙汰なし〳〵。

内証《ないしょ》の情婦《いろ》のことを、おきせん(4)と言ふ。たしか近松の心中《しんじゅう》ものの何かに、おきせんとてこの言葉ありたり。どの浄瑠璃《じょうるり》かしらべたけれど、おきせんも無いのに面倒なり。

真夏、日盛りの炎天を、門天心太《もんてんこころぶと》と売る声きはめてよし。静《しずか》にして、あはれに、可懐《なつか》し。荷も涼しく、松の青葉を天秤《てんびん》にかけて荷《にな》ふ。い丶声にて、長く引いて静に呼び来《きた》る。

もんてん、こ丶ろウぶとウ——

続いて、荻《おぎ》、萩《はぎ》の上葉《うわは》をや渡るらんと思ふは、盂蘭盆《うらぼん》の切籠売《きりこうり》の声なり。青竹の長棹《ながさお》にづらりと燈籠《とうろう》、切籠《きりこ》を結びつけたるを肩にかけ、二ツ三ツは手に提げながら、細くとほるふしにて、切籠ゥ行燈《あんどん》切籠——と売る、町の遠くよりきこゆるぞかし。

氷々《こおりこおり》、雪の氷と、こも俵《だわら》に包みて売り歩くは雪をかこへるものなり。鋸《のこぎり》にてザク〱と切つて寄越す。日盛《ひざかり》に、町を呼びあるくは、女や児《こ》たちの小遣取《こづかいとり》なり。夜店のさかり場にては、屈竟《くっきょう》な若い者が、お祭騒ぎにて売る。土地の俳優《やくしゃ》の白粉《おしろい》の顔にて出た事あり。屋根より高い大行燈《おおあんどん》を立て、白雪の山を積み、台の上に立つて、やあ、がばり〱がばり〱と喚《わめ》く。行燈にも、白山氷《はくさんこおり》がばり〱と遣《や》る。はじめ、が丶、がばり〱は雪の安売に限りしなるが、次第に何事にも用ゐられて、投売《なげうり》、棄売《すてう》り、見切売りの場合となると、瀬戸物屋、呉服店、札《ふだ》をたてて、がばり〱。愚案《ぐあん》ずるに、がばりは雪を切る音《おと》なるべし。

水玉草《みずたまそう》を売る、涼し。

夜店に、大道《だいどう》にて、鰌《どじょう》を割《さ》き、串にさし、付焼《つけやき》にして売るを関東焼とて行《おこな》はる。蒲焼《かばやき》の意味なるべし。

四万六千日《しまんろくせんにち》(5)は八月なり。さしもの暑さも、この夜のころ、観音の山より涼しき風そよ〳〵と訪《おと》づるゝ、可懐《なつか》し。

唐黍《とうもろこし》を焼く香《におい》立つ也。

秋は茸《きのこ》こそ面白けれ。松茸、初茸、木茸、岩茸、占地《しめじ》いろ〳〵、千本占地、小倉《おぐら》占地、一本占地、榎茸《えのきだけ》、針茸《はりだけ》、舞茸、毒ありとても紅茸《べにたけ》は紅に、黄《き》茸《だけ》は黄に、白に紫に、坊主茸、饅頭茸《まんじゅうだけ》、烏茸《からすだけ》、鳶茸《とんびだけ》、灰茸《はいだけ》など、本草《ほんぞう》(6)にも食鑑《しょっかん》(7)にも御免蒙《こうむ》りたる恐ろしき茸《きのこ》にも、一つ一つ名をつけて、籠《かご》に装《も》り、籠《こ》に狩る。茸爺《きのこじじい》、茸嫗《きのこばば》とも名づくべき茸狩りの古狸《ふるだぬき》。町内に一人位づゝ必ずあり。山入《やまいり》の先達《せんだつ》なり。

芝茸《しばたけ》と称《とな》へて、笠薄樺《かさうすかば》に、裏白《うらじろ》なる、小さな茸の、山近く谷浅きあたりにも群生して、子供にも就中《なかんずく》これが容易《たやす》き獲《え》ものなるべし。毒なし。味もまた佳し。宇都宮にてこの茸掃くほどあり。誰も食する者なかりしが、金沢の人の行きて、これは結構と豆府《とうふ》の汁《つゆ》にしてつる〳〵と賞玩《しょうがん》してより、同地にても盛《さかん》に取り用ふるやうになりて、それまで名の無かりしを金沢茸《かなざわだけ》と称する由《よし》。実説なり。

茹栗《ゆでぐり》、焼栗、可懐《なつか》し。酸漿《ほおずき》は然《さ》ることなれど、丹波栗《たんばぐり》と聞けば、里遠く、山遥《はるか》に、仙境の土産《みやげ》の如く幼心《おさなごころ》に思ひしが。

松虫や——すゞ虫、と茣蓙《ござ》きて、菅笠《すげがさ》かむりたる男、籠を背に、大《おおき》な鳥の羽を手にして山より出づ。

こつさいりんしんかとて柴をかつぎて、姉《あね》さん被《かぶ》りにしたる村里の女房、娘の、朝疾《と》く町に出づる状《さま》は、京の花売の風情《ふぜい》なるべし。六ツ七ツ茸を薄《すすき》に抜きとめて、手すさみに持てるも風情あり。

渡鳥、小雀《こがら》、山雀《やまがら》、四十雀《しじゅうから》、五十雀《ごじゅうから》、目白、菊いたゞき、あとりを多く耳にす。椋鳥《むくどり》少《すく》し。鶫《つぐみ》最も多し。

●じぶと云ふ料理あり。だししたぢに、慈姑《くわい》、生麩《なまぶ》、松露《しょうろ》など取合はせ、魚鳥《ぎょちょう》をうどんの粉《こ》にまぶして煮込み、山葵《わさび》を吸口《すいくち》にしたるもの。近頃頻々《ひんぴん》として金沢に旅行する人々、皆その調味を賞す。

蕪《かぶら》の鮨《すし》とて、鰤《ぶり》の甘塩を、蕪に挟み、麹《こうじ》に漬けて圧しならしたる、いろどりに、小蝦《こえび》を紅《あか》く散らしたるもの。こればかりは、紅葉《こうよう》先生一方《ひとかた》ならず賞《ほ》めたまひき。たゞし、四時《じ》常にあるにあらず、年の暮に霰《あられ》に漬けて、早春の御馳走《ごちそう》なり。

さて、つまみ菜、ちがへ菜、そろへ菜、たばね菜と、大根《だいこ》のうろ抜きの葉、露も次第に繁きにつけて、朝寒《あさざむ》、夕寒、や丶寒、肌寒、夜寒となる。そのたばね菜の頃ともなれば、大根の根、葉ともに霜《しも》白し、その味辛《から》し、然《しか》も潔《いさぎよ》し。

北国は天高くして馬痩《や》せたらずや。

大根曳《ひ》きは、家々の行事なり。これよりさき、軒につりて干したる大根を台所に曳きて沢庵《たくあん》に圧《お》すを言ふ。今日は誰の家の大根曳きだよ、などと言ふなり。軒に干したる日は、時雨《しぐれ》颯《さつ》と暗くか丶りしが、曳く頃は霙《みぞれ》、霰とこそなれ。冷たさ然《さ》こそ、東京にて恰《あたか》もお葉洗《はあらい》(8)と言ふ頃なり。夜は風呂ふき、早《は》や炬燵《こたつ》こひしきまどゐに、夏泳いだ河童《かっぱ》の、暗く化けて、豆府買ふ沙汰がはじまる。

小著(9)の中《うち》に、

その雲が時雨《しぐ》れ〳〵て、終日終夜《ひねもすよもすがら》降り続くこと二日三日、山陰に小さな青い月の影を見る暁方《あけがた》、ぱら〳〵と初霰《はつあられ》。さて世が変つた様に晴れ上つて、昼になると、寒さが身に沁みて、市中五万軒、後馳《おくれば》せの分も、や丶冬構へなし果つる。やがて、とことはの闇となり、雲は墨《すみ》の上に漆《うるし》を重ね、月も星も包み果てて、時々風が荒れ立つても、その一片の動くとも見えず。恁《かく》て天に雪催《ゆきもよい》が調ふと、矢玉《やだま》の音たゆる時なく、丑《うし》、寅《とら》、辰《たつ》、巳《み》、刻々《こくこく》に修羅《しゅら》礫《つぶて》を打《うち》かけて、霰々《あられあられ》、又玉霰《たまあられ》。としたるもの、拙《つたな》けれども殆《ほとん》ど実境也。

化《ばか》すのは狐《きつね》、化けるのは狸《たぬき》、貉《むじな》。狐狸より貉の化ける話多し。

三冬《さんとう》を蟄《ちっ》すれば、天狗《てんぐ》恐ろし。北海の荒磯《あらいそ》、金石《かないわ》、大野の浜、轟々《ごうごう》と鳴りとゞろく音、夜毎襖《よごとふすま》に響く。雪深くふと寂寞《せきばく》たる時、不思議なる笛太鼓、鼓《つづみ》の音あり、山颪《やまおろし》にのつてトトンヒユーときこゆるかとすれば、忽ち《たちま》颯《さつ》と遠く成る。天狗のお囃子《はやし》と云ふ。能楽の常に盛《さかん》なる国なればなるべし。本所《ほんじょ》の狸囃子と、遠き縁者と聞く。

豆の餅《もち》、草餅、砂糖餅、昆布を切込みたるなど色々の餅を搗《つ》き、一番あとの臼《うす》をトンと搗く時、千貫万貫《せんがんまんがん》、万々貫、と哄《どっ》と喝采《はや》して、恪《かく》て市《いち》は栄ゆるなりけり。

榧《かや》の実、渋く侘《わび》し。子供のふだんには、大抵柑子《たいていこうじ》なり。蜜柑《みかん》たつとし。輪切りにして鉢ものの料理につけ合はせる。浅草海苔《のり》を一枚づゝ売る。

上丸《じょうまる》、上々丸など称《とな》へて胡桃《くるみ》いつもあり。一寸煎《ちょっとい》つて、飴《あめ》にて煮る、これは甘《うま》い。

蓮《はす》根、蓮根とは言はず、蓮根《れんこん》とばかり称ふ、味よし、柔かにして東京の所謂餅蓮根《いわゆるもちばす》なり。郊外は南北凡《およ》そ皆蓮池《はすいけ》にて、花開く時、紅々白々《こうこうはくはく》。

木槿《むくげ》、木槿《はちす》にても相分《あいわか》らず、木槿《もくで》なり。山の芋《いも》と自然生《じねんじょう》を、分けて別々に称ふ。

凧《たこ》、皆いかとのみ言ふ。扇の地紙形《じがみがた》に、両方に袂《たもと》をふくらましたる形、大々小々いろ〳〵あり。いづれも金、銀、青、紺にて、円《まる》く星を飾りたり。関東の凧はなきにあらず、名づけて升凧《ますいか》と言へり。

地形の四角なる所、即ち桝形《ますがた》なり。

女の子、どうかすると十六七の妙齢なるも、自分の事をタアと言ふ。男の児《こ》は、ワシは蓋《けだ》しつい通りか。たゞし友達が呼び出すのに、ワシは居るか、と言ふ。この方はどつちもワシなり。

お螻殿《けらどの》を、仏さん虫、馬追虫を、鳴声でスイチヨと呼ぶ。塩買蜻蛉《しおがいとんぼ》、味噌買《みそがい》蜻蛉、考証《こうしょう》に及ばず、色合《いろあい》を以て子供衆は御存じならん。おはぐろ蜻蛉を、姉《ねえ》さんとんぼ、草葉《くさば》蜉虫《かげろう》は燈心とんぼ、目高《めだか》をカンタと言ふ。

蛍《ほたる》、浅野川の上流を、小立野《こだつの》に上《のぼ》る、鶴間谷《つるまだに》と言ふ所、今は知らず、凄いほど多く、暗夜《あんや》には蛍の中に人の姿を見るばかりなりき。

清水《しみず》を清水《しょうず》。――桂清水《かつらしょうず》で手拭《てぬぐい》ひろた、と唄ふ。山中《やまなか》の湯女《ゆな》の後朝《きぬぎぬ》なまめかし。その清水まで客を送りたるもののよし。

二百十日《にひゃくとおか》の落水《おとしみず》に、鯉《こい》、鮒《ふな》、鯰《なまず》を掬《すく》はんとて、何処《どこ》の町内も、若い衆は、田圃《たんぼ》田圃へ総出で騒ぐ。子供たち、二百十日と言へば、鮒、カンタをしやくふものと覚えたほどなり。

謎また一つ。六角堂に小僧一人、お参りがあつて扉《と》が開く、何?……酸漿《ほおずき》。味噌の小買《こがい》をするは、質《しち》をおくほど恥辱《ちじょく》だと言ふ風俗なりし筈《はず》なり。豆府を切つて半《はん》挺《ちょう》、小半挺とて売る。蒟蒻《こんにゃく》は豆府屋につきものと知り給ふべし。おなじ荷の中に蒟蒻キツトあり。

蕎麦《そば》、お汁粉《しるこ》等《など》、一寸入《ちょっとはい》ると、一ぜんでは済まず。二ぜんは当前《あたりまえ》。だまつて食べて居れば、あとから〳〵つきつけ装《も》り出す習慣あり。古風淳朴《じゅんぼく》なり。たゞし二百が一銭と言ふ勘定にはあらず、心すべし。

ふと思出したれば、隣国富山にて、団扇《うちわ》を売る珍しき呼声を、こゝに記す。

団扇やア、大団扇。

うちは、かつきツさん。

いつきツさん。団扇やあ。

もの知りだね。

ところで芸者は、娼妓《おやま》は?……をやま、尾山と申すは、金沢の古称にして、在方《ざいかた》隣国の人達は今も城下に出づる事を、尾山にゆくと申すことなり。何、その尾山ぢやあない？……そんな事は、知らない、知らない。

（大正九年七月「新家庭」臨時増刊）

山の手小景《しょうけい》

矢来町《やらいちょう》

「お美津、おい、一寸《ちょっと》、あれ見い。」と肩を擦合《すりあ》わせて居る細君を呼んだ。旦那、その夜の出《で》と謂《い》うは、黄な縞《しま》の銘仙《めいせん》(1)の袷《あわせ》に白縮緬《しろちりめん》の帯、下にフランネルの襯衣《シャツ》、これを長襦袢《じゅばん》位に心得て居る人だから、けばけばしく一着《いっちゃく》して、羽織は着ず、洋杖《ステッキ》をついて、紺足袋《たび》、山高帽《やまたかぼう》を頂いて居る、脊《せ》の高い人物。

「何ですか。」

と一寸横顔を旦那の方に振向けて、直《す》ぐに返事をした。この細君が、伝《こ》う又直《まただ》ちに良人《おっと》の口に応じたのは、蓋《けだ》し珍しいので。……西洋の諺《ことわざ》にも、能弁は銀の如く、沈黙は金の如しとある。

然《さ》れば、神楽坂《かぐらざか》へ行きがけに、前刻《さっき》郵便局の前あたりで、水入《みずい》らずの夫婦が散歩に出たのに、余り話がないから、

（美津、下駄を買うてやるか。）と言って見たが、黙って返事をしなかった。貞淑なる細君は、その品位を保つこと、恰《あたか》も大籬《おおまがき》(2)の遊女の如く、廊下で会話を交えるのは、仂《はした》ないと思ったのであろう。

（ああん、このさきの下駄屋の方が可《ええ》か、お前好《すき》な処で買え、ああん。）と念を入れて見たが、矢張《やっぱり》黙って、爾時《そのとき》は、おなじ横顔を一寸背《そむ》けて、あらぬ処を見た。

丁度《ちょうど》左側を、二十《はたち》ばかりの色の白い男が通った。旦那は稍濁《ややにご》った声の調子高《ちょうしだか》に、

（ああん、何《ど》うじゃ。）

（嫌ですことねえ、）と何とも着かぬことを謂《い》ったのであるが、その間《かん》の消息自《おのずか》ら神契《しんけい》黙会《もっかい》。

（にやけた奴じゃ、国賊ちゅう！）と快げに、小指の尖《さき》ほどな黒子《ほくろ》のある平《ひら》たな小鼻を蠢《うごめ》かしたのである。謂うまでもないが、このほくろは極《きわ》めて僥倖《ぎょうこう》に半《なかば》は髯《ひげ》にかくれて居るので。さて銀側《ぎんがわ》の懐中時計は、散策の際も身を放さず、件《くだん》の帯に巻着けてあるのだから、時は自分にも明《あきら》かであろう、前《さき》に郵便局の前を通ったのが六時三十分で、帰り途《みち》に通懸《とおりかか》ったのが、十一時少々過ぎて居た。

夏の初めではあるけれども、夜のこの時分に成ると薄ら寒いのに、細君の出は縞のフ

ランネルに糸織の羽織、素足に蹈台《ふみだい》を俯着《うつつ》けて居る、語を換えて謂えば、高い駒下駄を穿《は》いたので、悉《くわ》しく言えば泥《どろ》ぽッくり。旦那が役所へ通う靴の尖《さき》は輝いて居るけれども、細君の他所《よそ》行《いき》の穿物は、むさくるしいほど泥塗《どろまみ》れであるが、惟《おも》うに玄関番の学僕が、悲《ひ》憤慷慨《ふんこうがい》の士で、女の足につけるものを打棄《うっちゃ》って置くのであろう。

その穿物が重いために、細君の足の運び敏活《びんかつ》ならず。がそれの所為《せい》で散策に係《かか》る長時間を費したのではない。

最も神楽坂を歩行《ある》くのは、細君の身に取って、些《ちっ》とも楽《たのし》みなことはなかった。既《すで》に日の内におさんを連れて、その折は、二枚袷に長襦袢、小紋縮緬三ツ紋の羽織で、白足袋。何のためか深張傘《ふかばりがさ》をさして、一度、やすもの売の肴屋《さかなや》へ、お総菜の鯔《ぼら》を買いに出たから。

茗荷谷《みょうがだに》

「おう、苺《いちご》だ苺だ、飛切《とびきり》の苺だい、負《まか》った負った。」

小石川茗荷谷から台町《だいまち》へ上《あが》ろうとする爪先上《つまさきあが》り。両側に大藪《おおやぶ》があるから、俗に暗がり坂と称《とな》える位、竹の葉の空を鎖《とざ》して真暗《まっくら》な中から、烏瓜《からすうり》の花が一面に、白い星のような弁《はなびら》を吐いて、東雲《しののめ》の色が颯《さっ》と射す。坂の上の方から、その苺だ、苺だ、と威勢よく呼《よば》わりながら、跣足《はだし》ですたすたと下りて来る、一名の童《わっぱ》がある。

嬉しくッて嬉しくッて、雀躍《こおどり》をするような足どりで、「やっちゃ場ァ負ったい。（3）おう、負った、負った、わっしょいわっしょい。」

やがて坂の下口《おりくち》に来て、もう一足《ひとあし》で、藪《やぶ》の暗がりから茗荷谷へ出ようとする時、「おくんな。」と言って、藪の下をちょこちょこと出た、九《ここの》ツばかりの男の児《こ》。脊丈《せたけ》より横幅の方が広いほどな、提革鞄《さげかばん》の古いのを、幾処《いくところ》も結目《むすびめ》を拵《こしら》えて肩から斜めに脊負うている。

これは界隈《かいわい》の貧民の児で、ついこの茗荷谷の上に在《あ》る、補育院《ほいくいん》と称《とな》えて月謝を取らず、時とすると、読本《とくほん》、墨《すみ》の類が施《ほどこし》に出て、その上、通学する児の、その日暮しの親達、父親なり、母親なり、日を久しく煩《わずら》ったり、雨が降続いたり、窮境《きゅうきょう》目も当てられない憂目《うきめ》に逢うなんどの場合には、教師の情《なさけ》で手当の出ることさえある、院というが私立の幼稚園をかねた小学校へ通学するので。

今大塚《おおつか》の樹立《こだち》の方から颯《さっ》と光線を射越《いこ》して、露が煌々《きらきら》する路傍《ろぼう》の草へ、小さな片足を入れて、上から下りて来る者の道を開いて待構えると、前とは違い、歩を緩う、のさのさと顕《あら》われたは、藪亀《やぶがめ》にても蟇《ひき》にても……蝶々蜻蛉《とんぼ》の餓鬼大将《がきだいしょう》。

駄々を捏《こ》ねて、泣癖《なきくせ》が著《つ》いたらしい。への字形《なり》の曲形口《いがみぐち》、両の頬辺《ほおべた》へ高慢な筋《すじ》を入れて、渋を刷《は》いたような顔色《がんしょく》。ちょんぼりとある薄い眉は何《どう》やらいたいけな造《つくり》だけれども、鬼薊《おにあざみ》の花かとばかりすらすらと毛が伸びて、悪い天窓《あたま》でも撫《な》でてやったら掌《てのひら》へ刺《ささ》りそうでとげとげしい。

着物は申すまでもなし、土と砂利《じゃり》と松脂《まつやに》と飴《あめ》ン棒《ぼう》を等分に交ぜて天日に乾《かわか》したものに外《ほか》ならず。

勿論素跣足《もちろんすはだし》で、小脇に隠したものをそのまま持って出て来たが、唯《と》見れば、目笊《めざる》の中充満《いっぱい》に葉ながら撮《つ》んだ苺であった。

童《わっぱ》は猿眼《さるまなこ》で稚《ちいさ》いのを見ると苦笑《にがわらい》をして、

「おお！　吉公《きちこう》か、ちょッ、」

と舌打、生意気なもの言いで、

「驚かしやがった、厭《いや》になるぜ。」

苺は盗んだものであった。

（明治四十二年四月『柳筥』収録、春陽堂）

逗子《ずし》だより

夜は、はや秋の蛍《ほたる》なるべし、風に稲葉のそよぐ中を、影淡《あわ》くはら〳〵とこぼるゝ、状《さま》あはれなり。

月影は、夕顔のをかしく縋《すが》れる四ツ目垣一重《ひとえ》隔てたる裏山の雑木《ぞうき》の中よりさして、浴衣《ゆかた》の袖に照添《てりそ》ふも風情《ふぜい》なり。

山続きに石段高く、木下闇苔蒸《こしたやみこけむ》したる岡の上に御堂《みどう》あり、観世音《かんぜおん》おはします、寺の名を観蔵院《かんぞういん》といふ。崖《がけ》の下、葎生《むぐらお》ひ茂りて、星影の昼も見ゆべくおどろ〳〵しければ、同宿の人たち渾名《あだな》して竜ケ谷といふ。

店借《たながり》のこの住居《すまい》は、船越街道より右にだら〳〵のぼりの処にあれば、桜ケ岡といふべくや。

これより、「爺《じじ》や茶屋《ちゃや》」「箱根」「原口の滝」「南瓜軒《なんかけん》」「下桜山《しもさくらやま》」を経て、倒富士田越《さかさふじたごえ》橋《ばし》の袂《たもと》を行けば、直《すぐ》にボートを見、真帆片帆《まほかたほ》を望む。

爺や茶屋は、翁《おきな》ひとり居て、焼酎《しょうちゅう》、油、蚊遣《かやり》の類を鬻《ひさ》ぐ、故《ゆえ》に云ふ。

原口の滝、いはれあり、去《さん》ぬる八日《ようか》大雨《たいう》の暗夜《あんや》、十時を過ぎて春鴻子《しゅんこうし》(1)来《きた》る、俥《くるま》より出づるに、顔の色惨《いたま》しく濡《ぬ》れ漬《ひた》りて、路《みち》なる大滝恐《おそろ》しかりきと。

翌日、雨の晴間を海に行く、箱根《はこね》のあなたに、砂道を横切りて、用水のちよろ〳〵と蟹《かに》の渡る処あり。雨に嵩《かさま》増し流れたるを、平家の落人《おちゅうど》悽《すさま》じき瀑《たき》と錯《あやま》りけるなり。因《よ》りて名づく、又夜雨《またよさめ》の滝。

この滝を過ぎて小一町《こいっちょう》、道のほとり、山の根の巌《いわ》に清水滴《したた》り、三体の地蔵尊を安置して、幽径磽确《ゆうけいぎょうかく》たり。戯《たわむ》れに箱根箱根と呼びしが、人あり、桜山に向ひ合へる池子《いけご》山《やま》の奥、神武寺《じんむじ》の辺《あたり》より、万両の実の房《ふさ》やかに附いたるを一本《ひともと》得て帰りて、この草幹《みき》の高きこと一丈、蓋《けだ》し百年《ハコネ》以来のもの也と誇る、そのをのこ国訛《くになまり》にや、百年といふが百年百年《ハコネハコネ》と聞ゆるもをかしく今は名所となりぬ。

嗚呼《おこ》なる哉《かな》、吾等《われら》昼寝してもあるべきを、かくてつれ〴〵を過《すご》すにこそ。

台所より富士見ゆ。露の木槿《むくげ》ほの紅《あか》う、茅屋《かやや》のあちこち黒き中に、狐火《きつねび》かとばかり灯《ともしび》の色沈みて、池子の麓砧《ふもときぬた》打つ折から、妹《いも》がり行くらん遠畦《とおあぜ》の在郷唄《ざいごううた》、盆過ぎてよりあはれさ更《さら》にまされり。

（明治三十五年九月「俳藪」）

蘆《あし》の葉《は》釣《づり》

沙魚《はぜ》や海津《かいづ》(1)の随分《ずいぶん》釣れるのが、またその日に限って一尾《いっぴき》もかからなかった、と云うと大分《だいぶ》仔細《しさい》らしく事ありげに聞えますが、私の釣れないのは平常《いつも》の事で、何《ど》うかしてダボ沙魚ぐらいの食いつく方が、不思議と云って可《い》いのですから、別にさしたる事件じゃないので。当日も例に因《よ》って、朝から些《ちっ》とも釣れなかった。処《ところ》が、正午頃《ひるごろ》、秋日和《あきびより》でも赫《かっ》と暑いから裏田圃《うらたんぼ》の川べりの、茄子畠《なすばたけ》の垣にからめた、藤豆《ふじまめ》の葉がくれで、一流、蘆の葉釣と称《とな》えるのを小半時行《こはんときや》って、鰒《ふぐ》を一尾《いっぴき》して遣《や》りましたよ。

此《こ》の蘆の葉釣と申すのは、その天然を楽しむ点に於《おい》ては、恐らく太公望《たいこうぼう》(2)以上なもので、あのすっくり生えた蘆の一節《ひとふし》を掛けて、葉へ挟んで、釣棹《つりざお》を斜《ななめ》に凭《も》たせて、糸を思う状《さま》、ドブンと、それ向《むこ》うへ投げます。おもりの重みで、好《すき》な処へするすると来て、糸がすっと留《と》まる。さらさらと風が吹いて渡るに従って、ゆらゆら可い加減に蘆があしらって釣ってくれる。当人は、うら枯《がれ》へ足を投げて、啣煙管《くわえぎせる》で脂下《やにさが》ると云った寸法で、ここぞ、とも何とも思わず、ウキの機《きっ》かけもなしに引上げる。え？　それで、うまく釣れるかッて？　串戯《じょうだん》をおっしゃい。大概餌《たいがいえさ》を取られるんです。それでも一心不乱に棹を撓《た》めて居て、コツリと当るか、グッと引く、気のぼりがして、ヤッと上げると、渡蟹《わたりがに》が、のっしと顕《あらわ》れるよりは増《まし》ですからね。

渡蟹と云って、もじゃもじゃと毛の生えた、剣道者が小手《こて》を嵌《は》めたような手のある奴。水の底をゆさゆさと横行する大将で、又沢山《またたくさん》居る。其処《そこ》、此処《ここ》、橋の下、蘆の淀み、堤防《どて》の淵など云う切所《せっしょ》切所には、凡《およ》そ、主《ぬし》とも思う奴が住居《すまい》をなして、岡釣徒《おかづりてあい》には難場《なんば》としてある。沙魚など釣はずすか、海津など畚《びく》から跳ねるか、手負い、落武者の、よろよろと浅瀬に漂うのを、蔭から見透《みすか》してのそりと出て引挟《ひっぱさ》む、野武士と言っても可いのです。これが、釣手甘しと見ると、そのコツリグイを遣って、占《し》めたと、先《ま》ず大歓喜をさせる。処《ところ》で引上げる糸に連れて、片手で餌を引挟んで斜《しゃ》に構えながら、正面へ頭《ず》を切って仰《あお》の向け状《ざま》の大見得《おおみえ》でせり上る。ずばりと出て、水を離れる時、些《ち》と大儀だ、と云える気取りで、手を代えて餌を挟み直して乗上《のしあが》る処が、遺恨骨髄《いこんこつずい》に徹しますな。

「畜生、」

か何かで、横しょ引《び》きに塵棄場《ごみすてば》などへ取ろうとすると、憑物《つきもの》が離れたように、フイと、棹が軽《かろ》くなる、はずみをくって、どさりと尻餅《しりもち》。ホイと云う時分に、ぼちゃんと水音が立って、蟹は即《すなわ》ち水中へ御潜入《おんもぐり》。

何と堪《こた》えられますまい。其処で、はあはあ大息で釣ってるより、蘆に釣らして見物が可いと悟った。これでもし魚《うお》の方が馬鹿にすれば、蘆の葉が、さか立って、茎《くき》がしゃんとなって水を睨む、ト秋らしい影が映って、風情《ふぜい》も多い。

さて、その日も件《くだん》の蘆の葉のしゃんと極《きま》った風凪《かぜな》ぎのトタンに、ひょいと上げると、手応えがして、虚空《こくう》へ白《しろ》く翻《ひるがえ》ったものがある。海津はヒラヒラと曇《くも》る、鯊《はぜ》はどんよりと照る、枯蘆に赤い日が射す、枝豆に白い風が吹く、と云った水切れの工合《ぐあい》なのが、恰《あたか》も炎天の眩《まばゆ》きに、燐火《おにび》のような色でしょう。

棹を反らしたまま、あっと見て居ると、背後《うしろ》の茄子畠から、頬被《ほおかぶり》の影がさして、お百姓が、眩《まぶし》い顔色《がんしょく》。目皺《めじわ》を刻み、大口あいて、

「釣った、釣った、大《でっか》い鰒《ふぐ》だよ。」

と云ったが、秋茄子ぐらいな逸物《いちもつ》。鉤《はり》をはずすと、や、膨《ふく》れたの候《そうろう》の、唯《ただ》もうプッーと成って眼《まなこ》を睜《みは》る。汐《しお》がその時さっさっと上げて居ました。

すぐにぐったりとしたから、余程《よっぽど》接吻《キス》をして見たかったが、古書の誡戒《いましめ》に鑑《かんが》みて、吹

かずに……又泳がせました。

（明治四十一年十月「新小説」）

真夏の梅

梅《うめ》や漬梅《つけうめ》——梅や漬梅——は、……茄子《なすび》の苗《なえ》や、胡瓜《きゅうり》の苗、……苗売の声とは別の意味で、これ、世帯《しょたい》の夏の初音《はつね》である。さあ、そろそろ梅を買わなくては、と云う中《うち》にも、馴染《なじみ》の魚屋、八百屋《やおや》とは違って、この振売《ふりうり》には、値段に一寸掛引《ちょっとかけひき》があって、婦《おんな》たちが、大分外交を要する。……去年買ったのが、もう今に来るだろう、あの声か、その声か、と折から降りみ降らずみの五月雨《さみだれ》に、きいた風流ではないが、一《いっ》ぱし、声のめききをしよう量見《りょうけん》が、つい、ものに紛《まぎ》れて、うかうかと日が経つと、三《み》声《こえ》四《よ》声《こえ》、一日に幾度《いくたび》も続いたのが、ばったり来なくなる。うっかりすると、もう間に合わない。……だらだら急で、わざわざ八百屋へ註文して取寄せる時分には、青紅《せいこう》、黄青《こうせい》、それは可《よし》、皺《しわ》んで堅いのなど、まじりに成って、粒は揃《そろ》っても質が乱れる。然《しか》も、これだと梅つける行事が、奥様、令夫人のお道楽に成って、取引がお安くは参らない。お慰《なぐさ》みに遊ばす、お台所ごっことは違うから、何でも、早い時、「たかいじゃないかね、お前さん、」で、少々腕まくりで談判する、おっかあ、山のかみの意気でなくては不可《いけな》い。で、億劫《おっくう》だから買いはぐす事が毎度ある。それに、先《せん》と違って、近頃では、その早いうちに用意をしても、所々《しょしょ》の寄せあつめもの、樹の雑種が入交《いりまじ》って、紅黄《こうこう》、青玉《せいぎょく》の如くあるべきが、往々にして烏合《うごう》の砂利《じゃり》なるが少《すく》なくない。久しい以前、逗子《ずし》に居た時、坂東二番の霊場、岩殿寺観世音《いわとのでらかんぜおん》の庵《いおり》の梅を分けて貰《もら》った事がある。円沢《えんたく》、光潤《こうじゅん》、伝えきく豊後梅《ぶんごうめ》と云うのがこれだろうと思う名品であった。旅行《たび》して見るに、すべて、京阪地《けいはんち》は梅が佳《よ》い。南地《なんち》の艶《つや》の家というので、一座の客は、折からの肉羹《ちり》に添《そ》えて、ぎゅうひ昆布《こぶ》で茶漬《ちゃづ》るのに、私は梅干を頼んだが、実《まこと》に佳品で、我慢ではない、敢《あえ》て鯛《たい》の目を羨《うらや》まなかった。場所がらの事だし、或《あるい》は漬もの屋から臨時に取寄せたものかも知れないが、紅潤《こうじゅん》にして、柔軟、それで舌にねばらない。瓶詰ものの、赤い汁がばしゃばしゃと溢《あふ》れて、噛むとガリリと来て、肉《み》と核《たね》との間から生暖《なまぬる》い水の、ちゅうと垂れるのとは撰《たて》が違う。京都大宮通《おおみやどおり》お池の旧家、小川旅館のも、芳香尚《な》お一層の名品であった。東北地方のは多く乾《から》びて堅い。汽車の軽井沢の弁当には、御飯の上に、一粒梅干が載せてある。小さくて堅い、が清く潔《いさぎよ》い事に異論はない。最もつい通りの旅人が、道中で味《あじわ》うのは、多くは売品《ばいひん》である。すべて香《こう》のものの中にも、梅は我が家に於《おい》て漬けるのを、色香《しきこう》ともに至純とする。

うろ覚《おぼ》えの、食鑑《しょっかん》(1)曰《にいわく》。——

凡梅干者《およそうめぼしは》。上下日用之供《しょうかにちようのぐ》、上有塩梅相和義《かみにえんばいあいわするのぎあり》。下有収蓄貨殖之利而《しもにしゅうちくかしょくのりありて》。

不可無者也《なくんばあるべからざるものなり》。至其清気逐邪之性《そのせいきじゃをおうのせいにいたっては》。以可通晴明《もってせいめいにつうずべし》。

含めば霧を桃色に披《ひら》いて、月にも紅《くれない》が照添《てりそ》おう。さながら、食中の紅玉《ルビィ》、珊瑚《さんご》である。

またそれだけに、梅を漬けるのは、手軽に、胡瓜、茄子、即席、漬菜《つけな》のようには行かない。最も、婦人は身だしなみ、或《ある》場合つつしみを要する、と心あるものは戒める。蓋《けだ》し山妻野娘《さんさいやじょう》のうけたまわる処、——モダンの淑女たちが漫《そぞ》ろに手をつけたまうべきものではない。何も意固地《いこじ》に鼻の先ばかり白うして、爪の垢《あか》が黒いからとは言わない。ちゃんと清めてかからないと、汗、膏《あぶら》はおろかな事、香水、白粉《おしろい》の指をそのままに、梅の実を洗って、塩を淹《お》した桶《おけ》の中へ触れると、立処《たちどころ》に黴《かび》が浮く。断髪もじゃもじゃの抜毛を落すこと憚《はばか》るべく、バタ臭い手などが入ると、忽《たちま》ち藻《も》が朽《く》ちたように濁って、甚《はなは》しき敗《くされ》に及ぶ。……

だから、梅漬けると言えば、髪も梳《くしけず》り、沐浴《ゆあみ》もし、身を清めて、ただ躾《たしなみ》は薄化粧か。友禅《ゆうぜん》か紅《あか》い襷《たすき》。……いずれ暑い頃の事だから、白地、瓶《かめ》のぞきの姉《ねえ》さんかぶりの姿を思わせて、田植をはじめ、蚕飼《こかい》、茶摘の風情《ふぜい》とは又異《またことな》った、清楚《せいそ》な風情を偲《しの》ばせる。……昔からの俳句にも、町家《ちょうか》の行事の估《こ》うした景趣が多いのである。

――内では、この二三年、伊豆の修善寺にたよりがあるので、新井(2)に頼んで、土地の梅林の梅を取寄せる。粒はやや小《ちいさ》いが、肉《み》厚く、皮薄く、上品とする。よく洗って、雫《しずく》を切って、桶に入れ、塩にする。日を経て、水の上《あが》った処で、深く蔽《おお》った蓋《ふた》を払うと、つらりと澄み切った水のその清さ、綺麗《きれい》さよ。ひやりと冷《つめた》く、いい薫《かおり》が、ぱっとして、氷室《ひむろ》を出《い》でた白梅《しらうめ》の粧《よそおい》である。

「御覧なさい、今年もよく漬《つか》りました。」

この時ばかりは、みそかに濁る顔でなく、女房の色も澄んでいる。

「いや、ありがとう。」

野郎どのも、一歩を譲って、女房の背中から、及腰《およびごし》に拝見する。何《ど》うも意地ぎたなに、おつまなどと、桶の縁《ふち》へも触れかねる。くれぐれも、内証《ないしょう》で撮《つま》むべからずと、懇談に及ばれて居た女中も、禁が解《と》けて、吻《ほっ》として、

「まあ、おいしそうでございますこと。」

と世辞を言う。

煤《すす》けた屋根裏で、鶯《うぐいす》が鳴きそうな気もするのである。

これから紫蘇《しそ》に合わして置いて、土用の第一の丑《うし》の日を待って、はじめて、日に乾《ほ》すのが、一般の仕来《しきた》りに成って居る。大抵《たいてい》いい工合《ぐあい》に、その頃は照《てり》が続く。暑い暑いと言ううちに、この日は、炎天、大暑、極暑、日盛《ひざかり》と、字で見ても、赫《かっ》と目の眩《くら》むようなのが却《かえっ》て頼もしい。吹きさらし……何うも些《ち》と吹きさらしは可笑《おかし》いけれども、日光直射などと言うより、吹きさらしの方が相応《ふさわ》しい……二階の物干が苦に成らない。

「いい色だなあ。」

芳紅《ほうこう》にして、鮮潤《せんじゅん》也。思わず唇に蜜《みつ》を含んで、

「すてきすてき。」

と又ここでも一歩を譲って、裏窓から覗《のぞ》くと、目を射る、炎天の物干では、あまり若くはないが、姉さん被りで、笊《ざる》に上げたのを一つ一つ、真紅の露の垂る処を、青いすだれに並べて居る。

無論、夕立は禁物だが、富士から、筑波から、押上げる凄《すさま》じい雲の峰も、梅を干すには、紫の衝立《ついたて》、墨絵《すみえ》の雪の屏風《びょうぶ》に見えて、颯《さっ》と一面の紅《くれない》は、焙《あぶ》られつつも高山《こうざん》のお花畑

の、彩霞《さいさん》、紅氷《こうひょう》の色を思わせる。

見る目も潔く、邪を払って、蚊も、蟆子《ぶよ》も近づかない。――蜂は赤く驚き、蝶は白く猶予《ためら》う。が、邪悪を蠢《うごめ》かす蠅だけは、この潔純《けつじゅん》にも遠慮しない。隙《すき》を狙ってはブーンと来て、穢濁《あいだく》を揉《も》みつけること、御存じの如しだから、古式には合《かな》わないが、並べた上へ、もう一重《ひとえ》、白い布を一杯に蔽《おお》う事にして居る。ただし蠅は、布の上へ、平気で留《と》まって、布の目越しに、無慚《むざん》に梅の唇を吸うのである。

家内が工風《くふう》して、物干の横木から横木へ、棹竹《さおだけ》を渡して、糸を提げて、団扇《うちわ》をうつむけに、柄《え》を結んで、梅を干した上へ掛ける事にした。

「では、頼みましたよ。」

これをはじめてから、最《も》う三四年馴染だから、つい心安《こころやす》だてに、口を利いて、すっかり、支度《したく》を為澄《しす》ましたあとを、手を離して、とんと窓を畳へ下りる、と、もう団扇子《うちわし》は翻然《ひらり》と動く。

ひらりと動いて、すっすっと、右左へ大きく捌《さば》けて、一つくるくると廻《まわ》るかと思うと、真中《まんなか》でスーッと留まって、又ひらりと翻《かえ》る。

「うまいよ。」

などと、給金の出ない一枚看板だから、頻《しきり》に賞《ほ》めて、やがて又洗濯もののしきのしなんかに、とんとんと下階《した》へ下りて行く。いや、あとは勝手放題。……ふらふら、ひょいひょい、ひょい、ばさばさ、ばさ、ぱッぱッと、働く、働く。風が吹添《ふきそ》おうものなら、ぽんぽんぽんと飛んで、干棹を横ばたきに、中空《なかぞら》へツッと上《あが》って、きりきりきりきりと舞流しに流れて戻り、スッと下りて、又ひらひらと舞い上り、ポンとはずんで、きりきりきりと舞って来る。舞い上るかとすれば舞い下りる。ともすれば柄《え》を尾に巻いて、化《け》鳥《ちょう》の羽搏《はた》く如く、或は、大《おおき》く鰭《ひれ》を伸《の》して、怪魚の状《さま》してゆらりと泳ぐ。如何《いか》に油旱《あぶらでり》だと云っても物乾《ものほし》だから風はある。そよりとも、また吹かない時も、梅の香《か》の立つかと思うばかり、団扇《うちわ》は、ふわふわと、揺れて居る。

風はおのずから律をなして、その狂いかた、舞いぶりは、なまじっかなダンスより遥《はるか》におもしろい。且《かつ》は毒虫を払うのである。私は、畳二畳ばかり此方《こっち》に、安価な籐椅子《とういす》に、枕から摺下《ずりさが》って、低い処で、腰を掛けて、ひとりで莞爾莞爾《にこにこ》して今年も見て居た。気味を悪がっては不可《いけな》い。断じて家内の工夫に就いてでない、団扇の風の舞振《まいぶり》である。

去年であった。……おかしかったのは、馴染の雀《すずめ》で。……親たちから、まだ申伝《もうしつたえ》がなかったと見える。物干の下に小屋根を隔てた、直《す》ぐその板塀の笠木《かさぎ》へ、朝から――これで四五度めの御馳走をしめに来た七八羽の仔雀《こすずめ》が、その年の最初《はな》の事だから、即ち土用の丑の日。団扇がひらひらひらと舞うと、ばっと音を立てて飛上った。慌《あわ》てたのは、塒《ねぐら》の枇杷《びわ》の樹へましぐらに飛んだし、中くらいなのは、路次裏《ろじうら》の棟瓦《むねがわら》へ高く遁《に》げる、一寸《ちょっと》落着いたのが、その庇《ひさし》へ縋《すが》った。はずんで、電信柱の素天辺《すてっぺん》へ駆上って、きょとんとして留まって見て居たのがある。遁足《にげあし》は見事だが、いずれも食《くい》しん坊だから、いつまでも我慢が出来ない。見るうちに、しばらくすると、ばら、ばらばら、ちょんちょんと寄せて来て、笠木の向う上に、その裏家の廂《ひさし》の樋竹《といだけ》に半分潜《ひそ》んで、ずらりと並んで、横にお　したり、押しかえしたり、てんでに、円《まる》い頰辺《ほっぺた》、かわいい嘴《くちばし》を出して尖《と》がらかって、お飯粒《まんまつぶ》と、翩翻《へんぽん》たる団扇とを等分に窺《うかが》った。

家内が笑いながら見て居た。

「可恐《こわ》くはないんだよ。」

「馬鹿だな、此奴等《こいつら》、この野郎たち。」

娘も、いやお嬢さんも交っては居るのだろうが、情《なさけ》ない事にお邸《やしき》の手飼《てがい》でない。借家の野放しだから、世につれて、雀も自《おのず》から安っぽい。野郎よばわりをして、おたべ、と云っても、きょろきょろして居る。

勇悍《ゆうかん》なのが一羽――不思議に年々大胆なのが一羽だけ屹《きっ》と居る――樋《とい》を、ちょんと出たと思うと、物干と擂《す》れ擂《す》れに立った隣屋《となり》の背戸《せど》なる、ラジオの、低《こ》う撓《しな》った竹棹へ、ぱッと付いて、羽で抱くように留ったが、留って、しばらくして、するすると、段々に上へ伝って、最も近い距離から、くるくると舞い、ぱっぱっと躍《おど》る団扇に、熟《じっ》と目を据えて、毛が白く見ゆるまで、ぐいと、ありったけ細く頸《くび》を伸ばした。処へ、ポンとはずんだ団扇の面《おもて》に、ハッと笑った。私たちの声を流眄《ながしめ》に、忽《たちま》ち、チチッと鳴いて、羽波を大きく、Uを描いて、樋竹を切って飛ぶと、悠然と笠木の餌《え》に下りた。

連れて集《つど》ったのは言うまでもない。

今年は、初めから、平気で居る。時々団扇を上下《うえした》に、チチッと鳴いて遊んで居る。……いや、面白い。暑さを忘れる。……何《ど》うかすると、飛びすぎ、舞いすぎに、草臥《くたび》れたように、短く糸を巻いて、団扇子《うちわし》、小庇《こびさし》に乗って、休んで居る時がある。

「御苦労でした、また明日《みょうにち》。……」

実際、見て居て気の毒に成るほど、くるくるきりきり、ポンと飛び、颯《さっ》と翻《かえ》って、すき間なく、よく働く。式亭三馬《しきていさんば》、製する処の、風見《かざみ》の烏《からす》の、高く留《とま》って、――ぶらぶらと気散じスで、町を行く美婦《たぼ》を見て楽《たのし》みながら、笄《こうがい》の値ぶみをする、不良な奴さえ、いたずら小僧に尾を折《お》っぺしょられたと聞けば、痛そうだし、夕風が吹いて来て——さあさあさあ、俺《おら》はこれからが忙しい、アレアレアレ又吹いて来た、とくるりと廻って、あア、又くるりと廻るのさえ、気の毒らしいのに——

藤《ふじ》のを使った事がある。絵によっては、いたいたしい……遠慮して今年は、町の消防頭《かしら》の配った水車《みずぐるま》の絵を使った。物干にぱっと威勢よく、水玉の露を飛ばす。梅を干さない時も……月夜など嘸《さぞ》と思う。私は夜どおしこの団扇を、物干に飛ばして居たい。——もの知《しり》が不可《いけな》い、と言う。

「魔がさしそうだから。——」

成程。……かりに、団扇の絵を女の大首にでもして見るか、ばアと窓から覗きもしようし、雲暗ければ髪も散らそう。

——のりつけほうほう——

町内の、あの、大銀杏《おおいちょう》で、真夜中に梟《ふくろう》が鳴くと、

「誰さ?……」

と、ぴたりと、静《しずか》にその団扇の面《かお》を。……稲妻遠き、物干にて。……

もしそれ、振袖をきせて、二三枚、花野に立たせて見るが可い、団扇《かのおんな》は人を呼ぶであろう。

（大正十五年九月「女性」）

湯どうふ

昨夜《ゆうべ》は夜ふかしをした。

今朝……と云うがお午《ひる》ごろ、炬燵《こたつ》でうとうとして居ると、いつも来て囀《さえず》る、おてんばや、いたずらッ児《こ》の雀《すずめ》たちは、何処《どこ》へすッ飛んだか、ひっそりと静まって、チイチイと、甘えるように、寂しそうに、一羽目白《めじろ》が鳴いた。

いまが花の頃の、裏邸《うらやしき》の枇杷《びわ》の樹かと思うが、もっと近い。屋根には居まい。じき背《せ》戸《ど》の小さな椿の樹らしいなと、そっと縁側へ出て立つと、その枇杷の方から、斜《なな》めにさっと音がして時雨《しぐれ》が来た。……

椿の梢《こずえ》には、ついこのあいだ枯萩《かれはぎ》の枝を刈って、その時引残した朝顔の蔓《つる》に、五つ六つ白い実のついたのが、冷《つめ》たく、はらはらと濡《ぬ》れて行《ゆ》く。

考えても見たが可《い》い。風流人だと、鶯《うぐいす》を覗《のぞ》くにも行儀があろう。それ鳴いた、障子《しょうじ》を明《あ》けたのでは、めじろが熟《じっ》として居よう筈《はず》がない。透《す》かしても、何処にもその姿は見えないで、濃い黄に染まった銀杏《いちょう》の葉が、一枚ひらひらと飛ぶのが見えた。

懐手《ふところで》して、肩が寒い。

こうした日は、これから霙《みぞれ》にも、雪にも、いつもいいものは湯豆府《ゆどうふ》だ。——昔からもの本にも、人の口にも、音に響いたものである。が、……この味《あじ》は、中年からでないと分らない。誰方《どなた》の児たちでも、小児《こども》でこれが好きだと言うのは余りなかろう。十四五ぐらいの少年で、僕は湯どうふが可《い》いよ、なぞは——説明に及ばず——親たちの注意を要する。今日のお菜《かず》は豆府と云えば、二十《はたち》時分のまずい顔は当然と言って可い。

能楽師、松本金太郎叔父[1]てきは、湯どうふはもとより、何《ど》うした豆府も大のすきで、従って家中《うちじゅう》が皆嗜《たし》んだ。その叔父は十年ばかり前、七十一で故人になったが、尚《な》おその以前……米が両に六升《しょう》でさえ、世の中が騒がしいと言った、諸物価の安い時、月末、豆府屋の払《はらい》が七円を越した。……どうも平民は、すぐに勘定にこだわるようでお恥かしいけれども、何事もこの方が早分りがする。……豆府一挺《いっちょう》の値が、五厘《りん》から八厘、一銭、乃至《ないし》二銭の頃の事である。……食ったな！　何うも。……豆府屋の通帳《かよいちょう》のあるのは、恐らく松本の家ばかりだろうと言ったものである。いまの長《ながし》もよく退治《たいじ》る。——お銚子《ちょうし》なら、まだしもだが、催《もよおし》、稽古《けいこ》なんど忙しい時だと、ビールで湯どうふで、見る見るうちに三挺ぐらいぺろりと平らげる。当家のは、鍋へ、そのまま箸《はし》を入れるのではない。ぶつぶつと言うやつを、椀《わん》に装出《よそいだ》して、猪口《ちょく》のしたじで行《や》る。何十年来馴《らいな》れたもので、つゆ加減も至極だが、しかし、その小児たちは、皆知らん顔をしてお魚《とと》で居る。勿論《もちろん》、そのお父さんも、二十時代には、右同断だったのは言うまでもない。

紅葉《こうよう》先生も、はじめは、「豆府と言文一致は大嫌《だいきらい》だ。」と揚言《ようげん》なすったものである。まだ我楽多《がらくた》文庫(2)の発刊に成らない以前と思う……大学へ通わるるのに、飯田町《いいだまち》の下宿においでの頃、下宿の女房《かみ》さんが豆府屋を、とうふ屋さんと呼び込む――小さな下宿でよく聞える――声がすると、「媼《ばあ》さん、又《また》豆府か。そいつを食わせると斬《き》っ了《ちま》うぞ。」で、予《かね》てこのみの長船《おさふね》の鞘《さや》を払って、階子段《はしごだん》の上を踏鳴らしたと……御自分ではなさらなかったが、当時のお友だちもよく話すし、おとしよりたちも然《そ》う言って苦笑をされたものである。身体《からだ》が弱くおなりに成ってからは、「湯豆府の事だ。……古人は偉い。いいものを拵《こしら》えて置いてくれたよ。」と、然うであった。

ああ、命日は十月三十日、……その十四五日前であったと思う。……お二階の病床を、久しぶりで、下階《した》の八畳の縁《えん》さきで、風冷《ひやや》かな秋晴に、湯どうふを召《あ》がりながら、「おい、そこいらに蓑虫《みのむし》が居るだろう。……見な。」「はッ。」と言った昨夜《ゆうべ》のお夜伽《よとぎ》から続いて傍《そば》に居た、私は、いきなり、庭へ飛出したが、一寸《ちょっと》広い庭だし、樹もいろいろある。葉もまだ落ちない。形は何処《どこ》か、影も見えない。予《かね》て気短《きみじか》なのは知って居る。特《こと》に御病気。何かのお慰《なぐさみ》に成ろうものを、早く、と思うが見当らない。蓑虫恋しく途《と》に迷った。「其処《そこ》に居る。……その百日紅《さるすべり》の左の枝だ。」上野の東照宮《とうしょうぐう》の石段から、不忍《しのばず》の池を遥《はるか》に、大学の大時計の針が分明に見えた瞳である。かかる時にも鋭かった。

睫毛《まつげ》ばかりに附着《くっつ》いて、小さな枯葉をかぶりながら、あの蓑虫は掛って居た。そっとつまんで、葉をそのまま、ごそりと掌《てのひら》に据《す》えて行くと、箸を片手に、おもやせたのが御覧なすって、「ゆうべは夜中から、よく鳴いて居たよ――ちち、ちち――と……秋は寂しいな――よし。其方《そっち》へやっときな。……殺すなよ。」小栗《おぐり》(3)も傍《かたわら》から手をついて差覗《さしのぞ》いた。「はい、葉の上へ乗せて置きます。」軽く頷《うなず》いて、先生が、「お前たち、銚子をかえな。」……ちち、ちち、ははのなきあとに、ひとえにたのみ参らする、その先生の御寿命が。……玄関番から私には幼馴染《おさななじみ》と云ってもいい柿の木の下の飛石づたいに、うしろ向きに、袖はそのまま、蓑虫の蓑の思《おもい》がしたのであった。

ただし、その頃は、まだ湯豆府の味は分らなかった。真北《まきた》には、この湯豆府、たのしみ鍋、あおやぎなどと言う名物があり、名所がある。辰巳《たつみ》の方《かた》には、ばか鍋、蛤鍋《はまなべ》などと言う逸物《いちもつ》、一類があると聞く。が、一向《いっこう》に場所も方角も分らない。内証《ないしょう》でその道の達者にただすと、曰《いわ》く、鍋で一杯やるくらいの余裕があれば、土手を大門《おおもん》とやらへ引返す。第一帰りはしない、と言った。格言だそうである。皆若かった。いずれも二十代《はたち》の事だから、湯どうふで腹はくちくく成らぬ。餅《もち》の大切《おおぎれ》なだるま汁粉、それも一ぜん、おかわりなし。……然《しか》らざれば、かけ一杯で、蕎麦湯《そばゆ》をだぶだぶとお代りをするのだそうであった。

洒落《しゃ》れた湯どうふにも可哀《あわれ》なのがある。私の知りあいに、御旅館とは表看板、実は安下宿に居るのがあるが、秋のながあめ、陽気は悪し、いやな病気が流行《はや》ると言うのに、膳に小鰯《こいわし》の焼いたのや、生のままの豆府をつける。……そんな不料簡《ふりょうけん》なのは冷やっことは言わせない、生の豆府だ。見てもふるえ上るのだが、食わずには居られない。ブリキの鉄瓶に入れて、ゴトリゴトリと煮て、いや、うでて、そっと醬油《したじ》でなしくずしに舐《な》めると言う。――俛《か》う成《な》っては、湯豆府も惨憺《さんたん》たるものである。……

……などと言う、私だって、湯豆府を本式に味《あじわ》い得る意気なのではない。一体、これには、きざみ葱《ねぎ》、とうがらし、大根おろしと言う、前栽《せんざい》のつわものの立派な加勢が要るのだけれど、どれも生だから私はこまる。……その上、式《かた》の如く、だし昆布を鍋の底へ敷いたのでは、火を強くしても、何《ど》うも煮えがおそい。ともすると、ちょろちょろ、ちょろちょろと草の清水が湧くようだから、豆府を下へ、あたまから昆布を被《かぶ》せる。即ち、ぐらぐらと煮えて、蝦夷《えぞ》の雪が板昆布をかぶって踊《おどり》を踊るような処を、ひょいと挟んで、はねを飛ばして、あつつと慌《あわ》てて、ふッと吹いて、するりと頬張《ほおば》る。人が見たらおかしかろうし、お聞きになっても馬鹿馬鹿しい。

が、身がってではない。味はとにかく、ものの生ぬるいよりはこの方が増《まし》だ。

時々、婦人の雑誌の、お料理方《かた》を覗《のぞ》くと、然《しか》るべき研究もして、その道では、一端《いっぱし》、慢《まん》らしいの投書がある。たとえば、豚の肉を細くたたいて、擂鉢《すりばち》であたって、しゃくしで掬《しゃく》って、掌《てのひら》へのせて、だんごにまるめて、うどん粉をなすってそれから捏《こ》ねて……ああ、待って下さい、もしもし……その手は洗ってありますか、爪はのびて居ませんか、爪のあかはありませんか、とひもじい腹でも言いたく成る、のが沢山《たくさん》ある。

浅草の一女として、――内《うち》じゃあ、うどんの玉をかって、油揚《あぶらげ》と葱を刻んで、一所《いっしょ》にぐらぐら煮て、ふッふッとふいて食べます、あつい処がいいのです。――何を隠そう、私はこれには岡惚《おかぼれ》をした。

いや、色気どころか、ほんとうに北山《きたやま》だ。(4)……湯どうふだ。が、家内の財布じりに当って見て、安直な鯛《たい》があれば、……魴鮄《ほうぼう》でもいい、……希《こいねが》くは萩乳羹《ちり》(5)にしたい。しぐれは、いまのまに歇《や》んで、薄日がさす……楓《かえで》の小枝に残った、五葉《いつは》ばかり、もみじのぬれ色は美しい。こぼれて散るのは惜《おし》い。手を伸ばせば、狭い庭で、すぐ届く。本箱をさがして、紫のおん姉君の、第七帖(6)を出すのも仰々《ぎょうぎょう》しかろう。……炬燵《こたつ》を辷《すべ》ってあるきそうな、膝栗毛《ひざくりげ》の続《ぞく》、木曽街道の寝覚《ねざめ》のあたりに、一寸はさんで。……

（大正十三年二月「女性」）

新富座所感《しんとみざしょかん》

凡《およ》そ人の子は扱い悪《にく》い。此奴《こいつ》少々出過ぎたなと思っても剣《けん》つくは食わされず、不作法だと思っても極《き》めつけられない、と云った訳で、大抵《たいてい》おとなしいのでさえ荷《に》な処へ、駄々ッ児《こ》と来て居るから、春葉《しゅんよう》（1）さんは嘸《さぞ》御迷惑、しかし我々の中だから、まずおじさんと云った格で、其処《そこ》は遠慮なくあしらっても可《い》いんだけれども、又《また》それだけ贔屓目《ひいきめ》の斟酌《しんしゃく》があろうと云うもの、ために原作の我がままものを今度の脚色には、彼方此方《あちこち》お手心《てごころ》の骨折《ほねおり》が見えて居る。が慾《よく》を云ってあとねだりをすれば、四幕目の酒井俊蔵《さかいしゅんぞう》の書斎が引返《ひっかえ》しに成って、お妙《たえ》の部屋に成る。ここへ学校ともだちの紹介で、嶋山夫人菅子《すがこ》が透《とお》と云う小児《こども》をつれて遇《あ》いに来る。意《こころ》はそれとなく兄英吉が嫁に望むお妙の容子《ようす》を下見と云う筋。開場前にも打合せがあって、此処《ここ》に一寸《ちょっと》菅子と云う人物を出して置かないと、静岡へ行ってからの早瀬との連絡がつかぬと云うので、おじさんも名趣向でないのは分ってるが、舞台の都合と、時間の経済のため、仕方がない間に合わせに菅子の顔だけ見せて置くつもりとの事。話で聞いた時は何でもなかった。扨《さ》て舞台へ顕《あらわ》れたのを、見物人になって見ると、何《ど》うも甚《はなは》だ調和が悪い。

第一借金だらけの酒井の家《うち》に、特別令嬢の部屋も贅沢《ぜいたく》過ぎるし、此家《ここ》の風《ふう》が、ともだちの娘が余所《よそ》の夫人を紹介して連れて来そうにもない。又《また》あんな小児見たような娘の許《とこ》へ女客と云うのを、母様《かあさん》は病気で居るにした処で、何の心づけもしないのも可笑《おかし》なもの、のみならず、二人三人客のある処へ、暇乞《いとまごい》に入って来る早瀬も間が抜けて気が利かない。些《ち》と別座敷に控えて居たら可《よ》さそうに想われる。但《ただ》しこの段は春おじさんも承知の上で仕方なしに嵌込《はめこ》んだ、と云うものは他に萱子を見せて置く場所がなかったからであるが、あとで考えると、彼処《あすこ》は、わざわざ妙子の居室《いま》へ引返しの一場だけはなくっても事が済む。

即《すなわ》ち父様《とうさん》酒井の書斎を、すぐにお妙の部屋へ当込んで使うと可《よ》かった。今度の舞台では、俊蔵が道学者を追還《おいかえ》すと、直《す》ぐに上手《かみて》の襖《ふすま》を開けて、早瀬を呼んで、今のを聞いたか、おいらの餞別《せんべつ》だ、と云う。早瀬が感激して平伏《ひれふ》す処で、手を叩いて女中に酒を命ずる、舞台が廻《まわ》る。あれを廻さないで、謹《きん》(夫人)もしばらく逢えまい、枕許《まくらもと》で飲んで遣《や》ろう、と云って、酒井が早瀬を連れて、又あの上手の襖へ入る、と書生が部屋を片づけに出る、女中がお膳を運んで通る、その女中が引返して来たのと、書生とで、お妙が新聞を切抜いた云々《うんぬん》の処を演《や》って、些《ち》と巫山戯《ふざけ》るも可し、やがてそれが引込むと、灯《あかり》がないつもりで部屋を真暗にする。

此処《ここ》へ早瀬が愁然《しゅうぜん》と出で《い》来て、暗い中を足許《あしもと》も覚束《おぼつか》なさそうに辿《たど》りながら、壁に附着《くっつ》いて泣くなども可い。やがて立直ってつかつかと出ようとする。下手《しもて》の襖を開けると燦《ぱっ》と灯《あかり》が射して、その灯影《ほかげ》に、お妙が麗《あざや》かに顕れる。顔を見合わして早瀬が黙って手を支《つ》くと、お妙も袂《たもと》を捌《さば》いて黙って手を支き、二人で、黙って挨拶する。此処は台洋燈《だいランプ》を使って、お妙も不断着《ふだんぎ》の絣《かすり》の羽織、白いリボンの寂しい態《なり》の誂《あつらえ》で、原作に我がままがさして貰《もら》いたかった。

そのまま早瀬が立って行くのを、襖際《ふすまぎわ》で追留《おいと》めて、其処《そこ》で、お妙が静岡へ行っちゃ可厭《いや》を云う。あとはあの通りで、すぐに舞台を廻す、これで時間の遣繰《やりく》りをつけて新橋の停車場《ステエション》が出して欲しい。

め組を真先《まっさき》に舞台に出す、トあの外道《げどう》、早瀬の革鞄《かばん》に股引《ももひき》の腰を掛けて、四辺《あたり》の様子を窺《うかが》っては、四合壜《しごうびん》の喇叭《らっぱ》を極《き》める。処へ河野《こうの》英吉の友達の照陽《しょうよう》女学校の校長を登場させる。二人は菅子が静岡へ帰るのを見送りに立った次第にして、此処で、何か無理な口実をこしらえて、私立の校長の権柄《けんぺい》ずくで、お妙を小待合《こまちあい》にしょびき込むなどと言う相談をするのを、それとなく、め組が小耳に挟むなども好都合であろうと思う。で、まだ時間が早いから一杯飲もうで、ビーヤホールへ二人をかくす。

隙《ひま》を見て、又め組が壜の口から呷《あお》る。其処へ早瀬が来て、待たせたなあ。め組が、何構わねえ、で、これから飯田町のお蔦《つた》との所帯を畳んだいきさつ、出入りの八百屋豆府《やおやとうふ》屋《や》までが、車座で呷って掏賊《すり》ばんだいを一《ひと》わたり饒舌《しゃべ》り立てる処へ、菅子とその母親の富子とを出して、ここで早瀬と菅子を逢わせる。英吉等《ら》二人も出る。何か話のキッカケに煙草《たばこ》を買いか何かに一寸《ちょっと》早瀬が立違《たちちが》ったあとを、ヒソヒソ話しで英吉が、菅子にその手腕を以《もっ》て早瀬を籠絡《ろうらく》するよう頼む、母親も内々《ないない》承知で頷《うなず》く。菅子がずっとハイカラに心得込んで、私の外交を御覧なさいか何か云う。早瀬が引返すと母親まで口を添えて静岡へ行ったら菅子の世話になれとまで云う。そのうち時間だ、と一所《いっしょ》にどやどやと改札口へ行くのを、おっと先生で、め組が呼返して、飯田町夜逃げの続《つづき》を、スコ酔《よい》の夢中で、汐吹《しおふき》の口を尖《とが》らかす処へ、駅夫がつッと来て、がんがらんのがらがらんと唐突《だしぬけ》に鈴《りん》を鳴らす、この景物はねだりたかった。

其処で慌《あわ》てて、荷物を持って、め組が真先に駈出《かけだ》すと、続いて早瀬が行こうとする時、これより先、片隅に、頭巾目深《ずきんまぶか》で寂しそうに、人目を忍んで居た婦《おんな》が、ツト出て、黙って顔を見る。見かわすとお蔦で、ハッとしながら早瀬が思切《おもいき》ってつかつかと入る。我にもあらずお蔦があとを追って一度姿をかくして、やがて、ドンと改札口から係員に突戻《つきもど》されたと云う態《てい》で、よろよろと舞台へ戻ると、ものあわれにサッと雨の音、肩をしょんぼりとする処を、今のが終列車のつもりで、駅夫がざらざらと箒《ほうき》を当てる。幕。としたら何《ど》うかと考える。

其処で次の場へ、静岡の菅子の邸《やしき》を一場出す。この場を出すかわりに、後の早瀬私塾と云う処を省略しても可《よ》かろうと思う。で、此処は派手な、媚《なま》めかしい、且《か》つ艶《えん》な、女《おんな》俳優《やくしゃ》に見紛《みまご》うと云う、尤《もっと》も夫、鳥山理学士は旅行中の留守なる、菅女部屋《すがじょべや》の誂《あつらえ》で、思う状《さま》菅子と早瀬に働かせる、無論恁《こ》うするには、菅子に扮するのが喜多村《きたむら》(2)でなければならぬ。

すると、前の停車場《ステエション》で、二人一所に出るのに差支《さしつか》えるようだけれども、そのお蔦は特に無言が可し、それに頭巾で顔をかくして居るから、同優の部屋の弟子達で差支えなく身がわりが勤まろう。

処で、菅子は母《おっか》さん御免《おゆるし》の美的外交で、早瀬を服従させようとする。思う壺と、早瀬はその術《て》に乗りながら、自分の思《おもい》を果そうとする。

衣桁《いこう》にかけた扱帯《しごき》ぐらいはしめさせる事などあり、邪魔に成らぬだけに小児《こども》もつかい、乳母《うば》と女中を出す。麦酒《ビール》も出す。菅子が湯に入ったあとで、一ツは乳母《ばあや》さんに、奥さんに言わんのだよ、と早瀬が女中に心附《こころづけ》をポンと出すあたりで幕として。

それから病院へ筋《すじ》を続ける。

この病院と久能山《くのうざん》は、何でも夢にするのなら、するとして、山の頂《いただき》で早瀬が毒を仰いだ処で、舞台を暗くする。花道から万太《まんた》が駈けつけて、舞台へ出ると、早瀬が、松の下の腰掛に、ついとろとろとした処。静岡から一日《あるひ》、久能山へ遊んだと云う事にするので、留守へ電報が追続《おいつづ》き二度来たために、出先は知ったり、万太が二人曳《ににんびき》、でなくても静岡から久能山へは三里ぐらいの処、早足で身軽に駈つけたとしても筋は通る。もし貞造《ていぞう》の事が必要とすれば、手紙だけにして、これも病院で事を済ますか、どうも今度の脚色《しくみ》だと、アノ久能山上のあとへ、よぼよぼの貞造が出て、舞台面の幅と一所に可恐《おそろ》しく間《ま》がのびて気が抜けること夥《おびただ》しい。但し芝居道に心得のないものの我まま也、江戸川さん(3)笑って聞きッこ。如何《いか》に如何に。

さて、喜多村のお蔦は申分がない。一体原作では、殆《ほとん》ど菅子が女主人公で、お蔦はさし添《ぞい》と云うのであるから、二人引受けるとなら格別、お蔦だけでは見せ場はなかろう、と思ったが、舞台にかけると案外で、まるでお蔦の芝居になったり。一寸した事だけれども、序幕で手拭《てぬぐい》を片手に湯に行くところ、敷居を越す裾《すそ》さばき何ともいえず、蓮葉《はすは》に見えて、つつましく、然《しか》も悠々と行くでもなし、せかせかするでもなし、客の来た間《ま》を、日かげの身の、一寸湯にでもと云う哀《あわれ》も籠《こも》り、舞台にも部屋にも所帯持の気配りも、おのずから籠《こも》った上、この人だけは楽屋へ引込むのでなく、湯へ行きそうに見えて嬉しい。

同じ事ながら、これから見ると、その序幕に出る富子などは、手袋を嵌《は》めの仰向《あおむ》き状《ざま》で、高慢な処は至極うけたが、仮花道《かりはなみち》を悠々と唯《ただ》入るばかりで、それから何処《どこ》へ行くのだか、その実、当人も分らなそうなり。語をかえて言えば、舞台へ狂言の筋を通しに出るだけで、あとは投済《なげず》みの役者となる。

余計な憎まれ口を利くようだけれど、福島の魚屋は、おうと怒鳴《どな》って出る処は威勢がよし。やがて入る処では、ヒョイと荷が軽く成って魚なしにサッサと楽屋へ帰る。これから、どう行って何《ど》の得意場を廻ろうかと云う気構え少しも見えず。此処を以って舞台が緊《しま》らず、余情がない。次手《ついで》ながら鯛《たい》をこしらえるところは、盤台《はんだい》をかさねたままだから腰が間伸《まの》びをして庖丁が極《きま》らず、あれでは、犬が狙ってワンと行ると、アッと言って組板《まないた》を引《ひっ》くりかえす、矢張《やっぱり》盤台を一つ取って下へ置いて、膝を割った方がシャンとして持って来いで可《い》い。お寝室《ねま》を御免ねえのあたり、大出来《おおでき》大出来。

また、喜多村を賞《ほ》める。め組のうちで、妙子にと云って茶を入れる、あの姿が、何処を伺うするのか知らず、身のこなしと、心の持方で、その茶が如何にも、加減よく旨《うま》そうに見えた。惟《おも》うに、先生のお嬢さんにと云う、気が籠るからであろう。やさしいのと深切《しんせつ》なので、唯吸子《きゅうす》を取っただけで見る物はホロリとする。それに仲よしの小芳《こよし》が来て居る、嬉しさが何となくあらわれて、晴々《はればれ》としながらしめやかな容子よく、新聞の切抜きを入れた縮緬《ちりめん》の浅葱《あさぎ》の色も折からの秋らしい。その上出て行ったため組のことも、髪結《かみゆい》のお増《ます》のことも、静岡に居る早瀬のことは申すに及ばず、酒井先生のことも、絶えず心の裡《うち》に忘れない。八方に気を配るのが、それとなく、芸に出《い》で、ああ、あわれな秋よ。お蔦が見えると、この役に連関した劇中の人物が残らず髣髴《ほうふつ》として影の如く舞台へ顕れて出る。これが、お蔦の芝居になった所以《ゆえん》の一つであろうと思う。それだけに当人の心づかいは一通りであるまい。喜多村は近来ふとったのを、気にして居るが、よし、渠《かれ》は身体《からだ》に肥《こ》えて芸のために瘠《や》せるのである、祝すべし。

尚《な》お又この心の入れ方は病室へお蔦の霊で出た処を写真に撮った絵葉書を見ても知れ

る。その写真は舞台をそのままのものではなく、唯絵にしただけの姿だけれども、あこがれた魂があらわれた意気組《いきぐみ》十分。唯難を言えば、大詰《おおづめ》の病室では、惜《おし》い哉《かな》、傍《かたわら》に妙子のあるのを、閑却《かんきゃく》して居る。が、忘れたのではない、其処までは無理であろう。

伊井《いい》(4)は序幕が一番佳《い》い。それから三世相《さんぜそう》をひねくって後姿で居る処、何をするでもないが天晴水際《あっぱれみずぎわ》が立った。これから見ると、黒塀にくッついた藤井(5)の掏賊《すり》の姿は、土方《どかた》が踞《しゃが》んでもあの通りだ。何とか工夫がありそうである。

好漢《こうかん》ソレ是《これ》を親方に就《つ》いて学ばずや。

秀調《しゅうちょう》(6)の小芳、よし。

木村(7)の妙子大当り、ただ何となく最《も》う些《ちっ》と色気が欲しい。

以ての外《ほか》なのは綱次《つなじ》なり。

村田(8)の酒井は大詰に泣かれて困った、あすこは己《おれ》が一言《いちごん》で成仏させると云う大導師《だいどうし》の意気組でなければならぬ。

且《か》つ俊蔵の辞《ことば》は、情の激するあまり言迸《げんほとばし》って出《い》ず、と云うのが、この人のは一々分別した上、理を以て推《お》す風《ふう》あり、役者が悪いのにあらず、註文が無理な所為《せい》か、凡《すべ》て謙遜《けんそん》しすぎたよう也。第一この役に扮する以上は、男振も早瀬以上だと云う信念なかるべからず。対手《あいて》が伊井だと云って、この台辞《せりふ》を除いたなどは、就中《なかんずく》過《あやま》れり、蓋《けだ》し卑怯なり、呵々《かか》。科《しぐさ》は旨いもの。

さて、これは、脚色を議したるにあらず、芸評でない。劇評には当編輯《とうへんしゅう》春月君《しゅんげつくん》(9)あり、ただ見物した所感なのである。

(明治四十一年十一月「新小説」)

水際立《みずぎわだ》った女

河合武雄(1)の話と。――そうですねえ。これは芸の話じゃないんですが、東京に限らず京都、大阪――関西《あっち》の方でも、どこの芝居小屋《こや》も同じ様に、あの雛壇《ひなだん》と云う所、あすこへは綺麗《きれい》なのがずらりと並ぶときまって居ますが、関西《かみがた》の劇場《こや》で、あの綺麗どころが沢《たく》山集《さんあつま》っているのを見ると、どこかこう色彩《いろ》ににごりを帯びて、澄んだような気持のいい感じが起りません。一人一人別にして――まあ宗右衛門町《そうえもんちょう》の夕《たそがれ》とか、祇園《ぎおん》のおぼろ夜とか、画《え》にしても随分《ずいぶん》綺麗なのでも、沢山集っている雛壇を見渡すと、どうも東京の雛壇を見るように水際立ったいい心持が起らない。桟敷《さじき》の色がにごっているような気がしますよ。――

東京の雛壇は、やっぱりごちゃごちゃと沢山の女が集っているのは同じでも、見ていてどこか水際立ったと云うような、あっさりした気がする。縞《しま》の着物に黒繻子《くろじゅす》の襟《えり》をかけて居る何でもない姿の女達が来ていてもいかにもいい心持がするじゃありませんか。

河合と云う人は一寸《ちょっと》この東京の雛壇の色彩《いろ》のような気がする役者ですね。つまり水際立っている女として舞台へ現れて来る――艶《つや》の無いくすんだ着物を着て出ても、あらい髪の櫛巻《くしまき》でも、電気の灯《あかり》で見ても、昼間の光線《ひかり》で見ても、いつ見ても同じようにどこかに艶のある気分《こころもち》がする役者《ひと》で別に江戸がって江戸風を気にする訳ではないけれど、河合を見る度《たび》にこうした気分《きもち》が必ずされると云うのはそれがあの人の身についたものだからであろうと思われますね。

「美人」と脚本に書《し》てあるとする、その美人という女。美人だと観客《けんぶつ》に思わせるような芸を持っている役者はあんまり沢山《たんと》ありますまい。――何《なん》の何子《なにこ》、或《あるい》は何《なに》の家《や》の何ちゃんと云う女にはなれるとしたところで、これが美人だと銘を打たれた女としては受取れない。顔は美《よ》くっても美人としてその心持が芸の上へ現れて来ない。ところが河合はその美人としての心持を出せる芸を持っている。青なり、赤なり、出そうと思った色彩《いろ》を自分の身体《からだ》へだせる人だ。美《い》い女らしく身体を持ち扱っても、随分《ずいぶん》といやな気持を起させる役者《ひと》があるが、河合《あのひと》はちっともそんな気を見る方に起させない。じっと坐っていても或る時間はだまって見ていられる程、芸に心持が出せる人だと思いますね。

それに舞台にも幅があって、ちっちゃく踊《おど》り子《こ》のような気もしない。綺麗でも踊っ子のような、望遠鏡《とおめがね》を引《ひっ》くりかえして見るような気のする役者じゃありませんねえ。

姿のいい悪いはとにかく、今の役者の中で河合、喜多村の様にあるくのにちゃんと、裾《すそ》さばきがなまめかしく出来る人は少のうござんすね。小股《こまた》がしまるしまらないはとにかく、どうも女形《おやま》でも足の方が悪い人が多いんですからね。しっとりとした時にはそのようにしっとりと、淑《つつま》しやかの時はその様に、またちゃんと裾のさばきのついているのは敬服しますよ。あれなら往来をかけ出したってもちっとも可笑《おか》しかありますまい。ずい分大通りできれいな女が電車なんかへ乗る時に、かけだした恰好《かっこう》は形がくずれていいもんじゃないんですが、河合あたりはそんな事は無しで、それが叩き上げた芸の芸でしょう。

眼《ね》ても起きてもちっとも滑稽《こっけい》じゃありません。可笑しいなんてえ事は微塵《みじん》もない芸を持っていまさあね。

上手《うま》いところがありますよ。ほんとに稽古扇《けいこおうぎ》(2)の髪結《かみゆい》——ほら、あのお藤の情人《いろ》を探しに行くところで、あわてて半纏《はんてん》を引っかけて、ばたばたとかけ出して、一寸引き返して来て「どんな人なのさ――」あすこの呼吸《いき》なんかね。それから次の長丁場《ながちょうば》を一人でしゃべるんだが、あすこなんかもうまいもんでしたよ。

喜多村と河合。――

喜多村って役者も、随分こまっかい所へ注意を払っています。たとえば、こう、人目を忍んで他所《よそ》の家まで忍んで来た。と云った様な場合、入って来てそっと下駄を見る――一寸見るとただ、うつむいている様に見えるが、中の人を気にして下駄に気をつけると云う自然な行き方。――門口《かどぐち》で方々見廻すという気の配り方は見物の方にはよく訳《わか》るが、これは当り前の注意で、喜多村は人の目のつかない気をつかって居ますね。「妾《あたし》、これから上野へ行って来るわ――」と云って舞台へ引っ込んで仕舞うとする。そうすると、喜多村は、上野までちゃんと行って来ると云う気分《こころもち》をさせる――風呂《ゆ》へ行くと云って舞台から入れば、湯屋《ゆや》の戸をガラリ、とあけて入って行くだろうとおもわれる気分を舞台へ残して行く。そんなところは喜多村ですね。河合と云う人は花道より本舞台を大切《だいじ》にする人で、花道へかかれば喜多村でしょう。

年増《としま》と娘。——

二十二三でも年増、三十でも年増だが、どうも娘って云う柄《がら》より、イキな年増でしょうよ、娘形をしたって出来ない事はありますまい。娘形しかいけない人はイキな年増は出来ないが、イキなところがいけなければおとなしい娘をするのは楽ですからねえ。

河合って云う役者《ひと》は、舞台へ出て、色白にでも浅ぐろくでも、自分の色の気分《こころもち》を出して行くし、白《せりふ》も、輪廓《りんかく》をはっきり現せる——が、願わくんば、「蝶々が——」と云えばそこへ蝶々を見せ、舞台を白くも黒くもするようにする力を持って欲しいと思います。

一般に云えば浮気っぽい女がはまり役ですね。で、この頃は以前の情と姿から出て来る浮気な女から、段々、肉《にく》慾に傾いて、芸が肉感的になって来たような気がしますね。たとえばある男女《ふたり》が心中《しんじゅう》をしようとする。そして相抱《あいいだ》いて嘆く。——舞台の表はそれまでだが、見る方には、それからあとで二人は寝やしまいかと云うような気を起させる芸風になって来ましたね。ある人達から云えば、夢を追って居る女が、一歩進んで肉に傾いたとも云えるけれど、私はどうもそう思われませんね。天下の大勢はそうでも。——

私の作で――と。

世間では丁山《ちょうざん》丁山と云うが、あの「つや物語(3)」は誰かが芝居になるように脚色したので、それはとにかく、丁山にはまだ私として出したい註文がありますね。私の作《もの》もずいぶん分演《し》て居るが、あのいつか新富でした「南地《なんち》心中(4)」のお珊《さん》――あれなどが秀逸でしょう。あの茶店の床几《しょうぎ》へ腰をかけて、じっとこう、丸勘《まるかん》のぐずるのをきいている、かなり長い間。――あすこなんかも観客《けんぶつ》の眼はおさんを見て居たんでしょう。動かないでいい芝居を見せましたね。

こう出刃《でば》庖丁を振り上げた――その顔は喜多村より河合の方がいいかも知れないが、振り上げた手の寸法――喜多村は、いい工合《ぐあい》に見せますね。色気の点から云えば喜多村は襟足から背すじで、河合は頬、胸のあたりでしょう。

この頃は研究中でも、それを大っぴらに名乗って木戸銭《きどせん》を取るのが流行《はや》るが、ずい分ひどい話ですね。そんな時勢だから河合の芸などはほんとうにあぶなげがなくって安心して見られますよ。

肉に執着《しゅうじゃく》のうすい女——江戸風の女は一体にそうですが、そうした芸を演じて行って呉《く》れた方がよござんすね。

とにかく、何と云っても河合、喜多村の上に出る女形《おやま》は新旧通じてありませんよ。芙《ふ》雀《じゃく》(5)や松蔦《しょうちょう》(6)もきれいだけれど柄が——芸の幅がなくって、河合、喜多村にくらべては、女形として落ちまさあね。大阪《あっち》の芝雀《しばじゃく》(7)なんかもぜいたくは云うが河合には及びませんしね。

何と云ってもあまり類のないいい役者で、ありすぎると云う技巧も、私はそれだからいいんだと思っています。上手な人ですよ。

（大正三年二月「演芸倶楽部」）

くさびら

御馳走《ごちそう》には季春《しゅん》がまだ早いが、ただ見るだけなら何時《いつ》でも構わない。食料に成る成らないは別として、今頃の梅雨《つゆ》には種々《さまざま》の茸《きのこ》がにょきにょきと野山に生える。野山に、にょきにょき、と言って、あの形を想うと、何となく滑稽《おど》けてきこえて、大分安直に扱うようだけれども、飛んでもない事、あれでなかなか凄味《すごみ》がある。

先年、麹町《こうじまち》の土手三番町の堀端寄《ほりばたより》に住んだ借家（1）は、太《ひど》い湿気《しけ》で、遁出《にげだ》すように引越した事がある。一体三間《みま》ばかりの棟割長屋《むねわりながや》に、八畳も、京間《きょうま》で広々として、柱に唐草彫《からくさぼり》の釘かくしなどがあろうと言う、書院づくりの一座敷を、無理に附着《つきつ》けて、屋賃《やちん》をお邸《やしき》なみにしたのであるから、天井は高いが、床は低い。——大掃除の時に、床板を剝《はが》すと、下は水溜《みずたまり》に成って居て、溢《あふ》れたのがちょろちょろと蜘蛛手《くもで》に走ったのだから可恐《おそろし》い。この邸……いやこの座敷へ茸が出た。生えた……などと尋常な事は言うまい。「出た」とおばけらしく話したい。五月雨《さみだれ》のしとしととする時分、家内が朝の間、掃除をする時、縁《えん》のあかりで気が着くと、畳のへりを横縦《よこたて》にスッと一列に並んで、小さい雨垂《あまだれ》に足の生えたようなものの群《むら》り出たのを、黴《かび》にしては寸法が長し、と横に透《すか》すと、まあ、怪《け》しからない、悉《ことごと》く茸であった。細い針ほどな侏儒《いっすんぼうし》が、一つ一つ、と、歩行《ある》き出しそうな気勢《けはい》がある。吃驚《びっくり》して、煮湯《にえゆ》で雑巾《ぞうきん》を絞って、よく拭《ぬぐ》って、先《ま》ず退治た。が、暮方の掃除に視《み》ると、同じように、ずらりと並んで揃って出て居た。これが茸なればこそ、目もまわさずに、じっと堪《こら》えて私には話さずに秘《かく》して居た。私が臆病だからである。

何しろ梅雨あけ早々に其家《そこ》は引越した。が、……私はあとで聞いて身ぶるいした。むかしは加州《かしゅう》山中の温泉宿に、住居《すまい》の大囲炉裏《おおいろり》に、灰の中から、笠のかこみ一尺ばかりの真黒な茸が三本ずつ、続けて五日も生えた、と言うのが、手近な三州奇談(2)に出て居る。家族は一統、加持《かじ》よ祈禱《きとう》よ、と青くなって騒いだが、私に似ないその主人、胆《たん》が据《すわ》って聊《いささ》かも騒がない。茸だから生えると言って、むしっては捨て、むしっては捨てたので、やがて妖《よう》は留《や》んで、一家に何事の触《さわ》りもなかった――鉄心銷怪《てつしんかいをけすす》。偉い!……とその編者は賞《ほ》めて居る。私は笑われても仕方がない。成程《なるほど》、その八畳に転寝《うたたね》をすると、とろりとすると下腹がチクリと疼《いた》んだ。針のような茸が洒落《しゃれ》に突《つつ》いたのであろうと思って、もう一度身ぶるいすると同時に、何《ど》うやらその茸が、一《ひと》ずつ芥子《けし》ほどの目を剝《む》いて、ぺろりと舌を出して、店賃《たなちん》の安値《やす》いのを嘲笑《あざわら》って居たようで、少々癪《しゃく》だが、しかし可笑《おかし》い。可笑いが、気味が悪い。

能の狂言に「茸」がある。――山家《やまが》あたりに住むものが、邸中《やしきじゅう》、座敷まで大《おおき》な茸が幾つともなく出て祟《たた》るのに困《こう》じて、大峰葛城《おおみねかつらぎ》を渡った知音《ちいん》の山伏《やまぶし》を頼んで来ると、「それ、山伏と言っぱ山伏なり、何と殊勝《しゅしょう》なか。」と先《ま》ず威張《いば》って、兜巾《ときん》を傾け、いらたかの数珠《じゅず》を揉みに揉んで、祈るほどに、祈るほどに、祈れば祈るほど、大な茸の、あれあれ思いなしか、目鼻手足のようなものの見えるのが、おびただしく出て、したたか仇《あだ》をなし、引着《ひきつ》いて悩ませる。「いで、この上は、茄子《なすび》の印《いん》を結んで掛け、いろはにほへとと祈るならば、などか奇特のなかるべき、などか、ちりぬるをわかンなれ。」と祈る時、傘を半びらきにした、中にも毒々しい魔形《まぎょう》なのが、二の松へ這《は》って出る。これにぎょっとしながら、いま一祈り祈りかけると、その茸、傘を開いてスックと立ち、躍《おど》りかかって、「ゆるせ、」と逃げ廻《まわ》る山伏を、「取って噛《か》もう、取って噛もう。」と脅《おびやか》すのである。――彼等《かれら》を軽《かろ》んずる人間に対して、茸のために気を吐いたものである。臆病な癖に私はすきだ。

そこで茸の扮装は、縞《しま》の着附《きつけ》、括袴《くくりばかま》(3)、腰帯、脚絆《きゃはん》で、見徳《けんとく》(4)、嘯吹《うそぶき》(5)、上髯《うわひげ》(6)の面を被《かぶ》る。その傘の逸《いち》もつが、鬼頭《おにず》巾《きん》で武悪《ぶあく》の面だそうである。岩茸《いわたけ》、灰茸《はいたけ》、鳶茸《とびたけ》、坊主茸《ぼうずたけ》の類《たぐい》であろう。いずれも、塗笠《ぬりがさ》、檜笠《ひがさ》、菅笠《すげがさ》、坊主笠を被って出ると言う。……この狂言はまだ見ないが、古寺《ふるでら》の広室《ひろま》の雨、孤屋《ひとつや》の霧のたそがれを舞台にして、ずらりとこの形《なり》で並んだら、並んだだけで、おもしろかろう。……中に、紅絹《もみ》の切《きれ》に、白い顔の目ばかり出して褄折笠《つまおりがさ》の姿がある。紅茸《べにたけ》らしい。あの露を帯びた色は、幽《かすか》に光をさえ放って、たとえば、妖女の艶《えん》がある。庭に植えたいくらいに思う。食べるのじゃあないから――茸よ、取って噛むなよ、取って噛むなよ。……

（大正十二年六月二十七日「東京日日新聞」）

露《ろ》宿《しゅく》

二日の真夜中――せめて、ただ夜の明くるばかりをと、一時千秋《ひとときせんしゅう》の思《おもい》で待つ――三日の午前三時、半《なか》ばならんとする時であった。……

殆《ほとん》ど、五分置き六分置きに揺返《ゆりかえ》す地震を恐れ、また火を避《さ》け、はかなく焼出された人々などが、おもいおもいに、急難、危厄《きやく》を逃げのびた、四谷見附《よつやみつけ》そと、新公園の内外《うちそと》、幾千万の群集は、皆苦《にが》き睡眠《ねむり》に落ちた。……残らず眠ったと言っても可《い》い。荷と荷を合せ、ござ、筵《むしろ》を隣《となり》して、外濠《そとぼり》を隔てた空の凄《すさま》じい炎の影に、目の及ぶあたりの人々は、老《おい》も若きも、算を乱して、ころころと成って、そして萎《なえ》たように皆倒れて居た。

――言うまでの事ではあるまい。昨日《さくじつ》……大正十二年九月一日午前十一時五十八分に起った大地震このかた、誰《たれ》も一睡《いっすい》もしたものはないのであるから。

麹町《こうじまち》、番町《ばんちょう》の火事は、私たち隣家二三軒が、皆跣足《はだし》で逃出して、この片側の平屋《ひらや》の屋根から瓦《かわら》が土煙を揚げて崩《くず》る向側《むこうがわ》を駈抜《かけぬ》けて、いくらか危険の少なそうな、四角《よつかど》を曲った、一方が広庭を囲んだ黒板塀《くろいたべい》で、向側が平屋の押潰《おしつぶ》れても、一二尺の距離はあろう、その黒塀に真俯向《まうつむ》けに取り縋《すが》った。……手のまだ離れない中《うち》に、さしわたし一町とは離れない中六番町《なかろくばんちょう》から黒煙を揚げたのがはじまりである。――同時に、警鐘を乱打した。が、恁《か》くまでの激震に、四谷見附の、高い、あの、火の見の頂辺《てっぺん》に活《い》きて人があろうとは思われない。私たちは、雲の底で、天が摺半鐘《すりばん》を打つ、と思って戦慄《せんりつ》した。――「水が出ない、水道が留《と》まった」と言う声が、其処《そこ》に一団に成って、足と地とともに震《ふる》える私たちの耳を貫いた。息つぎに水を求めたが、火の注意に水道の如何《いかん》を試みた誰かが、早速に警告したのであろう。夢中で誰とも覚えて居ない。その間近な火は樹に隠れ、棟《むね》に伏《ふせ》って、却《かえ》って、斜《ななめ》の空はるかに、一柱《いっちゅう》の炎が火を捲《ま》いて真直《まっすぐ》に立った。続いて、地軸も砕くるかと思う凄《すさま》じい爆音が聞えた。婦《おんな》たちの、あっと言って地に領伏《ひれふ》したのも少くない。その時、横町を縦《たて》に見通しの真空《まぞら》へ更《さら》に黒煙が舞起《まいおこ》って、北東の一天《いってん》が一寸《いっすん》を余さず真暗《まっくら》に代《かわ》ると、忽《たちま》ち、どどどどどどどどと言う、陰々《いんいん》たる律を帯びた重く凄《すご》い、殆ど形容の出来ない音が響いて、炎の筋を蜿《うね》らした可恐《おそろし》い黒雲が、更に煙の中を波がしらの立つ如く、烈風に駈廻《かけまわ》る!……ああ迦具土《かぐつち》の神の鉄車《てっしゃ》を駆《か》って大都会を焼亡《やきほろぼ》す車輪の轟《とどろ》くかと疑われた。――「あれは何の音でしょうか。」――「然《さ》よう何の音でしような。」近隣の人の分別だけでは足りない。其処に居合わせた禿頭白髯《とくとうはくぜん》の、見も知らない老紳士に聞く私の声も震えれば、老紳士の唇《くちびる》の色も、尾花《おばな》の中に、たとえば、なめくじの這《は》う如く土気色《つちけいろ》に変って居た。

——前のは砲兵工廠《ほうへいこうしょう》(1)の焚《や》けた時で、続いて、日本橋本町に軒を連ねた薬問屋の薬ぐらが破裂したと知ったのは、五六日も過ぎての事。……当時のもの可恐《おそろし》さは、われ等《ら》の乗漾《のりただよ》う地の底から、火焔《かえん》を噴《は》くかと疑われたほどである。が、銀座、日本橋をはじめ、深川、本所《ほんじょ》、浅草などの、一時《いちじ》に八ケ所、九ケ所、十幾ケ所から火の手の上《あが》ったのに較《くら》べれば、山の手は扠《さ》て何でもないもののようである、が、それは後《のち》に言う事で、……地震とともに焼出した中六番町の火が……いま言った、三日の真夜中に及んで、約二十六時間。尚《な》お熾《さかん》に燃えたのであった。

しかし、その当時、風は荒かったが、真南から吹いたので、聊《いささ》か身がってのようではあるけれども、町内は風上《かざかみ》だ。差《さし》あたり、火に襲わるる懼《おそれ》はない。其処で各自《めいめい》が、かの親不知《おやしらず》、子不知《こしらず》(2)の浪を、巌穴《いわあな》へ逃げる状《さま》で、衝《つ》と入っては颯《さっ》と出つつ、勝手許《かってもと》、居室などの火を消して、用心して、それに第一たしなんだのは、足袋《たび》と穿《はき》もので、驚破《すは》、逃出すと言う時に、わが家への出入りにも、硝子《ガラス》、瀬戸ものの欠片《かけら》、折釘《おれくぎ》で怪我《けが》をしない注意であった。そのうち、隙《すき》を見て、縁台《えんだい》に、薄べりなどを持出した。何が何《ど》うあろうとも、今夜は戸外《おもて》にあかす覚悟して、まだ湯にも水にもありつけないが、吻《ほっ》と息をついた処へ——

前日みそか、阿波《あわ》の徳島から出京した、濱野《はまの》英二さん（3）が駈《か》けつけた。英語の教鞭《きょうべん》を取る、神田三崎町の第五中学へ開校式に臨んだが、小使《こづかい》が一人梁《はり》に挫《ひし》がれたのと摺《す》れ違いに逃出したと言うのである。

あわれ、これこそ今度の震災のために、人の死を聞いたはじめであった。——ただこれにさえ、一同は顔を見合わせた。

内《うち》の女中の情《なさけ》で。……敢て女中の情と言う。——この際、台所から葡萄酒《ぶどうしゅ》を二《に》罎《びん》持出すと言うに到っては生命《いのち》がけである。けちに貯えた正宗《まさむね》は台所へ皆流れた。葡萄酒は安《やす》値いのだが、厚意《こころざし》は高価《たか》い。ただし人目がある。大道《だいどう》へ持出して、一杯でもあるまいから、土間へ入って、框《かまち》に堆《うずたか》く崩れつんだ壁土の中に、あれを見よ、蕈《きのこ》の生えたような瓶《びん》から、逃腰で、茶碗《ちゃわん》で呷《あお》った。言うべき場合ではないけれども、まことに天の美禄《びろく》である。家内も一口した。不断《ふだん》一滴も嗜《たしな》まない、一軒となりの歯科の白井さんも、白い仕事着のままで傾けた。

これを二碗と傾けた隣家の辻井さんは向う顱巻膚脱《はちまきはだぬ》ぎの元気に成って、「さあ、こい、もう一度揺《ゆす》って見ろ。」と胸を叩いた。

婦《おんな》たちは怨《うら》んだ。が、結句《けっく》これがために勢《いきお》づいて、茣蓙《ござ》縁台を引摺《ひきず》り引摺り、とにかく黒塀について、折曲《おりまが》って、我家我家の向うまで取って返す事が出来た。

襖障子《ふすましょうじ》が縦横《じゅうおう》に入乱れ、雑式《ぞうしき》家具の狼藉《ろうぜき》として、化性《けしょう》の如く、地の震うたびに立ち跳《おど》る、誰も居ない、我が二階家を、狭い町の、正面に熟《じっ》と見て、塀越《へいごし》のよその立樹《たちき》を庇《ひさし》に、桜のわくら葉のぱらぱらと落ちかかるにさえ、婦は声を発《た》て、男はひやりと肝《きも》を冷《ひや》して居るのであった。が、もの音、人声《ひとごえ》さえ定かには聞取れず、たまに駈《かけ》る自動車の響《ひびき》も、燃え熾《さか》る火の音に紛《まぎ》れつつ、日も雲も次第次第に黄昏《たそが》れた。地震も、小《お》やみらしいので、風上とは言いながら、模様は何《ど》うかと、中六《なかろく》の広通りの市《いち》ケ谷《や》近い十字街へ出て見ると、一度やや安心をしただけに、口も利けず、一驚《いっきょう》を喫《きっ》した。

半町ばかり目の前を、火の燃通《もえとお》る状《さま》は、真赤な大川の流るるようで、然《しか》も凪《な》ぎた風が北に変って、一旦九段上《いったんくだんうえ》へ焼け抜けたのが、燃返って、然も低地から、高台へ、家々の大巌《おおいわ》に激して、逆流して居たのである。

もはや、……少々なりとも荷もつをと、きょときょとと引返した。が、僅《わずか》にたのみなのは、火先《ひさき》が僅ばかり、斜《ななめ》にふれて、下《しも》、中《なか》、上《かみ》の番町を、南はずれに、東へ……五番町の方へ燃進む事であった。

火の雲をかくした桜の樹立《こだち》も、黒塀も暗く成った。旧暦七月二十一日ばかりの宵闇《よいやみ》に、覚束《おぼつか》ない提灯《ちょうちん》の灯《ひ》一つ二つ、婦たちは落人《おちゅうど》が夜鷹蕎《よたかそ》麦《ば》の荷に踞《かが》んだ形で、溝端《どぶばた》で、のどに支《つか》える茶漬を流した。誰ひとり昼《ひる》食を済まして居なかったのである。

火を見るな、火を見るな、で、私たちは、すぐその傍《わき》の四角《よつかど》に彳《たたず》んで、突通《つきとお》しに天を浸《ひた》す炎の波に、人心地もなく酔って居た。

時々、魔の腕のような真黒な煙が、偉《おおい》なる拳《こぶし》をかためて、世を打ちひしぐ如くむくむく立つ。其処《そこ》だけ、火が消えかかり、下火《したび》に成るのだろうと、思ったのは空頼《そらだの》みで「あ、悪いな、あれが不可《いけね》え。……火の中へふすぶった煙の立つのは新しく燃えついたんで……」と通りかかりの消防夫《しごとし》が言って通った——

(——小稿……まだ持出しの荷も解《と》かず、框《かまち》をすぐの小間《こま》で……ここを草する時……

「何《ど》うしました。」

と、はぎれのいい声を掛けて、水上《みなかみ》さん(4)が、格子《こうし》へ立った。私は、家内と駈出して、ともに顔を見て手を握った。――悉《くわし》い事は預《あず》かるが、水上さんは、先月三十一日に、鎌倉稲瀬川の別荘に遊んだのである。別荘は潰《つぶ》れた。家族の一人《いちにん》は下敷に成んなすった。が、無事だったのである。――途中で出あったと言って、吉井勇《よしいいさむ》(5)さんが一所《いっしょ》に見えた。これは、四谷に居て無事だった。が、家の裏の竹藪《たけやぶ》に蚊帳《かや》を釣って難を避けたのだそうである――)

――前のを続ける。……

其処へ――

「如何《いかが》。」

と声を掛けた一人があった。……可懐《なつかし》い声だ、と見ると、弴《とん》(6)さんである。

「やあ、御無事で。」

弴さんは、手拭《てぬぐい》を喧嘩《けんか》被《かぶ》り、白地の浴衣《ゆかた》の尻端折《しりばしょり》で、いま逃出したと言う形だが、手を曳《ひ》いて……は居なかった。引添《ひきそ》って、手拭を吉原かぶりで、艶《えん》な蹴出《けだ》しの褄端折《つまばしょり》をした、前髪のかかり、鬢《びん》のおくれ毛、明眸皓歯《めいぼうこうし》の婦人がある。しっかりした、さかり場の女中らしいのが、もう一人後についている。

執筆の都合上、赤坂の某旅館に滞在した、家は一堪《ひとたま》りもなく潰れた。――不思議に窓の空所《くうしょ》へ橋に掛った襖《ふすま》を伝って、上《あが》りざまに屋根へ出て、それから山王様《さんのうさま》の山へ逃上《にげあが》ったが、其処も火に追われて逃《のが》るる途中、おなじ難に逢って焼出されたため、道傍《みちばた》に落ちて居た、この美人を拾って来たのだそうである。

正面の二階の障子は紅《くれない》である。

黒塀の、溝端《どぶばた》の莫蓙《ござ》へ、然《さ》も疲れたように、ほっと、くの字に膝をついて、婦連《おんなれん》がいたわって汲んで出した、ぬるま湯で、軽く胸をさすった。その婦の風情《ふぜい》は媚《なまめ》かしい。

やがて、合方《あいかた》もなしに、この落人は、すぐ横町の有島《ありしま》(7)家へ入った。ただで通す関所ではないけれど、下六《しもろく》同町内だから大目に見て置く。

次手《ついで》だから話そう。これと対《つい》をなすのは浅草の万《まん》ちゃん(8)である。お京さんが、(9)円髷《まるまげ》の姉《あね》さんかぶりで、三歳《みっつ》のあかちゃんを十の字に背中に引背負《ひっしょ》い、たびはだし。万ちゃんの方は振分《ふりわけ》の荷を肩に、わらじ穿《ばき》で、雨のような火の粉の中を上野をさして落ちて行くと、揉返《もみかえ》す群集が、

「似合います。」

と湧《わ》いた。ひやかしたのではない、まったく同情を表《ひょう》したので、

「いたわしいナ、畜生。」

と言ったと言う——真個《ほんとう》か知らん、いや、嘘でない。これは私の内へ来て(久保勘《くぼかん》)と染めた印半纏《しるしばんてん》で、脚絆《きゃはん》の片あしを挙げながら、冷酒《ひやざけ》のいきづきで御当人の直話《じきわ》なのである。

「何《ど》うなすって。」

少時《しばらく》すると、うしろへ悠然として立った女性《にょしょう》があった。

「ああ……いまも風説《うわさ》をして、案じて居ました。お住居《すまい》は渋谷だが、あなたは下町へお出掛けがちだから。」

と私は息をついて言った。八千代《やちよ》さん(10)が来たのである、四谷坂町の小山内《おさない》さん(11)(阪地《はんち》滞在中)の留守見舞に、渋谷から出て来なすったと言う。……御主人の女の弟子が、提灯《ちょうちん》を持って連立った。八千代さんは、一寸《ちょっと》薄化粧か何かで、鬢《びん》も乱さず、杖を片手に、しゃんと、きちんとしたものであった。

「御主人は?」

「……冷蔵庫に、紅茶があるだろう……なんか言って、呆《あき》れっ了《ちま》いますわ。」

是《これ》は偉い!……画伯(12)の自若《じじゃく》たるにも我折《がお》った。が、御当人の、すまして、これから又《また》渋谷まで火《か》を潜《くぐ》って帰ると言うには舌を巻《ま》いた。

「雨戸《あまど》をおしめに成らんと不可《いけ》ません。些《ちっ》と火の粉が見えて来ました。あれ、屋根の上を飛びます。……あれがお二階へ入りますと、まったく危《あぶの》うございますで、ございますよ。」

と余所《よそ》で……経験のある、近所の産婆さんが注意をされた。

実は、炎に飽《あ》いて、炎に背《そむ》いて、この火たとい家を焚《や》くとも、せめて清《すず》しき月出《い》でよ、と祈れるかいに、天の水晶宮《すいしょうぐう》の棟は桜の葉の中に顕《あら》われて、朱を塗ったような二階の障子が、いまその影にやや薄れて、凄くも優しい、威《い》あって、美しい、薄桃色に成ると同時に、中天に聳《そび》えた番町小学校の鉄柱の、火柱の如く見えたのさえ、ふと紫にかわったので、消すに水のない却火《ごうか》は、月の雫《しずく》が冷す《さま》のであろう。火勢は衰《おとろ》えたように思って、微《かすか》に慰《なぐさ》められて居た処であったのに――

私は途方にくれた。――成程《なるほど》ちらちらと、……

「ながれ星だ。」

「いや、火の粉だ。」

空を飛ぶ——火事の激しさに紛れた。が、地震が可恐《おそろし》いため町にうろついて居るのである。二階へ上《あが》るのは、いのち懸《がけ》でなければ成らない。私は意気地《いくじ》なしの臆病の第一人である。然《さ》うかと言って、焚《も》えても構いませんと言われた義理ではない。

濱野さんは、その元園町《もとぞのちょう》の下宿の様子を見に行って居た。——気の毒にも、その宿では沢山《たくさん》の書籍と衣類とを焚《や》いた。

家内と二人で、——飛込もうとするのを視《み》て、

「私がしめてあげます。お待ちなさい。」

白井さんが懐中電燈をキラリと点《つ》けて、そう言って下すった。私は口吃《きっ》しつつ頭《こうべ》を下げた。

「俺《わし》も一番《ひとつ》。」

で、来合わせた馴染《なじみ》の床屋の親方が一所《いっしょ》に入った。

白井さんの姿は、火よりも月に照らされて、正面の縁《えん》に立って、雨戸は一枚ずつがらがらと閉《しま》って行く。

この勢《いきおい》に乗って、私は夢中で駈上って、懐中電燈の燈《あかり》を借りて、戸袋の棚から、観世音《かんぜおん》の塑像《そぞう》を一体、懐中し、机の下を、壁土の中を探って、なき父が彫ってくれた、私の

真鍮《しんちゅう》の迷子《まいご》札《ふだ》を小さな硯《すずり》の蓋《ふた》にはめ込んで、大切にしたのを、幸いに拾って、これを袂《たもと》にした。

私たちは、それから、御所前の広場を志《こころざ》して立退《たちの》くのに間《ま》はなかった。火は、尾の二筋に裂けた、燃ゆる大蛇《おろち》の両岐《ふたまた》の尾の如く、一筋は前《さき》のまま五番町へ向い、一筋は、別に麹町の大通《おおどおり》を包んで、この火の手が襲い近《ちかづ》いたからである。

「はぐれては不可《いけな》い。」

「荷を棄《す》てても手を取るように。」

口々に言い交《かわ》して、寂然《しん》とした道ながら、往来《ゆきき》の慌《あわただ》しい町を、白井さんの家族ともろともに立退いた。

「泉さんですか。」

「はい。」

「荷もつを持って上げましょう。」

おなじむきに連立った学生の方《かた》が、大方居《おおかたい》まわりで見知越《みしりごし》であったろう。言うより早く引担《ひっかつ》いで下すった。

私は、その好意に感謝しながら、手に持ちおもりのした慾《よく》を恥じて、やせた杖をついて、うつむいて歩行《ある》き出した。

横町の道の両側は、荷と人と、両側二列《ふたならび》の人のたたずまいである。私たちより、もっと火に近いのが先んじてこの町内へ避難したので、……皆茫然《ぼうぜん》として火の手を見て居る。赤い額《ひたい》、蒼《あお》い頰《ほお》——辛《かろ》うじて煙を払った糸のような残月と、火と炎の雲と、埃《ほこり》のもやと、……その間《あいだ》を地上に綴《つづ》って、住める人もないような家々の籬《まがき》に、朝顔の蕾《つぼみ》は露も乾いて萎《しお》れつつ、おしろいの花は、緋《ひ》は燃え、白きは霧を吐いて咲いて居た。

公園の広場は、既《すで》に幾万の人で満ちて居た。私たちは、その外側の濠《ほり》に向った道傍《みちばた》に、ようよう地のままの蓆《むしろ》を得た。

「お邪魔をいたします。」

「いいえ、お互様《たがいさま》。」

「御無事で。」

「あなたも御無事で。」

つい、隣に居た十四五人の、殆ど十二三人が婦人の一家は、浅草から火に追われ、火に追われて、ここに息を吐《つ》いたそうである。

見ると……見渡すと……東南に、芝《しば》、品川あたりと思うあたりから、北に千住浅草と思うあたりまで、この大都《だいと》の三面を弧《こ》に包《つつ》んで、一面の火の天である。中を縫《ぬ》いつつ、渦《うず》を重ねて、燃上って居るのは、われらの借家に寄せつつある炎であった。

尾籠《びろう》ながら、私はハタと小用《こよう》に困った。辻便所も何にもない。家内が才覚して、この避難場に近い、四谷の髪結《かみゆい》さんの許《もと》をたよって、人を分け、荷を避けつつ辿《たど》って行く。……ずいぶん露地を入組《いりく》んだ裏屋だから、恐る恐る、それでも、崩れ瓦の上を踏んで行きつくと、戸は開いたけれども、中に人気《ひとけ》は更にない。おなじく難を避けて居るのであった。

「さあ、此方《こっち》へ。」

馴染《なじみ》がいに、家内が茶の間へ導いた。

「どうも恐縮です。」

と、うっかり言って、挨拶《あいさつ》して、私たちは顔を見て苦笑した。

手を浄めようとすると、白濁《しろにご》りでぬらぬらする。

「大丈夫よ――かみゆいさんは、きれい好《ず》きで、それは消毒が入って居るんですから。」

私は、とる帽もなしに、一礼して感佩《かんぱい》した。

夜が白んで、もう大釜の湯の接待をして居る処がある。

この帰途《かえり》に、公園の木の下で、小枝に首をうなだれた、洋傘《パラソル》を畳んだばかり、バスケット一つ持たない、薄色の服を着けた、中年の華奢《きゃしゃ》な西洋婦人を視た。――紙づつみの塩煎餅《しおせんべい》と、夏蜜柑《なつみかん》を持って、立寄って、言《ことば》も通ぜず慰めた人がある。私は、人のあわれと、人の情《なさけ》に涙ぐんだ――今も泣かるる。

二日――この日正午のころ、麴町の火は一度消えた。立派に消口《けしぐち》を取ったのを見届けた人があって、もう大丈夫と言う端に、待構えたのが皆帰支度《かえりじたく》をする。家内も風呂敷包を提げて駈け戻った。女中も一荷背負《しょ》ってくれようとする処を、其処が急所だと消口を取った処から、再び猛然として煤《すす》のような煙が黒焦《くろこ》げに舞上った。渦も大《おお》きい。幅も広い。尾と頭を以って撃った炎の大蛇《おろち》は、黒蛇に変じて剰え《あまつさ》胴中《どうなか》を蜿《うね》らして家々を巻きはじめたのである。それから更に燃え続け、焚《や》け拡がりつつ舐《な》め近づく。

一度内へ入って、神棚と、せめて、一間《ひとま》だけもと、玄関の三畳の土を払った家内が、又この野天《のてん》へ逃戻った。私たちばかりでない。――皆もう半ば自棄《やけ》に成った。

もの凄いと言っては、濱野さんが、家内と一所に何か缶詰のものでもあるまいかと、四谷通へ夜に入って出向いた時だった。……裏町、横通りも、物音ひとつも聞えないで、静まり返った中に、彼方此方《あちらこちら》の窓から、どしんどしんと戸外《おもて》へ荷物を投げて居る。火は此処《ここ》の方が却《かえ》って押《おし》つつまれたように激しく見えた。灯《ひ》一つない真暗な中に、町を歩行《ある》くものと言っては、まだ八時と言うのに、殆ど二人のほかはなかったと言う。

缶詰どころか、蠟燭《ろうそく》も、燐寸《マッチ》もない。

通りかかった見知越の、みうらと言う書店の厚意で、莫蓙《ござ》を二枚と、番傘を借りて、砂の吹きまわす中を這々《ほうほう》の体《てい》で帰って来た。

で、何につけても、殆どふて寝でもするように、疲れて倒れて寝たのであった。

却説《さて》――その白井さんの四歳《よっつ》に成る男の児《こ》の、「おうちへ帰ろうよ、帰ろうよ。」と言って、うら若い母さんとともに、私たちの胸を疼《いた》ませたのも、その母さんの末の妹の十一二に成るのが、一生懸命に学校用の革鞄《かばん》一つ膝に抱いて、少女のお伽《とぎ》の絵本を開けて、「何でです。こんな処で。」と、叱られて、おとなしくたたんで、ほろりとさせたのも、宵《よい》の間《ま》で。……今はもう死んだように皆睡《ねむ》った。――

深夜。

二時を過ぎても鶏《とり》の声も聞えない。鳴かないのではあるまい。燃え近づく火の、ぱちぱちぱち、ごうごうどッと鳴る音に紛るるのであろう。唯《ただ》この時、大路《おおじ》を時に響いたのは、粛然《しゅくぜん》たる騎馬のひづめの音である。火のあかりに映るのは騎士の直剣《ちょっけん》の影である。二人三人《みたり》ずつ、いずくへ行くとも知らず、いずくから来るとも分《わ》かず、とぼとぼした女と男と、女と男と、影のように辿《ただよ》い徜徉《さまよ》う。

私はじっとして、又ただひとえに月影を待った。

白井さんの家族が四人、——主人はまだ焼けない家を守ってここにはみえない——私たちと、……濱野さんは八千代さんが折紙をつけた、いい男だそうだが、仕方がない。公園の囲《かこい》の草畝《くさあぜ》を枕にして、うちの女中と一つ毛布《ケット》にくるまった。これに隣《とな》って、あの床屋子《とこやし》が、子供弟子づれで、仰向《あおむ》けに倒れて居る。僅《わずか》に一坪たらずの処へ、荷を左右に積んで、この人数である。もの干棹《ほしざお》にさしかけの莫蓙の、しのぎをもれて、外にあふれた人たちには、傘をさしかけて夜露を防いだ。

が、夜風も、白露も、皆夢である。その風は黒く、その露も赤かろう。

唯《と》、ここに、低い草畝の内側に、露とともに次第に消え行く、提灯の中に、ほの白く幽《かすか》に見えて、一張《ひとはり》の天幕《テント》があった。——昼間赤い旗が立って居た。この旗が音もなく北の方へ斜《ななめ》に靡《なび》く。何処《どこ》か大商店の避難した……その店員たちが交代に貨物の番をするらしくて、暮れ方には七三《しちさん》の髪で、真白で、この中で友染模様《ゆうぜんもよう》の派手な単衣《ひとえ》を着た、女優まがいの女店員二三人の姿が見えた。——その天幕の中で、この深更《しんこう》に、忽《たちま》ち笛を吹くような、鳥の唄うような声が立った。

「……泊って行けよ、泊って行けよ。」

「可厭《いや》よ、可厭よ、可厭《いやあ》よう。」

声を殺して、

「あれ、おほほほほ。」

やがて接吻《キッス》の音がした。天幕にほんのりとあかみが潮《さ》した。が、やがて暗く成って、もやに沈むように消えた。魔の所業《なすわざ》ではない、人間の挙動《ふるまい》である。

私はこれを、難ずるのでも、嘲《あざ》けるのでもない。況《いわん》や決して羡《うらや》むのではない。寧《むし》ろその勇気を称《たた》うるのであった。

天幕が消えると、二十二日の月は幽《かすか》に煙を離れた。が、向う土手の松も照らさず、この莫蓙の庇《ひさし》にも漏れず、煙を開いたかと思うと、又閉《とざ》される。下へ、下へ、煙を押して、押分けて、松の梢《こずえ》にかかるとすると、忽《たちま》ち又煙が、空へ、空へとのぼる。斜面の玉女《ぎょくじょ》が咽《むせ》ぶようで、悩ましく、息ぐるしそうであった。

衣紋《えもん》を細く、円髷《まげ》を、おくれ毛のまま、ブリキの缶に枕して、緊乎《しっか》と、白井さんの若い母さんが胸に抱いた幼児《おさなご》が、怯《おび》えたように、海軍服でひょっくりと起きると、ものを熟《じっ》と視て、みつめて、むくりと半ば起きたが、小さい娘さんの胸の上へ乗って、乗ると辷《すべ》って、ころりと俵《たわら》にころがって、すやすやとそのまま寝た。

私は膝をついて総毛立った。

唯今、寝おびれた幼《おさな》のの、熟と視たものに目を遣《や》ると、狼《おおかみ》とも、虎とも、鬼とも、魔とも分らない、凄《すさま》じい面《つら》が、ずらりと並んだ。……いずれも差置いた荷の恰好《かっこう》が異類異《い》形《ぎょう》の相《そう》を顕《あらわ》したのである。

最も間近かったのを、よく見た。が、白い風呂敷の裂けめは、四角にカッとあいて、しかも曲《ゆが》めたる口である。結目《むすびめ》が耳である。墨絵の模様が八角《はっかく》の眼《まなこ》である。たたみ目が皺《しわ》一つずつ、いやな黄味を帯びて、消えかかる提灯の影で、ひくひくと皆揺れる、狒々《ひひ》に似て化猫である。

私は鵺《ぬえ》と云うはこれかと思った。

その隣、その隣、その上、その下、並んで、重《かさな》って、或《あるい》は青く、或は赤く、或は黒く、凡《およ》そ臼《うす》ほどの、変な、可厭《いや》な獣が幾つともなく並んだ。

皆可恐《おそろし》い夢を見て居よう。いや、その夢の徴《しるし》であろう。

その手近なのの、裂目《さけめ》の口を、私は余りの事に、手でふさいだ。ふさいでも、開く。開いて垂れると、舌を出したように見えて、風呂敷包が甘渋《あましぶ》くニヤリと笑った。

続いて、どの獣の面も皆笑った。

爾時《そのとき》であった。あの四谷見附の火の見櫓《やぐら》は、窓に血をはめたような両眼《りょうがん》を瞬《みひら》いて、天に冲《ちゅう》する、素裸の魔の形に変じた。

土手の松の、一樹《いちじゅ》、一幹《いっかん》。啊呍《あうん》に肱《ひじ》を張って突立《つった》った、赤き、黒き、青き鬼に見えた。が、あらず、それも、後《のち》に思えば、火を防がんがために粉骨したまう、焦身《しょうしん》の仁王《におう》の像であった。

早《は》や、煙に包まれたように息苦しい。

私は婦人と婦人との間を拾って、密《そっ》と大道の夜気《やき》に頭を冷そうとした。——若い母さんに触るまいと、ひょいと腰を浮かして出た、はずみに、この婦人の上にかざした蛇目《じゃのめ》傘《がさ》の下へ入って、頭が支《つか》えた。ガサリと落すと、響《ひびき》に、一時《ひととき》の、うつつの睡《ねむり》を覚すであろう。手をその傘に支《ささ》えて、ほし棹にかけたまま、ふらふらと宙に泳いだ。……この中でも可笑《おかし》い事がある。

——前刻《さっき》、草あぜに立てた傘が、パサリと、ひとりで倒れると、下に寝た女中が、

「地震《じしん》。」

と言って、むくと起返る背中に、ひったりとその傘をかぶって、首と両手をばたばたと動かした……

いや、人ごとではない。

私は露を吸って、道に立った。

火の見と松との間を、火の粉が、何の鳥か、鳥とともに飛び散った。が、炎の勢《いきおい》はその頃から衰えた。火は下六番町を焼かずに消え、人の力は我が町を亡ぼさずに消した。

「少し、しめったよ。起きて御覧、起きて御覧。」

婦人たちの、一度に目をさました時、あの不思議な面は、上臈《じょうろう》のように、翁《おきな》のように、稚児《ちご》のように、和《なご》やかに、やさしく成って莞爾《にっこり》した。

朝日は、御所の門に輝き、月は戎剣《じゅうけん》の閃影《せんえい》を照らした。

——江戸のなごりも、東京も、その大抵《たいてい》は焦土と成《な》んぬ。茫々たる焼野原に、ながき夜を鳴きすだく虫は、いかに、虫は鳴くであろうか。私はそれを、人に聞くのさえ憚《はばか》るる。

しかはあれど、見よ。確《たしか》に聞く。浅草寺の観世音は八方の火の中に、幾十万の生命《いのち》を助けて、秋の樹立《こだち》もみどりにして、仁王門、五重の塔とともに、柳もしだれて、露のしたたるばかり厳《おごそか》に気高く焼残った。塔の上には鳩が群れ居、群れ遊ぶそうである。尚《な》お聞く。花屋敷の火をのがれた象はこの塔の下に生きた。象は宝塔を背にして白い。

普賢《ふげん》も影向《ようごう》ましますか。

若有持是観世音菩薩名者《じゃくうじぜかんぜおんぼさつみょうしゃ》。

設入大火《せつにゅうたいか》。火不能焼《かふのうしょう》。

由是菩薩《ゆぜぼさつ》。威神力故《いじんりきこ》。(13)

(大正十二年十月「女性」)

十六夜《いざよい》

一

きのうは仲秋《ちゅうしゅう》十五夜で、無事平安な例年にもめずらしい、一天澄渡った明月であった。その前夜のあの暴風雨をわすれたように、朝から晴れ晴《は》れとした、お天気模様で、辻へ立って日を礼したほどである。おそろしき大地震、大火の為に、大都《だいと》は半《なか》ば、阿鼻焦《あびしょう》土《ど》となんぬ。お月見でもあるまいが、背戸《せど》の露草は青く冴えて露にさく。……廂《ひさし》破れ、軒漏《のきも》るにつけても、光りは身に沁む月影のなつかしさは、せめて薄《すすき》ばかりも供えようと、大通りの花屋へ買いに出すのに、こんな時節がら、用意をして売っているだろうか。……覚束《おぼつか》ながると、つかいに行く女中が元気な顔して、花屋になければ向う土手へ行って、葉ばかりでも折《お》っぺしょって来ましょうよ、といった。いうことが、天変によってきたえられて徹底している。

女でさえその意気だ。男子は働かなければならない。――ここで少々小声になるが、お互《たがい》に稼がなければ追っ付かない。……

既《すで》に、大地震の当夜から、野宿の夢のまださめぬ、四日の早朝、真黒な顔をして見舞に来た。……前《ぜん》に内《うち》にいて手まわりを働いてくれた浅草ッ娘《こ》の婿《むこ》の裁縫屋《したてや》などは、土地の浅草で丸焼けに焼け出されて、女房には風呂敷を水びたしにして髪にかぶせ、おんぶした嬰児《あかんぼ》には、ねんねこを濡《ぬ》らしてきせて、火の雨、火の風の中を上野へ遁《に》がし、あとで持ち出した片手さげの一荷《いっか》さえ、生命《いのち》の危《あや》うさに打っちゃった。……何とかや——いと呼んでさがして、漸《ようや》く竹の台でめぐり合い、そこも火に追われて、三河島へ遁げのびているのだという。いつも来る時は、縞《しま》もののそろいで、おとなしづくりの若い男で、女の方が年下の癖《くせ》に、薄手の円髷《まげ》でじみづくりの下町好みでおさまっているから、姉女房に見えるほどなのだが、「嬰児が乳を呑《の》みますから、私《あっし》は何《ど》うでも、彼女《あれ》には実《み》に成るものの一口も食わせとうござんすから。」——で、さしあたり仕立ものなどの誂《あつらえ》はないから、忽《たちま》ち荷車を借りて曳《ひ》きはじめた——これがまた手取《てっと》り早《ばや》い事には、どこかそこらに空車《あきぐるま》を見つけて、賃貸しをしてくれませんかと聞くと、焼け原に突き立った親仁《おやじ》が、「かまわねえ、あいてるもんだ、持ってきねえ。」と云ったそうである。人ごみの避難所へすぐ出向いて、荷物の持ち運びをがたりがたりやったが、いい立て前になる。……そのうち場所の事だから、別に知り合でもないが、柳橋のらしい芸妓《げいしゃ》が、青山の知辺《しるべ》へ遁げるのだけれど、途中不案内だし、一人じゃ可恐《こわ》いから、兄《にい》さん送って下さいな、といったので、おい、合点《がってん》と、乗せるのでないから、そのまま荷車を道端にうっちゃって、手をひくようにしておくり届けた。「別嬪《べっぴん》でござんした。」ただでもこの役はつとまる所をしみじみ礼をいわれた上に、「たんまり御祝儀を。」とよごれくさった半纏《はんてん》だが、威勢よく丼《どんぶり》をたたいて見せて、「何、何をしたって身体《からだ》さえ働かせりゃ、彼女《あれ》に食わせて、乳はのまされます。」と、仕立屋さんは、いそいそと帰っていった。——年季を入れた一《いっ》ぱしの居職《いじょく》がこれである。

それを思うと、机に向ったなりで、白米を炊いてたべられるのは勿体《もったい》ないと云ってもいい。非常の場合だ。……稼がずには居られない。

社《しゃ》にお約束の期限はせまるし、……実は十五夜《めいげつ》の前の晩あたり、仕事にかかろうと思ったのである。所が、朝からの吹き降りで、日が暮れると警報の出た暴風雨である。電燈は消えるし、どしゃ降りだし、風はさわぐ、ねずみは荒れる。……急ごしらえの油の足りない白ちゃけた提灯《ちょうちん》一具《ひとつ》に、小さくなって、家中が目ばかりぱちぱちとして、陰気に滅入《めい》ったのでは、何にも出来ず、口もきけない。払底《ふってい》な蠟燭《ろうそく》の、それも細くて、穴が大きく、心《しん》は暗し、数でもあればだけれども、秘蔵の箱から……出して見た覚えはないけれど、宝石でも取出すような大切な、その蠟燭の、時よりも早くじりじりと立って行くのを、気を萎《なや》して、見詰めるばかりで、かきもの所の沙汰ではなかった。

二

戸をなぐりつける雨の中に、風に吹きまわされる野分声《のわきごえ》して、「今晩――十時から十一時までの間に、颶風《ぐふう》の中心が東京を通過するから、皆さん、お気を付けなさるようにという、ただ今、警官から御注意がありました。――御注意を申します。」と、夜警当番がすぐ窓の前を触れて通った。

さらぬだに、地震で引傾《ひっかし》いでいる借家である。颶風の中心は魔の通るより気味が悪い。――胸を引緊《ひきし》め、袖を合せて、いすくむと、や、や、次第に大風は暴れせまる。……一《ひと》しきり、一しきり、ただ、辛《から》き息をつかせては、ウウウ、ヒューとうなりを立てる。浮き袋に取付いた難破船の沖のように、提灯一つをたよりにして、暗闇にただようち、さあ、時かれこれ、やがて十二時を過ぎたと思うと、気の所為《せい》か、その中心が通り過ぎたように、ごうごうと戸障子《としょうじ》をゆする風がザッと屋の棟《むね》を払って、やや軽くなるように思われて、突っ伏したものも、僅《わずか》に顔を上げると……何《ど》うだろう、忽《たちま》ち幽怪なる夜陰の汽笛が耳をえぐって間ぢかに聞えた。「ああ、(ウウ)が出ますよ。」と家内があおい顔をする。——この風に——私は返事も出来なかった。

カチ、カチ、カカチ

カチ、カチ、カカチ

雨にしずくの拍子木《ひょうしぎ》が、雲の底なる十四日の月にうつるように、袖の黒さも目に浮かんで、四五軒北なる大銀杏《おおいちょう》の下に響いた。——私は、霜《しも》に睡《ねむり》をさました剣士《けんし》のように、付け焼き刃に落ちついて聞きすまして、「大丈夫だ。火が近ければ、あの音が屹《きっ》とみだれる。」……カチカチカカチ。「静かに打っているのでは火事は遠いよ。」「まあ、そうね。」という言葉も、果てないのに、「中六《なかろく》」(1)「中六」と、ひしめきかわす人々の声が、その、銀杏の下から車輪の如く軋《きし》って来た。

続いて、「中六が火事ですよ。」と呼んだのは、再び夜警の声である。やあ、不可《いけな》い。中六と言えば、長い梯子《はしご》なら届くほどだ。然《しか》も風下《かざしも》、真下である。私たちは黙って立った。青ざめた女の瞼《まぶた》も決意に紅《くれない》を潮《ちょう》しつつ、「戸を開けないで支度《したく》をしましょう。」地震以来、解《と》いた事のない帯だから、ぐいと引《ひき》しめるだけで事は足りる。「度々《たびたび》で済みません。——御免なさいましよ。」と、やっと仏壇へ納めたばかりの位牌《いはい》を、内中《うちじゅう》で、こればかりは金色《こんじき》に、キラリと風呂敷に包む時、毛布《ケット》を撥《は》ねてむっくり起上った——下宿を焼かれた避難者の濱野君が、「逃げると極《き》めたら落着きましょう。いま火の様子を。」とがらりと門口《かどぐち》の雨戸を開けた。可恐《こわ》いもの見たさで、私もふッと立って、框《かまち》から顔を出すと、雨と風とが横なぐりに吹《ふき》つける。処へ——靴音をチャチャと刻んで、銀杏の方から来なすったのは、町内の白井氏で、おなじく夜警の当番で、「ああもう可《よ》うございます。漏電《ろうでん》ですが消えました。——軍隊の方も、大勢見えていますから安心です。」「何とも、ありがとう存じます——分けて今晩は御苦労様です……後に御加勢にまいります。」おなじく南どなりへ知らせにおいでの、白井氏のレインコートの裾《すそ》の、身にからんで、煽《あお》るのを、濛々《もうもう》たる雲の月影に見おくった。

この時も、戸外《おもて》はまだ散々であった。木はただ水底《みなそこ》の海松《みる》の如くうねを打ち、梢《こずえ》が窪《くぼ》んで、波のように吹乱れる。屋根をはがれたトタン板と、屋根板が、がたん、ばりばりと、競《かけ》を追ったり、入りみだれたり、ぐるぐると、踊り燥《さわ》ぐと、石瓦《いしかわら》こそ飛ばないが、狼藉《ろうぜき》とした缶詰のあき殻《がら》が、カラカランと、水鶏《くいな》が鉄棒《かなぼう》をひくように、(2)雨戸もたたけば、溝端《みぞばた》を突駛《つッぱし》る。溝に浸《つか》った麦藁帽子《むぎわらぼうし》が、竹の皮と一所《いっしょ》に、プンと臭《にお》って、真っ黒になって撥上《はねあ》がる。……もう、やけになって、鳴きしきる虫の音を合方《あいかた》に、夜行《やこう》の百鬼が跳梁跋扈《ちょうりょうばっこ》の光景で。――この中を、折れて飛んだ青い銀杏の一枝が、ざぶりざぶりと雨を灌《そそ》いで、波状《はじょう》に宙を舞う形は、流言の鬼の憑《つき》ものがしたように、「騒ぐな、おのれ等《ら》――鎮《しず》まれ、鎮まれ。」と告《の》って圧《お》すようであった。

「私も薪雑棒《まきざっぽう》を持って出て、亜鉛《トタン》と一番、鎬《しのぎ》を削って戦おうかな。」と喧嘩《けんか》過ぎての棒ちぎりで擬勢《ぎせい》を示すと、「まあ、可《よ》かったわね、ありがたい。」と嬉しいより、ありがたいのが、斯《か》うした時の真実で。

「消して下すった兵隊さんを、ここでも拝みましょう。」と、女中と一所に折り重なって門《かど》を覗《のぞ》いた家内に、「怪我《けが》をしますよ。」と叱られて引込んだ。

三

誠にありがたがるくらいでは足りないのである。火は、亜鉛板《トタン》が吹っ飛んで、送電線に引掛《ひきかか》ってるのが、風ですれて、線の外被《がいひ》を切ったために発したので。警備隊から、驚破《すわ》と駈《かけ》つけた兵員達は、外套《がいとう》も被《き》なかったのが多いそうである。危険を冒《おか》して、あの暴風雨の中を、電柱を攀《よ》じて、消しとめたのであると聞いた。――颶風《はやて》の過ぎる警告のために、一人駈《いちにんか》けまわった警官も、外套なしに骨までぐしょ濡れに濡れ通って——夜警の小屋で、余りの事に、「おやすみになるのに、お着替がありますか。」といって聞くと、「住居《すまい》は焼けました。何もありません。——休息に、同僚のでも借りられればですが、大抵《たいてい》はこのまま寝ます。」との事だったそうである。辛労《しんろう》が察しらるる。

雨になやんで、葉うらにすくむ私たちは、果報といっても然《しか》るべきであろう。

暁方《あかつきがた》、僅《わず》かにとろりとしつつ目がさめた。寝苦《ねぐる》しい思いの息つぎに朝戸《あさど》を出ると、あの通り暴《あ》れまわったトタン板も屋根板も、大地に、ひしとなってへたばって、魍魎《もうりょう》を跳《おど》らした、ブリキ缶、瀬戸のかけらも影を散らした。風は冷《つめた》く爽《さわやか》に、町一面に吹きしいた真《まっ》蒼《さお》な銀杏《いちょう》の葉が、そよそよと葉のへりを優しくそよがせつつ、芬《ぷん》と、樹の秋の薫《かおり》を立てる。……

早起きの女中がざぶざぶ、さらさらと、早《はや》、その木の葉をはく。……化けそうな古箒《ふるぼうき》も、唯見《とみ》ると銀杏の簪《かんざし》をさした細腰《さいよう》の風情《ふぜい》がある。——しばらく、雨ながら戸に敷いたこの青い葉は、そのままにながめたし。「晩まで掃《は》かないで。」と、留《と》めたかった。が、時節がらである。落ち葉を掃かないのさえ我儘《わがまま》らしいから、腕を組んでだまって視《み》た。

裏の小庭で、雀《すずめ》と一所《いっしょ》に、嬉しそうな声がする。……昨夜《ゆうべ》、戸外《おもて》を舞静めた、それらしい、銀杏の折れ枝が、大屋根を越したが、一坪ばかりの庭に、瑠璃《るり》淡《あわ》く咲いて、もう小さくなった朝顔の色に縋《すが》るように、たわわに掛った葉の中に、一粒、銀杏《ぎんなん》の実のついたのを見つけたのである。「たべられるものか、下卑《げび》なさんな。」「なぜ、何《ど》うして?」「いちじくとはちがう。いくら食いしん坊でも、その実は黄色くならなくっては。」「へい。」と目を丸くして、かざした所は、もち手は借家《しゃっか》の山の神だ、が、露もこぼるる。枝に、大慈《だいじ》の楊柳《ようりゅう》の俤《おもかげ》があった。

――ところで、前段にいった通り、この日はめずらしく快晴した。

……通りの花屋、花政《はなまさ》では、きかない気の爺《じい》さんが、捻鉢巻《ねじはちまき》で、お月見のすすき、紫《し》苑《おん》、女郎花《おみなえし》も取添えて、おいでなせえと、やって居た。葉に打つ水もいさぎよい。可《よ》し、この様子では、歳時記どおり、十五夜の月はかがやくであろう。打ちつづく悪鬼ばらい、屋《おく》を圧する黒雲をぬぐって、景気なおしに「明月」も、しかし沙汰過ぎるから、せめて「良夜」とでも題して、小篇を、と思ううちに……四五人のお客があった。いずれも厚情、懇切のお見舞である。

打ち寄れば言う事よ。今度の大災害につけては、先んじて見舞わねばならない、焼け残りの家の無事な方が後になって——類焼をされた、何とも申しようのない方たちから、先手を打って見舞われる。壁の破れも、防がねばならず、雨漏《あまも》りも留《と》めたし、……その何よりも、火をまもるのが、町内の義理としても、大切で、煙草盆《たばこぼん》一つにも、一人はついて居なければならないような次第であるため、ひっ込みじあんに居すくまって、小さくなっているからである。

四

早く、この十日ごろにも、連日の臆病づかれで、寝るともなしにころがっていると、「鏡《きょう》さんはいるかい。——何は……いなさるかい。」と取次ぎ……というほどの奥はない。出合わせた女中に、聞きなれない、こう少し掠《かす》れたが、よく通る底力のある、そして親しい声で音《おと》ずれた人がある。「あ、長《ながし》さん。」私は心づいて飛び出した。はたして松本長(3)であった。

この能役者は、木曽の中津川に避暑中だったが、猿楽町《さるがくちょう》の住居《すまい》はもとより、宝生《ほうしょう》の舞台をはじめ、芝《しば》の琴平町《ことひらちょう》に、意気な稽古所の二階屋があったが、それもこれも皆灰燼《かいじん》して、留守の細君——(評判の賢婦人《けんぷじん》だから厚礼《こうれい》して)——御新造《ごしんぞ》が子供たちを連れて辛うじて火の中をのがれたばかり、何にもない。歴乎《れっき》とした役者が、ゴム底の足袋《たび》に巻きゲートル、ゆかたの尻ばしょりで、手拭《てぬぐい》を首にまいてやって来た。「いや、えらい事だったね。――今日も焼けあとを通ったがね、学校と病院に火がかかったのに包まれて、駿《する》河台《がだい》の、あの崖《がけ》を攀《よ》じ上《のぼ》って逃げたそうだが、よく、あの崖が上られたものだと思うよ。ぞっとしながら、つくづく見たがね、上がろうたって上がれそうな所じゃない。女の腕に大勢の小児《こども》をつれているんだから――いずれ人さ、誰かが手を取り、肩をひいてくれたんだろうが、私は神仏のおかげだと思って難有《ありがた》がっているんだよ。――ああ、装束《しょうぞく》かい、皆《みん》な灰さ――面《めん》だけは近所のお弟子が駈けつけて、残らずたすけた。百幾つというんだが、これで宝生流の面目は立ちます。装束は、いずれ年がたてば新しくなるんだから。」と蜀江《しょっこう》の錦《にしき》、呉漢《ごかん》の綾《あや》、足利絹《あしかがぎぬ》ものともしないで、「よそじゃ、この時節、一本お燗《かん》でもないからね、ビールさ。久しぶりでいい心持だ。」と熱燗を手酌《てじゃく》で傾けて、「親類うちで一軒でも焼けなかったのがお手柄だ。」といって、うれしそうな顔をした。うらやましいと言わないまでも、結構だとでもいうことか、手柄だといって讃《ほ》めてくれた。私は胸がせまった。と同時に、一芸に達した、いや――従兄弟《いとこ》だからグッと割《わり》びく――たずさわるものの意気を感じた。神田児《かんだっこ》だ。彼は生抜《はえぬ》きの江戸児《えどっこ》である。

その日、はじめて店をあけた通りの地久庵《ちきゅうあん》の蒸籠《せいろう》をつるつると平《たい》げて、「やっと蕎麦《そば》にありついた。」と、うまそうに、大胡坐《おおあぐら》を掻《か》いて、また飲んだ。

印半纏《しるしばんてん》一枚に焼け出されて、いささかもめげないで、自若《じじゃく》として胸をたたいて居るのに、なお万《まん》ちゃんがある。久保田さんは、まる焼けのしかも二度目だ。さすがに浅草の兄《にい》さんである。

つい、この間も、水上《みなかみ》さんの元禄長屋《げんろくながや》、いや邸《やしき》(註、建って三百年という古家《ふるいえ》の一つがこれで、もう一つが三光社《さんこうしゃ》前の一棟で、いずれも地震にびくともしなかった下六番町《しもろくばんちょう》の名物である。)へ泊りに来ていて、寝ころんで、誰かの本を読んでいた雅量は、推服《すいふく》に値《あたい》する。

ついて話しがある。(猿どの、夜寒《よさむ》訪《と》ひゆく兎《うさぎ》かな)[4]で、水上さんも、私も、場所はちがうが、両方とも交代夜番のせこに出ている。町の角一つへだてつつ、「いや、御同役いかがでござるな。」と互《たがい》に訪いつ訪われつする。私があけ番の時、宵《よい》のうたたねから覚めて辻へ出ると、ここにつめていた当夜の御番が「先刻、あなたのとこへお客がありましてね、門《かど》をのぞきなさるから、ああ泉をおたずねですかと、番所《ここ》から声を掛けますと、いや用ではありません——番だというから、ちょっと見に来ました、といってお帰りになりました。戸をあけたままで、お宅じゃあ皆さん、お寝《やす》みのようでした。」との事である。

「どんな人です。」と聞くと、「さあ、はっきりは分りませんが、大きな眼鏡《めがね》を掛けておいででした。」ああ、水上さんのとこへ、今夜も泊りに来た人だろう、万ちゃんだな、と私はそう思った。久保田さんは、大きな眼鏡を掛けている。――所がそうでない。来たのは滝《たき》君であった。評判のあの目が光ったと見える。これも讃称にあたいする。

五

――さてこの日、十五夜の当日も、前後してお客が帰ると、もうそちこち晩方であった。

例年だと、その薄《すすき》を、高楼《たかどの》――もちとおかしいが、この家で二階だから高いにはちがいない。その月の出の正面にかざって、もと手《で》のかからぬお団子だけは堆《うずたか》く、さあ、成金、小判を積んで較《くら》べて見ろと、飾るのだけれど、ふすまは外《はず》れる。障子の小間《こま》はびりびりと皆破れる。雑《ざっ》と掃き出したばかりで、煤《すす》もほこりもそのままで、まだ雨戸を開けないで置くくらいだから、下階《したた》の出窓下、すすけた簾《すだれ》ごしに供えよう。お月様、おさびしゅうございましょうがと、飾る。……その小さな台を取りに、砂で気味の悪い階子段《はしごだん》を上がると、……プンとにおった。焦《こ》げるようなにおいである。ハッと思うと、こう気のせいか、立てこめた中に煙が立つ。私はバタバタと飛びおりた。「ちょっと来て見ておくれ、焦げくさいよ。」家内が血相して駈けあがった。「漏電《ろうでん》じゃないか知《し》ら。」——一日の地震以来、たばこ一服、火の気のない二階である。「畳をあげましょう。濱野さん……御近所の方、おとなりさん。」「騒ぐなよ。」とはいったけれども、私も胸がドキドキして、壁に頬を押しつけたり、畳を撫《な》でたり、だらしはないが、火の気を考え、考えつつ、雨戸を繰《く》って、衝《つ》と裏窓をあけると、裏手の某邸の広い地尻《じじり》から、ドス黒いけむりが渦《うず》を巻いて、もうもうと立ちのぼる。「湯どのだ、正体は見届けた、あの煙だ。」というと、濱野さんが鼻を出して、嗅《か》いで見て、「いいえ、あのにおいは石炭です。一つ嗅いで来ましょう。」と、いうことも慌《あわ》てながら戸外《おもて》へ飛び出す。——近所の人たちも、二三人、念のため、スイッチを切って置いて、畳を上げた、が何事もない。「御安心なさいまし、大丈夫でしょう。」という所へ、濱野さんが、下駄を鳴《なら》して飛んで戻って、「ずかずか庭から入りますとね、それ、あの爺《じい》さん。」という、某邸の代理に夜番に出て、いねむりをしいしい、むかし道中をしたという東海道の里程《りてい》を、大津からはじめて、幾里何町と五十三次、徒歩《てく》で僥舌《しゃべ》る。……安政の地震の時は、おふくろの腹にいたという爺さんが、「風呂を焚《た》いていましてね、何か、嗅ぐと矢《や》っ張《ぱ》り石炭でしたが、何か、よくきくと、たきつけに古新聞と塵埃《ごみ》を燃したそうです。そのにおいが籠《こも》ったんですよ。大丈夫です。――爺さんにいいますとね、(気の毒でがんしたのう。)といっていました。」箱根で煙草をのんだろうと、笑いですんだから好《い》いものの、薄に月は澄《すみ》ながら、胸の動悸《どうき》は静まらない。あいにくとまた停電で、蠟燭《ろうそく》のあかりを借りつつ、燈《ともしび》と共に手がふるう。……なかなかに稼ぐ所《どころ》ではないから、いきつぎに表へ出て、近所の方に、ただ今の礼を立話しでして居ると、人どよみを哄《どっ》とつくって、ばらばら往来がなだれを打つ。小児《こども》はさけぶ。犬はほえる。何だ。何だ。地震か火事か、と騒ぐと、馬だ、馬だ。何だ、馬だ。主《ぬし》のない馬だ。はなれ馬か、そりゃ大変と、屈竟《くっきょう》なのまで、軒下《のきした》へパッと退《の》いた。放《はな》れ馬には相違ない。引手《ひきて》も馬方《うまかた》もない畜生が、あの大地震にも縮まない、長い面《つら》して、のそりのそりと、大八車《だいはちぐるま》のしたたかな奴を、たそがれの塀の片暗夜《かたやみ》に、人もなげに曳《ひ》いて伸《の》して来る。重荷に小《こ》づけとはこの事だ。その癖、車は空《から》である。

が、嘘か真《まこと》か、本所《ほんじょ》の、あの被服廠《ひふくしょう》では、つむじ風の火の裡《なか》に、荷車を曳いた馬が、車ながら炎となって、空をきりきりと廻《まわ》ったと聞けば、ああ、その馬の幽霊が、車の亡《ぼう》魂《こん》とともに、フト迷って顕《あら》われたかと、見るにもの凄いまで、この騒ぎに持ち出した、軒々の提灯の影に映ったのであった。

こういう時だ。在郷軍人が、シャツ一枚で、見事に轡《くつわ》を引留めた。が、この大きなものを、せまい町内、何処《どこ》へつなぐ所もない。御免だよ、誰もこれを預からない。そのはずで。……然《そ》うかといって、どこへ戻す所もないのである。少しでも広い、中六《なかろく》へでも持ち出すかと、曳き出すと、人をおどろかしたにも似ない、おとなしい馬で、荷車の方が暴れながら、四角《よつかど》を東へ行く。……

酔っ払ったか、寝込んだか、馬方《うまかた》め、馬鹿にしやがると、異説、紛々《ふんぷん》たる所へ、提灯片手に息せいて、馬の行った方から飛び出しながら「皆さん、昼すぎに、見付けの米屋へ来た馬です。あの馬の面《つら》に見覚えがあります。これから知らせに行きます。」と、商家の中僧《ちゅうぞう》さんらしいのが、馬士《まご》に覚え、とも言わないで、呼ばわりながら北へ行く。

町内一ぱいのえらい人出だ、何につけても騒々しい。

こう何《ど》うも、番ごと、どしんと、駭《おど》ろかされて、一々びくびくして居たんでは行《や》り切れない。さあ、もって来い、何でも、と向う鱃巻《はちまき》をした所で、馬の前へは立たれはしない。

夜ふけて、ひとり澄む月も、忽《たちま》ち暗くなりはしないだろうか、真赤になりはしないかと、おなじ不安に夜を過ごした。

その翌日――十六夜《いざよい》にも、また晩方強震があった――おびえながら、この記をつづる。時に、こよいの月は、雨空《あまぞら》に道行きをするようなのではない。こうごうしく、そして、やさしく照って、折りしもあれ風一《かぜひと》しきり、無慙《むざん》にもはかなくなった幾万の人たちの、焼けし黒髪かと、散る柳、焦げし心臓かと、落つる木の葉の、宙にさまようと見ゆるのを、撫で慰さむるように、薄霧の袖の光りを長く敷いた。

（大正十二年十月一日―五日「東京日日新聞」）

火の用心の事

紅葉《こうよう》先生在世のころ、名古屋に金色夜叉《こんじきやしゃ》夫人(1)という、若い綺麗《きれい》な夫人があった。申すまでもなく、最大なる愛読者で、宮《みや》さん、貫一《かんいち》でなければ夜も明けない。

——鬘《かつら》ならではと見ゆるまでに結倣《ゆいな》したる円髷《まるまげ》の漆《うるし》の如きに、珊瑚《さんご》の六分玉《ろくぶだま》の後挿《あとざし》を点じたれば、更《さら》に白襟《しろえり》の冷艶《れいえん》、物《もの》の類《たと》うべき無く——

とあれば、鬘ならではと見ゆるまで、円髷を結なして、六分玉の珊瑚に、冷艶なる白襟の好み。

——貴族鼠《きぞくねずみ》の縐高縮緬《しぼたかちりめん》の五紋《いつつもん》なる単衣《ひとえ》を曳《ひ》きて、帯は海松地《みるじ》に装束切模《しょうぞくぎれうつし》の色紙散《しきしちらし》の七《しっ》糸《ちん》……淡紅色紋絽《ときいろもんろ》の長襦袢《ながじゅばん》——

とあれば、かくの如く、お出入《でいり》の松坂屋へあつらえる。金色夜叉中編のお宮は、この姿で、雪見燈籠《ゆきみどうろう》を小楯《こだて》に、寒《かん》ざきつつじの茂みに裾《すそ》を隠して立つのだから——庭に、築《つき》山《やま》がかりの景色はあるが、燈籠がないからと、故《ことさ》らに据《す》えさせて、右の装いでスリッパで芝生《しばふ》を踏んで、秋空を高く睫毛《まつげ》に澄《す》まして、やがて雪見燈籠の笠の上にくずおれた。

「お前たち、名古屋へ行くなら、紹介をして遣《や》ろうよ。」

今、兜町《かぶとちょう》に山一《やまいち》商会の杉野喜精《きせい》(2)氏は、先生の旧知で、その時分は名古屋の愛知銀行の――何《ど》うも私は余り銀行にはゆかりがないから、役づきは何というのか知らないが、追ってこの金色夜叉夫人が電話口でその人を呼《よび》だすのを聞くと、「ああ、もしもし御支配人、……」だから御支配人であった。――一年《あるとし》先生は名古屋へ遊んで、夫人とは、この杉野氏を通じて、知り合に成《な》んなすったので。……お前たち。……故柳川春葉《やながわしゅんよう》と、私とが編輯《へんしゅう》に携わって居た、春陽堂《しゅんようどう》の新小説、社会欄の記事として、中京の観察を書くために、名古屋へ派遣というのを、主幹だった宙外《ちゅうがい》さんから承《うけたまわ》った時であった。「何しろ、杉野の家で、早午飯《はやひる》に二人で牛肉《ぎゅう》なべをつついて居ると、ふすま越に(お相伴《しょうばん》)という声がしたと思いな。紋着《もんつき》、白えりで盛装した、艶《えん》なのが、茶わんとはしを両手に持って、目の覚めるように顕《あらわ》れて、すぐに一切れはさんだのが、その人さ。和出来《わでき》の猪八戒《ちょはっかい》と沙悟浄《ごじょう》のような、変なのが二人、鯱《しゃち》の城下へ転げ落ちて、門前へ斎《とき》に立ったって、右の度胸だから然《さ》までおびえまいよ。紹介をしよう。……(角《かく》はま)にも。」角はまは、名古屋通《つう》で胸をそらした杉野氏を可笑《おか》しがって、当時、先生が御支配人を戯《たわむ》れにあざけった渾《あだ》名《な》である。御存じの通り(様)を彼地《かのち》では(はま)という。……

私は、先生が名古屋あそびの時の、心得の手帳を持っている。余白が沢山《たくさん》あるからといって、一冊下すったものだが、用意の深い方だから、他見然《たけんしか》るべからざるペイジには剪刀《はさみ》が入っている。覚《おぼえ》の残っているのに――後で私たちも聞いた唄が記してある。

味は川文《かわぶん》、眺め前津《まえつ》の香雪軒《こうせつけん》よ、

席の広いは金城館《きんじょうかん》、愉快《ゆかい》、おなやの奥座敷、一寸《ちょっと》二次会、

河喜楼《かわきろう》。

また魚半《ぎょはん》の中二階。

近頃は、得月《とくげつ》などというのが評判が高いと聞く、が、今もこの唄の趣《おもむき》はあるのであろう。その何家《なにや》だか知らないが、御支配人がズッと先生を導くと、一つえぐろうという数《す》寄屋《きや》がかりの座敷へ、折目だかな女中が、何事ぞ、コーヒー入の角砂糖を捧げて出た。――シュウとあわが立って、黒いしるの溢《あふ》れ出るのを匙《さじ》でかきまわす代《しろ》ものである。以来、ひこつの名古屋通を、(角はま)と言うのである。

おなじ手帳に、その時のお料理が記してあるから、一寸御馳走《ごちそう》をしたいと思う。

(わん。)津島ぶ、隠元《いんげん》、きす、鳥肉。(鉢。)たいさしみ、新菊の葉。甘だい二切れ。

（鉢。）えびしんじょ、銀なん、かぶ、つゆ沢山《だくさん》。土瓶《どびん》むし松だけ。つけもの、かぶ、奈良づけ。かごにて、ぶどう、梨。

手帳のけいの中ほどに、二の膳出《い》ず、と朱がきがしてある。

その角はま、と夫人とに、紹介状を頂戴《ちょうだい》して、春葉と二人で出かけた。ああ、この紹介状なかりせば……思いだしても、げっそりと腹が空く。……

何しろ、中京の殖産《しょくさん》工業から、名所、名物、花柳界一般、芝居、寄席《よせ》、興行ものの状態視察。あいなるべくは多治見《たじみ》へのして、陶器製造の模様までで、滞在少《すく》なくとも一週間の旅費として、一人前二十五両、注におよばず、切もちたった一切《ひときれ》ずつ。――むかしから、落人《おちゅうど》は七騎と相場は極《きま》ったが、これは大国へ討手《うって》である。五十万石と戦うに、切もち一つは情《なさけ》ない。が、討死《うちじに》の覚悟もせずに、血気に任せて馳向《はせむか》った。

日露戦争のすぐ以前とは言いながら、一円ずつに算《かぞ》えても、紙幣《さつ》の人数《にんず》五十枚で、金の鯱《しゃちほこ》に拮抗《きっこう》する、勇気のほどはすさまじい。時は二月《きさらぎ》なりけるが、剰《あまつ》さえ出陣に際して、陣羽織も、よろいもない。有《あ》るには有るが預けてある。勢《いきお》い兵を分《わか》たねば成らない。暮から人質に入っている外套《がいとう》と羽織を救いだすのに、手もなく八九枚討取られた。黄がかった紬《つむぎ》の羽織に、銘仙《めいせん》の茶じまを着たのと、石持《こくもち》の黒羽織に、まがい琉球《りゅうきゅう》のかすりを着たのが、しょぼしょぼ雨の降る中を、夜汽車で立った。

日の短い頃だから、翌日旅館へ着いて、支度《したく》をすると、もうそちこち薄暗い。東京で言えば浅草のような所だと、予《かね》て聞いて居た大須《おおす》の観音へ詣でて、表門から帰れば可《い》いのを、風俗を視察のためだ、と裏へまわったのが過失《あやまち》で。……大福餅の、焼いたのを頬《ほお》張《ば》って、婆《ばあ》さんに渋茶をくんでもらいながら「やあ、この大きな鐸《すず》をがらんがらんと駆《か》けて行くのは、号外ではなさそうだが、何だい。」婆さんが「あれは、ナアモ、芸妓衆《げいこしゅ》の線香の知らせでナアモ。」そろそろ風俗を視察におよんで、何も任務だからと、何楼《なにや》かの前で、かけ合って、値切って、引《ひき》つけへ通って酒に成ると、階子《はしご》の中くらいのお上《のぼ》り二人、さっぱり持てない。第一女どもが寄着かない。おちょうしが一二本、遠見《とおみ》の傍《ぼう》示《じ》ぐいの如く押立《おった》って、広間はガランとして野の如し。まっ赤になった柳川《やながわ》が、黄なるお羽織……これが可笑《おかし》い。京伝の志羅《しら》川夜船《かわよふね》(3)に、素見山《すけんやま》の手《て》の(きふう)と称《とな》えて、息子も何ぞうたわっせえ、と犬のくそをまたいで先へ立つ男がいる。——(きふう)は名だ。けだし色の象徴ではないのだが、春葉の羽織は何《ど》ういうものか、不断《ふだん》から、件《くだん》の素見山の手の風《ふう》があった。——そいつをパッと脱いで、角力《すもう》を取ろうと言う。僕は角力は嫌いだ、というと、……小さな声で、「示威《じい》運動だから、式《かた》ばかりで行くんだ。」よし来た、と立つと、「成りたけ向うからはずみをつけて駆けて来てポンと打《ぶ》つかりたまえ、可《い》いか。」すとんと、呼吸で、手もなく投《なげ》られる。可いか。よし来た。どん、すとん、と身《しん》上《しょう》も身も軽い。けれども家鳴《やなり》震動する。遣手《やりて》も、仲居も、女どもも駆けつけたが、あきれて廊下に立つばかり、話に聞いた芝天狗《しばてんぐ》と、河太郎《かわたろう》が、紫川《むらさきがわ》から化けて来たように見えたろう。(4)恐怖《おそれ》をなして遠巻《とおまき》に巻いている。投る方も、投られる方も、へとへとになってすわったが、酔った上の騒劇で、目がくらんで、もう別嬪《べっぴん》の顔も見えない。財産家の角力は引つけで取るものだ。又来るよ、とふられそうな先を見越して、勘定をすまして、潔く退《しりぞ》いた。が、旅宿へ帰って、双方顔を見合せて、ためいきをホッと吐《つ》いた。——今夜一夜の籠城《ろうじょう》にも、剰《あま》すところの兵糧《ひょうろう》では覚束《おぼつか》ない。角力など取らねば可《よ》かった。夜半《よなか》に腹の空いた事。大福もちより、きしめんにすれば可かったものを、と木賃でしらみをひねるように、二人とも財布の底をもんで歎《たん》じた。

この時、神通《じんずう》を顕《あらわ》して、討死を窮地《きゅうち》に救ったのが、先生の紹介状の威徳で、従って金色夜叉夫人の情《なさけ》であった。

翌日は晩とも言わず、午《ひる》からの御馳走。杉野氏の方も、通勤があるから留主《るす》で、同夫人と、夫人同士の御招待で、即《すなわ》ち(二の膳出ず。)である。「ああ、旨《うま》い、が、驚いた、この、鯛《たい》の腸《はらわた》は化けて居る。」「よして頂戴、見っともない。それはね、ほら、鯛のけんちんむしというものよ。」何を隠そう、私はうまれて初めて食べた。春葉はこれより先、ぐじ、と甘鯛の区別を知って、(5)葉門中の食通だから、弱った顔をしながら、白い差味《さしみ》にわさびを利かして苦笑をして居た。

その時だっけか、あとだったか、春葉と相ひとしく、まぐろの中脂《ちゅうあぶら》を、おろしで和《あ》えて、醬油《したじ》を注《つ》いで、令夫人のお給仕つきの御飯へのっけて、熱い茶を打《ぶ》っかけて、さくさくさく、おかわり、と又退治《たいじ》るのを、「頼もしいわ、私たちの主人にはそれが出来ないの。」と感状に預った得意さに、頭《ず》にのって、「僕はね、お彼岸《ひがん》のぼたもちでさえお茶づけにするんですぜ。」「まあ、うれしい。……」何《ど》うもあきれたものだ。

おきれいなのが三人ばかりと、私たち、揃って、前津の田畝《たんぼ》あたりを、冬霧の薄紫にそぞろ歩きして、一寸《ちょっと》した茶屋へ憩《やす》んだ時だ。「ちらしを。」と、夫人が五《ご》もくずしをあつらえた。

つい今しがた牡《ぼ》丹亭《たんてい》とかいう、広庭の枯草に霜《しも》を敷いた、人気《ひとつけ》のない離れ座敷で。

――鬘ならではと見ゆるまでに結なしたる円髷に、珊瑚の六分玉のうしろざしを点じた、冷艶類《たぐ》うべきなきと、ここの名物だと聞く、小さなとこぶしを、青く、銀色《ぎんしょく》の貝のまま重ねた塩蒸を肴《さかな》に、相対して、その時は、雛《ひな》の瞬《また》くか、と顔を見て酔った。――「今しがた御馳走に成ったばかりです、もう、そんなには。」「いいから姉《ねえ》さんに任せてお置き。」紅葉先生の、実は媛友《えんゆう》なんだから、といって、女の先生は可笑《おか》しい。……ただ奥さんでは気にいらず、姉《あね》ごは失礼だ。小母《おば》さんも変だ、第一「嬌瞋《きょうしん》(6)」を発しようし……そこンところが何となく、いつのまにか、むこうが、姉が、姉が、というから、年紀《とし》は私が上なんだが、姉《あね》さんも、うちつけがましいから、そこで、「お姉上。」――いや、二十幾年ぶりかで、近頃も逢ったが、夫人は矢張《やっぱ》り、年上のような心持がするとか言う。「第一、二人とも割前《わりまえ》が怪しいんです。」とその時いうと、お姉上も若かった。箱《はこ》せこかと思う、錦の紙入《かみいれ》から、定期だか何だか小さく畳んだ愛知の銀行券を絹ハンケチのようにひらひらとふって、金一千円也、という楷書《かいしょ》のところを見せて、「心配しないで、めしあがれ。」ちらしの金主《きんしゅ》が一千円。この意気に感じては、こちらも、かっと気競《きお》わざるを得ない。「ありがたい、お茶づけだ。」と、いま思うと汗が出る。……鮪茶漬《まぐちゃづ》を嬉しがられた礼心《れいごころ》に、このどんぶりへ番茶をかけて搔《か》っ込んだ。味は何《ど》うだ、とおっしゃるか？　いや、話に成らない。人参《にんじん》も、干瓢《かんぴょう》も、もさもさして咽喉《のど》へつかえて酸《す》いところへ、上置《うわおき》の鯵《あじ》の、ぷんと生臭《なまぐさ》くしがらむ工合《ぐあい》は、何とも言えない。漸《やっ》と一《ひと》どんぶり、それでも我慢に平《たい》らげて、「うれしい、お見事。」と賞《ほ》められたが、帰途《かえり》に路《みち》が暗く成って、溝端《どぶばた》へ出るが否《いな》や、げッといって、現実立所《たちどころ》に暴露におよんだ。

愛想も尽かさず、こいつを病人あつかいに、邸《やしき》へ引取って、柔《やわら》かい布団《ふとん》に寝かして、寒くはないの、と袖をたたいて、清心丹《せいしんたん》の錫《すず》を白い指でパチリ……に至っては、分《ぶん》に過ぎたお厚情《こころざし》。私はその都度《つど》、「先生の威徳広大、先生の威徳広大。」と唱えて、金色夜叉の愛読者に感銘した。

翌年一月、親類見舞に、夫人が上京する。ついでに、茅屋《ぼうおく》に立寄るという音信《たより》をうけた。ところで、いま更狼狽《さらろうばい》したのは、その時の厚意の万分の一に報ゆるのに手段がなかったためである。手段がなかったのではない、花を迎うるに蝶々がなかったのである。……何を何う考えたか、いずれ周章《あわ》てた紛《まぎ》れであろうが、神田の従姉《いとこ》――松本の長《なが》の姉を口説《くど》いて、実は名古屋ゆきに着ていた琉球だって、月賦《げっぷ》の約束で、その従姉の顔で、糶呉服《せりごふく》を借りたのさえ返さない……にも拘《かかわ》らず、鯱《しゃち》に対して、銭《もん》なしでは、初松魚《はつがつお》……とまでも行かないでも、夕河岸《ゆうがし》の小鯵《こあじ》の顔が立たない、とこうさえ言えば「あいよ。」

と言う。……少しばかり巾着《きんちゃく》から引《ひき》だして、夫人にすすむべく座布団を一枚こしらえた。……お待遠様《まちどおさま》。——これから一寸薄《うす》どろに成るのである。(7)

おごった、黄じまの郡内《ぐんない》である。(8)通例私たちが用いるのは、四角で薄くて、ちょぼりとして居て、腰を載せるとその重量《おもみ》で、少し溢《あぶ》んで、膝でぺたんと成るのだが、そんなのではない。畳半畳ばかりなのを、大きく、ふわりとこしらえた。私はその頃牛込《うしごめ》の南《みなみ》榎町《えのきちょう》に住んで居たが、水道町《すいどうちょう》の丸屋から仕立上りを持込んで、御あつらえの畳紙《たとう》の結び目を解《と》いた時は、四畳半唯《ただ》一間《ひとま》の二階半分に盛上《もりあが》って、女中が細い目を円《まる》くした。私などの夜具《やぐ》は、むやみと引張ったり、被《かぶ》ったりだから、胴中《どうなか》の綿が透切《すきぎ》れがして寒い、裾を膝へ引包《ひっくる》めて、袖へ頭を突込《つっこ》んで、ことこと虫の形に成るのに、この女中は、また妙な道楽で、給金をのこらず夜具にかける、敷くのが二枚、上へかけるのが三枚という贅沢《ぜいたく》で、下階《した》の六畳一杯に成って、はばかりへ行きかえり足の踏所《ふみど》がない。おまけに、もえ黄《ぎ》の夜具ぶろしきを上被《うわっぱ》りにかけて、包んで寝た。一つはそれに対する敵愾心《てきがいしん》も加わったので。……先《ま》ず奮発した。

——所で、夫人を迎えたあとを、そのまま押入《おしいれ》へ蔵《しま》って置いたのが、思いがけず、遠からず、紅葉先生の料に用立った。

憶起《おもいおこ》す。……先生は、読売新聞に、寒牡丹《かんぼたん》(9)を執筆中であった。横寺町《よこでらまち》の梅と柳のお宅から三町ばかり隔たったろう。私の小家は余寒《よかん》未《いま》だ相去り申さずだったが――お宅は来客がくびすを接しておびただしい。私たち友達が留守を使うばかりにも気が散るからと、お気にいりの煎茶茶碗《せんちゃぢゃわん》一つ。……これはそのまま、いま頂戴に成って居る。……ふろ敷包を御持参で、「机を貸しな。」とお見えに成った。それ、と二つ三つほこりをたたいたが、まだ干しも何うもしない、美しい夫人の移り香をそのまま、右の座布団をすすめたのである。敢《あえ》てうつり香という。留南木《とめぎ》のかおり、香水の香《かおり》である。私はうまれて、親どもからも、先生からも、女の肉の臭気《におい》ということを教えられた覚えがない。従って未だに知らない。汗と、わきがと、湯不精《ゆぶしょう》を除いては、女は――化粧の香料のほか、身だしなみのいい女は、臭《くさ》くはないものと思って居る。憚《はばか》りながら鼻はきく。空腹《すきばら》へ、秋刀魚《さんま》、焼《やき》いもの如きは、第一にきくのである。折角《せっかく》、結構なる体臭をお持合せの御婦人方には、相すまぬ。が……従って、払いもしないで、敷かせ申した。壁と障子の穴だらけな中で、先生は一驚《いっきょう》をきっして、「何だい、これは。――田舎《いなか》から、内証《ないしょう》で嫁でもくるのかい。」「へい。」「馬のくらに敷くようだな。」「えへへ。」私も弱って、だらしなく頭をかいた。「茶がなかったら、内《うち》へ行って取って来な。鉄瓶《てつびん》をおかけ。」と小造《こづくり》な瀬戸火鉢を引寄せて、ぐい、と小机に向《むか》いなすった。それでも、せんべい布団よりは、居心《いごころ》がよかったらしい。……五日ばかりおいでが続いた。

暮合《くれあい》の土間に下駄が見えぬ。

「先生は？……」

通りへ買物から、帰って聞くと、女中が、今しがたお帰りに成ったという。矢来《やらい》の辻で行違《ゆきちが》った。……然《そ》うか、と何うも冴え返って恐ろしく寒かったので、いきなり茶の間の六畳へ入って、祖母が寝て居た行火《あんか》の裾へ入って、尻まで潜《もぐ》ると、祖母《おばあ》さんが、むくむくと起きて、火をかき立ててくれたので、ほかほかいい心持になって、ぐっすり寝込んだ。「柳川《やながわ》さんが、柳川さんがお見えになりました。」うっとりと目を覚すと、「雪だよ、雪だよ、大雪に成った。この雪に寝て居る奴があるものか。」と、もう枕元に長い顔が立って居る。上《あが》れ、二階へと、マッチを手探りでランプを点《つ》けるのに馴《な》れて居るから、いきなり先へ立って、すぐの階子段《はしごだん》を上って、ふすまを開けると、むッと打つ煙に目のくらむより先に、机の前に、真紅《まっか》な毛氈《もうせん》敷いたかと、戸袋に、雛の幻があるように、夢心地に成ったのは、一《ひと》はば一面の火であった。地獄へ飛ぶように辷《すべ》り込むと、青い火鉢が金色《こんじき》に光って、座布団一枚、ありのままに、萌黄《もえぎ》を細く覆輪《ふくりん》に取って、朱とも、血とも、るつぼのただれた如くにとろけて、燃抜けた中心が、薬研《やげん》に窪《くぼ》んで、天井へ崩れて、底の真黒な板には、ちらちらと火の粉がからんで、ぱちぱちと煤《すす》を焼く、炎で舐《な》める、と一目見た。「大変だ。」私は夢中で、鉄瓶を噴火口へ打覆《ぶちま》けた。心利いて、すばやい春葉だから、「水だ、水だ。」と、もう台所で呼ぶのが聞えて、私が駆おりるのと、入違いに、狭い階子段一杯の大丸まげの肥満《ふと》ったのと、どうすれ合ったか、まげの上を飛《とび》おりたか知らない。下りざまに、おお、一手桶《ひとておけ》持って女中が、と思う鼻のさきを、丸々とした脚が二本、吹きおろす煙の中を宙へ上った。すぐに柳川が馳違《はせちが》った。手にバケツを提げながら、「あとは、たらいでも、どんぶりでも、……水瓶《みずがめ》にまだある。」と、この手が二階へ届いた、と思うと、下の座敷の六畳へ、ざあーと疎《まばら》に、すだれを乱して、天井から水が落ちた。さいわいに、火の粉でない。私は柳川を恩人だと思う——思って居る。もう一歩来《ひとあしき》ようが遅いと、最早言《もはやことば》を費《ついや》すにおよぶまい。

敷合《しきあわ》せ畳三畳、丁度《ちょうど》座布団とともに、その形だけ、ばさばさの煤《すす》になって、うずたかく重なった。下も煤だらけ、水びたしの中に畏《かしこま》って、吹きつける雪風の不安さに、外へ出る勇気はない。労を謝するに酒もない。柳川は巻煙草《まきたばこ》の火もつけずに、ひとりで蕎麦《そば》を食べるとて帰った。

女中が、ずぶぬれの畳へ手をついて、「申訳がございません。お寒いので、炭をどっさりお継ぎ申しあげたものですから、先生様はお帰りがけに、もう一度よく埋《い》けなよ、と確《たしか》に御注意遊ばしたのでございますものを、つい私が疎雑《ぞんざい》で。……炭が刎《は》ねまして、あのお布団へ。……申訳がございません。」祖母が仏壇の輪《りん》を打って座った。私も同じように座った。「……兄《あに》、これからも気をつけさっしゃい、内では昔から年越しの今夜がの。……」忘れて居た、如何《いか》にもその夜は節分であった。私が六つから九つぐらいの頃だったと思う。遠い山の、田舎の雪の中で、おなじ節分の夜に、三年続けて火の過失《あやまち》をした、心さびしい、もの恐ろしい覚えがある。いつも表二階の炬燵《こたつ》から。……一度は職人の家の節分の忙しさに、私が一人で寝て居て、下がけを踏込んだ。一度は雪国である習慣《ならわし》、濡れた足袋《たび》を、やぐらに干した紐の結びめが解けて火に落ちたためである。もう一度は覚えて居ない。いずれも大事に至らなかったのは勿論《もちろん》である。が、家中水を打って、燈《ひ》も氷った。三年目の時の如きは、翌朝の飯も汁も凍《い》てて、軒の氷柱《つらら》が痛かった。

番町《ばんちょう》へ越して十二三年になる。あの大地震の前の年の二月四日の夜は大雪であった。

二百十日《にひゃくとおか》もおなじこと、日記を誌《しる》す方々《かたがた》は、一寸《ちょっと》日づけを御覧を願う、雨も晴も、毎年そんなに日をかえないであろうと思う。現に今年、この四月は、九日、十日、二日続けて大風であった。いつか、吉原の大火もおなじ日であった。然《しか》もまだ誰も忘れない、朝からすさまじい大風で、花は盛りだし、私は見付《みつけ》から四谷の裏通りをぶらついたが、土がうずを巻いて目も開けられない。瓦《かわら》を粉《こ》にしたような真赤な砂煙に、咽喉《のど》を詰らせて帰りがけ、見付の火の見櫓《やぐら》の頂辺《てっぺん》で、こう、薄赤い、おぼろ月夜のうちに、人影の入乱れるような光景を見たが。——浅草辺《へん》へ病人の見舞に、朝のうち出かけた家内が、四時頃、うすぼんやりして、唯今《ただいま》と帰った。見舞に持って出た、病人の好きそうな重詰《じゅうづめ》ものと、いけ花が、そのまますわった前かけの傍《そば》にある。「おや。」「どうも、何だって大変な人で、とても内へは入れません。」「はてな、へい?……」いかに見舞客が立込《たてこ》んだって、まわりまわって、家へ入れないとは変だ、と思うと、戸外《おもて》を吹《ふき》すさぶ風のまぎれに、かすれ声を咳《せき》して、いく度《たび》か話が行違って漸《やっ》と分った。大火事だ! そこへ号外が駈まわる。……それにしても、重詰を中味のまま持って来《かえ》る事《こと》はない、と思ったが、成程《なるほど》、私の家内だって、面《つら》はどうでも、髪を結った婦《おんな》が、「めしあがれ。」とその火事場の真ん中に、重詰に花を添えて突《つき》だしたのでは狂人にされるより外《ほか》はない……といった同じ日の大風に——ああ、今年は無事でよかった。……

所で地震前のその大雪の夜である。晩食に一合で、いい心持にこたつで寝込んだ。ふすま一重《ひとえ》茶の室《ま》で、濱野さんの声がするので、よく、この雪に、と思いながら、ひょいと起きて、ふらりと出た。話をするうちに、さくさくと雪を分ける音がして、おん厄払《やくはら》いましょな、厄落し。……妹背山《いもせやま》(10)の言立《いいた》てなんぞ、芝居のは嫌いだから、青ものか、魚の見立てで西の海へさらり、などを聞くと、又さっさっと行く。おん厄払いましょな、厄落し。……遥《はるか》に声が消えると、戸外《おもて》が宵《よい》の口だのに、もう寂寞《しん》として、時々びゅうと風が騒ぐ。何だか、どうも、さっきから部屋へ気がこもる。玄関境のふすまを開けたが、矢張り息がこもる。そのうち、香《こうば》しいような、遠くで……海藻《かいそう》をあぶるような香《におい》が伝わる。香は可厭《いや》ではないが、少しうっとうしい。出窓を開けた。おお、降る降る、壮《さかん》に白い。まむこうの黒べいも桜がかぶさって真白だ。さっと風で消したけれども、しめた後は又こもって咽《む》せっぽい。濱野さんも咳して居た。寒餅《かんもち》でも出す気だったか、家内が立って、この時、はじめて、座敷の方のふすまを開けた、……と思うと、ひしひしと畳にくい込んで、そのくせ飛ぶような音を立てて、「水、水……」何と、立つと、もうもうとして、八畳は黒い吹雪《ふぶき》。

煙の波だ。荒磯の巌《いわ》の炬燵《こたつ》が真赤だ。がこの時燃抜けては居なかった。後で見ると、櫓《やぐら》の両脚からこたつの縁《へり》、すき間をふさいだ小布団を二枚黒焦《くろこげ》に、下がけの裾を焼いて、上へ抜けて、上がけの三布布団《みのぶとん》の綿を火にして、表が一面に黄色にいぶった。もう一呼《ひと》吸《き》で、燃え上るところであった。台所から、座敷へ、水も夜具も布団も一所《いっしょ》に打《ぶ》ちまけて、こたつは忽《たちま》ち流れとなった。が屈強な客が居合せた。女中も働いた。家内も落ついた。私は一人、おれじゃあない、おれじゃあない、と、戸惑いをして居たが、出しなに、踏込んだに相違ない。この時も、さいわい何処《どこ》の窓も戸も閉込《とじこ》んで居たから、きなっ臭いのを通り越して、少々小火《ぼや》の臭《におい》のするのが屋根屋根の雪を這《は》って遁《に》げて、近所へも知れないで、申訳をしないで済んだ。が、寒さは寒し、こたつの穴の水たまりを見て、胴《どう》震《ぶる》いをして、小《ちい》さくなって畏《かしこ》まった。夜具を背負《しょ》わして町内をまわらせられないばかりであった。あいにく風が強くなって、家の周囲《まわり》を吹きまわる雪が、こたつの下へ吹《ふき》たまって、パッと赤く成りそうで、一晩おびえて寝られなかった。——下宿へ帰った濱野さんも、どうも、おちおち寝られない。深夜の雪を分けて、幾度か見舞おう、と思ったほどだったそうである。

これが節分の晩である。大都会の喧騒《けんそう》と雑音に、その日、その日の紛るるものは、いつか、魔界の消息を無視し、鬼神の隠約を忘却する。……

五年とは経たぬのに――浮《うっか》りした。

今年、二月三日、点燈頃、やや前に、文藝春秋の事について、……斎藤さん(11)と、菅《すが》さん(12)の時々見えるのが、その日は菅さんであった。小稿(13)の事である。――その夜九時頃濱野さんが来て、茶の間で話しながら、ふと「いつかのこたつ騒ぎは、丁度節分の今夜でしたね。」というのを半《なかば》聞くうちに、私はドキリとした。総毛立(14)ってぞっとした。――前刻《さっき》、菅さんに逢った時、私は折しも紅《あか》インキで校正をして居たが、組版の一面何行かに、ヴェスビヤス、噴火山の文字があった。手近な即興詩人(15)には、明《あきら》かにエズイオと出て居るが、これをそのままには用いられぬ。いささか不確かな所を、丁度可《よ》い。教えをうけようと、電気を点《つ》けて、火鉢の上へ、あり合せた白紙をかざして、その紅いインキで、ヴェスビヤス、ブェスビイヤス、ヴェスヴィヤス、ヴェスビイヤス、どれが正しいのでしょう、と聞き聞き――彩《いろど》り記した。

ああ、火のように、ちらちらする。

私は二階へ駆上って、その一枚を密《そっ》と懐《ふところ》にした。

冷たい汗が出た。

濱野さんが帰ってから、その一枚を水に浸《ひた》して、そして仏壇に燈《あかり》を点じた。謹んで夜を守ったのである。

（大正十五年四月三十日―五月六日「東京朝日新聞」）

愛と婚姻

媒妁人《なこうど》先《ま》づいふめでたしと、舅姑《きゅうこ》またいふめでたしと、親類等《ら》皆いふめでたしと、知《ち》己《き》朋友皆いふめでたしと、渠等《かれら》は欣々然《きんきんぜん》として新夫婦の婚姻を祝す、婚礼果《はた》してめでたきか。

小説に於《お》ける男女の主客《しゅかく》が婚礼は最《いと》めでたし。何となれば渠等の行路難《こうろなん》は皆合卺《ごうきん》(1)の事ある以前既《すで》に経過し去りて、自来無事悠々の間《あいだ》に平和なる歳月を送ればなり。然《しか》れども斯《かく》の如きはたゞ一部、一篇、一局部の話柄《わへい》に留まるのみ。その実一般の婦人が忌《い》むべく、恐るべき人生観は、婚姻以前にあらずして、その以後にあるものなりとす。渠等が慈愛なる父母の掌中《しょうちゅう》を出《い》でて、その身を致す、舅姑はいかむ。夫はいかむ。小姑はいかむ。すべての関係者はいかむ。はた社会はいかむ。在来の経験に因《よ》りて見る処のそれらの者は果していかむ。豈寒心《あにかんしん》すべきものならずや。

婦人の婚姻に因《よ》りて得《う》る処のものは概《おおむ》ね斯の如し。而《しこう》して男子もまた、先人曰《いわ》く、

「妻なければ楽少《たのしみすくな》く、妻ある身には悲多《かなしみおお》し」とそれ然るのみ。

然れども社会は普通の場合に於《おい》て、個人的に処し得《う》べきものにあらず。親のために、子のために、夫のために、知己親類のために、奴僕《ぬぼく》のために。町のために、村のために、家のために、窮《きゅう》せざるべからず、泣かざるべからず、苦《くるし》まざるべからず、甚《はなは》だしきに至りては死せざるべからず、常に我《われ》といふ一個簡単なる肉体を超然たらしむることを得《え》で、多々《おおく》他人に因りて左右せられ、是非《ぜひ》せられ、猶且《なおか》つ支配さるゝものたり。但《ただ》愛のためには必ずしも我といふ一種勝手次第なる観念の起るものにあらず、完全なる愛は「無我」のまたの名なり。故《ゆえ》に愛のためにせむか、他《た》に与へらるゝものは、難といへども、苦といへども、喜んで、甘《あまん》じて、これを享《う》く。元来不幸といひ、窮苦といひ、艱難辛苦《かんなんしんく》といふもの、皆我を我としたる我を以《もっ》て、他に——社会に——対するより起る処の怨言《えんげん》のみ。愛によりて我なかりせば、いづくんぞそれ苦楽あらむや。

情死、駈落《かけおち》、勘当《かんどう》等、これ皆愛の分弁《ぶんべん》たり。すなはちその人のために喜び、その人《ひと》のために祝して、これをめでたしといはむも可《か》なり。但《ただ》社会のためには歎《たん》ずべきのみ。独り婚礼に至りては、儀式上、文字上《もんじ》、別に何等の愛ありて存するにあらず。唯《ただ》男女相会《あいかい》して、粛然《しゅくぜん》と杯《さかずき》を巡らすに過ぎず。人の未《いま》だ結婚せざるや、愛は自由なり。諺《ことわざ》に曰《いわ》く

「恋に上下の隔《へだて》なし」と。然り、何人《なんぴと》が何人を恋するも、誰かこれを非なりとせむ。一《いっ》旦《たん》結婚したる婦人はこれ婦人といふものにあらずして、寧《むし》ろ妻といへる一種女性の人間なり。吾人《ごじん》は渠《かれ》を愛すること能《あた》はず、否《いな》愛すること能はざるにあらず、社会がこれを許さざるなり。愛することを得ざらしむるなり。要するに社会の婚姻は、愛を束縛して、圧制して、自由を剝奪《はくだつ》せむがために造られたる、残絶《ざんぜつ》、酷絶《こくぜつ》の刑法なりとす。

古来いふ佳人は薄命なり、と、蓋《けだ》し社会が渠をして薄命ならしむるのみ。婚姻てふものだになかりせば、何人《なんら》の佳人か薄命なるべき。愛に於ける一切の、葛藤、紛紜《ふんうん》、失望、自殺、疾病《しっぺい》等あらゆる恐るべき熟字は皆婚姻のあるに因りて生ずる処の結果ならずや。

妻なく、夫なく、一般の男女は皆たゞ男女なりと仮定せよ。愛に対する道徳の罪人は那辺《なへん》にか出来《いでき》らむ、女子は情《じょう》のためにその夫を毒殺するの要なきなり。男子は愛のために密通することを要せざるなり。否、たゞに要せざるのみならず、爾《しか》き不快なる文字はこれを愛の字典の何ぺエジに求むるも、決して見出《みいだ》すこと能はざるに至るや必《ひっ》せり。然れども斯《かく》の如きは社会に秩序ありて敢《あえ》て許さず。

あゝ〳〵結婚を以て愛の大成したるものとなすは、大《おおい》なるあやまりなるかな。世人結婚を欲することなくして、愛を欲せむか、吾人は嫦娥《じょうが》(2)を愛することを得《う》、嫦娥は吾人を愛することを得、何人が何人を愛するも妨《さまた》げなし、害なし、はた乱《らん》もなし。匈奴《きょうど》にして昭君《しょうくん》(3)を愛するも、昭君豈《あに》馬に乗るの怨《うらみ》あらむや。その愀然《しゅうぜん》として胡国《ここく》に嫁《とつ》ぎたるもの、匈奴が婚を強《し》ひたるに外《ほか》ならず。然《しか》も婚姻に因りて愛を得《え》むと欲するは、何ぞ、水中の月を捉《とら》へむとする猿猴《えんこう》の愚《ぐ》と大《おおい》に異なるあらむや。或《あるい》は婚姻を以て相互の愛を有形にたしかむる証拠とせむか。その愛の薄弱なる論ずるに足らず。憚《はばか》りなく直言すれば、婚姻は蓋《けだ》し愛を拷問《ごうもん》して我に従はしめむとする、卑怯なる手段のみ。それ然り、然れどもこはたゞ婚姻の裏面《りめん》をいふもの、その表面に至りては吾人が国家を造るべき分子なり。親に対する孝道なり。家に対する責任なり。朋友に対する礼儀なり。親属にたいする交誼《こうぎ》なり。総括すれば社会に対する義務なり。然も我に於て寸毫《すんごう》の益する処あらず。婚姻何ぞその人のために喜ぶべけむや。祝すべけむや。めでたからむや。しかも媒《なこうど》はいふめでたしと、舅姑はいふめでたしと、親類はいふめでたしと、朋友はいふめでたしと、そも何の意ぞ。他《た》なし、社会のために祝するなり。

古来我国《わがくに》の婚礼は、愛のためにせずして社会のためにす。奉儒《ほうじゅ》の国は子孫なからざるべからずと命ずるに因れり。もしそれ愛によりて起る処の婚姻ならむか、舅姑なにかある、小姑何かある、凡《すべ》ての関係者何かある、そも〳〵社会は何かある。然るに、社会に対する義務の為《ため》に止《や》むを得ずして結婚をなす、舅姑は依然として舅姑たり、関係者、皆依然として渠《かれ》を窮せしむ。人の親の、その児《こ》に教ふるに愛を以てせずして漫《みだり》に恭謙《きょうけん》、貞《てい》淑《しゅく》、温柔《おんじゅう》をのみこれことゝするは何ぞや。既にいふ、愛は「無我」なりと。我なきもの誰か人倫を乱《みだ》らむや。しかも婚姻を以て人生の大礼なりとし、出でては帰ることなかれと教ふ。婦人甘んじてこの命を請《う》け行《ゆ》いて嫁《か》す、その衷情《ちゅうじょう》憐《あわれ》むに堪《た》へたり。謝《しゃ》せよ、新夫婦に感謝せよ、渠等は社会に対する義務のために懊悩《おうのう》不快なるあまたの繋累《けいるい》に束縛されむとす。何となれば社会は人に因りて造らるゝものにして、人は結婚によりて造らるゝ者なればなり。こゝに於てか媒妁人はいふめでたしと、舅姑はいふめでたしと、親類朋友皆またいふめでたしと。然り、新夫婦は止むを得ずして社会のために婚姻す。社会一般の人に取りてはめでたかるべし、嬉しかるべし、愉快なるべし、これをめでたしと祝せむよりは、寧《むし》ろ慇懃《いんぎん》に新夫婦に向ひて謝して可なり。

新夫婦その者には何のめでたきことあらむや、渠等が雷同《らいどう》してめでたしといふは、社会のためにめでたきのみ。

再言す、吾人人類が因りてもて生命を存すべき愛なるものは、更《さら》に婚姻によりて得らるべきものにあらざることを。人は死を以て絶痛《ぜっつう》のこととなす、然れども国家のためには喜びて死するにあらずや。婚姻亦《また》然り。社会のために身を犠牲に供して何人も、めでたく、式三献《しきさんこん》(4)せざるべからざるなり。

(明治二十八年五月「太陽」)

醜婦《しゅうふ》を呵《か》す

村夫子《そんぷうし》(1)は謂《い》ふ、美の女性に貴《たっと》ぶべきは、その面《めん》の美なるにはあらずして、単にその意《こころ》の美なるにありと。何ぞあやまれるの甚《はなは》しき。夫子《ふうし》が強《あなが》ちに爾《しか》き道義的誤謬《ごびゅう》の見解を下したるは、大早計《だいそうけい》にも婦人を以《もっ》て直《ただ》ちに内政に参し家計を調ずる細君と臆断《おくだん》したるに因《よ》るなり。婦人と細君と同じからむや、蓋《けだ》しその間に大差あらむ。勿論《もちろん》人の妻なるものも、吾人《ごじん》が商となり工となり、はた農となるが如く、女性がこの世に処《しょ》せむと欲して、択《えら》ぶ処の、身過《みすぎ》の方便には相違なきも、そはたゞ芸妓《げいぎ》といひ、娼妓《しょうぎ》といひ、矢場女《やばおんな》(2)といふと斉《ひと》しく、一個任意の職業たるに過ぎずして、人の妻たるが故《ゆえ》に婦人がその本分を尽したりとはいふを得《え》ず。渠等《かれら》が天命の職分たるや、花の如く、雪の如く、唯《ただ》、美、これを以て吾人男性に対すべきのみ。

　男子の、花を美とし、雪を美とし、月を美とし、杖を携《たずさ》へて、瓢《ひょう》を荷《にな》ひて、赤壁《せきへき》に賦《ふ》し、松島に吟《ぎん》(3)ずるは、畢竟《ひっきょう》するに未《いま》だ美人を得ざるものか、或《あるい》は恋に失望したるものの万止《ばんや》むを得ずしてなす、負惜《まけおしみ》の好事《こうず》に過ぎず。

玉の腕《かいな》は真の玉よりもよく、雪の膚《はだえ》は雨の結晶せるものよりもよく、太液《たいえき》の芙蓉《ふよう》の顔《かんばせ》(4)は、不忍《しのばず》の蓮《はす》よりも更《さら》に好《よ》し、これを然《しか》らずと人に語るは、俳優《やくしゃ》に似たがる若旦那《わかだんな》と、宗教界の偽善者のみなり。

されば婦人は宇宙間に最も美なるものにあらずや、猶且《なおかつ》美ならざるべからざるものにあらずや。

心の美といふ、心の美、貞操か、淑徳か、試みに描きて見よ。色黒く眉《まゆ》薄く、鼻は恰《あたか》もあるが如く、唇《くちびる》厚く、眦《まなじり》垂れ、頬《ほお》ふくらみ、面《おもて》に無数の痘痕《とうこん》あるもの、豕《いのこ》の如く肥《こ》えたるが、女装して絹地に立たば、誰かこれを見て節婦とし、烈女とし、賢女とし、慈母とせむ。譬《たと》ひこれが閨秀《けいしゅう》たるの説明をなしたる後も、吾人一片の情《じょう》を動かすを得ざるなり。婦人といへども亦《また》然らむ。卿等《けいら》は描きたる醜悪の姉妹に対して、よく同情を表《ひょう》し得《う》るか。恐らくは得ざるべし。

薔薇《ばら》には恐るべき刺《とげ》あり、然れども吾人はその美を愛し、その香《か》を喜ぶ。婦人もし艶《えん》にして美、美にして艶ならむか、薄情なるも、残忍なるも、殺意あるも亦害なきなり。

試《こころみ》に思へ、彼《か》の糞汁《ふんじゅう》はいかむ、その心美《こころび》なるにせよ、一見すれば嘔吐《おうど》を催《もよお》す、よしや妻とするの実用に適するも、誰か忍びてこれを手にせむ。またそれ蠅《はえ》は厭《いと》ふべし、然れどもこれを花片《はなびら》の場合と仮定せよ「木の下は汁も鱠《なます》も桜かな」(5)食物を犯すは同《おなじ》一きも美なるが故に春興たり。なほ天堂に於《お》ける天女《エンゼル》にして、もしその面貌醜《めんぼうしゅう》ならむか、濁世《だくせい》の悪魔《サタン》が花顔雪膚《かがんせっぷ》に化したるものに、嗜好《しこう》の及ばざるや、甚《はなは》だ遠し。

希《こいねがわ》くば、満天下の妙齢女子、卿等務めて美人たれ。その意《こころ》の美をいふにあらず、肉と皮との美ならむことを、熱心に、忠実に、汲々《きゅうきゅう》として勤めて時のなほ足らざるを憾《うらみ》とせよ。読書、習字、算術等、一切《すべて》の科学何かある、唯紅粉粧飾《ただこうふんそうしょく》の余暇に於《おい》て学ばむのみ。琴や、歌や、吾《われ》はた虫と、鳥と、水の音と、風の声とにこれを聞く、強《しい》て卿等を労せざるなり。

裁縫《さいほう》を知らざるも、庖丁《ほうちょう》を学ばざるも、卿等がその美を以てすれば、天下にまた無き無上権を有して、抜山蓋世《ばつざんがいせ》(6)の英雄をすら、掌中《しょうちゅう》に籠《ろう》するならずや、百万の敵も恐るゝに足らず、恐るべきは一婦人といふならずや、そも〳〵何を苦しんでか、紅粉を措《お》いてあくせくするぞ。

あはれ願《ねがわ》くは巧言《こうげん》、令色、媚《こ》びて吾人に対せよ、貞操淑気を備へざるも、得てよく吾人を魅せしむ。然《しか》る時は吾人その恩に感じて、是《これ》を新しき床《とこ》の間《ま》に置き、三尺すさつて拝せんなり。もしそれやけに紅粉を廃して、読書し、裁縫し、音楽し、学術、手芸をのみこれこととせむか。女教師となれ、産婆となれ、針妙《しんみょう》(7)となれ、寧《むし》ろ慶庵《けいあん》(8)の婆々《ばばあ》となれ、美にあらずして何ぞ。貴夫人、令嬢、奥様、姫様《ひいさま》となるを得むや。あゝ、淑女の面の醜なるは、芸妓、娼妓、矢場女、白首《しろくび》(9)にだも如《し》かざるなり。如何《いかん》となれば渠等は紅粉を職務として、婦人の分を守ればなり。但《ただ》、醜婦の醜を恥ぢて美ならむことを欲する者は、その衷情《ちゅうじょう》憐《あわれ》むべし。然れども彼《か》の面の醜なるを恥ぢずして、却《かえ》つてこれを誇る者、渠等は男性を蔑視《べっし》するなり、呵《か》す、常に芸娼妓矢場女等教育なき美人を罵《ののし》る処の、教育ある醜面の淑女を呵す。——如斯説《かくのごときせつ》ふものあり。稚気《ちき》笑ふべきかな。

(明治二十八年十月「文芸倶楽部」)

一寸《ちょいと》怪《あやし》

怪談の種類も色々あるのを、理由のある怪談と、理由のない怪談とに別《わ》けてみよう。理由のあるというのは、例えば、因縁談《いんねんばなし》、怨霊《おんりょう》などという方で。後のは、天狗《てんぐ》、魔の仕《し》業《わざ》で、殆《ほとん》ど端倪《たんげい》すべからざるものを云う。これは北国辺《ほっこくへん》に多くて、関東には少ないように思われる。

私は思うに、これは多分、この現世以外に、一つの別世界というようなものがあって、其処《そこ》には例の魔だの天狗などというのが居る。が偶々《たまたま》その連中が吾々《われわれ》人間の出入する道を通った時分に、人間の眼に映ずる。それは恰《あたか》も、彗星《ほうきぼし》が出るような工合《ぐあい》に、往々にして見える。が、彗星なら、天文学者が既《すで》に何年目に見えると悟って居るが、御連中《ごれんじゅう》になるとそうはゆかない。何日何時《いつなんどき》か分らぬ。且《か》つ天の星の如く定《きま》った軌道というべきものがないから、何処《どこ》で会おうもしれない唯《ただ》ほんの一瞬間の出来事と云って可《い》い。ですから何日の何時頃、此処《ここ》で見たから、もう一度見たいといっても、そうは行かぬ。川の流《ながれ》は同じでも、今のは先刻《さっき》の水ではない。勿論《もちろん》この内《うち》にも、狐狸《こり》とか他《た》の動物の仕業もあろうが、昔から言伝えの、例の逢魔《おうま》が時《どき》の、九時から十一時、それに丑三《うしみつ》というような嫌な時刻がある。この時刻になると、何だか、人間が居る世界へ、例の別世界の連中が、時々顔を出したがる。昔からこの刻限を利用して、魔の居るのを実験する方法があると云ったようなことを、過般仲《このあいだなか》の町《ちょう》で怪談会(1)の夜中に沼田さん(2)が話をされたのは、例の「膝摩り《ひざさすり》」とか「本叩き《ほんたたき》」といったものです。

「膝摩り」というのは、丑三頃、人が四人で、床の間《とこのま》なしの八畳の座敷の四隅から、各《おのおの》一人ずつ同時に中央《まんなか》へ出て来て、中央で四人出会ったところで、皆がひったり坐《すわ》る。勿論《もちろん》室の内は燈《あかり》をつけず暗黒《まっくら》にして置く。其処《そこ》で先《ま》ず四人の内の一人が次の人の名を呼んで、自分の手を、呼んだ人の膝へ置く、呼ばれた人は必ず返事をして、又同じ方法で、次の人の膝へ手を置く。という風にして、段々順を廻《まわ》すと、丁度《ちょうど》その内に一人返事をしないで坐って居る人が一人増えるそうで。

「本叩き」というのは、これも同じく八畳の床の間なしの座敷を暗がりにして、二人が各手《おのおの》に一冊宛《ずつ》本を持って向合い《むかいあ》の隅々から一人宛出て来て、中央《まんなか》で会ったところで、その本を持って、下の畳をパタパタ叩く。すると唯《ただ》二人で、叩く音が、当人は勿論、襖《ふすま》越《ご》しに聞いて居る人に迄《まで》、何人で叩くのか、非常な多人数《たにんず》で叩いて居る音の様に聞えると言います。

これで思出《おもいだ》したが、この魔のやることは、凡《すべ》て、笑声《わらいごえ》にしても、唯一人で笑うのではなく、アハハハハハと恰《あたか》も数百人《すひゃくにん》の笑うが如き響《ひびき》がするように思われる。

私が曽《かつ》て、逗子《ずし》に居た時分、その魔がさしたと云う事について、怯《こ》う云う事がある。丁度《ちょうど》秋の初旬《はじめ》だった。当時田舎屋《いなかや》を借りて、家内と女中と三人で居たが、家主《やぬし》はつい裏の農家であった。或晩《ある》私は背戸《せど》の据風呂《すえふろ》から上《あが》って、縁側を通って、直《す》ぐ傍《わき》の茶の間に坐ると、台所を片着《かたづ》けた女中が一寸家《ちょいとうち》まで遣《や》ってくれと云って、挨拶《あいさつ》をして出て行く、と入違《いれちが》いに家内は湯殿《ゆどの》に行ったが、やがて、手桶《ておけ》が無いという。私の入って居た時には、現在水が入ってあったものが無い道理はない、といったが、実際見えないという。私も起《た》って行って見たが、全く何処《どこ》にも見えない。奇妙な事もあるものだと思って、何だか可厭《いや》な気持がするので、何処迄《まで》も確《たしか》めてやろうと、段々考えて見ると、元来《もと》この手桶というは、私共が引越して行った時、裏の家主で貸して呉《く》れたものだから、若《も》しやと思って、私は早速裏の家へ行って訊《たず》ねてみると、案の条、婆《ばあ》さんが黙って持って行ったので。その婆さんが湯殿へ来たのは、丁度私が湯殿から、縁側を通って茶の間へ入った頃で、足に草履《ぞうり》をはいて居たから跫音《あしおと》がしない。農夫《ひゃくしょう》婆さんだから力があるので、水の入って居る手桶を、ざぶりとも言わせないで、その儘《まま》提げて、暢気《のんき》だから、自分の貸したもの故《ゆえ》、別に断らずして、黙って持って行って了《しま》ったので、少しも不思議な事はない。が、若《も》しこれをよく確《たしか》めずに置いたら、おかしな事に成ろうと思う。こんな事でもその機会《きっかけ》がこんがらかると、非常な、不思議な現象が生ずる。がこれは決して前述べた魔の仕業でも何でもない、唯或《ただあ》る機会から生じた一つの不思議な談《はなし》。これから談《はな》すのは、例の理由のない方の不思議と云うのです。

　これも、私が逗子に居た時分に、つい近所の婦人から聞いた談、その婦人が未《ま》だ娘の時分に、自分の家にあったと云うので。静岡の何処か町端《まちはず》れが、その人の父の屋敷だった処、半年《はんねん》ばかりというものは不思議な出来事が続け様《さま》で、発端は五月頃、庭へ五六輪、菖蒲《あやめ》が咲いて居た。……その花を、一朝きれいにもぎって、戸棚の夜具の中に入れてあった。初めは子供の悪戯《いたずら》だろう位《ぐらい》にして、別に気にもかけなかったが、段々と悪戯が嵩《こう》じて、来客の下駄や傘《からかさ》がなくなる。主人が役所へ出懸《でが》けに机の上へ紙入《かみいれ》を置いて、後向《うしろむき》に洋服を着て居る間に、それが無くなる、或時は机の上に置いた英和辞典を縦横《たてよこ》に断切《たちき》って、それにインキで、輪のようなものを、目茶苦茶に楽書《らくがき》がしてある。主人も、非常に閉口したので、警察署へも依頼した、警察署の連中は、多分その家に七歳《ななつ》になる男の児《こ》があったが、それの行為《しわざ》だろうと、或時その児を紐で、母親に附着《くっつ》けて置いたそうだけれども、悪戯は依然止《や》まぬ。就中《なかんずく》、恐しかったというのは、或晩多勢《おおぜい》の人が来て、雨落《あまお》ちの傍《わき》の大きな水瓶《みずがめ》へ種々《いろいろ》な物品《もの》を入れて、その上に多勢かかって、大石を持って来て乗せて置いて、最早《もう》これなら、奴も動かせまいと云って居ると、その言葉の切れぬ内に、ガラリと、非常な響《ひびき》をして、その石を水瓶から、外へ落したので、皆が顔色を変えたと云う事。一時《あるとき》などは縁側に何だか解《わか》らぬが動物の足跡が付いて居るが、それなぞしらべて丁度障子《ちょうどしょうじ》の一小間《ひとこま》の間を出入《ではいり》するほどな動物だろうという事だけは推測出来たが、誰しも、遂《つい》にその姿を発見したものはない。終《つい》には洋燈《ランプ》を火のまま戸棚へ入れるというような、危険千万な事になったので、転居をするような始末、一時は非常な評判になって、家の前は、見物の群集で雑沓《ざっとう》して、売物店《うりものだな》まで出たとの事です。

これと似た談が房州にもある。何でも白浜《しらはま》の近傍《きんぼう》だったが、農家に、以前の話とおなじような事がはじまった。家が丁度、谷間のようなところにあるので、その両方の山の上に、猟夫《かりゅうど》を頼んで見張《みはり》をしたが、何も見えない。が、奇妙に夜に入《い》るとただ猟夫がつれて居る犬ばかりには見えるのか、非常に吠《ほ》えて廻《まわ》ったとの事、この家に一人、子守娘が居て、その娘は、何だか変な動物《もの》が時々来る、といって居たそうである。

同じ様に、越前国丹生郡天津村《えちぜんのくににうぐんあまつむら》の風巻《かざまき》という処に、善照寺《ぜんしょうじ》という寺があって、此処《ここ》へある時村のものが、狢《むじな》を生擒《いけど》って来て殺したそうだが、丁度その日から、寺の諸所へ、火が燃え上る。……住職も非常に恐れて檀家《だんか》を狩集めて見張ると成ると、見て居る前で、障子がめらめらと燃える。ひゃあと飛《とび》ついて消す間に、梁《うつばり》へ炎が絡《から》む。ソレと云う内、羽目板《はめいた》から火を吐出《ふきだ》す。凡《およ》そ七日《なぬか》ばかりの間、昼夜詰切《つめき》りで寝る事も出来ぬ。ところが、此《こ》寺《こ》の門前に一軒、婆さんと十四五の娘の親子二人暮しの駄菓子屋があった。その娘が境内《けいだい》の物置に入るのを、誰かちらりと見た。間もなく、その物置から、出火したので、早速駈付《かけつ》けたけれども、それだけはとうとう焼けた。この娘かと云うので、拷問《ごうもん》めいた事までしたが、見たものの過失で、焼けはじめの頃自分の内《うち》に居た事が明《あきら》かに分って、未《いま》だに不思議な話になって居るそうである。初めに話した静岡の家にも、矢張《やっぱり》十三四の子守娘が居たと云う。房州にも矢張居る。今のにも、娘がついて居る。十三四の女の子とは何だかその間に関係があるらしくなる。これは如何《どう》いうものか、解らない。昔物語にはこんな家《うち》の事を「くだ」付き家《いえ》と称して、恐がって居る。「くだ」というのは狐《きつね》の様で狐にあらず、人が見たようで、見ないような一種の動物だそうで。……

猫の面《つら》で、犬の胴、狐の尻尾《しっぽ》で、大きさは鼬《いたち》の如く、啼声《なくこえ》鵺《ぬえ》に似たりとしてある。追《おっ》て可考《かんがうべし》。

（明治四十二年十月『怪談会』柏舎書楼）

術三《じゅつさん》則《そく》

帝王世紀(1)にありといふ。日の怪しきを射て世に聞えたる羿《げい》(2)、嘗《かつ》て呉賀《ごが》と北に遊べることあり。呉賀雀《すずめ》を指して羿に対《むか》つて射よといふ。羿悠然として問うていふ、生之乎《これをいかさんか》。殺之乎《これをころさんか》。賀の曰《いわ》く、その左の目を射よ。羿すなはち弓を引いて射て、誤つて右の目にあつ。首《こうべ》を抑へて愧《は》ぢて終身不忘《みをおわるまでわすれず》。術や、その愧ぢたるに在《あ》り。

また陽州の役《えき》に、顔息《がんそく》(3)といへる名誉の射手《しゃしゅ》、敵を射てその眉《まゆ》に中《あ》つ。退《しりぞ》いて曰く、我無勇《われゆうなし》。吾《わ》れその目を志《こころざ》して狙へるものを、とこの事左伝《さでん》に見ゆとぞ。術や、その無勇《ゆうなき》に在り。

飛衛《ひえい》(4)は昔《いにしえ》の善《よ》く射るものなり。同じ時紀昌《きしょう》(5)といふもの、飛衛に請《こ》うて射《しゃ》を学ばんとす。教《おしえ》て曰く、爾先瞬《なんじまずまたた》きせざることを学んで然《しか》る後《のち》に可言射《しゃをいうべし》。

紀昌こゝに於《おい》て、家に帰りて、その妻が機織《はたお》る下《もと》に仰《あおむ》けに臥《ふ》して、眼《まなこ》を瞬《みひら》いて蝗《いなご》の如き梭《ひ》を承《う》く。二年の後、錐末眥《すいまつまなじり》に達すと雖《いえど》も瞬《またた》かざるに至る。往《ゆ》いて以《もっ》て飛衛に告ぐ、願《ねが》わくは射を学ぶを得ん。

飛衛肯《きか》ずして曰く、未也《まだなり》。亜《つい》で視《み》ることを学ぶべし。小を視て大に、微を視て著《いちじる》しくんば更《さら》に来《きた》れと。昌、糸を以て虱《しらみ》を牖《まど》に懸け、南面《なんめん》して之《これ》を臨む。旬日《じゅんじつ》にして漸《よう》やく大也。三年の後は大《おお》さ如車輪《しゃりんのごとし》焉。

かくて余物《よぶつ》を観《み》るや、皆丘山《きゅうざん》もたゞならず、乃《すなわ》ち自《みずか》ら射る。射るに従うて、輪《りん》尽《ことごと》く虫の心《むなもと》を貫く。以て飛衛に告ぐ。先生、高踏《こうとう》して手を取つて曰く、汝得之矣《なんじこれをえたり》。得之《これをえ》たるは、知らず、機の下に寝て梭の飛ぶを視て細君の艶《えん》を見ざるによるか、非乎《ひか》。

（明治三十九年二月「新小説」）

雨ばけ

あちこちに、然《しか》るべき門は見えるが、それも場末で、古土塀《ふるどべい》、やぶれ垣《がき》の、入曲《いりまが》って長く続く屋敷町を、雨もよいの陰気な暮方《くれがた》、その県の令に事《つか》うる相応の支那《しな》の官人が一人、従者を従えて通り懸った。知音《ちいん》の法筵《ほうえん》に列するためであった。

……来かかる途中に、大川が一筋流れる……その下流のひょろひょろとした——馬輿《うまかご》のもう通じない——細橋《ほそばし》を渡り果てる頃、暮六《くれむ》つの鐘がゴーンと鳴った。遠山の形が夕《ゆう》靄《もや》とともに近づいて、麓《ふもと》の影に暗く住む伏家《ふせや》の数々、小商《こあきない》する店には、早《は》や侘《わび》しい灯《ひ》が点《とも》れたが、この小路《こうじ》にかかると、樹立《こだち》に深く、壁に潜《ひそ》んで、一燈の影も漏《も》れずに寂しい。

前途を朦朧《もうろう》として過《よぎ》るものが見える。青牛《せいぎゅう》に乗って行く。……

小形の牛だと言うから、近頃青島《せいとう》(1)から渡来《とらい》して荷車を曳《ひ》いて働くのを、山の手でよく見掛ける、あの若僧《わかぞう》ぐらいなのだと思えば可《い》い。……荷鞍《にぐら》にどろんとした桶《おけ》の、一抱《ひとかかえ》ほどなのをつけて居る。……大《おおき》な雨笠を、ずぼりとした合羽《かっぱ》着た肩の、両方かくれるばか

り深く被《かぶ》って、後向《うしろむ》きにしょんぼりと濡《ぬ》れたように目前《めさき》を行く。……ときどき、

「とう、とう、とうとう。」

と、間《あいだ》を置いては、低く口の裡《うち》で呟《つぶや》くが如くに呼んで行く。

私はこれを読んで、いきなり唐土《もろこし》の豆腐屋《とうふや》だと早合点《はやがてん》をした。……処《ところ》が然《そ》うでない。

「とう、とう、とうとう。」

呼声《よびごえ》から、風体《なり》、恰好《かっこう》、紛《まぎ》れもない油屋で、あの揚《あげ》ものの油を売るのだそうである。

「とう、とう、とうとう。」

穴から泡を吹くような声が、却《かえ》って、裏田圃《うらたんぼ》へ抜けて変に響いた。

「こらこら、片寄れ。ええ、退《ど》け退け。」

威張《いば》る事にかけては、これが本場の支那の官人である。従者が式《かた》の如く叱り退《の》けた。

「とう、とう、とうとう。」

「やい、これ。――殿様のお通りだぞ。……」

笠さえ振向けもしなければ、青牛がまたうら枯草を踏む音も立てないで、のそりと歩む。

「とう、とう、とうとう。」

こんな事は前例が嘗《かつ》てない。勃然《ぼつぜん》としていきり立った従者が、づかづか石垣を横に擦《す》って、脇鞍《わきぐら》に踏張《ふんば》って、

「不埒《ふらち》ものめ。下郎《げろう》。」

と怒鳴《どな》って、仰ぎづきに張肱《はりひじ》でドンと突いた。突いたが、鞍の上を及腰《およびごし》だから、力が足りない。荒く触ったと言うばかりで、その身体《からだ》が揺れたとも見えないのに、ぽんと、笠ぐるみ油売の首が落ちて、落葉の上へ、ばさりと仰向けに転げたのである。

「やあ、」とは言ったが、無礼討御免のお国柄、それに何、たかが油売の首なんぞ、ものの数ともしないのであった。が、主従ともに一驚《いっきょう》を吃《きっ》したのは、その首のない胴軀《どうむくろ》が、一煽《ひとあお》り鞍に煽ると斉《ひと》しく、青牛の脚が疾《はや》く成って颯《さつ》と駈出《かけだ》した事である。ころげた首の、笠と一所《いっしょ》に、ぱたぱたと開《あ》く口より、眼球《めだま》をくるくると廻《まわ》して見据《みす》えて居た官人が、この状《さま》を睨《にら》み据えて、

「奇怪じゃ、くせもの、それ、見届けろ。」

と前に立って追掛けると、ものの一町《ちょう》とは隔たらない、石垣も土塀も、葎《むぐら》に路《みち》の曲角《まがりかど》。突当りに大きな邸《やしき》があった。……その門内へつッと入ると、真正面の玄関の右傍《みぎわき》に、庭園に赴《おもむ》く木戸際《きどぎわ》に、古槐《ふるえんじゅ》の大木が棟《むね》を蔽《おお》うて茂って居た。枝の下を、首のない軀と牛は、

ふと又歩《またほ》を緩《ゆる》く、東海道の松並木を行く状《さま》をしたが、間《あい》の宿《しゅく》の灯《ひ》も見えず、ぼッと煙の如く消えたのであった。

官人は少時《しばし》茫然《ぼうぜん》として門前の靄《もや》に彳《たたず》んだ。

「角助《かくすけ》。」

「はッ。」

「当家は、これ、斎藤道三《どうさん》(2)の子孫でもあるかな。」

「はーッ。」

「いやさ、入道道三の一族ででもあろうかと言う事じゃ。」

「はッ、へへい。」

「む、いや、分らずば可《よ》し。……一応検《しら》べる。――とに角《かく》いそいで案内をせい。」

しかし故《こと》さらに主人が立会うほどの事ではない。その邸の三太夫《さんだゆう》(3)が、やがて鍬《くわ》を提げた爺《じい》やを従えて出て、一同槐の根を立囲んだ。地の少し窪《くぼ》みのあるあたりを掘るのに、一《ひと》鍬《くわ》、二鍬《ふたくわ》、三鍬《みくわ》までもなく、がばと崩れて五六尺、下に空洞《うつろ》が開いたと思え。

べとりと一面青苔《あおごけ》に成って、欠釣瓶《かけつるべ》が一具、ささくれ立った朽目《くちめ》に、大《おお》く生えて、鼠《ねずみ》に黄を帯びた、手に余るばかりの茸《きのこ》が一本。その笠既《すで》に落ちたり、とあって、傍《わき》にものこそあれと説《い》う。――ここまで読んで、私は又慌《あわ》てた。化けて角《つの》の生えた蛞蝓《なめくじ》だと思った、が、然《そ》うでない。大《おお》い《おおい》なる蝦蟆《がま》が居た。……その疣《いぼ》一つずつ堂門の釘かくしの如しと言うので、巨《おお》きさのほども思われる。

蝦蟆即《すなわちう》牛矣《し》、菌《きのこ》即其人也《そのひとなり》。古釣瓶には、その槐の枝葉《しよう》をしたたり、幹を絞《しぼ》り、根に灌《そそ》いで、大樹の津液《しずく》が、木《こ》づたう雨の如く、片濁りしつつ半《なか》ば澄んで、ひたひたと湛《たた》えて居た。油即これであった。

呆《あき》れた人々の、目鼻の、眉とともに動くに似ず、けろりとした蝦蟆が、口で、鷹揚《おうよう》に宙に弧《こ》を描いて、

「とう。とう、とうとう。」

と鳴くにつれて、茸の軸が、ぶるぶると動くと、ぽんと言うように釣瓶の箍《たが》が嚔《くさめ》をした。同時に霧がむらむらと立って、空洞《うつろ》を塞ぎ、根を包み、幹を騰《のぼ》り、枝に靡《なび》いた、その霧が、忽《たちま》ち梢《こずえ》から雫《しずく》となり、門内に降りそそいで、やがて小路一面の雨と成ったのである。

官人の、真前《まっさき》に飛退《とびの》いたのは、敢《あえ》て怯《おび》えたのであるまい……衣帯《いたい》の濡《ぬ》れるのを慎《つつし》んだためであろう。

さて、三太夫が更《あらた》めて礼して、送りつつ、木《こ》の葉《は》落葉《おちば》につつまれた、門際《もんぎわ》の古井戸を覗《のぞ》かせた。覗くと、……

「御覧《ごろう》じまし、殿様。……あの輩《やから》が、仕《つかまつ》りまする悪戯《あくぎ》と申しては――つい先日も、雑水《ぞうみず》(4)にこれなる井戸を汲ませまするに水は底に深く映りまして、……釣瓶はくるくるとその、まわりまするのに、如何《いか》にしても上《のぼ》ろうといたしませぬ。希有《けう》じゃと申して、邸内多人数が立出《たちい》でまして、力を合せて、曳声《えいごえ》でぐいと曳《ひ》きますとな……殿様。ぽかんと上《あが》って、二三人に、はずみで尻餅《しりもち》を搗《つ》かせながらに、アハハと笑うた化《ばけ》ものがござります。笑い落ちに、すぐに井戸の中へ辷《すべ》り込みまする処を、おのれと、奴めの頭を摑みましたが、帽子だけ抜けて残りましたで、それを、さらしものにいたしまする気で生垣《いけがき》に引掛《ひきか》けて置きました。その帽子が、この頃の雨つづきに、何と御覧じまするように、恪《かく》の通り。」……

と言って指して見せたのが、雨に沢《つや》を帯びた、猪口《いぐち》(5)茸に似た、ぶくりとした茸であった。

やがて、これが知れると、月余《げつよ》、里、小路に油を買った、その油好《よう》して、而《しか》して価《あたい》の賤《いやしき》を怪《あやし》んだ人々が、いや、驚くまい事か、塩よ、楊枝《ようじ》よと大騒動。

然《しか》も、生命《いのち》を傷つけたるものある事なし、と記してある。

私はこの話がすきである。

何《ど》うも嘘らしい。……

が、雨である。雨だ。雨が降る……寂しい川の流とともに、山家《やまが》の里にびしょびしょと降る、たそがれのしょぼしょぼ雨、雨だ。しぐれが目にうかぶ。……


（大正十二年十一月「随筆」）

かながき水滸《すいこ》伝《でん》

誰方《どなた》も御馴染《おなじみ》の種彦《たねひこ》が(1)、その訳《やく》水滸伝(2)の文章につき、門弟なりし尾州熱田の仙果《せんか》(3)が許《もと》におくりたる書面あり。饗庭篁村《あえばこうそん》(4)翁《おう》所蔵のよしにて、水谷不倒《みずたにふとう》(5)氏著、小説史稿(6)にその文出《い》でたり。

文章のこと京山子《きょうざんし》(7)の訳のところあたり本朝の俗語多く水滸伝らしくなきといふ評なり七編よりさる人をたのみ訳し申しすでに稿本二十丁出来《しゅったい》候《そうろう》処《ところ》これはことに俗語甚《はなはだ》しく「此《こ》のはツつけやらうと小《こ》がきには「くそでもくらへなどいふ事ありこれでは売れぬというて板元《はんもと》より少々の筆紙料《ひっしりょう》をおくり小子《しょうし》をたのみ書直し候のなり、

かくて頼まれて書直したるが、すなはち柳亭《りゅうてい》種彦訳、歌川国芳《くによし》(8)画にて、文政庚寅《ぶんせいこういん》の春、林教頭《りんきょうとう》風雪山神廟(9)より編み出《いだ》したる、国字《かながき》水滸伝(10)第七編より第九編急先鋒東角争功《とうかくそうこう》までなり。

その七編の叙《じょ》に、

稗史《はいし》水滸伝(11)楔子《けっし》より六帙《ろくちつ》に至るは、(12)山東京山先生の訳なり、先生は令伯《れいはく》よりの名家にして、著述は更也《さらなり》、書を乞ひ、鉄筆《てっぴつ》を需《もと》むるもの机下《きか》に啓処《けいしょ》して少時《しばらく》の閑《かん》も得たまはず、故《ゆえ》に稿本遅々《ちち》たり、利にはしるの書肆《しょし》これを嘆《たん》じ、予に嗣編《しへん》の事を委《ゆだ》ぬ、是正《これまさ》に山東の羊頭《ようとう》をかけて、柳亭の狗肉《くにく》を売る計策なり、松魚《かつお》の旨味《あまき》を俟《ま》ち得ず、文鰩魚《とびうお》の麁味《あじなき》を食《くら》ふ類《たぐい》にて、不会《ふかい》より出でしことにはあらず、予先生とは旧年の相識《そうしき》なり、原来《もとより》婦女子の玩弄《もてあそび》、高手《こうしゅ》を労さんよりはと、速《すみやか》に承諾して、錦繍《きんしゅう》に貲布《しふ》を綴る、(13)看官鷹爪《みるかたようぞう》の後《のち》に、苦茗《くめい》を啜《すす》りたまふ(14)こゝちならん。

叙文既《すで》にその調子例《いつも》に似ず、はや水滸伝を訳すといふ精神おのづからあらはれたり。以《もっ》て用意の深きを知るべし、なほ仙果に教へたる書簡の中《うち》に、

十一編よりはいま少しまじめなる文章の方《かた》よかるべく存じ候、しかしかたくてもゆかず、御見《おみ》はからひなさるべく候(中略)あまり訳に苦しみ候と、「かぜあめ烈《はげ》しくといふやうな事が出来るものなり、風雨《ふうう》と書いてもかなに和《やわら》ぐれば、あめかぜといはねばならず。

この作者の心ゆかしさ、田舎源氏(15)十五編の序にも見ゆ、

あかぬものは、菜汁月夜《なじるつきよ》に黒小袖、忠臣蔵(16)に源氏なれども、玉味噌《たまみそ》では菜汁もくへず、忠臣蔵も下手にかたると、猪《しし》よりさきにいつさんに聞人《ききて》が逃出す鉄砲場(17)、定九郎《さだくろう》(18)の名がついては、黒羽二重《くろはぶたえ》も木綿に劣れり。（下略）

係《かか》る注意あればこそ紫の名訳は、明石町《あかしちょう》に出来たるなれ。トルストイなんぞは知らず(19)、端唄《はうた》(20)はいきなものなれども、葛西《かさい》の兄《せな》が濁声《だみごえ》高く、嘘に涙が出るならば、と酒臭い呼吸《いき》を吹いては、雨だれほどの風情《ふぜい》もなく、追分節《おいわけぶし》(21)は凄愴《せいそう》ながら、山の手の姉《あね》さんが、糸の調子をはづす時は、蚯蚓《みみず》の歌ほど感ずるものなし、普門品《ふもんぼん》(22)も亦然矣《またしかり》、外山《とやま》の巌屋《いわや》に合掌《がっしょう》して、伏姫君《ふせひめぎみ》が誦《じゅ》せずしては(23)、われわれとて誰《たれ》か菩提心《ぼだいしん》を起すものぞ。

同十七編の叙に又曰《またいわ》く、

海鼠《なまこ》と烏賊《いか》は形異《こと》やうなる物から、画《え》に写したるは風雅なり、章魚《たこ》と河豚《ふぐ》の画《え》はをかしみあるうちに、西施乳《ふぐ》(24)はすこし悪《にく》き気《け》のそひて見ゆるは、毒なりといふ心からなるべし、丹魚《あかな》はたじろの類《たぐい》は、佳肴《かこう》ならざれども、画《えが》くときは美艶《うるわ》しく、鮟鱇鰻鱺《あんこううなぎ》の美味なるも、形を画《が》してはその品《しな》くだれり。（下略）

たとひ天堂の図をひいても、工匠《たくみ》の腕がかんなさへ使へぬものを如何《いか》にすべき。

羽二重は絹の最上なれども、雨衣《みちゆき》にしたらんには、兜羅綿《とろめん》(25)にだに劣り、縮緬《ちりめん》の前《まえ》

垂《だれ》も手を拭《ぬぐ》ふにこゝちわろく、木綿ほど用《よう》はたりまじ、(三十二)

といへるも同じ心なるべし、又あめかぜ風雨と斉《ひと》しきこと、三十四編の叙にもあり。寛政《かんせい》のころ、東内《とうない》(26)といひし軍書読《よみ》(27)、同じ事を並べていふ口癖あり、譬《たと》へば狼煙天《ろうえんてん》を焦《こが》し、合図のけぶり立登ると一むら茂る森の裡《うち》より、馬烟《ばえん》うまけぶりを蹴《け》たてといふ類《たぐい》なり、笑ふ人も多かりしが、うま煙では語勢《ごせい》弱し、予この草紙に、うち咳《しわぶき》まで声《こわ》づくり、手道具調度なんどいふ、添言重言《そえことばかさねことば》は、是《これ》よりの案《あん》じなれば、物識人《ものしりびと》の若《もし》たま〳〵見たまはんにはいとをかしと、おぼす事の多からん、

かくて手紙の続きに曰く、

小子《しょうし》の六十丁のうち揚志《ようし》(28)が弓射る事をいふ条《くだり》に、左の腕《かいな》は大山《たいざん》を載《の》するばかりに固めながら、右の拳《こぶし》はみどり子を、抱《いだ》く心地にいと軽く、曳《ひ》いたる弓は満《みつ》る月、流るゝ星より矢は疾《はや》く、

この文章ばかりがうまく訳文にはまりたるにて、あとは訳ではなく作なり、

とあり、こゝに六十丁といふは七編より九編まで、五枚を一冊、十二冊、二冊を一帙《いっちつ》六帙にて七八九の三編なり。

種彦が得意といへる揚志が弓を射る前後の文は、

やうしうつぼの矢をとつてうちつがへつおもふやうもし今かれをいころしなばみよりのもののさぞかしなげかんもとよりわれはしうきんにあだもなければうらみもなしいのちをたたずにうすでのみおふせんにしくはなしと左《ひだ》りのかひなは大山《たいざん》をのするばかりにかためながら右のこぶしはみどり子をいだくこゝちにいとかるくひいたるゆみはみつる月ながるゝ星より矢ははやくめあてたがはずしうきんがひだりのかたさきはつしといればしばしもこらへずどうとおちむまはおどろきはせさりけり

かなにてやはらかく書いたれど一毫《いちごう》といへども、青面獣《せいめんじゅう》(29)の面目《めんぼく》を傷《きずつ》けず、十編に仙果が筆にて

「それはこなたものぞむところ又阮小五《げんしょうご》(30)にもたいめんしてかたるべきことのありこのほどかれは家にありやととへばこなたはうちうなづき「あれがすみかもうみのはたふねさしよせてさそひて見んといひつゝうちをさしのぞき女《にょう》ばうをよびいだしふねへしくべきむしろをとりよせちやのよういなどせさせてのちいざめしたまへと呉用《ごよう》(31)をのせ阮小二《げんしょうじ》(32)はそのまゝにかいとりいだししばしがほどひたすらこぎてゆきけるがまこもあしのはしげりたるなかに一艘《そう》小船ありすかしみてこてまね

ぎ「オイおとうとの阮小七《げんしょうしち》、(33)五郎はみぬかとよびかくればざわ〳〵とよしあしをこぎわけいづる阮小七

(ざわ〳〵とよしあしを、)これにては折角《せっかく》の修辞もあだなり。阮小二はそのまゝ櫂《かい》をとりいだし、しばしがほどひたすら漕《こ》ぎて、とつゞけては、漕ぐとも見えずおすともおもへず、

「さてよいところで七郎どのおんみたちをたのみたきしさいあつてきたりしなりとこれが呉用のことばにては、しらぬひ譚《ものがたり》(34)の七郎を、煤《すす》はきの手つだひに、医者がたのみに来たやうにて、智多星《ちたせい》先生(35)の俤《おもかげ》だもなく(十一編は気をつけよ、)と叱られたるは尤《もっとも》なり。

種彦また十一編に序していふやう、

予水滸伝を手にだもふれず、皇国《みくに》に勢語《せいご》源語《げんご》(36)あり、なんぞ漢土の趣向を借らんと、いふは不学の負惜《まけおし》み、見れども不読《よめず》、読みても解せざる故にてあり、抑《そもそも》水滸は文章に奇絶をたくみ、又は文字《もんじ》の使ひざまに、妙を極めし小説ながら、予が如き下手作者の是を国字《かんな》になほすときは、酒を喫《の》んでは喧嘩《けんか》をはじめ、盗人《ぬすびと》になる事ばかりで、面白みは更になし、

と投げたやうに記しながら、然《しか》も用心おろそかならず、林教頭風雪山神廟、陸虞候《りくぐこう》火焼草料場(37)の辺《あたり》は会心の文字なり。

巳《み》のこくばかりに天王堂をたちいでぬ此《この》わたりにひろき池ありてあまたのやなぎをうゑたり春のみどりにはおとるといへどもとほくよりのぞむときはうすずみのいとをたれたるごとく又ながめなきにしもあらずやゝけしきに見とれたゝずむをりうしろのかたに人ありて

と李小二《りしょうじ》(38)の出になるあたりはいふも更也、

さうれうぢやうをこゝろざしみちいまだいくばくならずさむけきくもおほひかさなりゆきちら〳〵とふりいでてあたかもたまのくづをみだしつるのけをちらすがごとく木々のこずゑはときならぬ花と見る〳〵ふりつもり山はしろがねにつくるににてみちにはさらせるぬのをひきはへ野とも谷ともふみわけがたく

かなのみにして、景情骨を刺すにあらずや。

かのおきながをしへおきしさとへゆきてさけをかひゑひにじようじてねぶるべしとくだんのふくべをやりのえにかけ門をしめぢやうをさしかぎをばしかとこしにつけ東をのぞんではしりしがいまだ半里ならずしてものふりたるやしろあり林《りん》

冲《ちゅう》ひろ(39)まへにぬかづきつ神明《しんめい》のかごをもてふたゝびよにいでさふらはば香《こう》をたき花をさゝげあつくはいじやし申さんと又ゆくことしばしにしてはたしてこゝにむらさとありと見ればながき竹へはうきをさげて門口《かどぐち》よりなゝめにたかくいだしたるありこれさけをうるかんばんなればかのいへにひらりといりさけをかはんといひけるこゑにあるじはとくたちいでてこゝらにめなれぬ人なるゆゑいづくよりきませしといぶかしげにとひけるにぞこれしれりやと林冲がさしだすふくべをつら〳〵見てこはわがいへのとくいなりいかんぞ見わすれ候べき林冲はうちうなづきわれけふよりはおきなにかはりまぐさごやをまもれるなりときくよりあるじははいをなしさあらばきかくはこれよりしておのれがとくいに候なり

唯さら〳〵とつくりたれども、件《くだん》の瓢《ひさご》を槍《やり》の柄《え》にかけの如き、つゞり方の勢《いきおい》にて槍の長さもおしはかられ、痩《や》せたる豪傑《ごうけつ》雪を踏んで、酒屋へ三里行く姿、髣髴《ほうふつ》として立ちあらはれ、東京《トンキン》八十万禁軍(40)の教頭が英姿まことに爽《さわやか》なり、「これしれりや、」といふあたり、その人の口吻《こうふん》と気概のほどもおのづと見ゆ。酒家《さかや》のおやぢが、とんきように、「こはわが家《いえ》のおとくいなり、」もその顔色《かおつき》さへ目に見えて、軽妙なることたとふるものなし。

(前略)年ごとあらはす歌舞伎《かぶき》がかりの、絵草紙にひきかへて、正面露台《ろだい》に卍《まんじ》欄《らん》(41)をとりつけ、下座《げざ》へよせて大湖《たいこ》の花石《かせき》(42)、海棠《かいどう》の釣枝《つりえだ》といふやうなあつらへばかり、世話場がかつた草料場、山神廟の三人斬《ぎり》、朱貴《しゅき》(43)が店まで雪場が三幕、段ぎりにやうくいたり、揚志が伝にうつりしかど、花水橋《はなみずばし》といつものやうに、手がるく書いたと事かはり、なアがいなアがい天漢州橋《てんかんしゅうきょう》、お馬もお駕籠《かご》もどこやらちつと、唐《から》めかせねばうち見がわるし、手をひかるべき十六七のをやまの少《すく》き狂言にて、腹に合はざる学者の真似《まね》、書房のたのみの黙止《もだし》がたく、絵ときをなしましまでにして。

となしましまでなるひらがなの柳の絵ときのあさみどり、誰か学者にしかずといふ、偐紫楼《げんしろう》(44)のあだすがた、月の風情も垣間《かいま》見られなん。ついでなれば、この一編より七編までの京山の文章もひいて見んと思ひしが、故人を論ずるに似たればおきつ。いまめかしく取出《とりい》でたれど、この水滸伝は珍書にあらず、ありふれたる草双紙、たゞよむ人の少《すく》きのみ。梅が香《か》かよふ火桶《ひおけ》に凭《もた》れて、よみつゝおもふ事かいつけたり。扨《さて》は鶯《うぐいす》の声ならなくに、又草双紙と罵《ののし》りたまはん、然《さ》る人たちよりすさまじき、三十日《みそか》(45)といふがあるものを、謹《つつし》まずんばあるべからず、豈《あに》学ばずして可ならんや。

（明治三十八年三月「新小説」）

小《しょう》鼓《こ》吹《すい》

弥次《やじ》「モシここらに何でもぶら下《さが》って居るような名のうちはございやせんかね」同

「いかさまな何でも棚からぶら下ったようなうちであった、」その「ぶら下って居るような……」棚からおっこちたような藤屋《ふじや》という旅籠屋《はたごや》、伊勢の妙見町《みょうけんちょう》にその後《のち》出来、弥次《やじ》郎兵衛《ろべえ》の道中笠を床《とこ》の間《ま》に据《す》えて諸人に見せるというほどの名高い伯父《おじ》さん。

横寺町《よこでらまち》の先生が「女の顔」(1)の文章にも、金時中尉《きんときちゅうい》と、藤倉力松《ふじくらりきまつ》の一騎打に、すッてんころり庭前《にわさき》へもんどり打って転げる状《さま》を、(颪に吹かれし弥次郎兵衛の如し)とあり、今《いま》更取出《さらとりいだ》して申すではなきが、膝栗毛《ひざくりげ》(2)は、僕至極《しごく》愛読の双紙、家内安全火の用心、風のある晩は家主《おおやさま》に対し、枕許《まくらもと》で煙草《たばこ》をのまぬ事はあれ、彼《か》の川柳《せんりゅう》にいわゆる、ひとりもの小《こ》腹《ばら》が立つと食わずに居て、(3)お惣菜《そうざい》は欠かしても、三枚、五枚、これを読まぬことは先《ま》ず少ない。

敢《あえ》て水中在一物《すいちゅうにいちもつあり》の禅味《ぜんみ》を解して、(4)于時《ときに》文化甲戌初春十返舎一九《はつはるじっぺんしゃいっく》(5)の作中から微妙幽玄の真理を、一片発見したというのでなし。以前は唯《ただ》、毒がなく罪がなく屈託《くったく》がなくって可《い》いから、ありのまま読みては、仔細《しさい》なく、おもしろがって居た処、月を経《へ》、年を重ぬるに従うて、いつの間にか、寝ながら道中をするようになった。

寝ながら道中といっぱ、寝台つきの汽車に乗るのか、然《しか》らずんば、妖怪め、またばけるのかなどとおっしゃるであろう。

いいえ。

道づれになるので。弥次郎兵衛、喜多八《きだはち》と、一所《いっしょ》になって歩行《ある》くのです。一体なら同化とか申して、読者そのものが、弥次、喜多になるのだけれども、時々旅籠屋で這《は》いますから、その段お勧めは申されず。其処《そこ》で、

玉《たま》くしげ二人の友どち誘《いざな》ひつれて、山鳥の尾の長旅なれば、臍《ほぞ》のあたりに打加《うちが》への金子《かね》を暖《あたた》め、花のお江戸を立出《たちい》づるは、

という処から、まあ、草鞋穿《わらじばき》、脚絆《きゃはん》、道中笠、荷物を振分《ふりわ》けに肩にして家を出ます。

急がぬ旅、何、寝ながら読む旅、わけはないので。

蛤《はまぐり》のむきみ絞《しぼり》に対《つい》の浴衣《ゆかた》を吹きおくる、神風や、伊勢参宮より、足引《あしびき》の大和《やまと》めぐりして、花の都、梅の浪花《なにわ》へ、

と心ざすことになる。ここで、
　高輪《たかなわ》へ来て忘れたることばかり。
と本文にいうあたりから、東海道中膝栗毛となって、左手《ゆんで》に、あの、品川の青海原《あおうなばら》、安房《あわ》、上総《かずさ》まで広々と見えて晴々《せいせい》しなければ不可《いけ》ません。尤《もっと》も思い立つ日は吉日《きちにち》で好天気。
　やがて神奈川の台になると、
　爰《ここ》は片側に茶店軒《ちゃみせのき》をならべ、いづれも座敷二階造、欄干《らんかん》つきの廊下、桟《かけはし》など渡して、浪打際《なみうちぎわ》の景色いたつてよし、ちやゝのをんなかどに立ちて「おやすみなさいやアせ、あつたかな冷飯《ひやめし》もございやアす、煮たての肴《さかな》のさめたのもございやアす、蕎《そ》麦《ば》の太いのをあがりやアせ、饂飩《うどん》のおつきなのもございやアす、お休みなさいやアせ。二人はこゝにていつぱい気をつけんと茶屋へ入りながら 弥次「きだ八見《はち》さつし、美しいたべもんだ。きだ八「ハ、アいかさま、い、娘だ、時に何がある。
この景気で、ここの塩焼の鰺《あじ》は御馳走《ごちそう》じゃありませんか。娘前垂《まえだれ》で手を拭《ふ》き拭き、塩焼の鰺を暖め、銚子杯《ちょうしさかずき》を持ち出《い》で、としてありますね。
　弥次「おめえの焼いた鰺なら味《うま》からう、トむすめフヽンと笑ひながら、おもてのはうをむいてよびながらゆく、むすめ「お休みなさいやアせ、奥が広うございやす。
恁《か》く奥が広うございやすとした処で、二人が一寸《ちょいと》、今上げ草鞋《わらじ》か何かで、端近《はしぢか》に飲んで居るというのを想像して、読むことなり。
きだ八「奥が広い筈《はず》だ、安房上総まで続いて居る。
とあるので、茶屋は道中、どっち側であるかも知って、なお景色がよくなりましょう。これから、
彼是《かれこれ》と興《きょう》じて爰《ここ》を立出で、いろ〳〵道草を喰《く》ふ、駅路《むまやじ》の気散じは、高声《こうしょう》に話しものして辿《たど》り行くほどに、
此方《こちら》も辿り行くのです。その日は戸塚泊《とづかどまり》。
一所に歩行《ある》いたのだから、読む方も草疲《くたび》れた気で、旅籠へついて湯に入って、膳の上で一銚子《ひとちょうし》ということにする。
誰方《どなた》も先刻御承知で、お耳うるさいから一々本文は引きませんが、
打笑《うち》ひつゝ傾《かたむ》けし箱枕も耳の根に、いたくも響く夜明の鐘、
で最《も》う旅情を催《もよお》します、何となく道中の侘《わび》しさが身に染《し》みる。
夜明の鐘、はやおもてには助郷馬《すけごううま》(6)の嘶《いなな》く声、ヒイン〳〵、馬の屁《へ》のおとブウ

〳〵長もちにんそくのうた「竹にさあ引すゞめはなアんあへオイ〳〵どうする〳〵。

唯この助郷馬の嘶く声ヒインヒインといい、明《あけ》の烏《からす》カアカアカア、又鶏《にわとり》の声万戸《ばんこ》に響いてとあるのが、踏出《ふみだ》しで、景気のいい戸塚あたりでは大したこともありませんが、これから日をかさねて江戸を遠くなるに従い、段々胸にこたえて来る。雨の夜《よ》、風の夜、夜は寒し衾《ふすま》は薄し木賃宿《きちんやど》などでは、助郷馬のいななく声を、弥次郎兵衛と諸共《いっしょ》に、片山家《かたやまが》のもの寂しく、松風の音耳につきて夜も寝られずあくるを待ちかぬるようにもなるなり。木曽街道(7)にまわるにつれ、長き夜の月などにはこの感慨殊《こと》に深し。

世には東海道ばかりを傑作として、木曽は然《さ》ほどにもないという方もあるが、木曽は木曽で又別種の趣《おもむ》き、いうまでもありません。東海道は賑《にぎやか》でおかしく、木曽はあわれに寂しく、春と秋、夜と昼のようなもの。あんころ餅《もち》か、わらび餅。桑名《くわな》の焼蛤《やきはまぐり》か、十《と》ヲ団子、ひもじい時のまずいものなしさりながら。

まだめしもくはず沼津《ぬまづ》をうち過ぎてひもじき原《はら》の宿《しゅく》につきけり

北八「エ、おめえまだそんなしみつたれをいふわ、いまの銭《ぜに》で蕎麦《そば》でも喰《く》ふべい、

弥次「ソリヤよからう、とそばやに入つて、北八「オイ二ぜんたのみます。

おい二ぜん頼みます、という声も弱った客人、弥「ふとい蕎麦でくひでがあつていゝわえ、北八《きだはち》もう一ぱいかへような北「イヤ〳〵さういちどきに、銭をつかつてはならぬ、又さきへいつて何ぞやらかしやせうから、湯でもおもいれのみなせえ、弥「そんならわけえ衆、湯を一ツくんな。とあわれにかわり目を蕎麦湯にて済ましたる、それよりも、木曽路なる、守山武佐《もりやまむさ》を打過ぎて、相《あい》の宿《しゅく》清水《しみず》がはなというところ、名をくらべても三里六町、原より吉原というには似ず、守山、武佐を打過ぎて、清水がはなという寂しさ。

此の宿は、座敷にも台所にも六畳ばかりの所たつた一間、押入といふものもなく、破障子《やぶれしょうじ》を横にして囲ひたるは、夜具《やぐ》などの置所《おきどころ》と見えたり、ながし許《もと》に亭主と女房、何やらぶつ〳〵さゝやき、夜食のこしらへするとて、煮るも焚《た》くも鍋一ツ、やう〳〵の事にて出来あがりしと見えて、ていしゅ「サアおかた膳だてせんかい。女ばう「めし椀《わん》が一ツないさかい。コノ猫の椀なとあらうて装《も》ろかい。ていしゅ「なんでもえいわい、はやう飯《めし》装らんかい、エ、ソリヤふところのがりまめが小便たれよるさうぢや。汁の中へほと〳〵落ちるわ。北八「エヽきたねえ、モシその小便のおちた汁は御免だね。ていしゅ「イヤかきまはさずに、そつとこつちやの方をもつてあげよかい、サア〳〵おそなりましたあがりなされ。ト二人へ据ゑた膳を見れば、煤《すす》けかへりししゆんけいの角膳《かくぜん》に、椀も欠けてふちの兀《は》げたるなればさすがの二人大《おお》きに鬱《ふさ》ぎ、

とある方《かた》、いくそばくの侘《わび》しさぞや。その他《た》、成相新田《なりあいしんでん》の宿はずれ、

弥次「なんでもいゝから二膳はやく頼みます　ト此の内ばゞはなべの下をたきつけやがてめしをもつていだすと　北八「なるほどコリヤア針のやうな飯だ、しかしこの菜《さい》はめつさうにうめえ〳〵、弥次「さうさ、とりたてと見えて格別だ。モシばあさん、飯も菜もかへてくんな、北八「おいらも菜をもう一ぱい。しかしばあさんの水ばなが落ちたかして、ちと水くさい、ばゞ「おまへの平《ひら》のなかへ、がらゐ、ひと雫《しずく》おとしました、弥次「エ、きたねえことをいふ、それでこの菜がまづくなつた。医「まづいこたアなからず、わしとこの畑は焼場のそばだんで、こやしにその焼場の灰をかけをりまさア、北八「エ、いふほどの事がろくでねえ、コリヤ胸がわるくなつた、吐いてこよう、トせどぐちへゆきしがやがてもどり袂から餅のまつさをにかびたやつを出して見せかけると、弥次「なんだ〳〵。北八「コリヤ声が高い。

後《のち》に知れた、かびたる餅と思いて、しょこなめたるは、玉味噌の干した奴、焼場の灰

の味なるべく、道中このあたり殊《こと》によし。情《じょう》と景あいともない、身《み》その境《きょう》に臨むとより
は今目の前に見るようなるは、次の信州栗尾山《くりおざん》、満願寺《まんがんじ》、弥次郎のいわゆる、

酒の名の満願寺とてみほとけの
衆生済度《しゅじょうさいど》も一本木《いっぽんぎ》なれ

後に、

まんぢうのあんにたがはぬむくい来て
か丶るやけどのあつ皮なつら

というに至る一段なり。続古今集に

片うらのころも夜さむくしぐれつ丶
ありあけの山にか丶るむら雲

その有明山《ありあけやま》を、うしろにして栗尾山満願寺は大同《だいどう》二年、田村将軍の開基、本堂、千観
音、その外如意輪堂《ほかにょいりんどう》、閻魔堂《えんまどう》、十五堂(8)すべて三十六堂、甍《いらか》を並べて梁《うつばり》に彫《ほり》ものし、柱に

画《えが》き、その結構いうばかりなし、麓《ふもと》より十八町《ちょう》の坂をのぼりて、仁王門《におうもん》は雲に聳《そび》え、古《こ》松老杉《しょうろうざん》、森々《しんしん》と生繁《おいしげ》りて岩間をつたう流《ながれ》も滑《なめら》かなり、という本文、読者も上《のぼ》り十八町、松杉の暗き中にその仁王門を望むとする。

趣向は道づれなる、田舎医者のひきあわせにて、寺の隠居和尚《おしょう》の世話になり、一夜宿坊《しゅくぼう》に宿る事、御存じの通りなり。

其《そ》の日《ひ》もはや暮ちかくなりければ、此《こ》のお寺に一宿《いっしゅく》を願はばやと、かの医者を頼むに、早速呑込《のみこ》み、二人を台所の方へともなひ、医「わしさういつて進ぜませずに、いつときこゝに待たつせえまし、トだいどころよりあがりておくのかたへ行きしが、しばらくして出で来り、医「サア〳〵お宿が出来た〳〵。

医者の台所にいった間、読む人もその返事を待って居て、サアサアお宿が出来た出来たで、心嬉しくお思いなさるべく候。

此の内としがましきばうさま、「コリヤおくたびれであらず、お国元は、と初対面。

この挨拶、喜多には出来ず、即ち、伯父さんが罷出《まかりい》で、

弥次「ハイ江戸でござりやすが、松本から此《こ》のお方とお連《つれ》になりやして、御当山

のことを承はり、参詣《さんけい》いたしやしたどうぞ今晩は御役介《ごやっかい》に預りたうござりやす。

預りなどと慇懃《いんぎん》にやる。坊さま快く、

ばう「おやすいこんだが、此《こ》の普請中《ふしんちゅう》で、方丈《ほうじょう》(9)は取込《とりこみ》、おかまひ申すことができぬくいで、此のむかうに隠居所がござるに、それでお留《と》め申しませず、のう盆徳《ぼんとく》様、あつちへつれさつせえてくれさいまし、医「いんま御隠居もさうおつしやれた、サア〳〵御案内しずに、こつちへござらせえまし。

と方丈をすこし離れて隠居所のある所へともなはれ、筧《かけい》の水にて足をあらうことなどあり。そのうち、

男ども膳を持ち来《きた》り据ゑると小僧給仕にいで、ふたりともやがてくひしまひたる処へ隠居又来りて、「コリヤ麁末《そまつ》でござツつらア、今夜は方丈にちくと相談しることがござつて、講中《こうじゅう》がわせられたでお構ひ申さない、勝手にかたげさつせえまし(中略)火の用心はえいか、ヤア雨が降るかして、コリヤまつくらになつて来たわ、トいひすてて出てゆく

あとが颯《さつ》と秋の雨。

山中のことなればことの外《ほか》寒くなり、小ぞうは台所に焚火《たきび》をしてあたつて居るを

きだ八見て羨《うらやま》しく、奥の間よりそろ〳〵出かけて、北八「ごうせえに寒くなつた、お小ぞうさま、ちつとあたらして呉《く》んなせえ、コウ弥次さんい丶火がある、おめえもこ丶へ来てあたらねえか。弥次「オットそいつはよからう。

とおなじくいろりのはたに大あぐらを掻《か》いてあたる。読者諸君《みなさん》もおあたりなさい。和尚が、小僧に、火の用心をえいかといった工合《ぐあい》にて、客間に火の気《け》のないが知れ、この夜、この雨、いかに、わびしく、寂《さび》しいか、台所のいろりの榾火《ほだび》、お小僧さま、となさけない声を出してそろそろ出かける、オットそいつはよかろうで弥次は勇《いさ》んで飛んで出る、一夜《ひとよ》御役介に預りたし、といつに似ず、あいてが対手《あいて》だけに恐れ入り、足も筧で洗う仕《し》儀《ぎ》、膳の給仕もお小僧で、むだも出ず、酒落《しゃれ》も出ず、いまの大あぐらをかいてあたる。ここで、弥次は弥次、喜多は喜多。

きだ八はしんでんのちや屋よりぬすみ来りし餅を取出しゐろりへくべると弥次「何をやくのだ、ハ、アさつきの餅だな、コリヤめつさうにかびて居る、北八「こんなに毛のはえるほどかびたやつが結句《けっく》でうめえものだ、弥次「おれにも一ツくれろえ、北八「たんとはねえ。弥次「それだとつて一ツぐらゐはよからう、北八「そんならやらうから、此の薬鑵《やかん》をこぼして水を入れて来なせえ、煮花《にばな》(10)と出かけよう、序《ついで》に

わつちの煙管煙草入《きせるたばこいれ》が座敷にある、ちよつととつて来てくんな、弥次「エ、よく人をかりやがる、
この薬鑵をあけて水を入れて来なせえ、わっちの煙管煙草入が座敷にある、など旨いことをいうべからずで。後に、
そとよりいんきよの声にて「コリヤ小ぞうよ〱、こゝをあけてくれ、北八「ハイ〱わつちがあけてあげやせう、と入口の戸をうちよりあけると、隠居、枕と手燭《てしよく》を持つて、男に夜具を持たせ来り云々《うんぬん》
折から雨も小《こ》やみと見えたり、おもてのくらさもおしはかられ、本堂から仁王門、森の中に筧の音、下なる里へは小半里と、恁《こ》うおしはかって御覧になると、いうにいわれぬおもしろさが寂しい中《うち》にありましょう。
ここで饅頭《まんじゅう》を盗んで喰って、茶碗を破《わ》って、おちを取ること、狂言のすじにはあれど、そんなことの穿鑿《せんさく》は、学者たちのすることにて、よむ人はおかまいなし。
ここに限らず、大久手《おおくて》の駅、月夜の猪小屋《ししごや》。
そつと寝床を抜けいでてうづにゆくふりして、縁側へ出て見れば、をりふし月夜にて白昼のごとくなるに、せつちんの草履《ぞうり》を出してはき、庭へおりたち、きり戸《ど》

をあけて、裏のかたへ出かけて見れば、むかうに猪小屋とおぼしきが見えて、疑うらくはこれ地上の霜《しも》か(11)、旅懐《りょかい》いうべからず。この木曽街道、東海道にまされるよしを論じたる次第にあらず、唯一所《いっしょ》にあるいて御覧ぜよ、と申すまで、我《われ》おもしろの人困らせ、皆さま些《ち》と御退屈か。

北「アア退屈したナント弥次さん道々謎々をかけよう、お前《めえ》とくか、弥「よかろう、かけやれ、北「外は白壁、中はトントントンナーニ(12)、弥「べらぼうめ、そんな古いことよりおれがかけようか、コレてめえとおれとつれだっていくとかけてサア何ととく。

（明治三十八年七月「新小説」）

遠野《とおの》の奇聞《きぶん》

近ごろ〳〵、おもしろき書を読みたり。柳田国男《やなぎたくにお》氏(1)の著、遠野物語なり。再読三読、尚《な》ほ飽《あ》くことを知らず。この書は、陸中国上閉伊《りくちゅうのくにかみへい》郡《ごおり》に遠野郷とて、山深き幽僻《ゆうへき》地の、伝説異聞怪談を、土地の人の談話したるを、氏が筆にて活《い》かし描けるなり。敢《あえ》て活かし描けるものと言ふ。然《しか》らざれば、妖怪変化《へんげ》豈《あに》得て斯《かく》の如く活躍せんや。

この書、はじめをその地勢に起し、神の始《はじめ》、里の神、家の神等より、天狗《てんぐ》、山男、山女、塚と森、魂の行方《ゆくえ》、まぼろし、雪女。河童《かっぱ》、猿、狼《おおかみ》、熊、狐《きつね》の類《たぐい》より、昔々の歌謡に至るまで、話題すべて一百十九。附馬牛《つくもうし》の山男、閉伊川《へいがわ》の淵《ふち》の河童、恐しき息を吐《つ》き、怪しき水搔《みずかき》の音を立てて、紙上を抜け出《い》で、眼前《がんぜん》に顕《あらわ》る丶。近来の快心事、類少《たぐいすく》なき奇観なり。

昔より言ひ伝へて、随筆雑記に俤《おもかげ》を留《と》め、やがてこの昭代《しょうだい》に形を消さんとしたる山男も、又《また》ために生命あるものとなりて、峰づたひに日光辺《へん》まで、のさ〳〵と出で来《きた》らむとする概《がい》あり。

古来有名なる、岩代国会津《いわしろのくにあいづ》の朱《しゅ》の盤《ばん》、かの老媼茶話《ろうおんさわ》(2)に、

奥州《おうしゅう》会津諏訪《すわ》の宮に朱の盤といふ恐しき化物ありける。或暮年《あるひぐれ》の頃廿五六なる若侍一人《にん》、諏訪の前を通りけるに常々化物あるよし聞及び、心すごく思ひけるをり、又廿五六なる若侍来《きた》る。好《よ》き連《つれ》と思ひ伴ひて道すがら語りけるは、此処《ここ》には朱の盤とて隠れなき化物あるよし、其方《そなた》も聞及び給ふかと尋《たず》ぬれば、後《うしろ》より来る若侍、其《そ》の化物は斯様《かよう》の者かと、俄《にわか》に面替《おもてかわ》り眼《まなこ》は皿の如くにて額《ひたい》に角《つの》つき、顔は朱の如く、頭《かしら》の髪は針の如く、口、耳の脇まで切れ歯たゝきしける……

と云ふもの、知己《ちき》を当代に得たりと言ふべし。

さて本文《ほんもん》の九に記せる、

菊地弥之助《やのすけ》と云ふ老人は若き頃駄賃《だちん》(3)を業とせり。笛の名人にて、夜通しに馬を追ひて行く時などは、よく笛を吹きながら行きたり。ある薄月夜《うすづきよ》にあまたの仲間の者と共に浜へ越ゆる境木峠《さかいぎとうげ》を行くとて、又笛を取出《とりいだ》して吹きすさみつゝ、大谷地《おおやち》(ヤチはアイヌ語にて湿地《しっち》の義なり内地に多くある地名なり又ヤツともヤトともヤとも云ふと註あり)と云ふ所の上を過ぎたり。大谷地は深き谷にて白樺《しらかば》の林し

げく、其下《そのした》は葦《あし》など生じ湿りたる沢なり。此時《このとき》谷の底より何者か高き声にて面白いぞ——と呼《よば》はる者あり。一同悉《ことごと》く色を失ひ遁《に》げ走りたりと云へり。この声のみの変化《へんげ》は、大入道より尚凄《なおすご》く、即《すなわ》ち形なくして却《かえ》つて形あるが如き心地せらる。文章も三誦《さんしょう》すべく、高き声にて、面白いぞ——は、遠野の声を東都に聞いて、転《うた》た寝《ね》の夢を驚かさる。

白望《しろみ》の山続きに離森《はなれもり》と云ふ所あり。その小字《こあざ》に長者屋敷と云ふは、全く無人《ぶじん》の境《さかい》なり。茲《ここ》に行きて炭を焼く者ありき。或夜その小屋の垂菰《たれこも》をかゝげて、内を覗《うかが》ふ者を見たり。髪を長く二つに分けて垂れたる女なり。此《この》あたりにても深夜に女の叫声《さけびごえ》を聞くことは、珍しからず。

佐々木氏の祖父の弟、白望に茸《きのこ》を採りに行きて宿りし夜、谷を隔てたるあなたの大《おお》いなる森林の前を横ぎりて女の走り行くを見たり。中空《なかぞら》を走る様に思はれたり。待てちやアと二声《ふたこえ》ばかり呼《よ》ばりたるを聞けりとぞ。

修羅《しゅら》の巷《ちまた》を行くものの、魔界の姿見るが如し。この種の事は自分実地に出あひて、見も聞きもしたる人他国にも間々《まま》あらんと思ふ。われ等《ら》も屢々《しばしば》伝へ聞けり。これと事柄は違へども、神田の火事も十里を隔てて幻《まぼろし》にその光景を想《おも》ふ時は、おどろ〳〵しき気勢《けはい》の中に、ふと女の叫ぶ声す。両国橋の落ちたる話も、先《ま》づ聞いて耳に響くはあはれなる女の声の——人雪頽《なだれ》を打つて大川《おおかわ》の橋杭《はしぐい》を落ち行く状《さま》を思ふより前《さき》に——何となく今も遥《はる》かに本所《ほんじょ》の方《かた》へ末《すえ》を曳《ひ》いて消え行く心地す。何等《なんら》か隠約《いんやく》の中《うち》に脈を通じて、別の世界に相通ずるものあるが如くならずや。夜半《よわ》の寝覚《ねざめ》に、或《あるい》は現《うつつ》に、遠吠《とおぼえ》の犬の声もフト途絶《とだ》ゆる時、都大路《みやこおおじ》の空行く如き、遥かなる女の、ものとも知らず叫ぶ声を聞く事あるやうに思ふは如何《いかに》。

又この物語を読みて感ずる処は、事の奇と、ものの妖なるのみにあらず。その土地の光景、風俗、草木の色などを不言《ふげん》の間に聞き得る事なり。白望《しろみ》に茸を採りに行きて宿りし夜とあるにつけて、中空の気勢も思はれ、茸狩る人の姿も偲《しの》ばる。

大体につきてこれを思ふに、人界に触れたる山魅《さんみ》人妖《じんよう》異類のあまた、形を変じ趣《おもむき》をこそ変《かえ》たれ、敢《あえ》て三国伝来して人を誑《ば》かしたる類《たぐい》とは言はず。我国に雲の如く湧《わ》き出《い》でたる、言ひつたへ書きつたへられたる物語に粗《ほぼ》同じきもの少《すくな》からず。山男に石を食《くわ》す。河童の手を奪へる。其等《それら》なり。この二種の物語の如きは、川ありて、門《かど》小さく、山ありて、軒《のき》の寂しき辺《あたり》には、到る処として聞かざるなき事、恰《あたか》も幽霊が飴《あめ》を買ひて墓の中に嬰児《えいじ》を哺《はぐく》みたる物語の、音羽《おとわ》にも四ツ谷にも芝にも深川にもあるが如し。恪《か》く言ふは、敢て氏が取材を難ずるにあらず。その出処《しゅっしょ》に迷ふなり。ひそかに思ふに、著者の所謂《いわゆる》近代の御伽《おとぎ》百物語(4)の徒《と》輩《はい》にあらずや。果《はた》して然《しか》らば、我が可懐《なつか》しき明神《みょうじん》の山の木菟《みみずく》の如く、その耳を光らし、その眼を丸くして、本朝の鬼《き》のために、形を蔽《おお》ふ影の霧を払つて鳴かざるべからず。

この類尚《たぐいな》ほあまたあり。然《しか》れども三三に、

……(前略)……曽《かつ》て茸を採りに入《い》りし者、白望の山奥にて金の桶《おけ》と金の杓《しゃく》とを見たり、持ち帰らんとするに極めて重く、鎌《かま》にて片端を削り取らんとしたれどそれもかなはず、又来《こ》んと思ひて樹の皮を白くし栞《しおり》としたりしが、次の日人々と共に行きて之《これ》を求めたれど終《つい》に其《その》木のありかをも見出し得ずしてやみたり。

と云ふもの。三州奇談(5)に、人あり、加賀の医王山《いおうせん》に分入《わけい》りて、黄金の山葵《わさび》を拾ひたりと云ふに類《たぐい》す。類すといへども、恪《かく》の如きは何となく金玉《きんぎょく》の響《ひびき》あるものなり。敢て穿鑿《せんさく》をなすにはあらず、一部の妄誕《もうたん》のために異霊を傷《きず》けんことを恐るればなり。

又、事の疑ふべきなしと雖《いえど》も、その怪の、ひとり風の冷《つめた》き、人の暗き、遠野郷にのみ権威ありて、その威の都会に及び難きものあるも又妙《みょう》なり。山男に生捕《いけど》られて、遂《つい》にその児《こ》を孕《はら》むものあり、昏迷《こんめい》して里に出《い》でずと云ふ。恁《かく》の如きは根子立《ねこだち》の姉《あねえ》(6)のみ。その面《おもて》赤しといへども、その力大《だい》なりと雖も、山男にて手を加へんとせんか、女が江戸児《えどっこ》なら撲倒《はりたお》す、……御一笑あれ、国男の君。

物語の著者も知らるゝ如く、山男の話は諸国到る処にあり。雑書にも多く記したれど、この書に選《えら》まれたるものの如く、まさしく動き出《い》づらん趣あるは殆《ほと》んどなし。大抵は萱《かや》を分けて、ざわ〳〵と出で来り、樵夫《きこり》が驚いて逃げ帰るくらゐのものなり。中には握《にぎり》飯《めし》を貰《もら》ひて、ニタ〳〵と打《うち》喜び、材木を負うて麓近《ふもとぢか》くまで運び出すなど言ふがあり。だらしのなき脊高《のっぽ》にあらずや。そのかはり、遠野の里の彼の如く、婦《おんな》にこだはるものは余り多からず。折角《せっかく》の巨人、いたづらに、だゞあ、がんま(7)の娘を狙うて、鼻の下の長きことその脚の如くならんとす。早地峰《はやちね》の高仙人《たかせんにん》(8)、願《ねがわ》くは木の葉の褌《こん》を緊一番《きんいちばん》せよ。

さりながら恁《かか》る太平楽を並ぶるも、山の手ながら東京に棲《す》むおかげなり。

奥州……花巻より十余里の路上には、立場《たてば》三ケ所あり。其他《そのた》は唯《ただ》青き山と原野なり。人煙《じんえん》の稀《まれ》少なること北海道石狩の平野よりも甚《はなは》だし。

と言はれたる、遠野郷に、もし旅せんに、其処《そこ》にありて猶《な》ほこの言《ことば》をなし得んか。この臆病もの覚束《おぼつか》なきなり。北国《ほっこく》にても加賀越中は怪談多く、山国ゆゑ、中にも天狗の話は枚挙《まいきょ》するに遑《いとま》あらねど、何故《なにゆえ》か山男につきて余り語らず、或は皆無《かいむ》にはあらずやと思ふ。たゞ越前には間々あり。

近ごろ或人に聞く、福井より三里山越《やまごえ》にて、杉谷《すぎたに》と言ふ村は、山もて囲まれたる湿地にて、菅《すげ》の産地なり。この村の何某《なにがし》、秋の末《すゑ》つ方《かた》、夕暮の事なるが、落葉を拾ひに裏山に上り、岨道《そばみち》を俯向《うつむ》いて掻込《かきこ》み居ると、フト目の前に太く大《おおい》なる脚、向脛《むこうずね》のあたりスク〱と毛の生えたるが、ぬいとあり。我にもあらず崖《がけ》を一《ひと》なだれにころげ落ちて、我家の背戸《せど》に倒れ込む。其処《そこ》にて吻《ほっ》と呼吸《いき》して、然《さ》るにても何にかあらんと纔《わず》かに頭《こうべ》を擡《もた》ぐれば、今見し処に偉大なる男の面赤《つらあか》きが、仁王立《におうだ》ちに立《たち》はだかりて、此方《こなた》を瞰下《みお》ろし、はたと睨《にら》む。何某はそのまゝ気を失へりと言ふもの是《これ》なり。

毛だらけの脚にて思出《おもいだ》す。以前読みし何とか云ふ書なりし。一人の旅商人《たびあきゅうど》、中国辺の山道にさしかゝりて、草刈りの女に逢ふ。その女、容目《みめ》ことに美しかりければ、不作法に戯《たわむ》れよりて、手をとりてともに上る。途中にて、その女、草鞋《わらじ》解《と》けたり。手をはなし給へ、結ばんといふ。男おはむきに深切《しんせつ》だてして、結びやるとて、居屈《いかが》みしに、憚《はばか》りさまやの、とて衝《つ》と裳《もすそ》を掲《かか》げたるを見れば、太脛《ふくらはぎ》はなほ雪の如きに、向う脛《ずね》、づいと伸びて、針を植ゑたる如き毛むくじやらと成つて、太き筋、蛇《くちなわ》の如くに蜿《うね》る。これに一堪《ひとたま》りもなく気絶せり。猿の変化《へんげ》ならんとありしと覚ゆ。山男の類なりや。

またこれも何の書なりしや忘れたり。疾《はや》き流れの谿河《たにがわ》を隔てて、大いなる巌洞《いわあな》あり。水の瀬激しければ、此方《こなた》の岸より渡りゆくもの絶えてなし。一日《あるひ》里のもの通りがかりに、その巌穴の中に、色白く姿乱れたる女一人立てり。怪しと思ひて立ち帰り人に語る。驚破《すわ》とて、さそひつれ行きて見るに、女同じ処にあり。容易《たやす》く渉《わた》るべきにあらざれば、唯指《ゆびさ》して打騒ぐ。係《かか》る事二日三日になりぬ。余り訝《いぶか》しければ、遥かに下流より遠廻《とおまわ》りにその巌洞に到りて見れば、女、美しき褄《つま》も地につかず、宙に下《さが》る。黒髪を逆《さかさ》に取りて、巌の天井にひたとつけたり。扶《たす》け下ろすに、髪を解けば、ねば〳〵として膠《にかわ》らしきが着きたりと云ふ。尤《もっと》もその女昏迷《こんめい》して前後を知らずとあり。

何の怪のなす処なるやを知らず。可厭《いや》らしく凄《すご》く、不思議なる心持いまもするが、或は山男があま干《ぼし》にして貯へたるものならんも知れず、怪《け》しからぬ事かな。いや〳〵、余り山男の風説《うわさ》をすると、天井から毛だらけなのをぶら下げずとも計り難し。この例本所の脚洗ひ屋敷にあり。東京なりとて油断はならず。また、恐しきは、

猿の経立《ふったち》(9)、お犬の経立は恐しきものなり。お犬とは狼のことなり。山口の村に近き二ツ石山は岩山なり、ある雨の日、小学校より帰る子ども此山《この》を見るに、

処々《ところどころ》の岩の上にお犬うづくまりてあり。やがて首を下より押上ぐるやうにしてかはる〴〵吠えたり。正面より見れば生れ立ての馬の子ほどに見ゆ、後から見れば存外小さしと云へり。お犬のうなる声ほど物凄く恐しきものなし。

実《げ》にこそ恐しきはお犬の経立ちなるかな。われら、経立なる言葉の何の意なるやを解せずといへども、その音の響《ひびき》、言知《いいし》らず、もの凄まじ。多分はこゝに言へる、首《こうべ》を下より押上るやうにして吠ゆる時の事ならん。雨の日とあり、岩山の岩の上とあり。学校がへりの子どもが見たりとあるにて、目《ま》のあたりお犬の経立ちに逢ふ心地す。荒涼たる僻《へき》村《そん》の風情《ふぜい》も文字の外《ほか》にあらはれたり。岩のとげ〳〵しきも見ゆ。雨も降る如し。小児《こども》もびしよ〳〵と寂しく通る。天地この時、たゞ黒雲の下に経立つ幾多《いくた》馬の子ほどのお犬あり。一つづゝかはる〴〵吠ゆる声、可怪《あや》しき鐘《ね》の音の如く響きて、威霊いはん方なし。

近頃とも言はず、狼は、木曽街道にもその権威を失ひぬ。われら幼き時さへ、隣のばさん物語りて――片山里にひとり寂しく棲《す》む嫗《おうな》あり。屋根傾き、柱朽《く》ちたるに、細々《ほそぼそ》と苧《お》をうみ居る。狼、のし〳〵と出でてうかゞふに、老いさらぼひたるものなれば、金《きん》魚麩《ぎょぶ》のやうにて欲《ほし》くもあらねど、吠えても嗅《か》いで見ても恐れぬが癪《しゃく》に障《さわ》りて、毎夜の如く小屋をまはりて怯《おびや》かす。時雨《しぐれ》しと〳〵と降りける夜、また出掛けて、うゝと唸《うな》つて牙《きば》

を剝《む》き、眼《まなこ》を光らす。媼しづかに顧《かえり》みて、

やれ、虎狼より漏《も》るが恐しや。

と呟《つぶや》きぬ。雨は柿の実の落つるが如く、天井なき屋根を漏るなりけり。狼うなだれて去れり、と也《なり》。

世の中、米は高価にて、お犬も人の恐れざりしか。

（明治四十三年九月―十一月「新小説」）

三十銭で買えた太平記

明治二十年頃には、大阪の太平記四十巻が、剣《つるぎ》の巻とも二十二冊、三十銭で買えました。しかし大金で——それを思いに思って手に入れた嬉しさは今でも忘れられません。霰《あられ》が棕梠《しゅろ》の葉に狂う北国の燈に、幾度も幾度も、千剣破《ちはや》を朗読しました時は——十三四で生意気に持った——真鍮《しんちゅう》の小さい煙管《きせる》さえ、霜に矢の根を研《と》ぐ思いがしました。平家は蘭山の抄記(1)、活字版を貸本で見ました。その物語の完本だの源平盛衰記《げんぺいじょうすいき》はずうと後に、国書刊行会本で見たと存じます。

をりしも月はむらくもにかげうすくらきをさひはいとかたへにしのびてやりすごしなをも人なきのなかのほそみちすゝきかやはらおしわけ〳〵こゝはいづことしろたへのころもうつらんきぬたのこゑかすかにきこえてかりがねもとをくもゐになきかはし風すこしうちふきたるに月かう〳〵とてりながらむらさめさつとふりいづれば(2)……

一寸田舎源氏《ちょっといなかげんじ》(3)の道ゆき……そらで覚えて居る処——草双紙のいろいろは幼い折に、母の絵《え》解《とき》で覚えました。はたちの頃、はじめて雨月ものがたりを読んだ、その鋭さと爽《さわやか》さは、ちっとやそっと簡単には申されません、秋成(4)に感謝します。

読書丸の製造元京伝《きょうでん》(5)、江戸の水の本舗三馬《さんば》(6)はもとより、江戸時代の小説をいうものは、陰惨遥《はるか》に南北《なんぼく》(7)を凌ぐ振鷺亭《しんろてい》(8)と、軽快洒脱《しゃだつ》にして痛烈なる諷刺をもつ、岡山鳥《おかさんちょう》(9)を忘れてはなりますまい。尚《な》お、ひいきの膝栗毛については、また、いろいろ鑑賞に述べましょう。

(大正十五年十一月『日本文学講座 第一巻』新潮社)

『金色夜叉《こんじきやしゃ》』(1)小解《しょうかい》

これまで幾度《いくたび》か繰返して、この金色夜叉の両主人公、貫一《かんいち》、宮《みや》、それから篇中の大立《おおだて》もの荒尾譲介《あらおじょうすけ》のモデルに就《つい》て喧伝《けんでん》された。今も尚《な》お数々《しばしば》風説《ふうわさ》される。否《いな》、ただ風説されるばかりではない、中には自《みず》からそのモデルたることを揚言《ようげん》する人々さえあるように仄《そく》聞《ぶん》する。が、私の信ずる処では、その孰《いず》れも敢《あえ》て当らない。――宮については別に言おう――貫一も譲介も、要するに、紅葉《こうよう》先生の性格の顕現《けんげん》である。文壇に於《お》ける大金翅鳥《だいこんじちょう》の分身と言って可《い》い。即《すなわ》ちその両翼の影である。

豆《ず》の熱海《あたみ》、野《や》の塩原《しおばら》、越《えつ》の赤倉《あかくら》は、皆ともに先生の名文によって世に顕著《けんちょ》なる名所と成った。その熱海の海岸、白砂《はくさ》に春月の傷《いた》める時、かれを背《そむ》きて富山《とみやま》に嫁《ゆ》かむとする恋人を憤《いきどお》って、弱腰を礚《はた》と蹋倒《けたお》したる貫一が――(宮が衣《きぬ》の抜《はだ》けて雪可羞《ゆきはずか》しく露《あらわ》せる膝頭《ひざがしら》は夥《おびただ》しく血に染《そ》みて顫《ふる》う)――を見て

「や、怪我《けが》をしたか。」

蹴殺《けころ》しても慊《あきた》るまじき、罵《ののし》って所謂淫婦《いわゆるいんぷ》に対してだに、この玉《たま》の如き温情は、即ち先生の性格の一部である。

――「あれ、荒尾さん、まあ、貴方《あなた》。……」

はや彼は起《た》てるなり。宮は其《そ》の前に塞《ふさが》りて立《たち》ながら泣きぬ。

「私《わたくし》は奈何《どう》したら可《よ》いのでせう。」

「覚悟一つです。」

始《はじめ》て誨《おし》ふるが如く言放《いいはな》ちて荒尾の排《かき》け行かんとするを、彼は猶《なお》も縋《すが》りて、

「覚悟とは?」

「読んで字の如し。」――

言棄《いいす》てて渠《かれ》去れり矣《い》。義気《ぎき》、背信《はいしん》の婦を秋霜《しゅうそう》の如く冷殺《れいさつ》する荒尾譲介も、又その性情の一部である。然《しか》も尚《な》お荒尾にして、篇中の宮とともに読者を泣かしむる温言《おんげん》を聞け。

――「……僕は婦人として生涯の友にせうと思うた人は後にも先にも、貴方ばかりぢや。いや、それは段々お世話にもなつた、忝《かたじけな》いと思うた事も幾度か知れん、其《そ》の媛《レデー》友《フレンド》に何年ぶりかで逢うたのぢやから、僕も実に可懐《なつか》しう思ひました。」

この春照《しゅんしょう》と秋霜と、モデルは直《ただ》ちに、紅葉先生に接するが可《よ》い――ああ、世におわさざる今は、その文章に求むれば可いのである。

春陽堂《しゅんようどう》の蔵版、紙型《しけい》が、家財とともに震災の火に一片の烏有《うゆう》に帰した中に、殆《ほとん》ど奇蹟《きせき》的《てき》に焼けずに残って、この篇に、口絵に写した原画、清方《きよかた》(2)氏の宮の白百合《しらゆり》の面影は、女《じょ》主人公の殆ど完璧にちかい面影と言って可かろう。先生が在世の頃、清方氏が進んでこれを描いた時、親しく先生に意中の宮を聞いた時、姿は、お艶《えん》に、顔は、ぽん太(嬌名《きょうめい》世に高かったいずれも当時新橋の声妓《せいぎ》。)に誂《あつら》えられたのを覚えて居る。……

――夜の闇《くら》く静《しずか》なるに、燈《ともし》の光り独《ひと》り美しき顔を照したる、限無《かぎりな》く艶なり。松の内とて彼は常より着飾れるに、化粧をさへしたれば、露《つゆ》を帯びたる花の梢《こずえ》に月のうつろへるが如く、背後《うしろ》の壁に映れる黒き影さへ香滴《においこぼ》るゝやうなり。——

それをそのままのモデルとして、一層美化されたものである。

今めかしく言うではないが、先生の筆を見よ、唯《ただ》ここに、「化粧」とだけの二字にさえ、有《あら》ゆる、百千種の白粉《おしろい》、クリームの、和製船来を合せて、大肌脱《おおはだぬぎ》になって塗立《ぬりた》てたよりも美にして艶である。牡丹刷毛《ぼたんばけ》を使ったのではない、筆に含ませた一滴の墨が、雪よりも白い、文章の霊である。

その文《ふみ》の霊なるを言えば、巻《かん》を開く、第一……

——九重《きゅうちょう》の天、八際《はっさい》の地、始めて渾沌《こんとん》の境《さかい》を出《い》でたりと雖《いえど》も、万物未《いま》だ尽《ことごと》く化生《かせい》せず、風は試《こころみ》に吹き、星は新《あらた》に輝ける——

如何《いか》に。字義を尋ね、熟語を訊《ただ》すとせば、高等の教育あるものも解釈を易《やす》しとしない。然《しか》るに老若婦女《ろうにゃくふじょ》、桃割《ももわれ》の娘も、鼈甲縁《べっこうぶち》の目金《めがね》かけた隠居も、読売新聞の朝の配達を、先を争って耽読《たんどく》、愛誦《あいしょう》したのは、章句調律自《おのず》から微妙なる音楽と成って、風は蕭々《しょうしょう》として紙上に鳴り、水は潺々《せんせん》として筆意に濯《すす》いで、直《ただち》に読者の心胸《しんきょう》に響いたからである。恬《か》くして、人口に膾炙《かいしゃ》して、津々浦々に喧伝するこの金色夜叉を、更《あら》めて言うには及ばない。

先生が或時《あるとき》、某処の園遊会に出席された。園に、淑女才媛《しゅくじょさいえん》が夥《おびただ》しかった。大塚楠緒《なお》子《こ》(3)、上田柳村《りゅうそん》氏夫人(4)など、十幾人が、ばらばらと初対面の先生を取巻いた。

「先生。」

「先生。」

「――抑《そもそ》も塩原の地形たるとは何事でしょう。」

「塩谷郡《しおやごおり》の南より群峰《ぐんぽう》の間を分けて――どころじゃありませんわ、宮さんを何《ど》うして下さるんです。」

遍《あまね》く教科書に引用さるる、続々篇塩原の一節の恰《あたか》も掲載された当時であった。

「いや、驚かされたよ、しかし悪い気はしなかったよ。」

帰って、紋着《もんつき》のまま、先生は私たちに話された。一寸《ちょっと》、お嬉しかったようである。で、翳《かざ》し合う綺麗《きれい》な扇子《おうぎ》に、需《もとめ》をいれて、貫一、宮、いろいろいろいろなど、打興《うちきょう》じられたと聞く。

その頃の「文学界」にちなみの浅からぬ婦人で、私の親友の細君(5)がある。その懇親《こんしん》だった或令嬢が、肺を病んだ、聊《いささ》か誇張して言えば、貫一、宮のなりゆきを余りに思い煩《わずら》ったためである。その夭死《ようし》した時、息の下に遺言した。

「金色夜叉の新聞の続きを、何うぞ……屹《きっ》と墓へ手向《たむ》けて頂戴《ちょうだい》。」

私が先生に伝えた時、

「ああ、然《そ》ういうのは、作者の守り神といっていいな。疎《おろそ》かに思うなよ、お前なぞも。」――

七たび生れかわって文章を大成せむ。先生がいまわの言《げん》である。文章報国の信念と、鍛錬《たんれん》無比の精進《しょうじん》と、そのこれあるがために――

――「苟《いやしく》も一道一芸に執心深く、其《それ》に求むる所が篤《あつ》ければ、即ち志《こころざし》が堅ければ……だ、微々たる黴菌《バチルレン》如きが、隙《ひま》を覬《うかが》へる理《わけ》のものではないよ。乃公《おれ》の全身は文章で裨《うらうち》がしてあるから、吹けば滅《なく》なるやうな黴菌や、取るにも足らぬ御長屋の井戸端評などは、到底冒《とうていおか》すことが出来ないのだ。」――青葡萄《あおぶどう》(6)。

横寺町《よこでらまち》のお家《うち》に恐るべき悪疫《あくえき》が門生を襲った中に、一碗《いちわん》の熱茶《ねっちゃ》を喫《きっ》しつつ、昂然《こうぜん》として微々たる黴《バチ》菌《ルレン》を睥睨《へいげい》し、颯爽《さっそう》として井戸端評に矜持《きょうじ》しすました先生が、しかし、読者に対しては、言う如く謙譲《けんじょう》であった。ただし、誰《たれ》も知る……一字一章と雖《いえど》も、通俗卑近、大衆に迎合《げいごう》するの意向はない。然《しか》も謙譲は読者にのみではなかった。出版元の書肆《しょし》に対しても懇《ねんごろ》に深切《しんせつ》で、続いて印刷場の活字職員に対しても謙譲であった。字体の整わないのや、草稿の乱れたのは文選《ぶんせん》が迷惑する、と私たちが叱られたのでもよく分ろう。

「泉は居るか。」

書斎で、にばなの熱いのを下すって、

「其処《そこ》に羊羹《ようかん》がある。……いま丁《ちょう》ど此処《ここ》を書いた処だ……一寸読んで聞かせよう。」

寛《くつろ》いだ座には、――他所《よそ》でも――すぐ足袋《たび》を脱いだ素足《すあし》の意気な胡坐《あぐら》だった、が、お机の時は端坐《たんざ》が多かった。

「前略だよ――一歩に一《ひと》たび裂き、二歩に二《ふた》たび裂き――（貫一が宮の手紙をだな。）

……」

「はい、存じて居ります。」

「木間《このま》に入《い》りては裂き、花壇を繞《めぐ》りては裂き、留《とど》まりては裂き、行きては裂き、裂きてく、寸々《すんずん》に作《な》しけるを、又引振《ひきねじ》りては歩み、歩みては引振りしが、はや行くも苦しく、後様《うしろざま》に唯有《とあ》る冬青《もち》の樹に寄添へり。折から縁《えん》に出来《いでき》れる若き女は、（――お静《しず》だ――）結《ゆい》立《たて》の円髷《まるまげ》涼しげに、襷掛《たすきがけ》の惜《おし》くも見ゆる真白《ましろ》の濡手《ぬれて》を弾《はじ》きつゝ、座敷《ざしき》を覗《のぞ》き、庭を窺《うかが》ひ、人見付けたる会釈《えしゃく》の笑《えみ》を衝《つ》と浮べて、」

……………………

「結立の円髷涼しげに――襷掛の惜くも見ゆる真白の濡手を弾きつつ――きらきらと雫《しずく》が見えますようです。――人見付けたる会釈の笑を衝と――御工夫なすったんでございますね。……お静が、其処に、ニッコリとしたのが見えます。」

「然《そ》うか、可《よし》、俺も一寸気に入った。」

目は徹夜不眠の血に鋭く輝いて、而《そう》して口許《くちもと》には優しく莞爾《かんじ》と微笑《ほほえ》まれた。……私は襟《えり》を正《ただ》して言う。今もまのあたりに在《いま》す気がする。

小栗《おぐり》(7)と、尚《な》お他《た》に、金色夜叉の続篇(8)がある。私は一行も読んで居ない。その読まないのは、却《かえ》って、好意と友情であろうと思う。

肺を病んだ綺麗なお嬢さんが、墓に手向《たむけ》を、いまわの望みとしたほどな、貫一と宮との仲は、その人たちの続篇では何う成って居るか、私は素《もと》より知らない。
ただ、先生に私が聞いたのでは、宮は発狂する、その発作の亢進《こうしん》は、貫一に寄する手紙の、次第にしどろなるとともに著《いちじる》しい。富山は彼の女《じょ》を棄てる。貫一が胸に抱《いだ》いて引取るのである。而《そう》して、狂える宮を、俥《くるま》に乗せ、彼は徒歩して輻《や》に引添い、病院に送り行く、薄暮《はくぼ》、富士見町の台を下《さが》りに牛込見附《うしごめみつけ》へ出ようとする、土手の松並木の向うから、死せる赤樫《あかがし》の柩《ひつぎ》に従って、喪服して悄然《しょうぜん》として俥にも乗らず満枝《みつえ》の来るのと、ふと出逢う。折から、旧見附を斜《ななめ》に衝《つ》と出《い》づる、鉄鞭《てつべん》を手にしたる荒尾譲介が立停《たちど》まるのと、三個相見る処で団円。……と爾《しか》き腹案でおあんなすったのを承り及んで居る。勿論承ったのは早く唯《ただ》一度である。大作家の感興が触るる銀線の音《ね》には自在の変化がある。その後、意図の、何うお動きに成ったかは、一指《いっし》、片鱗《へんりん》と雖《いえど》も、われら弟子輩の窺《うかが》い及ぶべき処ではないのである。

（昭和二年六月『明治大正文学全集第五巻　尾崎紅葉』春陽堂）

豆《まめ》名《めい》月《げつ》

今からざっと十二三年前《ぜん》、私が大塚町《おおつかまち》(1)に居た時分のこと、丁度《ちょうど》旧の九月十三夜の晩の月がよくって、亜鉛《トタン》屋根の黒く塗《ぬ》ったやつが、霜《しも》を置いたように見える。通りに足駄《あしだ》の音が高くきこえて、家へ見えられたのが横寺町《よこでらまち》の先生と柳川春葉《やながわしゅんよう》君、もう一人誰《たれ》かがお供をして来たが、思い出せない。その時に、先生が傍《かたえ》の半紙へこういう戯《たわむ》れ書《がき》をなすった。

雨の晴れたるを嬉しく二三子《にさんし》と浮かれ出て大塚の門を叩く。

拝めその玉の傘干す十三夜

別にお愛想もないので、近所から饂飩《うどん》か何か取ってもてなした。そこで私がもてなし気《げ》を出して句を詠んだが、甚《はなは》だうまくない。

冠者《かじゃ》召して豆名月のおんひろひ

すると春葉君が脇をつけた。こいつが余程《よほど》うまい。

これは此《この》あたりにすめる虫の音《ね》

先生の十三夜の句は句集にも載っていないと思う。

（明治四十四年十月「俳味」）

『諸国童謡大全』(1) 序

山の観るべきなく、水の賞すべきなく、風俗の探るべきなき、僻土《へきど》寒村《かんそん》の一落《いちらく》と雖《いえど》も、凡《およ》そ人住んで、童謡俚歌《りか》の聞くべきものあらざるなし。これを聞く時、千本の松原、音戸《おんど》の瀬戸、遠く浪《なみ》を想ひ、眼前《がんぜん》に月を髣髴《ほうふつ》す。はた伝説を引承《いんしょう》し、霊異を感受し、恋愛を可懐《なつかし》む。吾《わ》が人類は、鳥に笑《え》み、虫に泣く。而《しか》して渠等《かれら》をして泣かしむべく、笑はしむべく、石も点頭《うなず》き、猛獣も尚《な》ほ低徊《ていかい》すべきは、この謡《うた》の正調曲唱ならずや。花涙子《かるいし》その趣味に憧憬《どうけい》して、経営十数年、日に日にこれ勉《つと》めつゝ、こゝに採録するもの、その数約三万と註せらる。然《しか》り、同種の書類の中《うち》に未曽有《みぞう》の大集なり。以《もっ》て我が国到る処の童謡を聞くを得んか。

(明治四十二年九月)

『怪談会』(1) 序

伝ふる処の怪異の書、多くは徳育のために、訓戒《くんかい》のために、寓意を談じて、勧懲《かんちょう》の資となすに過ぎず。蓋《けだ》し教《おしえ》のために彼《か》の鬼神《きじん》を煩《わずら》はすもの也《なり》。人意焉《いずくん》ぞ鬼神の好悪《こうお》を察し得んや。察せずして是《これ》を謂《い》ふ。いづれも世道《せどう》に執着して、その真相を過《あやま》つなり。聞く、爰《ここ》に記すものは皆事実なりと。読む人、その走るもの汽車に似ず、飛ぶもの鳥に似ず、泳ぐもの魚《うお》に似ず、美なるもの世の廂髪《ひさしがみ》に似ざる故《ゆえ》を以《もっ》て、ちくらが沖(2)となす勿《なか》れ。

（明治四十二年十月）

『デモ画集』(1)序

絵の道は知らざれども、分け上《のぼ》る草の栞《しおり》、野にも山にも恋しきを、結んで放せば蝶となり、折つて翳《かざ》せば花と成る、新聞のコマを初峯入《はつみねいり》(2)、懐《なつか》しき名取《なとり》の君が筆とさへ見る時は、剪刀《はさみ》の鈴のカラコロと、簪《かざし》に挿《さ》し、帯に留《と》め、肌身に添へて尚《なお》余れるを、月形雪輪《つきがたゆきわ》の畳紙《たとうがみ》、七重《ななえ》の千箱《ちばこ》に秘めける美女《たおやめ》。取り出《い》づる折々毎《ごと》に、風も露も風情《ふぜい》ながら、散るも便《びん》なし、濡《ぬ》るゝも侘《わび》し。塵《ちり》をも据《す》ゑぬ一冊に、あはれ集めさせ給へかしと、畳に敷いた袖《そで》の上に、何と書いて口説《くど》きけむ。日本橋のその辺《あたり》に、ちやき〳〵のお兄《あに》いさんが、巻舌《まきじた》の随一帖《ずいいちじょう》、こゝに於《おい》て成れりけり。デモ画集とつけたまひし、題の意《こころ》の明《あきら》かならぬが、朧月夜《おぼろづきよ》の歌に似て、しくものぞなき春の夜や、一枚千金の折紙づき、若手のわざもの見候《みそうら》へ。

(明治四十三年八月)

『数奇伝《さっきでん》』(1)序

今むかしを問はず、思ひうちに余る時、声なく言《ことば》なく、ひとへに差俯向《さしうつむ》かるゝは情《じょう》の切《せつ》なる也《なり》。うつくしき女はよし、男の然《さ》る風情《ふぜい》したらむを、君は如何《いか》にみそなはす。胸さへ、心さへ、筆紙《ひっし》のよくつくす処にあらずと、兎《と》もすれば人の云ふ。われらは爾《し》か云ふべからず。英雄は人を欺《あざむ》くとか、作者は、よし、みづからを欺かむまでも、情の切なれば切なるだけ、思ふこと言はむとすること、写し出《い》ださずして可ならむや。然《さ》りながら去《さん》ぬる日、君は臥床《がしょう》の上にあり、想ひしよりは痩《や》せたまはぬ、なつかしきそのおんおもてに向ひし時よ、掻巻《かいまき》の袖《そで》に我が袖して、たゞ、しばらくと言ひたるのみ、その心、いかで得て筆にせむ。今も涙のさしぐまるゝを、婦女子の如しと笑はれなむ。幾度《いくたび》か幾度か、繰返したる自叙伝を又《また》こゝに繙《ひもと》く時、思へらく君は神州の男児也。手中の剣、いまだ嘗《かつ》て粽《そう》のために刃をこぼさず、たとひ双《そう》の脚はまゝならずとも、居合ひ討ちに病魔を斬《き》れ。われら見舞ひし折から空は曇《くも》りたれど、君が新宅の軒《のき》は明るかりき。

（明治四十五年五月）

『築地川《つきじがわ》』(1)序

思起《おもいおこ》す、早く三十年前《ぜん》、兄《あに》(2)が家、築地川のほとりにあり。浅間《あさま》ながら、清らかに夏も涼しく、露地背戸《ろじせど》の打水《うちみず》に、細流《せせらぎ》の音、おのづから三日月の影藍《あい》をときて、近き名所の橋いくつ、一流の手《て》錬《だれ》、やがて涓々《けんけん》として、大川《おおかわ》に灑《そそ》げるなり。今も忘れざるは、春の日、床《とこ》の間《ま》に桜花《おうか》の一幅《いっぷく》あり、桜品《おうひん》その三十六種を超えたらむ、香《か》をこめて密写《みっしゃ》したると、冬の日、鉢前の竹の袖垣《そでがき》に、淡紅《たんこう》の山茶花《さざんか》二三輪の咲けるなりき。一《いっ》はうねめ橋の花の面影《おもかげ》を輝かし、一は寒橋《さむさばし》の時雨《しぐれ》の夜半《よわ》を偲《しの》ばしむ。それ、兄の人となり、よき男の静《しずか》なるは、名木《めいぼく》の町の柳に、春の雨の晴れなむとする風情《ふぜい》あり。且《か》つもののあはれと寂《さび》を知れるは、明石町《あかしちょう》の朝霧《あさぎり》に、朝顔の露を見たるによらずや。時には尾花《おばな》の穂の乱れに、談論風《かぜ》生じて、熱草《ねつぐさ》の雑《ぞう》を払ふと雖《いえど》も、野分《のわき》たゞ爽《さわや》かに画室の簾《すだれ》を捲《ま》きて、兄が研学深才を蔵《ぞう》せる粉奮《えのぐばこ》の一端を奥ゆかしく顕《あら》はすのみ。他《ひと》を傷つけず、身を破らず、典優《てんゆう》、もとその資質に出《い》づ。兄こゝに楼棟瀟洒《ろうとうしょうしゃ》にして、彩牖窈窕《さいゆうようちょう》たり。然《しか》も、ひとりその屋牆《おくしょう》を守るに似たるが如き、町の名の矢来《やらい》を以《もっ》てせず、築地川を題撰《だいせん》せる、桜調《おうちょう》、雨曲《うきょく》、相《あい》備《そな》へて、むかし懐《なつか》しく、いまいよ〳〵親し、われ敢《あえ》ていはむ、心はおなじかるべし。新《あらた》にこの編を読む諸賢《かたがた》も。

昭和九年九月吉日　双紙楼《そうしろう》に於《お》いて

（昭和九年十月）

妖怪画《おばけえ》展覧会告条《こうじょう》

そも〳〵節季の恐しきは、借金の山の見越入道《みこしにゅうどう》、千倉《ちくら》ケ沖《おき》(1)の海坊主、盆も師走《しわす》も異《かわ》りなく、人間の化《ばけ》の皮、この時に顕《あら》はれて、式台に眼《まなこ》を剝《む》き、台所に舌を吐くと雖《いえど》も、通《かよ》ひ(2)帳の鎧武者《よろいむしゃ》、誰も恐るゝものは無し。避暑地へ消える算段なく、火遁《かとん》、水遁《すいとん》の術を知らず、女旱《おんなひでり》に雨乞《あまごい》の真似《まね》さへ成らぬ、われら式が、化けたればとて威《おど》せばとて、何のきゝめの有るものぞ、と気早《きばや》に慌《あわ》てる事だけは江戸児《えどっこ》の早合点《はやのみこみ》、盆の相談と聞くと斉《ひと》しく、その言訳《いいわけ》の方人《かたうど》か、と日和《ひより》も見ずして遁《に》げむとすれば、画博堂の若主人(3)、扇子《おうぎ》づかひの手を留《とど》めて、呆《あき》るゝこと十分斗《ばかり》。仔細《しさい》を聞けば然《さ》も然《そ》うず、先へ驚いたのに縁《えん》のある妖怪画《おばけえの》展覧会、まうけづくでは出来ませんと、薄羽織の襟《えり》を扱《しご》いて尻尾《しっぽ》を見せぬも化けたりけり。実《げ》に然《さ》れど時節柄、女の膚《はだ》の白い処へ、縁日植木の色を飾つて、裸骸《はだか》にして売りもすべきに、黒髪に透《す》く星あかりを魂棚《たまだな》の奥に映《うつ》す、世に可懐《なつかし》き催《もよおし》とよ。然《しか》も画家《かきて》は顔を揃《そろ》へて、腕に声ある面々也《なり》。妖怪知己《ちき》を得たりと云ふべく、なき玉菊(4)がチレチンと、露をば鳴らす燈籠《とうろう》の総《ふさ》、あはれに美しきを真先《まっさき》に、凄《すご》いのは愈々《いよいよ》凄く、不気味なるは益々《ますます》不気味に、床《ゆか》しきは尚《な》ほ床しからむ。一寸懐《ちょっとふところ》中をおいてけ堀《ぼり》と、言つた処で幻《まぼろし》のみ、その議は御懸念全く無用。永当満都《えいとうまんと》の媛方《ひめがた》、殿たち、然《さ》りながら、扇子《せんす》の匕《あい》首《くち》、団扇《うちわ》の楯《たて》、覚悟をなして推寄《おしよ》せたまへ、二階三階の大広間、幽霊の浜風に、画《え》の魂の蛍《ほたる》飛んで、ゾッとするほど涼しかるべし。ちやうど処も京橋の、緑の影や柳町《やなぎちょう》と、唄《うた》のやうに乗気《のりき》の告条。

（大正三年七月）

煙管《きせる》を持たしても短刀位《ぐらい》に

創刊頃の「白樺《しらかば》」(1)の、諸家、種々《しゅじゅ》の作、感想を読んだ中に、いつまでも忘れないのが二つある。尤《もっと》も大分月日が経つ。申さばその面影《おもかげ》ばかりだが、一つは理髪店の親方が病気の為《ため》に気が苛々《いらいら》して客の咽喉《のど》を西洋剃刀《かみそり》でズブリと遣《や》るのと、(2)一つは魚屋に奉公して、よぼよぼに成った親仁《おやじ》が、河岸《かし》の買出しの帰りに、若親方の車を後押《あとおし》をしながら、アリャアリャと懸声《かけごえ》をする、(3)その工合《ぐあい》が実によかった。誰《たれ》のだか知らないがと、然《そ》う言って何時《いつ》か、里見さんに話すと、剃刀の方は志賀君ですよ、と言って、一つの方は擽《くすぐ》ったそうに笑って居たっけ。これでお分りでしょう。魚屋は御自分のさ、よく忘れさせませんでしたね、いい腕です。「河豚《ふぐ》」(4)や「銀十郎」(5)を御覧なさい、きびきびしたもんですぜ。第一男振《おとこぶり》がいい、色がくっきりと白くって目が澄んでて面皰《にきび》なんか出したことがあるまいと思う。これだから、がらがら蛇《へび》を書いても厭味《いやみ》にこだわる処が些《ちっ》ともない。私の知ってる何処《どこ》かの人に、面《つら》が膏切《あぶらぎ》って黒ずんでて、小刀《ナイフ》で、面皰をほじりほじり、指のさきへ塗《なす》って見ちゃあ、人間と云うものは、ああ、何《ど》うして恁《こ》う汚いもんだ、と歎息《たんそく》をしながら、目をしょぼしょぼさして、婦《おんな》を欲しがってる男があるが、然《そ》う云うのに、この人だの、水上《みなかみ》さんの眉《まゆ》の秀《ひい》でた瞳《ひとみ》の光る処を見せたいよ。里見さんは、それで、結城《ゆうき》の揃《そろい》かなんかで、あらいたての皺《しわ》のない白足袋《しろたび》で、おつな煙草入《たばこいれ》から、銀煙管《ぎんぎせる》を抜こうと云うのだ、一寸《ちょっと》女が殺せます、いや、串戯《じょうだん》じゃない。煙管を持たしても短刀《どす》ぐらいに人が斬《き》れます。鍛《きた》えてあってね、真剣勝負で呼吸《いき》切《ぎ》れはしますまい。が、おなじ切れるにしても、今時の洋剣《サアベル》を真向《まっこう》上段から振下ろして、えい、やっと大根《だいこ》をスパッと切って、何うだ手のうちは、と独《ひと》りで嬉しがってるのがあるし、先祖重代《じゅうだい》に拭《ぬぐい》を掛けて、真二《まっぷた》ツに鯛《たい》を切って、むむ、天晴業《あっぱれわざ》もの、と気取ったはいいが、鱗《こけ》を引かないから、頂けませんな。メスで人生を三枚に、おろしても、庖丁《ほうちょう》で鰓《えら》を放せないのは、魚《うお》を料《りょう》るもんじゃないんだとさ。真剣だ、真剣だ、と御当人、生命《いのち》がけで死《しに》ものぐるいに汗を流しているのを、覗《のぞ》いて居ると、何だ、面籠《めんこ》手《て》を着けて、竹刀《しない》を振廻《ふりまわ》して居るのがある。山の手の客を引く、見《み》世《せ》物《もの》の一刀流の看板ですね。里見さんはそんなんじゃない。その容子《ようす》で居て、露西亜《ロシヤ》屋《や》でウォットカを引掛《ひっか》けるんだから、短銃《ピストル》まで心得てる。ただね、女をかかせると、すき切《ぎ》れの見える処がある。袖《そで》だか、帯だか、何処《どこ》かを透《とお》して、膚《はだ》、血はまだしも、筋《すじ》が見えるような気がします。襲衣《かさねぎ》で居る時でも。砕けて言えば、ふっくりしたのも骨っぽい……なんて一寸わるく云って見たものです。もう、然《そ》うでなくても……おやおや藪《やぶ》の中から怒鳴《どな》ってるよ、共通だ、共通だと。(6) 如何《いかが》、𤸎《とん》さん、喚《わめ》かして置いて、此方《こなた》は酢章魚《すだこ》で一杯やろうか、それとも青柳鍋《あおやぎなべ》を……割前《わりまえ》で。……

（大正七年三月「文章倶楽部」）

献立小記《こんだてしょうき》

この頃《ごろ》、私は炬燵《こたつ》に小さく成って居る。――戯談《じょうだん》ではない、なかなかそんな場合ではない。真個《ほんとう》は朝から駆廻《かけまわ》って働かなければならないので。近い処が向う《むこ》横町の水上《みなかみ》さんの座敷一室は、今度の全集(1)――親しくして頂くお友だちの御厚意と深切《しんせつ》とで出来るように成った――大冊ものの編輯《へんしゅう》の為《ため》、戸棚押入まで明渡《あけわた》し同然で、滝《たき》君が留守の時もわれわれ自由に出入《ではいり》をする。ともすると、一時二時まで夜ふかしをする事さえある。火鉢の炭のつぎたしの心着《こころづ》けから、お茶の世話、寒いからと云っては、上等の葡萄酒《ぶどうしゅ》(そのくせ余りたかくはない)の硝子盃《グラス》まで女中にも任せずに、夫人都さんの金紗《きんしゃ》の袖《そで》が幾度《いくたび》か廊下にすらすらと鳴る。今更《いまさら》らしく云うまでもなく、水上さんが二十有余年にわたる、異常の眷顧《けんこ》で、二行、三行、はものの断片に至るまでの、集輯《しゅうしゅう》保存の芳情がなかったら、全集の刊行は思いも寄らなかった、と云っても可《い》い。既《すで》に一昨夜(二十二日)あのふりしきる雪の中を、雪を分けて、中渋谷からは岡田三郎助さん、八千代さん、下根岸《しもねぎし》からは小村雪岱《こむらせったい》(2)さん、春陽堂《しゅんようどう》からは店員が馳《は》せ散じ、それに、濱野英二さんと、私とが加わった、装釘《そうてい》の内一見《ないいっけん》の事の為にも、水上さんが一宴に開いて下すって、銀座のはち巻屋(3)が、夫婦で酒肴《しゅこう》を持込んだ。夜の雪に自《おのず》から梅はおとずれて、座敷は菊正宗のかおる中へ、画伯のずッしりと大きな懐中《かいちゅう》から服紗包《ふくさづつみ》が開かれると、水上さんの友誼《ゆうぎ》に感じて、特に念入りの表紙、見返し。三通《みとおり》、五通《いつとおり》にも意匠《いしょう》をなすって、薄絹の二重《ふたえ》すかし、新清藍《しんせいらん》(4)の調彩《ちょうさい》に、金線のふち取りで、この線だけに一方《ひとかた》ならぬ筆意をこめられたと言う、——典麗、端美《たんび》である。折から座に、水上さんの令妹《れいまい》(日比谷夫人)(5)があって、「あら、いいこと。」と云う声がすると斉《ひと》しく、「ようッ、ようッ。」と奇声を放った男がある。武蔵八平氏《むさしはちへいし》(6)の後裔《こうえい》にして、春陽堂第一の古兵《ふるつわもの》なる、木呂子《きろこ》(7)がかつ感じかつ歎《たん》じたのである。感じたのは誰《たれ》にも分る、が、その歎じたのは、そもさんか、経費なのである。

さて、しばらくあって、引受けた。——書林は、十露盤《そろばん》を超越して、損得を顧みずと、ここで名のりを挙げるであろう。——装釘においては、あるいは他《た》に類がすくなかろうと思う。……「あなた——あなた……」と傍《かたわら》から画伯をうながして下すった八千代さんの心づかいも一方《ひとかた》ではなかったと思う、道理で少し、おやせなすった。

何につけても、炬燵なんぞの義理ではないが——いつも相談会のある時は、御《ご》めいめい入費《にゅうひ》分担、砕いて言えば割前《わりまえ》勘定、も一つ俗に云えば手弁当《てべんとう》と云う、徹底したお世話の上に、この水上さんの時の如く、前の一夜は、会合のためにいずれも芥川《あくたがわ》さん(8)に田端の自笑軒《じしょうけん》で御馳走《ごちそう》に成った。私は恐縮して小さく成った。

里見さんを煩《わずら》わすこともまた一通りでない。全集のために一文を稿して下さるのに腐心《ふしん》して、知らず知らず、朱《あか》き机の辺《あたり》の一雑誌の、裏全面の広告の意に満たないのに、添削《てんさく》をした処へ、矢の催促《さいそく》がかりが飛込んで、「あなたぐらい、のん気な方はありませんな。よくよくお暇なんでしょう。さ何《ど》うして下さる。」と開き直られて弱んなすった、と苦笑された事さえある。

雪岱さんは、装釘、板下《はんした》の監督から、くみの柱、扉のみつもり、見本組のさし絵から、店比羅《みせびら》の図案、あまつさえ新小説増刊の表紙、こま絵まで一手《ひとて》に引受けてほとんど寧日《ねいじつ》がない。

また当時筑波台《つくばだい》は仮住居《かりずまい》、浅草ッ児《こ》の万《まん》ちゃんは三社様《さんじゃさま》の氏子《うじこ》だから、引《ひき》うけたら遣《や》りとおせで、景気づける、京、大阪、神戸までも乗出すと云う意気込で居ておくんなさる。この間に、小山内《おさない》さんからは、築地劇場のため、取りまぎれ不沙汰《ぶさた》をして居る、が、たのみがあったら頼まれようとのおことづけで、夫人が、紫のコオトも美しく、四谷からお使者ぶんでお見えになる。

芥川さんは、先日の、朝日の写真で御覧の通り、新築の書斎にこもって、炬燵から、はかりごとを帷幄《いあく》にめぐらし……と云って、ここにおいて、いい気になって、その真似《まね》をするのでは決してない。本来は毎日、毎夜、お肝入《きもい》りお世話様、参訂《さんてい》をたまわる方々《かたがた》へお礼に廻《まわ》るのを目下《もっか》の勤めとすべきほどなのだけれども、それも却《かえ》ってお煩《わずら》わしかろう……感銘のあまり小さくなって炬燵に居るのである。

それに近ごろは、会合の席ではそれがし称《とな》えを席末《せきまつ》と云う。……「いえ、そんなに御心づかい下すっては。」と恐縮に及ぶと、「席末で黙っておいでなさい、いいようにしま す。」と滝君が目を光らして叱って言う。ああ叱られて、うれしい、あつい涙がにじむ。「然《しか》らば万事、何分《なにぶん》。」と席末に小さく成る。則《すなわ》ち、新書斎は炬燵に、悠然と坐《ざ》し、借家は小さくもぐるだけの相違がある。

時に芥川さんの写真では奇談がある。私は濱野さんと、それがために喧嘩《けんか》をした。理由《わけ》は——あたかも春の雪に、あの、しゃれた掛蒲団《かけぶとん》のあらわれた二十二日の晩、私は今日の新聞で見たと言う、濱野さんは、昨日の新聞で見たと言う。「地方版でしょう。」「いいえ、断じて、市内版です、間違いはありません。」と評判な一徹家《いってつや》だから、頑《がん》として自説をまげない。私も負けない。朝の新聞をその晩間違えるほど、神経なんか衰弱《すいじゃく》しない。「ですが、その証拠には、里見さんと一所《いっしょ》に昨夜《ゆうべ》見ました。確かに、たしかに里見さん。」……と云いかけて、アッと云って笑い出した。「そうです、見たのは夜半の三時半です、早い配達で今朝のです。」……全集の用のために、里見さんへ初夜に伺って、「君、寒いから、一杯。」とねぎらわれつつ京橋辺《へん》とかこわごわ聞く――河豚屋《ふぐや》で雪の白くなるまで飲んだのであった。この時に限らず、濱野さんは全集のため日について、夜ふかしをする。郷里の親《おや》じゃ人《ひと》から、私にあてて、矢継早《やつぎばや》に来書《らいしょ》して、――「忰《せがれ》こと、近来行状よろしからざる趣《おもむき》。……」意見を頼むと言うのである。これにも一方ならず恐縮する。が、阿嬌《あきょう》を論じて、雪中の河豚ちりは、然《しか》り、子を見ること親にしかず、「忰こと近来行状よろしからざる趣。」に疑いない。

と、云う下から、その夜ふかしも誰ゆえ、とまたもや炬燵に小さくなる。われらは益々《ますます》小さいが、かたがた諸家のおかげによって、全集は大きい。……大きい……とは私からは申憎《もうしにく》い、が量が増す、数が殖《ふ》える。俳句までも、澄江堂《ちょうこうどう》、(9)傘雨《さんう》(10)両宗匠の選、……但《ただ》し特別甘点《あまてん》のぬきで、少々ばかり載るらしい。従って定価の儀、書肆《しょし》は利益を顧みずしても、ただ何《なに》とぞ読者様、様と、ここはもぐっては居られない……身代《しんしょう》も軽ければ身も軽い、ぽんと炬燵から出て、謹んで申すのである。

（大正十四年三月一日「東京朝日新聞」）

健ちゃん(1)大出来《おおでき》！

「築地《つきじ》明石町《あかしちょう》」(2)は、見はらしの好《い》い矢来《やらい》の二階で、下絵の時見ました。まだ朝の間《ま》のお化粧前で、さらりと扱帯《しごきおび》の端《はし》も見えない、ただ素描と云った処でした。けれども、じっと見て、ほかに申しようはない、いいに身が入《い》って、岡惚《おかぼ》れの形です。一寸《ちょっと》ぼれではありません。

恁《こ》う云っては如何《どう》ですが、前年のきりしたんもの(3)の時は「やってるな」と思いましたが、今度のはしみじみいいと感じました。

何よりも実に優婉《ゆうえん》、清淑《せいしゅく》、いき、人がらな姿です。それに、胸のあたりに籠《こも》った優しさ、袖《そで》の情《なさけ》、肩のいろけ……

いろけと云っても所謂《いわゆる》性的でない、色情というのと違う。このいろけは、意気、人がらなどという事だの、たそがれ、朝ぼらけなどという事と一所《いっしょ》に、忘れた人が多いでしょう。この絵をごらんになるがいい。まだ上野へは参りませんが、小さなりんの朝顔の、浅葱《あさぎ》の色も目に見えるようです。

下絵では水は見ませんでしたが、朝霧《あさぎり》とともに嘸《さ》ぞしっとりとして、あれならば、焼あとを歩いても褄《つま》はきれいに捌《さば》けましょう。拭《ふ》き込んだ廊下を伝いながら褄の濁《にご》って見えるのとは違いますね。

美術院賞は、まことに嬉しい、選出の諸家に喝采《かっさい》する。健ちゃん大出来である。会場は群集にほこりが立っても、明石町の婦《おんな》の褄には、水際《みずぎわ》が立って居ましょう。

（昭和二年十一月「美之国」）

九九九会小記《くうくうくうかいしょうき》

会の名は――会費が九円九十九銭なるに起因する。震災後、多年中絶して居たのが、頃日《このごろ》区劃整理に及ばず、工事なしに復興した。時に繰返すようだけれども、十円に対し剰銭《つりせん》一銭なるが故《ゆえ》に、九円九十九銭は分ったが、また何だって、員数を細《こまか》く刻んだのであろう。……ついこの間、弴《とん》さんに逢って、その話が出ると、十円と怯《おど》かすより九九九と言う方が、音〆《ねじめ》……は粋《いき》過ぎる……耳触《みみざわ》りが柔《やわら》かで安易で可《よ》い。それも一つだが、その当時は、今も大銭《たいせん》お扱いの方《かた》はよく御存じ、諸国小貨《こまかい》のが以《もっ》てのほか払底《ふってい》で、買ものに難渋一方《なんじゅうひとかた》ならず。やがて、勿体《もったい》ないが、俗に言う上潮《あげしお》から引上げたような十銭紙幣が蟇口《がまぐち》に湿々《じめじめ》して、金《かね》の威光より、黴《かび》の臭《におい》を放った折から、当番の幹事は決して剰銭を持出さず、会員は各自九九九の粒を揃《そろ》えて、屹度《きっと》持参の事、と言う……蓋《けだ》し発会第一番の――お当《とう》めでとうござる――幹事の弴さんが……実は剰銭を集める藁人形《わらにんぎょう》に鎧《よろい》を着せた智謀計数によったのだそうである。

「はい、会費。」

佐賀錦の紙入《かみいれ》から、その、ざくざくと銅貨まじりを扱った、岡田夫人八千代さんの紙包みの、こなしのきれいさを今でも覚えて居る。

時に復興の第一回の幹事は——お当めでとうござる——水上《みなかみ》さんで。唯《ただ》見る、日本橋檜物町藤村《ひものちょうふじむら》の二十七畳の大広間、黒檀《こくたん》の大卓《だいたく》のまわりに、浅葱絽《あさぎろ》の座蒲団《ざぶとん》を涼しく配らせて、一人第一番に荘重《そうちょう》に控えて居る。その席に配った、座蒲団一つ一つの卓の上に、古色《こしょく》やや蒼然《そうぜん》たらむと欲する一銭銅貨がコツンと一個。座にひらきを置いて、又《また》コツンと一個、会員の数《すう》だけ載せてある。煙草盆《たばこぼん》に香《こう》の薫《かおり》のみして、座にいまだ人影なき時、滝《たき》君のこの光景は、真田《さなだ》が六文銭の伏勢《ふせぜい》の如く、諸葛亮《しょかつりょう》の八門遁甲《はちもんとんこう》の備《そなえ》に似て居る。またこの、計《はかりごと》なかるべからず、これで唯初音《はつね》の鳥を煮て、お香々《こうこう》で茶漬《ちゃづ》るのならば事は足りよう。座に白粉《おしろい》の薫をほんのりさして、紹縮緬《ろちりめん》の秋草を眺めよう。無地お納戸《なんど》で蛍《ほたる》を見よう。加之《しかのみならず》、酒は近所の灘屋《なだや》(1)か、銀座の鉢巻《はちまき》(2)を取寄せて、と云う会員一同の強請《きょうせい》。考えてご覧なさい、九九九で間に合いますか。

一同幹事の苦心を察して、その一銭を頂いた。

何処《どこ》かで会が打《ぶ》つかって、微酔機嫌《ほろよいきげん》で来た万《まん》ちゃんは、怪《け》しからん、軍令を忘却して、

「何です、この一銭は——ああ、然《そ》う然う。」

と両方の肩と両袖と一所《いっしょ》に一寸《ちょっと》揺《ゆす》って、内懐《うちぶところ》の紙入から十円也、やっぱり一銭を頂いた。

其処《そこ》でお料理が、もずくと、冷豆府《ひややっこ》、これは飲める。杯《さかずき》次第にめぐりつつ、いや、これは淡白《あっさり》して好《い》い。酒いよいよ酣《たけなわ》に、いや、まことに見ても涼しい。が、折から、ざあざあ降りに風が吹添《ふきそ》って、次の間の金屏風《きんびょうぶ》も青味を帯びて、少々涼しく成り過ぎた。

「如何《いかが》です、岡田さん。」

「結構ですな。」

と、もずくを吸い、豆府を挾む容子《ようす》が、顔の色も澄みに澄んで、風采《ふうさい》ますます哲人に似た三郎助画伯が、

「この金《きん》将は一手《ひとて》上《あが》り過ぎましたよ。」

と、将棋に、またしても、お負けに成るのが、あらあら、おいたわしい、と若い綺麗《きれい》どころが、画伯と云うと又頻《しきり》に気を揉《も》む。

「軍《いくさ》もお腹がお空《す》きになっては、ねえ。」

一番負かした水上さんが、故《わざ》と、その上に目を大きくして、

「九円九十九銭だよ。」

私《あたい》も会費を出すよ、私も会費を出すよ、江戸ッ子の連中が、妙に弱い方へ味方する、で仔細《しさい》を聞いて、妙に弱い方へ味方する、

だって。――富《ふ》の字と云う称《な》からして工面《くめん》のいい長唄の姉《ねえ》さんが、煙管《きせる》を懐剣《かいけん》に構えて、かみ入を帯から抜くと、十円紙幣が折畳んで入って居る……偉い。恋か、三十日《みそか》かに痩《や》せたのは、また白銅《はくどう》を合せて、銀貨入に八十五銭と云うのもある……嬉しい。寸の志《ほんこころざし》と、藤間の名取《なとり》で、嬌態《しな》をして、水上さんの袂《たもと》に入れるのがある。……甘《うま》い。それもよし、これもよし、〆《しめ》て金七十円――もしそれ私をして幹事たらしめば、忽《たちま》ちにお盆の軍用に充《あ》てようものを、軍規些少《いささか》も敵にかすめざる滝君なれば、志はうけた――或《あるい》は新築の祝《いわい》、或は踊一手《おどりひとて》の祝儀、或は病気見舞として、その金子《きんす》は、もとの帯へ返った。軍機をもらす恐れはあるが、まぶと成って、客の台のものを私《わたくし》せず、いろと成って、旦那の会計を煩《わずら》わさない事を、彼《あ》の妓等《こたち》のために、その旦那なるものに、諒解《りょうかい》を要求する。これ第一は滝君のために、説くこと、ここに及ぶ所以《ゆえん》である。

さるほどに、美人たちのこの寄附によって、ずらりと暖《あったか》いものが並んで、金屏風もキラキラと輝き渡り、焼のりをたて引いて心配して居た、藤村の優しい妹分《いもとぶん》も、嬉しそうな顔をした。

この次会をうけた――当の幹事が窄《とん》さんであった。六月下旬。午後五時。時間励行《れいこう》。水上さんは丸の内の会社からすぐに出向く。元園町《もとぞのちょう》の雪岱《せったい》さん(7)は出さきから参会と。……其処《そこ》で、道順だから、やすい円タクでお誘い申そうかと、もし、もし、電話(註。お隣のを借りる)を掛けると六丁目里見氏宅で、はあ、とうけて、婀娜《あだ》な返事が――幹事で支度《したく》がありますから、時間を早く、一足お先へ――と言うのであった。

その夕刻は、六文銭も、八門遁甲も何にもない。座に、煙草盆を控えて、私が先《ま》ず一人、斜《ななめ》に琵琶棚《びわだな》を見込んで、ぽかんと控えた。青畳徒《いたず》らに広くして、大卓は、浮島の体《てい》である。

一あし先の幹事が見えない。やがて、二十分ばかりにして、当の幹事窄さんは、飛車《ひしゃ》を抜かれたような顔をして、

「いや、遅参《ちさん》で、何とも……」

水上さんと二人一所。タクシイが日比谷の所でパンクした。しかも時が長かったそうである。

処で、窄さんは、伏勢《ふせぜい》のかわりに、常山《じょうざん》の蛇《へび》、尾を撃てば頭《かしら》を以て、で、所謂長蛇《いわゆるちょうだ》の陣を張った。即ち、一銭銅貨五十余枚を、ざらりと一側《ひとかわ》ならびに、細い、青い、小さい

蝦蟇口《がまぐち》を用意して、小口《こぐち》から、「さあ、さあ、お剰銭《つり》を。」——これは、以来、九九九会の常備共通の具と成って、次会の当番、雪岱氏が預った。

後で聞くと、弴さんの苦心は、大根おろし。まだ御馳走もない前に、敢《あえ》て胃の消化を助けるためではない。諸君聞かずや、むかし弥次郎《やじろう》と喜多八《きたはち》が、さもしい旅に、今くいし蕎麦《そば》は富士ほど山盛にすこし心も浮島がわら。その山もりに大根おろし。おかかは、うんと藤村家《ふじむらや》に驕《おご》らせて、この安直《あんちょく》なことは、もずくの比ではない。然《しか》り而《しこう》して、おのおのの腹の冷《つめた》く次第に寒く成った処へ、ぶつ切、大摑《おおづかみ》の坊主しゃも、相撲《すもう》が食っても腹がくちく成るのを、赫《かっ》と煮ようと云う腹案。六丁目を乗出したその自動車で、自分両国を乗切ろう意気込、が、思いがけないパンクで、時も過ぎれば、気が抜けたのだそうである。

この帷幄《いあく》に参して、蝶貝蒔絵《ちょうがいまきえ》の中指《なかざし》(3)、艶々《つやつや》しい円髷《まるまげ》をさし寄せて囁《ささや》いた計《はかりごと》によれば——このほかに尚《な》お、酒の肴《さかな》は、箸《はし》のさきで、ちびりと醬油《しょうゆ》(鰹節《かつおぶし》を添えてもいい、料亭持出し)をなめさせ、鉢肴《はちざかな》また洗《あらい》と称《とな》え、縁日の金魚を丼《どんぶり》に浮かせて——(4)(氷を添えてもいい)——後《のち》にひきものに持たせて帰す、殆《ほとん》ど籠城《ろうじょう》に馬を洗う伝説の如き、凄《すご》い寸法があると仄聞《そくぶん》した。――しかし、一自動車の手負《ておい》如きは、ものの数でもない、戦えば勝つ驕将《きょうしょう》は、この張中《ちょうちゅう》の説を容《い》れなかった。勇なり、また賢なるかな。

第三回の幹事は、元園町――小村雪岱さん――受之《これをうく》。

（昭和三年八月「三田文学」）

一葉の墓

門前に焼団子《やきだんご》売る茶店も淋《さびし》う、川の水も静《しずか》に、夏は葉柳《はやなぎ》の茂れる中に、俥《くるま》、時としては馬車の差置《さしお》かれたるも、此処《ここ》ばかりは物寂《ものさ》びたり。樒《しきみ》線香など商《あきな》ふ家《うち》なる、若き女房の姿美しきも、思《おもい》なしかあはれなり。或時《あるとき》は藤の花盛《はなざかり》なりき。或時は墓に淡雪《あわゆき》かゝれり。然《さ》る折は汲み来《きた》る閼伽《あか》桶《おけ》の手向《たむけ》の水も見る〳〵凍るかとぞ身に沁《し》むなる。亡き樋口一葉(1)が墓は築地本願寺(2)にあり。彼処《かしこ》のあたりに、次手《ついで》あるより〳〵に、予《われ》行きて詣《もう》づることあり。

寺号《じごう》多く、寺々に附属の卵塔場《らんとうば》少なからざれば、はじめて行きし時は、寺内なる直参《じきさん》堂《どう》といふにて聞きぬ。同一《おなじ》心にて、又異《またこと》なる墓たづぬるも多しと覚しく、その直参堂には、肩衣《かたぎぬ》かけたる翁《おきな》、頭《つむり》も刷立《すりたて》のうら少《わか》き僧、白木《しらき》の机に相対《あいたい》して帳面を控へ居り、訪《と》ふ人には教へくるゝ。

花屋もまた持場《もちば》ありと見ゆ。直参堂附属の墓に詣づるものの支《し》度《たく》するは、裏門を出《い》で、右手の方《かた》、墓地に赴く細道の角なる店なり。藤の棚庭にあり。

声懸《か》くれば女房立出《たちい》で、、いかなるをと問ふ。桶《おけ》にはさゝやかなると、稍《やや》葉の密かなると区別して並べ置く、なかんづくその大《おおい》なるをとて求むるも、あはれ、亡き人の為《ため》には何かせむ。

線香をともに買ひ、此処《ここ》にて口火《くちび》を点じたり。両の手に提げて出づれば、素跣《すはだし》足の小《しょう》童《どう》、遠くより認めてちよこ〳〵と駈《か》け来《きた》り、前に立ちて案内しつゝ、やがて浅き井戸の水を汲み来《きた》る。さて、小さき手して、かひ〴〵しく碑《しるし》を清め、花立《はなたて》を洗ひ、台石に注ぎ果《はて》つ。冬といはず春といはず、それもこれも樒《しきみ》の葉残らず乾《から》びて、横に倒れ、斜《なな》めになり、仰向《あおむ》けにしをれて見る影もあらず、月夜に葛《くず》の葉の裏見る心地す。

目立たざる碑《いしぶみ》に、先祖代々と正面に記して、横に、智相院釈妙葉信女《ちそういんしゃくみょうようしんにょ》と刻みたるが、亡き人のその名なりとぞ。

唯視《とみ》たるのみ、別にいふべき言葉もなし。さりながら青苔《せいたい》の下に霊なきにしもあらずと覚ゆ。余りはかなげなれば、ふり返る彼方《かなた》の墓に、美しき小提灯《こぢょうちん》の灯《ひとも》したるが供へありて、その薄暗かりしかなたに、蠟燭《ろうそく》のまたゝく見えて、見好《みよ》げなれば、いざ然《さ》るものあらばとて、この辺《あたり》に売る家ありやと、傍《かたえ》なる小童に尋ねしに、無し、あれなるは特に下町辺《へん》の者の何処《いずこ》よりか持て来《きた》りて、手向《たむ》けて、今しがた帰りし、と謂《い》ひぬ。去年《こぞ》の秋のはじめなりき。記すもよしなき事かな、漫歩《そぞろある》きのすさみなるを。

（明治三十三年十月「新小説」）

紅葉先生逝去《せいきょぜん》前十五分間

明治三十六年十月三十日十一時、……形勢不穏《ふおん》なり、予《よ》は二階に行きて、謹みて隣室に畏《かしこ》まれり。此処《ここ》には、石橋、丸岡、久我《くが》の三氏あり。（1）

人々は耳より耳に、耳より耳に、鈍《にぶ》き、弱き、稲妻《いなずま》の如き囁《ささやき》を伝え居れり。

病室は唯寂《ただしん》として些《さ》のもの音もなし。

時々時計の軋《きし》る声とともに、すゝり泣《なき》の聞《きこ》ゆるあるのみ。

室《しつ》と室とを隔てたる四枚の襖《ふすま》、その一端《いったん》、北の方《かた》のみ細目《ほそめ》に開けたる間《あわい》より、五分措《お》き、三分措きに、白衣《びゃくえ》、色新しき少看護婦、悄然《しょうぜん》として出《い》でて、静《しずか》に、しかれども、ふら〳〵と、水の如き燈《ともしび》の中を過《よ》ぎりては、廊下に彳《たたず》める医師と相見《あいみ》て私語す。

雨頻《しきり》なり。

正《まさ》に十分、医師は衝《つ》と入《い》りて、眉《まゆ》に憂苦《ゆうく》を湛《たた》へつゝ、もはや、カンフルの注射無用なる由《よし》を説き聞かせり。

風又《ま》た一層を加ふ。

雨はたゞ波の漾《ただよ》ふが如き気勢《けはい》して降りしきる。

これよりさき、病室に幽《かすか》なるしはぶきの声あるだに、その都度《つど》、皆慄然《りつぜん》として魂《たましい》を消したるが、今や、偏《ひとえ》に吐息《といき》といへども聞えずなりぬ。

時に看護婦は襖より半身を顕《あらわ》して、ソト医師に目《め》くばせ為《せ》り、同時に相携《あいたずさ》へて病室に入りて見えずなれり。

石橋氏は椅子に凭《よ》りて、身を堪《た》へ支ふること能《あた》はざるものの如く、且《か》つ仰ぎ、且つ俯《ふ》し、左を見、右を見て、心地《こころ》死なんとするものの如くなりき。

(角田《つのだ》(2)氏入《い》る。)

人々の囁きは漸《ようや》く繁《しげ》く濃《こまや》かに成り来《きた》れり、月の入《いり》、引汐《ひきしお》、といふ声、閃《ひらめ》き聞えつ。

十一時十五分、予は病室の事を語る能《あた》はず。

(明治三十六年十二月「新小説」)

仲《なか》の町《ちょう》にて紅葉会の事

今年霜月《しもつき》の三十日は、横寺町《よこでらまち》先生(1)の三回忌、祥月《しょうつき》命日、夏彦ぎみ(2)をはじめとして、遺族の方々、門下のたれかれ、御寺《みてら》赤坂の円通寺《えんつうじ》より墳墓《おくつき》に詣《もう》で奉《たてまつ》る。日は晴れて気清きに、折から一《ひと》むらの薄雲あり、大空に霜《しも》を刷《は》けるが如く、青山あたりの初もみぢ二葉《ふたは》三葉《みは》色を染めて、未《いま》だ夕《ゆうべ》ならざるに、人々の唯《ただ》身に沁《し》むこと、三歳《みとせ》以前の同《おなじ》一日に異《こと》ならず。

御棺《おんひつぎ》を送りしほどは、人の膝《ひざ》に抱《いだ》かれ給《たま》ひぬ。蒲柳《ほりゅう》の質《しつ》の、最弱《いと》くておはしたるが、このごろやう〳〵健《すこや》かに、嬉しくも世のいたづらざかりにもれ給はず、新堀《しんぼり》(3)なる御住居《おんすまい》の背戸《せど》の秋や、軍《いくさ》ごとの腕白《わんぱく》に、目の上に聊《いささ》か傷《きず》きたまひつとてお実家叔父上《さとかたおじうえ》の国手《こくしゅ》なるが、風には当てじとていたはりたまへる、左のお頭《つむり》をかけて御眉《おんまゆ》を白布にて包まれしが、東郷帽子《とうごうぼうし》(4)に水兵の服つけて、小さき靴の清らかなる、活潑に、母君の御袖《おんそで》の中を出《い》でて、ともに伏拝《ふしおが》みたまひたる、見参らす一同の、堪難《たえがた》き思ひの隙《ひま》にも、健気《けなげ》に勇ましく見えたまひぬ。

奥様は、にほひこぼる、黒髪のみ、露《つゆ》の粧《よそおい》もしたまはず、垂籠《たれこ》めてのみ日を送り給ふになん、御気色《みけしき》の白さも寂《さび》しく、痩《や》せまさりたまひしかな。召したる衣《きぬ》の綾《あや》あるも、恬《か》くては色の薄きぞかし。

打悄《うちしお》れて去りがてに、手向《たむけ》の花を見るよしして、しばし佇《たたず》みたまひたる、白菊黄菊の数ある中に、新しき花桶《はなおけ》一対《いっつい》、御家《おんいえ》の定紋《じょうもん》なる鷹《たか》の羽《は》を打違《うちちがえ》の、漆《うるし》の色艶《いろつやや》かに、小さく、なつ、さだ、としるせるありき。

涙さしぐみたまひたる、おん目《め》のこれに留《とま》りしか、さりげなく打傾《うちかたむ》いて、もの問ひたげに見えさせたまへば、門下一列の端《はし》に差控《さしひか》へし、太郎冠者《たろうかじゃ》心得て衝《つッ》と出《い》で、かなめの葉に霜のなごりぞ、袂《たもと》冷く襟《えり》寒く、御垣《みかき》の許《もと》に立寄りて、然《さ》ればその二人の名は、よし原《わら》仲の町の芸妓《げいしゃ》に候《そうろう》。御《おん》かなしみの折からなれば、ものに紛《まぎ》れさせたまひけん、その頃はかにかくといひつたへたる新聞も候よ。

おもきいたつきに臥《ふ》したまひつも、先師いまそかりし日、東京座にて藤沢一座、金色《こんじき》夜叉《やしゃ》を演ぜし(5)が、同丈《どうじょう》(6)の間貫一《はざまかんいち》、(7)高田の荒尾譲介《あらおじょうすけ》の、人気評判は然《さ》ることながら、初日より引続き、六日《むいか》七日《なぬか》一日《ひとひ》も欠かさず、一桝《ひとます》に姿を見せざることなき婀娜《あだ》たる見物、一連の候ひし。楽屋出方《でかた》の是沙汰《これざた》となりけるを、然《さ》る人のきゝつたへて、予《かね》て見知りたる婦人なりとて、やがてよしを尋《たず》ねしに、このたびの演劇《しばい》の原作者は世に類《たぐい》なき紅葉のぬしにてあり、見そなはせ、恁《か》く浮草の水稼業《みずかぎょう》に、風が数《かず》かくあだなみの、画《え》とも文字とも得分《えわか》ぬが、神仏《かみほとけ》の教《おしえ》やらん、読売に回のかさなる頃より、先生のものしたまへる、この金色夜叉のみ、色にも身にもかへがたかりし、信仰の念日に増して、やがてそのお姿の見参《みまい》らせたく、弥勒《みろく》の出世を待たんより、堪《た》へ難《がた》なくなりて侍《はべ》り。

時しもこの度《たび》の興行とて、その方《かた》さまの作なれば、いかで一日《ひとひ》作者の君の見え給はずといふことあらじを、余所《よそ》ながら拝みたさにと、思入《おもいい》りて申ししを、聞きたる人は仇《あだ》ならず、その心をおもひやりつ、その人、登張《とばり》(8)君にちなみあり。

竹風《ちくふう》氏より、それがしを通じて、いかでこの願《ねがい》かなへさせ給へとて、御枕もとに手を支《つか》へしかば、やがて先生にも御許《おゆるし》あり、打《うち》つれて一度横寺町の旧《もと》の御住居《おんすまい》へ参りたる、その二人にて候と、半《なか》ば申しし時、奥様の頷《うなず》き給ひつ。

一時《ひととき》の俤《おもかげ》を夢にも忘れ参らせず、今日は殊《こと》に祥月なれば、仲の町なるお夏の家にて、おさだとともに、二人が前だれ、襷《たすき》がけ、萩の餅《もち》しつらふるを、心ばかりの供養ぞとて、おなじ金色夜叉講中《こうじゅう》の妓《ぎ》を招きて、所《ところ》がら、人がらの、珍しくしをらしき、追善会を催《もよお》す由逗子《よしずし》(9)へいひ越し候おもむき、次手《ついで》なれば申上《もうしあ》ぐる。

御墓詣《みはかもうで》のこと過ぎて、茶屋竹中《たけなか》(10)の門《かど》より、夏彦の君、奥様、令嬢お三方の御車、芝《しば》をさして夕ぐれの塵《ちり》なき衢《ちまた》を過ぎてのち、三歳《みとせ》さきのちなみぞとて、その萩の餅に招かれたる、太郎冠者は日ともし頃を、仲の町に尋《たず》ね行きぬ。

横町の角《かど》の小暗《おぐら》きに、立忍《たちしの》びたる風情《ふぜい》して、縞《しま》の唐桟《とうざん》の羽織着たると、細帯《ほそおび》のみの女房と、ひそひそと囁《ささや》き居たる、処がらとて色めけば、打驚《うちおどろ》かさんはさすがなれども、立《たち》迷《まよ》ひたる身にしあれば、深山路《みやまじ》の遠灯《とおともし》、ひとへに便《たより》と立寄りて、志《こころざ》す方を尋ぬるに、目の前なりける露地《ろじ》の奥、御神燈《ごしんとう》の二ツ目なるが、芸妓衆《げいしゃ》が多勢《たぜい》にて、一方《ひとかた》ならぬ景気なれば、まがへらるべくもあらずと教ふ。

軒《のき》あかりを一ツ二ツと、露地板を辿《たど》る間《ま》もなう、門《かど》も格子《こうし》も取外《とりはず》して、浅間《あさま》なれば隈《くま》もなう、燈火《ともしび》の数も人の顔も、颯《さ》と夕栄《ゆうば》ゆる紅葉《もみじ》の軒。

牛込《うしごめ》と申す山中《やまなか》より太郎冠者が参りたり。お夏が宿かとおとなひつゝ、駒下駄《こまげた》の緒《お》のいろ〳〵にしがらみかゝる丸木橋渡り悩みて佇《たたず》むを、手を取るばかりに引いて上げつ。

横寺町の先生の弟子ぞ来たる、とばかりに、お夏お定《さだ》が右左、登張さんがお待兼《まちかね》、と一人がいへば、傍《かたわら》から、藤沢さんは帰りました。逗子から今日、遠い処を、あゝ青山のお帰りか、いざ、あちらへ、といひながら、自分たちが立ちもせず、立たせもやらず、端《はし》近《ちか》に、もの珍しげに、とみかうみて、さしはさみたる真中《まんなか》に、太郎冠者は我《われ》ながら、その言《こと》つき、ふるまひも、故郷《ふるさと》なる叔母《おば》たちに久方《ひさかた》ぶりの思《おもい》なり。

やあ、と一声かけたるばかり、同一筵《おなじむしろ》に集《つど》ひたる若き芸妓の一人の袖《そで》と、一人の裾《すそ》を跨《また》いだるまゝ、狭ければ動きもならず、竹風君は立ちたまひぬ。

元より家は手狭にて、十人の上を入《い》れ難し、と予《かね》てより案内しき。

然《さ》るを廓内《かくない》の金色夜叉と、名は猛《たけ》く、心やさしきものどもの思ひの外《ほか》に集《つど》ひたれば、升湊《ますみなと》の女房あり、老妓おその、松《まつ》じゆ、小高《こたか》、〆子《しめこ》、うた子、みな子に、桜川正孝《しょうこう》、松の家魚八《やぎょはち》、同じく喜作《きさく》と名のりつゝ、馳《は》せ参じたる兵《つわもの》あれば、やがて竹風君とさしむかひに、正面なる先生の肖像の傍《かたわら》に坐《ざ》せし時、予がためにつかひかけたる弁当の手をやすめし、少《わか》き女たちの、再び箸《はし》を取れりし折には、究竟《くっきょう》なる兵どもは、予《かね》て恪《かく》あらんと用意して、稗蒔《ひえまき》ばかりの秋の園に、紅白段《だんだら》々の幕、引絞《ひきしぼ》り、打繞《うちめぐ》らしたる、縁台に額《ひたい》を合せて、宵暗《よいやみ》の空、星まばらに、霜の陣をぞ営みける。

さても風情や。

紅葉《こうよう》を焚《た》くにこそ御名《おんな》に因《ちな》む恐《おそれ》あり。林間に酒を暖めし昔もかくやと扇子《おうぎ》を開き、打《うち》煽《あお》いでぞ興じたる。

床《とこ》の間《ま》の正面には、特になにがしの画師《えし》に頼みきとぞ、方《ほう》六尺許《ばかり》の御像《おんすがた》、さきつ年おなつおさだが、横寺町にて、目通《めどおり》したりし時も恰《か》くや、と俤《おもかげ》に立ち給ふ。病《やまい》の床《とこ》の御枕に、片肱《かたひじ》つきて、半《なか》ば起上らせたまへらる状《さま》いまそかりしに露違《つゆたが》はず。下に同じ状の写真を祭る、手《て》づから給ひしものなりとぞ。清き白布三段に、御膳具《おぜんぐ》は固《もと》よりなり、御肴《おんさかな》も汁もあり、菓子、果物溢《あふる》るばかり、主も客も思ひ〱に手に手に備へたる中に、葡萄《ぶどう》の実の能《よ》く熟したるが、紫のしたゝるばかりふさ〱とあるにつけ、食罰《しょくばち》の紫苦き葡萄かな、(11)と夜伽《よとぎ》のあかつきのたまひしが、はた、風葉子《ふうようし》の許《もと》に遊びたまひて、帰途を、伴《とも》して退出《まかんで》し、お納戸《なんど》町《まち》の八百屋《やおや》にて、この水菓子を見給ひつ、お前の祖母《おばば》好物なり、これ取らせよ、とておン手づから、買ひ取りて給ひしが、あゝ、今日の祭の神にこそ。

手向けの花も花野《はなの》に過ぎつ、冬の夜の灯《ともしび》に、月さし添ふらん風眺《ながめ》あり。紅葉《もみじ》の賀《が》の香《こう》の図つけたる紅白の打《うち》ものは藤沢丈《じょう》が志《こころざし》とよ。

萩の餅の名に過ぎて、客ぶるまひの品々の、いづれも心の赤きを染めたる木の葉の模《も》様《よう》ならぬもなし、心づくしはこれのみならず、昼の内、心のみ有髪《うはつ》の尼が読経ぞとて、霊前にして、曲二番、

空也《くうや》(12)　唄　なつ　松じゆ
　三味線　さだ　小高
御代《みよ》の松(13)
　唄　みな子
　三味線　うた子

の催《もよおし》あり。いづれも町《ちょう》に名とり等《ども》、先生の御前《おんまえ》とて、粛然《しゅくぜん》たるものありしかば、あまりの事の殊勝《しゅしょう》さに、我知らず胸のせまりしよと、竹風君盃《さかずき》を挙げて語るゝ。一ツ二ツかさぬる中《うち》、見番《けんばん》のはこやがものせしとて、紙の端に、俳句二ツ三ツものしたるを、お夏が手に取次ぎぬ。紅葉《もみじ》ちつて三《み》とせのむかしなつかしき、など拙《つたな》からず書いつけたり、かぼちや元成《もとなり》が近所なれば、やぶの中の蔓《つる》にこそ(14)、と竹風君と顧《かえり》みて一笑《いっしょう》す。

時に蠟《ろう》の灯《ひ》の風に消えけるを、おさだ跪《ひざまず》きて急ぎ点じつ。お夏がその日あるじぶり、おさだが勝手の世話ぶりも、細かにはいひも尽し難し。

又あらためて、青山の厚き手向を蔭ながら喜びきこえたるに、二人は二十七日の日連《つれ》立《だ》つて詣でしとか。傍《かたわら》なる正孝、喜作、魚八の三人も、花桶さげて参りし由。ある日又扇つかひゆく枯野かな、暁台《きょうたい》(15)の句のそれと、趣《おもむき》は異《こと》なれども、小春日の青山を、黄菊(16)白菊これなる二人。扇をぱちぱち幇間《たいこ》ども、打連《うちつ》れて参りしな。種彦や文《ふみ》にせん、国貞や描きなん、江戸のさまこそしのばるれ。

さて物語しめやかに、線香の薫《かおり》一際《ひときわ》座に満ちて聞ゆとすれば、一《ひと》むら雨颯《さめさつ》と来つ。野陣《のじん》の兵《つわもの》敗亡して、哄《どっ》と座敷に逃ぐるを合図に、承《うけたまわ》ればいまはの際《きわ》にも、通夜《つや》を陽気にとありしとやらん。景気よく、さあ立つた、とお夏が三味《さみ》を取上ぐれば、働役《はたらきやく》の世話女房、おさだは前垂したるまゝ、銚子《ちょうし》をよけて、座を立ちし、唄は二上《にあが》り三下《さんさが》り(17)。水《すい》干烏帽子《かんえぼし》装《よそお》ひたる静《しずか》が様《さま》には似ずもあれ、心は誰《たれ》か異なるべき、しづのをだまきくりかへし、くりかへし。

〰〰〰〰

因《ちなみ》にいふその三十日の朝まだき、姿艶《えん》に俤《おもかげ》のやつれし人の、香花《こうはな》をとゝのへつゝ、寂しく唯《ただ》一人、墳墓《おくつき》の路《みち》に朝《あした》の霜を分けたるあり。月々欠かしたまはぬが、誰にやおはすらんと、なじみなる四丁目の角の花屋の女房、なつかしがりて予に語りぬ。

(明治三十八年十二月「新小説」)

夏目さん

臨時に、漱石《そうせき》さんの特別号(1)が出ますんですか、結構でございますね。あの方のことを、私に。ええ、そりゃ、一寸《ちょっと》、お目に掛りもしましたし、お世話に成った事がありますから、思ってる事はお話し申しますけれども、恁《こ》うね、いきなりでは何《ど》うでしょうか。しかしお急ぎなら、ただ、ほんのおいで下すった御挨拶《ごあいさつ》だけですよ。

はじめて、夏目さんにお目にかかったのは、然《そ》うですね、もう七八年に成ります。私がまだ土手三番町に居た時ですから、明治四十何年、と御覧なさい、すぐにその年を云うのにも差支《さしつか》えるほど用意のない処で、調《ととの》わない事です、御ゆるしを願います。

実はね、膝組《ひざぐみ》で少しお願いしたい事があって、それが、月末の件(2)ですよ。顔を見て笑っちゃ不可《いけ》ません。此方《こちら》は大切な事でさあね。急いだもんですから、前へ手紙もあげないで、いきなり南町《みなみちょう》へ駈《か》けつけたもんです。まだ、それまでに、一度だって逢った事がないんでしょう。八月だと思います、暑い真盛《まっさか》り。特に用向《ようむき》が用向と来て居るし、当人汗に成って取次を頼んだものの、予《かね》ての風説《うわさ》なり、容子《ようす》を思うと、一面の識もない、唐突《とうとつ》の客なんか、なかなか逢いそうもない方だと知って居ながら、不思議にまた、身勝手だが何だか、逢っておくんなさりそうにも思ったのが、幸い実《さいわみ》に成りましてね、すぐ通して下すった。

あの、満韓《まんかん》のところどころ(3)の出来た、丁《ちょう》どその旅だちが、二三日中と云う処で、旅行鞄《かばん》や何か、お支度《したく》最中の処、大分《だいぶ》お忙《せわ》しそうだったのに、ゆっくり談話《はなし》が出来ましてね。ゆっくりと云ったって、江戸児《えどっこ》だから長いこと、饒舌《しゃべ》るには及びません、半分いえば分ってくれる、てきぱきしたもので。それに、顔を見ると、此方《こちら》に体裁も、つくろいも、かけひきも、何にも要らなくなる。又夏目さんの、あの意気じゃ、行《や》ろうたって、体裁も、つくろいも、そのかけひきも人にさせやしますまい。そこが偉い、親《したし》みのうちに、おのずから、品《ひん》があって、遠慮はないまでも、礼は失わせない。そしてね、相対《あいたい》すると、まるで暑さを忘れましたっけ、涼しい、潔《いさぎよ》い方でした。

姿と、人がらは覚えて居ますが、座敷の模様《もよう》だとか、床《とこ》の間《ま》の様子なんぞは些《ちっ》とも知らない、まるで見なかったんでしょう。いずれ、あの方の事だから、立派な書架もあんなすったろうし、確《しか》と心持、気分ですか、その備わった軸もの、額《がく》の類と云ったものもありましたろうけれど、何にも知りません。逢って気が詰《つま》って、そうした事に心をうつす余裕をなくされたんじゃない、夏目さんさえ、其処《そこ》に居れば、何にも、そんなものは要らないのです。まあ、その人さえ居れば、客に取っては道具も、装飾も、もうひとき申せば、座敷も、家も、極暑《ごくしょ》に風がなくっても可《い》いって云う方でした。

それだのに、それだけに尚《な》お、その人が居なくなっては困りますのにね。――夏目金之助さんと云う名ばっかりになんなすった。十二月十二日の朝、青山の斎場で銘旗《めいき》にかかれた、その名を視《み》た時には、何とも申されない気がしましたよ。私は不断《ふだん》から、夏目さんの、あの夏目金之助と云う、字と、字の形と、姿と、音《おん》と音の響《ひびき》とが、だいすきだったんです、夏目さん、金之助さん。失礼だが、金さん。何《ど》うしても岡惚《おかぼ》れをさせられるじゃありませんか。

あの名に対して、禅坊さんが、木魚《もくぎょ》を割ったような異声を放って、咄《とつ》！　なんて喚《わめ》いたのは変じゃありませんか。いや、こんな事を云って怒りゃしませんか、夏目さんは怒りゃしなさるまい。

（大正六年一月「新小説」臨時号）

みなわ集の事など

森さん、鷗外《おうがい》さんでお話を申します——何はおいても、先生と言わなければならないのでしょうけれど、私には唯《ただ》一人、紅葉《こうよう》先生がありますから、これは笑って御免下さい、未《いま》だ嘗《かつ》て誰方《どなた》をも先生と呼んだことはありません。……実は手紙を下さる時など、洒落《しゃれ》にしろ、串戯《じょうだん》にしろ、私如きを先生と云ってよこして下さるお方があります。礼として、此方《こちら》からもお返しをしますのに、先生——としようと思って、しばらく考えるのですが、何《ど》うしても紅葉先生に済まない気がして、つい何々——様で、失礼をして居るようなわけですから。

然《そ》う然う「様。」と言えば、この字について、お話があるのですよ。森さんの、あの即興詩人(1)のうち「一故人《いっこじん》」の条に「画工。御免なされよ……云々《うんぬん》。……吏《り》。様《よう》か。左《さ》(と謦咳《せきばらい》一つして読上ぐるよう。)「フレデリック、シイズ、パアル、ラ、グラアス……」」と言うのがあるのですがね。これは誰《たれ》が一寸《ちょっと》見ても、「吏。左様か。」の誤植だろうと思われるのですが、一字処《どころ》か、字の一画と雖《いえど》も、ゆるがせにされない御存じの文章でしょう。めったに校正の間違《まちがい》なんぞあるものじゃない。ここは端正なる一篇の中でも、「画工進み出《い》でて、御免なされよ、」と言う調子で、関守《せきもり》の吏《やくにん》をはぐらかす全篇唯一《いっ》箇処《かしょ》、諧謔味《かいぎゃくみ》のあるらしい処ですから。「左様か。」を故《わざ》と裏返しにした、「様か、左。」と言う、原文なり、訳文なりであろうと思って居ましてね、(——菊判本上巻二一〇頁二行めにあります、縮刷本には訂正がしてあります——)いつか、西園寺《さいおんじ》さんの雨声《うせい》会《かい》(2)の七八回めだった浜町《はまちょう》の常盤《ときわ》の時、飲んだ酒を殺して、森さんの傍《そば》へ進んで、この話をしますとね、一寸横の方へ俯向《うつむ》くようになすったっけ。然《そ》うですか、そんな所がありますか、と二つばかり軽くうなずいて、誤植誤植と、くすくすとお笑いでした。愚問《ぐもん》ですな——考えると汗が出ます。こんな愚問こそ、様か、左ですよ。英雄人を欺《あざむ》いたんじゃあない。此方《こっち》が眩惑《げんわく》させられたんです。

愚問と言えば——お話は少々違いますが、柳田国男《やなぎたくにお》氏は典範《てんぱん》とすべき紳士で、そして学者です。古今《ここん》にわたった深い趣味の中《うち》の一つとして、山男、山女の生活に精《くわ》しいのです。同氏が主幹だった、郷土研究(3)に山人《やまびと》外伝志料《しりょう》と言うのがあって、明細に研究をされて居ますが、一口に言えば、いや早合点《はやがてん》で申せば、山男はつまり山奥に取残《とりのこ》された人種だと言う事に成るのです。山男は分りました。其処《そこ》で山姫は何でしょうかと……いつか会った時、霧《きり》、霞《かすみ》の振袖《ふりそで》に、戸隠升麻《とがくししょうま》、白根葵《しらねあおい》の裾模様《すそもよう》を、意気込《いきご》んで聞いたものです。余り奇問に、しばらく考えて居なすったっけ。それはあなた、山男の娘ですよ。端的明快じゃありませんか。此方《こっち》に予備知識がないと、言うことがとんまで、間抜で、愚問以上の奇聞になります。――お恥かしいね。

処で、森さんにはじめてお目に懸《かか》ったのは、雨声会の第一回、つゆの雨のしとしとと降った頃で、西園寺さんの駿河台《するがだい》のお邸《やしき》でした。簡素な――勲章《くんしょう》も何もない、軍服でおいでてでした。腰のあたりに、何となく晃々《きらきら》としたものは、人の目に輝いたが、威風凜々《いふうりんりん》なぞは忘れたようで、背こごみに小さく坐《すわ》って、一寸横を向いて莞爾《にっこ》としておいでなさる。正座《しょうざ》です、床《とこ》には青葉の影をめぐって、名香《めいこう》が縷々《るる》として薫《くん》じて居ました。が、その御様子ですから、臆面《おくめん》なしにお話が出来ました。

座中に、みなわ集のうわさが出た時――はやくその出版当時の事。……私どもが一冊ずつ心得て秘蔵して居たはいいが、驚破《すわ》と言うと、いやそれほどの一大事ではありません。蕎麦《そば》と言うと、汁粉《しるこ》と言うと、恐縮ながら、水沫集《みなわしゅう》を質に入れたものなんです。出版後、しばらく経つと、版が切れて居たものですから、原価、並製《なみせい》が四十銭、上製《じょうせい》が六十銭――とたしか覚えて居ますが、悉《くわ》しくは春陽堂《おみせ》の方でお調べ下さい――その並製を質屋で三十銭、上製を五十銭貸しました。てくだで口説《くど》くと、並製を以《もっ》て上製に替えて五十銭とお目にかける事が出来たのです。市《まち》の売価《ばいか》が原価の四倍五倍と言うのですからね。米がいくらの時だと思います。紅葉先生の大添删《だいてんさく》をいただいた小作、月下園《げっかえん》(4)と言うのに、「串戯《じょうだん》じゃない、お米は両に六升《しょう》五合《ごう》だよ。」と言う先生おかき入れの文句であります。明治三十五六年がそれでしょう。みなわ集の利子のあげさげに苦《くるし》んだのは、二十六七年頃ですから、両に……ああ両に、と言いたいが、実はわれわれに取っては、升が六七銭。……五十銭あれば、床屋《とこや》へ行って、湯に入って、蕎麦屋でおかわりをして、寄席《よせ》で――私は行きませんがね――女義太夫《たれぎだ》が聞けました。皆が実行したものです。今の金子《かね》だと五六円、もっとにも当りますか、貸しましたね。尤《もっと》も質屋は矢来《やらい》にあって、亭主俳名を蕉雨《しょうう》とか言って、青い長い顔の若い男で、専《もっぱ》ら正風《しょうふう》を称《とな》えたもので、本の名ぐらい知って居たから、余計奮発をしたのかも知れません。ただし、これを口説く場合だけは、芭蕉《ばしょう》を火の番のおやじぐらいにしか思わない、少壮血気の談林《だんりん》も新派も、皆正風《しょうふう》に帰依《きえ》したから笑わせましょう。

何、雑《ざつ》とですが、その雨声会第一回の席上で、こんなお話の出来たほど、鷗外さんは打解《うちと》けておいででした。で、そんなに貸しましたか、と質も御存じあるまいに、一寸横を向いてうつむいて苦笑《にがわらい》しておいででした。

愚問でない。お教《おしえ》をうけに、おうかがい申したいと思いながら、御遠慮を申すうちに、おなくなりになりました。――何とも申しようはありません。

急なお思いたちで、鷗外さんの追弔《ついちょう》のため臨時増刊(5)についておほねおりと申すうちも、このお暑さですから、お察し申します。――春も秋も、分けて即興詩人は、殆《ほとん》ど一日も拝見しない日はないと言っていいくらいです。この頃の暑さで御覧なさい。私は何故《なぜ》ですか、行水《ぎょうずい》だ、青簾《あおすだれ》だ、アイスクリームだと言う。わるく涼しがろうとする景物は、何だか却《かえ》って暑くるしい。……日盛《ひざかり》の碧空《あおぞら》を寝転んで見ながら、「時は暑《しょ》に向ひぬ。カムパニアの野は火の海とならんとす。」「この野辺《のべ》にては、日光ますぐに射下《いおろ》せり。我が立てる影さへ我脚下《わがきゃっか》に没せんばかりなり。水牛は或《あるい》は死せるが如く枯草の上に臥《ふ》し、或は狂《きょう》せるが如く駆《か》けめぐりたり。」――「沼は涸《か》れたり。テヱエルの黄なる水は生温《なまぬる》くなりて、眠たげに流れたり。西瓜《すいか》の汁も温《ぬる》し。土石《どせき》の底に蔵《ぞう》したる葡萄酒《ぶどうしゅ》も酸《す》くして、半《なか》ば烹《に》たる如し。」即興詩人を読むのが会心です。この温《ぬる》き西瓜の汁はアイスクリームより清く涼しく、この半ば烹《に》えたる葡萄酒は、ソーダ水よりも純にして冷《つめた》い。――「天には一纖雲《いっせんうん》なく、いつもおなじ碧色《へきしょく》にて、吹く風は唯《た》だ熱き「シロッコ」(東南風)のみなり。」と一読し三誦《さんしょう》して、名訳に我知らず、動悸《どうき》して唾《つ》の乾くにあたりて、一碗《いちわん》やくるが如き番茶を吃《きっ》する時、或《あるい》は、到来ものあるがために、少々気取って、キュラソーの一《いっ》盞《さん》を、(セック)(6)と水上滝太郎《みなかみたきたろう》さんにこのごろ教わったばかりの讃語《さんご》を用いて、チリリと唇に含む時、遥《はるか》にハンパニヤの曠野《こうや》を望み、恍惚《こうこつ》として、低き雲の峰に、目の赤き水牛の状《さま》を思って、颯爽《さっそう》たる涼味《りょうみ》の三伏《さんぷく》の暑熱を消す嬉しさを感謝します——

濱野さん——あなた方編輯《へんしゅう》の方々の御尽力で、森さんにお親しかった皆さんの悉《くわ》しいおはなしのあるのを、偏《ひとえ》に待ちます。私はただあなたの、なりふりも容子《ようす》も忘れて、この炎天を、御奔走《ごほんそう》なさるのに対して、きまりの悪さを顧《かえり》みず、愚問でない、愚談をしました。

森さんの英霊も御海恕《ごかいじょ》下さい。

(大正十一年八月「新小説」)

入《いれ》子《こ》話《ばなし》

色を紅《くれない》に染めた錦木《にしきぎ》と、竜胆《りんどう》、女郎花《おみなえし》などを、取合せて床《とこ》の間《ま》に活《い》けた。掛《かけ》ものは、紅葉《こうよう》先生の「二三里《にさんり》の妹《いも》がり行くや露《つゆ》の中」と言うのである。壁はがさがさだけれども、この風情《ふぜい》は可懐《なつか》しい。茶心《ちゃごころ》があるとお客をして、一寸《ちょっと》お目に掛けたいくらいである。処《ところ》で、（九月下旬）籠《かご》にさしたこの秋の色だが、何も草の花の取合せに心得がある次第ではない。麹町通《こうじまちどお》りの花政《はなまさ》の店に、きれいだと思うのを、幼稚に引っこぬいて来て、そのまま突込《つっこ》んだのに過ぎないけれども、さて恁《こ》う視《なが》めると煙草《たばこ》も甘《うま》い。――尤《もっと》も活《い》け方に、術《わざ》も見処《みどころ》もあるのではない。山の枝も、野の草も、露霧《つゆきり》をそのままに押《おし》つくねたばかりである。

何しろ、流儀に心得のない事は、つい、この一組《ひとくみ》の前に、床《とこ》に置いた花の中に、樫《かし》の枝が取添えてあった。――樫のそめ葉だと思って居た。……今度のに活けかえる前日の朝、「もう取《とり》かえなくっちゃ、大分《だいぶ》ひどく成りましたね。」と、家内が艶布《つやぶ》巾《きん》を掛けて居ると……ものは布巾でも、まことにしとやかでない掃除の響きで、枝からポンと飛出して、コトンと転がったものがある。おや、と見ると、莢《さや》を脱《ぬ》けた一顆《ひとつ》の団栗《どんぐり》であった。

振返って、「悪戯《いたずら》をしましたね、」と、私に言うから、「馬鹿な、月末だよ。(1)」と、気のない顔をしたが、しかし之《これ》は嬉しかった。お互《たがい》に夏は暑いと云ううちにも、今年の暑さには大弱りに弱った処へ、この木の実は、板屋を走る露の音より、涼しい秋の音信《おとずれ》で、樹のある地所がころがり込んだようなものだと、避暑の旅行の出来なかった負惜《まけおし》みを言って、そのまま花籠《はなかご》の下へ置いたっけ。——何処《どこ》から飛出したろうに、何の不思議もない。葉隠れに成って居たのが樫の枝から撥《はね》たので、椎《しい》の実は椎の樹さ、団栗は樫の樹と説明をすると、家内は成程《なるほど》と合点《がてん》した。が、余り柔順《すなお》に合点したから、あとで少々気の毒に成った。果《はた》して樫の実《み》か知らん？……実《じつ》は余り確《たしか》でないから、この位《くらい》な学問はいろは引《びき》の字引で出来る。内証《ないしょう》で繰《く》って見ると、正《まさ》に違った。太郎兵衛《たろうべえ》は太郎兵衛で、団栗の実は、矢張《やっぱ》り団栗の樹の、実なのである。

申すまでもない、樫だと思って居たのは団栗の枝であった、……と言う覚束《おぼつか》ない観賞家だから、活け方に心得のあるのではないが、錦木《にしきぎ》の紅《くれない》、竜胆の紫も、見ればそのまま美しい。

女郎花さえ取添えて——この露、この霧、この色を寄せるには、凡《およ》そどれだけの山、どれだけの野を要するであろうか。買った銀貨の寸法ぐらいでは、殆《ほと》ど、想像にも及ばないと言っても可《い》い。

尤《もっと》も向島《むこうじま》の百花園《ひゃっかえん》へ行けば、何時《いつ》でも揃《そろ》って居る。しかも今頃は盛《さかり》であろう——一面の秋の錦を、夕顔棚を諸侯《だいみょう》にしたような、真赤《まっか》な錦冬瓜《きんとうがん》の搦《から》んだ棚の下の床几《しょうぎ》で眺めて、首尾がいいと、昼の月に雁《かり》の渡るのなども見えようけれど、それと是《これ》とは別である。

錦木は、まさか陸奥《みちのく》の片山里《かたやまざと》まで探すにも及ぶまいが、花屋が売るのに——今度の竜胆は日光のだそうだが、前に活けたのは、軽井沢あたりで仕入れたものだそうで。これを思うと、瑠璃《るり》の爽《さわやか》さは霜《しも》のようである。

女郎花は玉川べりにまだいくらも咲くと、聞くが、もう桔梗《ききょう》と成ると、農家の背戸《せど》のものずきか、別荘構《べっそうがまえ》の庭でないと見られない、……それも稀《まれ》で、二本三本《ふたもともと》、唯《ただ》あちこちに過ぎない。野に咲いたのは殆ど面影《おもかげ》もないと言う。

その筈《はず》である。以前は、すこし出れば堤にも垣根にも咲いた嫁菜《よめな》の花。——赤のまんま——紅蓼《べにたで》が、近頃では清水谷《しみずだに》の公園の奥を探してもまるで見えぬ。嫁菜、紅蓼、この中へ露草の真青《まっさお》なのが交って、秋空に、昼も白露に咲いた風情は、またなく可憐《かれん》な、ゆかしいものであるが、散策も一夜泊《いちやどま》りと名のつく軽い旅行をするくらいでなければ見られそうにも思われぬ。

彼岸《ひがん》に、雑司《ぞうし》ケ谷《や》へ参詣《さんけい》をした。……池袋の停車場《ステエション》から、墓地へ行くまでの間に、嫁菜一葉《ひとは》、蓼一茎《ひとくき》もなかったのはもの悲しい。二三年前までは、まだ横道へ掛ると、畑の南瓜《かぼちゃ》どのが、道端へ、頬被《ほおかぶ》りもしなければ、「今日《こんち》は」とも言わないで、のこんと顔を出して居る。……ござるわいと、前後《あとさき》を眴《みま》わして、悪戯《いたずら》にステッキを取直すのだが、何の遺恨《いこん》もあるのじゃあないから、其処《そこ》で気を替えて、トンと掌《てのひら》で敲《たた》いて通る……などと言う事もあったけれど、今では家がひしひしと建続《たちつづ》いて、下水は溢《あふ》れても、植えたのでないと草も生えない。

籬《まがき》の竹や、雑樹《ぞうき》に搦《から》んで咲き残った朝顔の紅色なのさえ、珍しいほどであるから、僅《わずか》ばかりの小菜《こな》の畦《あぜ》も、茄子《なす》の振《ふり》も面白い。私は一軒、鶏頭《けいとう》を植えた背戸を差し覗いて、薄雲《うすぐもり》の日の影に彳《たたず》んだ。

今更言うにも及ぶまい。既《すで》に、今年の春の頃、何かの随筆《ずいひつ》を見て居ると、関口《せきぐち》の滝《たき》、駒塚橋《こまつかばし》、時雨塚《しぐれづか》から山吹の里の事が出て居たので、急に可懐《なつか》しい思いがして、友だちを一人誘って、蓑処《みのどころ》か、外套《がいとう》も着ないで、日向《ひなた》を野面《のづら》で出掛けたが、江戸川の上流は灰汁《あく》を流して、山吹の里は何処《どこ》へやら。狭い町は石炭がらで充満《いっぱい》で、早稲田《わせだ》へ廻《まわ》って帰るまでに、その濁《にご》った川沿《かわぞい》の何処かの石垣に、うっちゃったような山吹が、ほんの一枝、乾《から》びてひょろひょろとあったばかり、砂ほこりに、のぼせて歩行《ある》いて、小雨《こさめ》にも逢わなかった。

しとしとと降りくらす雨の日に、傘をさしてふらりと出て、余所《よそ》の垣根の、あの山吹を見るのは、合方《あいかた》に、紅梅《こうばい》と違って琴のないだけ、まことに趣《おもむき》のあるものだけれど——紫陽花《あじさい》はまだ時々見掛ける——崖《がけ》にも、背戸にも山吹はさっぱりない。時たま大構《おおがまえ》の邸《やしき》の庭から、塀越《へいごし》の梢《こずえ》のうかがわれる事はあるが、立って覗《のぞ》こうとすると、そんな処に限って、外囲《そとがこい》が高いから、勢い爪立《つまだ》って、のび上る。と、鼻の下はのびながら、ものがものだけに、山吹色と言うのを口惜《くや》しがって、歯をくいしばってじだんだを踏むようだから此奴《こいつ》は不可《いけな》い。……尤もこれはこの番町界隈《ばんちょうかいわい》の事を言うのである。

前《さき》に向島の百花園の事を言った——代は何代も代《かわ》ったろうが、新梅屋敷と称してこの園《その》を開いた鞠塢《きくう》と言うのは(あの和尚《おしょう》)などと称《とな》えて、よく、京伝、三馬《さんば》の作に出る。下《した》町連《まちれん》には人気があったが、山の手の武左《ぶざ》には向かない。園の水に水鶏《くいな》が鳴くと言って、風人《ふうじん》の集まった事があるが、やがて、それは和尚が蓮池《はすいけ》の中へ忍んで、よしあしの蔭で火吹竹《ひふきだけ》を吹いたと知れて、もの笑いに成ったなどと書いたのがある。客をもてなすため、半夜《はんや》、池の中に蹲《しゃが》む心づかいは、おなじ慾《よく》にした処で、一寸《ちょっと》スイッチを捻《ひね》って、煽風機《せんぷうき》を動かすようなものではなかろう。

——お茶きこしめせ梅干も候《そうろう》ぞ——百花園の秋草は全くいい。水上《みなかみ》さん、万太郎《まんたろう》さんなどと一所《いっしょ》に、浅草から、あれへ廻《まわ》ったのも、もう三四年前に成る。しばらくものまぎれに不沙汰《ぶさた》をして居るが、毎年花見には出ないでも、彼処《あすこ》だけは欠かさず出向いた。

私には、第一忘れられない思い出がある。「一所に来な。」で、銭湯のお供かと思うと、その日は、先生が百花園へおつれ下すった。紅葉先生の玄関に居た時の事である。不断《ふだん》気早《きばや》でおいでなすったんだから、足袋《たび》も穿《は》かないで、木戸《きど》へ駈縋《かけすが》って、そのままおともをしたのであったが、芙蓉《ふよう》の雲へ入ったような気で、萩桔梗《はぎききょう》の中の、先生の姿に見惚《みと》れながら、園《にわ》をめぐった。人ごみを避けた静かな椅子《いす》に休まれた。……紫苑《しおん》の影も可懐《なつか》しい。「其処《そこ》にあるのが確か寿星梅《じゅせいばい》と言うんだ。札《ふだ》を見な——これが名ぶつだよ。」梅干でお茶を相伴《しょうばん》。小さい銀貨のお茶代で、それから土手を歩行《ある》いて、吾妻橋《あずまばし》を渡った。仲見世前《なかみせまえ》を過ぎた処で、……たしか講釈場を向《むこ》う斜《ななめ》に見たあたりだったと思う。ふと、余所《よそ》の軒で、雨宿りをするような様子で、立って、空を見ながら、意気な懐手《ふところで》をなすったが、

「乗ろう、乗ろう。」と、急に又《また》……その時分は鉄道馬車で。

上野で下りると、池の端《はた》へ廻って、氷月《ひょうげつ》と言う、しる粉屋《こや》の張出《はりだ》しの方へお入《はい》んなすった。塩餡《しおあん》が一つ、小倉が二つ。……先生は、前の塩餡の一つだけで。「食べな。」で、私はおかわりの分とともに、三つ頂戴《ちょうだい》で、けろりとして居た。

後《のち》に、奥さんから聞いたのであるが「牛肉を驕《おご》って遣《や》ろうと思って、浅草で考えたが、懐中《ふところ》へあたると些《ち》と足りなかったよ。」との事である。——

それから仲通りへかかる処で、二人乗《ににんのり》が牛込《うしごめ》まで、その頃だから十二銭、即《すなわ》ち一貫二百である。何と、この様子が見てもらいたい、と私は小さくなりながら心では大いに威《い》張《ば》った。——どんどん(2)を渡って、車が柿の木坂(3)のだらだらへ掛った時である。折から人通りが途絶《とだ》えると「二人のりに、そんな乗方をしちゃ不可《いけ》ない、両方が窮屈《きゅうくつ》だ。お前も、追っては友だちに誘われれば、安もの買にも合乗《あいのり》で行くだろう。恁《こ》う遣《や》るんだ。」斜《ななめ》に腰をずらすと易々《やすやす》と成った。先生は、通《とおり》の獅子寺《ししでら》(4)(いま文明館)へ大弓《だいきゅう》に(5)——私はいそいそと横寺町へ帰った、そのおぼえがある。……丁《ちょう》ど、先生が「三人妻」の頃と思う。

塩餡に小倉を二膳。おしる粉三杯は、と生意気に、今では一驚《いっきょう》を喫《きっ》するのだけれど、甘いものに掛けてはなかなかそんな事ではない。

横寺町で、お彼岸《ひがん》にお萩《はぎ》が出来た。――故柳川春葉《やながわしゅんよう》が来て玄関に加わった頃、折ふし小栗《おぐり》も遊びに来て居た。其処へ奥さんの綺麗《きれい》なお手際《てぎわ》で、つぶし餡のが三《みっ》ずつ――ここに、われわれへ下されの分は、お手加減があって、萩の餅がずっと大きい。柳川は酒に於《お》ては、後年相撲取《すもうとり》の谷《たに》の音《おと》、剣山《つるぎざん》なんどと丼鉢《どんぶりばち》で渡り合うほどの下地があるし、小栗と来ては、最《も》うその頃からお花見酒のちびちび上戸《じょうご》と言う曲《くせ》ものなんだから、二人とも食べ切れないで、速《すみや》かに陣を引いた。

黒地の友禅《ゆうぜん》のお羽織に、紅《あか》い襷《たすき》がけの奥さんが、おかわりをなさいとある、お声がかりに、何と拙者《せっしゃ》はもっ立尻《たてじり》で、木皿《こざら》を出して、ここへ二つ。――その大《おお》きいのを前後七つと、もの凄《すご》く頂戴して、而《しか》して自若《じじゃく》としてまだ足りない。さすがにこれは話柄《わへい》に成った。のちに、割前《わりまえ》で、その時分には、怪《け》しからん、小栗などが酒を教えて、お萩の手際でぐッと遣《や》れなどと言った。

今でも、芝へ御年頭の折などは、奥さんがお銚子《ちょうし》を下さりながら、「おかさねなさい――お萩はいかが。」と微笑《ほほえ》んでお言葉がある。

いや、萩の餅そのものよりも、おあんばいが好《よ》かったのであろう、何しろ甘《うま》かった。――世帯《しょたい》を持ったはじめての秋の彼岸に、さあ、本懐はこの時、とその時の倍掛《ばいが》けぐらい、両手に一つ漸《やっ》と据《すわ》るほどの大きさなのを、註文によって、家内がクスクス遣りながら拵《こしら》えたが、頰張《ほおば》る鰌《どじょう》の鮨《すし》ではないが、これは見たばかりで、ひどく参った。然《そ》うだろう、ぼた餅の大杯《おおさかずき》。

つけて言うのは憚《はばか》るけれど、紅葉先生も、少年の時の希望と言うのが、志《こころざし》を得たらば、腹一杯、存分に栗のきんとんを食べようと言うのだったそうである。……春陽堂発刊の新作十二番の第一番「此《この》ぬし」(6)が出来た時、このお作は、いつも先生の十日に一石《いっせき》、三日に一水《いっすい》(7)たるに似ず。はりかえ時分で有りあわせた障子紙《しょうじがみ》に、風の捲《ま》くが如き勢いを以《もっ》て、三日半日に稿が成ったと言う一巻である。が、その稿料が束《たば》に成って入った時、立処《たちどころ》に一枚を引剝《ひきは》がして――まだ書生も女中も居ない――御自分で、魚《うお》がしの寄せもの屋から買っておいでなすったが、重箱の片端へ、くの字に箸《はし》をつけただけで、「沢山《たくさん》に成ったぜ。」と言うお話であった。

まだお萩について、お話がある。甘味《あまみ》の事ゆえ、喧嘩《けんか》でもなければ、無論惚気《むろんのろけ》では決してないから、お聞きに成る方で御安心を願いたい。

この夏、納涼台《すずみだい》で聞いたのだが、私のすぐ近所に、玉川あたり出身の歯科のお医師《いしゃ》、白井泰治《やすじ》氏があって、その話に……あの辺では霜月《しもつき》に萩の餅を拵《こしら》える。……尤もこの月は、亥《い》の子《こ》の餅と言うのが、むかしの月行事で。古風な謎々に――石畳と掛けて――霜月の餅と解く――心はえ――いにくい、ねにくい――とさえ言うのだが、玉川辺《へん》のは、冬至《とうじ》の日に拵《こしら》えるのだそうである。

で、夜《よ》ふけてから、農家が、これを、持々《もちもち》の大根畑の真ん中へ置いて来る。……と蛙《かえる》が出て、右の牡丹餅《ぼたもち》をえっちらこと背負《しょ》って、こらさ、こらさと立って歩行《あるき》出す。おもしろい、おかしな形を、あれ、見なまし、一寸御覧よ、見やしゃんせ、などと言って、畑の大根が残らず真白《まっしろ》な顔を出す。――ここに於《おい》て、大根は冬至の夜から、土を抽《ぬ》いて、白根《しらね》を顕《あらわ》すのだそうである。

信州の山奥に、埴生《はにゅう》の小屋の婆《ばあ》さんが、一夜の中《うち》に、床下《ゆかした》から根《ね》だを破って生《は》え伸びる筍《たけのこ》の鋭い勢いに、背中から胸を貫かれたと言う伝説があるのと一般、冬至ごろの大根の速《すみや》かに生伸《おいのび》るのを譬《たと》えたものであろうと思う。実際、風のない寂然《ひっそり》した夜半《よなか》に、ざわざわと音がして伸びると言う。

いつか、伊勢路《いせじ》を旅した時、二見《ふたみ》から鳥羽《とば》へ。――この街道を俥《くるま》で掛ると、霜月小春の午《ひる》さがりに、左右の畠《はたけ》の大根が、人に聞いて見たいほど、一本ずつ、皆一尺あまり、正《ただ》しく真白に土を抽いて、今にも脱《ぬ》け出しそうにまっすぐに立って居た。其処《そこ》へ色白な、大柄な婦《おんな》の、笠着て、脚袢《きゃはん》を穿《は》いた、小股《こまた》のすんなりとしまったのが、片手に鎌、片手に潑剌《はつらつ》とした鯔《ぼら》の大きなのを、影さえ見せて提げたのが、畷《なわて》を一人、スッと来るのに行《ゆき》逢《あ》った——畦《あぜ》には嫁菜、錦蓼《にしきたで》、露草の花が、霜をおしろいの如くに暖かく溶きつつ咲残った。湊《みなと》の風が吹いた時、一種神秘の感にさえ打たれるのである。

玉川の話を聞いて居ると、鳥羽の大根は反対に皆《みな》男で、どれも鼻が伸び、口がだらけて、眦《めじり》が垂れて、髯《ひげ》の萎《な》えた状《さま》がありあり見えたろうと、今にして思うとおかしい。

彼処《かしこ》に、玉川べりに桔梗《ききょう》の殆《ほとん》どない事も、白井《しらい》氏に聞いたのである。が、さすがに、薄《すすき》、女郎花、我亦紅《われもこう》のしげると言うのに、武蔵野の露の流れも偲《しの》ばれる。薄《すすき》の根に、「妙なものが生えますが、あれは何でしょう。蕨《わらび》が化けたような、うす紅《あか》い、花だか、穂だか分らないものですが。」——「いやそれですよ。」と、私は納涼台《すずみだい》を馬乗りに乗出した。

学校の試験の時の、カンニングとか言うものとは少しばかり訳《わけ》が違う。もの知りの一枚札が不思議に富くじに当ったのである。「まどろすが横啣《よこぐわ》えにした煙管《きせる》の雁首《がんくび》に似て居ましょう。(南蛮《なんばん》ぎせる、)一名を、(おもい草《ぐさ》)と言う珍品です。」と言って、私は巻《まき》煙草《たばこ》を脂下《やにさが》った。

花屋が一度、——「旦那方は論語よみの論語知らずだ。口じゃあ尾花《おばな》尾花と言って、薄《すすき》は知っても御存じあるめえ。尾花と言うのはこの事だよ。」と言って、この南蛮ぎせるが根に生えた薄を、恭《うやうや》しく見せた事がある。「めったに無《ね》えてね。」……めったになくもなかろうし、恭しくはせずともだが、一寸珍品には違いない。薄は雲のように、ざらに見ても、南蛮煙管の寄生したのは、花屋のその時のきり見た事がないよし、また納涼台で話すと、お医師は驚いて玉川べりの薄の根には、春のつくしほど一面に生えて居る。……今度お目に掛けましょうと、言う約束で。何でも、向原辺《むこうはらへん》の出張所へ行きなすった帰途《かえり》に、そのおもい草を、成程《なるほど》一束。——一輪ざしに束にして——ト頰杖《ほおづえ》で見た処は、ははははは、ジャガタラ島《じま》の助六(8)の観がある。

水上《みなかみ》さんに話したら、「内《うち》の庭でも二三本見たよ、」と言わるる。——ただし青山南《みなみ》町《ちょう》の借屋ではない。白金《しろがね》の本邸の庭だそうだから、以て如何《いかん》となす、威張《いば》れやしない。とに角《かく》、この草の、敷いたようにあるのは珍らしい。茗荷畑《みょうがばたけ》へ一面に生えた事もあると言うが、それは唯一秋《ひとあき》で消えた。——いつも盛《さかん》なのは、やっぱり、薄尾花《すすきおばな》が下《もと》だと聞く。

花屋と言えば、苗売が、たしか(スターフロックス、)と言う西洋の石竹《せきちく》の様な、紅《べに》だの、絞《しぼり》だの、キラキラと綺麗《きれい》な花を、なまって、（キタクロス、）で、北海道の名産……は面白い。これは可《い》いが、おなじ花の茎《くき》ばかりを摘んだのに、アスパラガスの葉を添えて、口の小さな罎《びん》に詰めて、それ、水に漬《つけ》るとこの通り、三日の内に満開だ、と喚《わめ》いて、慈姑《くわい》と茗荷の根をごったに、夜店で売って居た、いかさま屋がある。一根《こん》三銭だとか言う。買うこと買うこと、兄哥輩《あにいであい》はともあれだが、結綿《ゆいわた》の娘《こ》が友染《ゆうぜん》の前垂《まえだれ》に包んだのは可憐《いじら》しかった。

話も入子《いれこ》がこんがらかったが――さて、見ると……床《とこ》の間《ま》の花はうつくしい、錦木の鮮紅《からくれない》には、葉のなかに淡紅《うすべに》の石榴《ざくろ》の粒のような実さえあって、一《ひとつ》ずつ露を含んで居る。一枝《ひとえだ》といえばそれまでだけれど、五坪《いつつぼ》や十坪《とつぼ》の庭では、散り来る葉さえ留《と》まるまい。――

――その覚《おぼえ》がある。……私の背戸は二坪《ふたつぼ》にも足りなくて、ここへ卯《う》の花の枝をさし芽《め》にした。この花は、町の中では、山吹よりはもっと稀《まれ》で。……ある年、箱根の青葉の頃、早川で瀬を流す、白い森のようなその姿に、成程、雪だの、月にまがうのと、人の言うのはこの事よ、とはじめて知った。温泉宿《ゆやど》の筧《かけい》にさした真白な枝にも、このためには、時鳥《ほととぎす》も、河鹿《かじか》も、したい寄って鳴くだろうと頷《うなず》いたほどである。

前に住《すま》った土手三番町の庭には、珍しく、然《しか》も八重咲《やえざ》きの卯木《うつぎ》があった。七十いくつになる、屋ぬしの媼《ばあ》さんが、さしあいくらず腰を屈《かが》めて、座敷をなめるように庭へ通って、「また卯の花を取りにな、あんた……薬に欲《ほし》いと頼まれてな、あんた。」……いや、これには大いに弱らせられた。何の薬だか、つい忘れたが、しかし名木に相違ない。引っ越す時、一枝《ひとえだ》持って来てここへ植えた。尤もことわって持って来たから、媼さんの呪詛《のろい》はないのだけれど、葉ばかり茂って、蕾《つぼみ》も見せない。去年、十年目で、はじめて、しかも木戸を越した高い枝の、日の当る処だけ、ぽっちりと、袂《たもと》にうけた春の雪ほどに咲いたのである。

葉にくろい斑《ふ》があるのを、誰かが(蝙蝠安《こうもりやす》)(9)と綽名《あだな》した、悪党らしい水引草《みずひきそう》さえ、日かげではひょろりとする。……少しばかりの萩が、いつもより朝露を鏤《ちりば》めて、ふっさりと玉に花をつけたと思えば、大輪の鴨跖草《こうやめん》の(10)、青と、白と、覆輪《ふくりん》とあったのが、その下に成って、白いのばかりソッと咲く。浅葱《あさぎ》、藍《あい》の朝顔の、輪《りん》の小さく成ったは風情だけれど、乱れたつるの下伏《したぶせ》に、昼間も鳴いて居る蟋蟀《こおろぎ》さえ、この狭い庭には気の毒らしい。(指環《ゆびわ》も給金もない細君には……御同様が……もしあれば、御同様に、内証《ないしょう》の事だが)よく居てくれると、嬉しがって可《よ》かろう。

処で、今年は土用の頃から、怪《け》しからぬ、高調子を上げる虫がある。はじめて聞いた。勿論《もちろん》、水上さんが一昨年、三田《みた》に居なすった頃、その頃から、あのあたりの原では、満洲蟋蟀と言うのが鳴く、大きな声だ、と言われたのを聞いて居たから、ああそれだ、と思って居た。八千代さんに聞くと、渋谷でも鳴くそうで。高い音《ね》である。処が、この頃の三重吉《みえきち》さんの(赤い鳥)(11)を見ると、アオマツムシと言う珍しい虫が、近年、東京の山手に、桜の枝などで高い声で鳴きはじめた。緑色の虫だが、何処《どこ》から来たか、どうして出来たのか、その筋道はまだ学問の上にも分って居ない。今鳴くのは、しかも東京ばかりだと書いてある。リイリイと鳴くのが、するとそのアオマツムシと言うのであろうも知れない。この虫は、しかしちと騒々しい。リイリイリイリイ、張上げた甲《かん》だかな一本調子で、のべつに続けるのが聞いて居ると逆上《のぼ》せそうである。

汽笛をピイーと、凄《すさま》じい金切声《かなきりごえ》を立てて、此処《ここら》等へ来る羅宇屋《らうや》がある。余り響きが激しいので、耳がガンと鳴って、癇《かん》がジリジリと来る。気の弱い小児《こども》は虫を起す。敢《あえ》て他《ひと》の商売に沙汰を入れるのではないけれども、可笑《おかし》な事には、ピイーが高いから、その音に紛《まぎ》れるかして「羅宇屋さん。」――人が呼んでも、肝心当人に聞えないで、ピイーピイーと絶叫しつつ澄《すま》して行く。(アオ)の工合《ぐあい》が一寸これに似て居る。それに舶来《はくらい》の何とか踊の、金切声を振って跳上《はねあが》るのにも似て居るらしい。困った事は、(アオ)がリイリイ、その金切声をダンスの腰の如く振立てると、お馴染《なじみ》の、情《なさけ》もあれば、思いもあるあの、カタ、サセ、スソ、サセ、カタサセスソサセの可憐《かれん》なの(12)が、呆《あき》れるのか、怯《おび》えるのか、血の道を起すのか、暫時《ざんじ》ひったりと黙る事である。鷺娘《さぎむすめ》は鷺に成る。上手が踊れば、潮来出島《いたこでじま》もしおらしいのに、青松虫などは騒々しい。いや、虫の知った事ではない、借家が狭いのであろう。

(大正十一年十月七日—十二日「東京朝日新聞」)

番《ばん》茶《ちゃ》話《ばなし》

蛙《かえる》

小石川伝通院《こいしかわでんづういん》には、(鳴かぬ蛙)の伝説がある。おなじ蛙の不思議は、確か諸国に言伝《いいつた》えらるると記憶する。大抵《たいてい》これには昔の名僧の話が伴って居て、いずれも読経《どきょう》の折、誦《しょう》念《ねん》の砌《みぎり》に、その喧噪《さわがし》さを憎んで、声を封じたと言うのである。坊さんは偉い。蛙が居ても、騒がしいぞ、と申されて、鳴かせなかったのである。其処《そこ》へ行くと、今時《いまどき》の作家は恥《はずか》しい――皆が然《そ》うではあるまいが――番町《ばんちょう》の私の居るあたりでは犬が吠《ほ》えても蛙は鳴かない。一度だって贅沢《ぜいたく》な叱言《こごと》などは言わないばかりか、実は聞きたいのである。勿論《もちろん》叱言を言ったって、蛙の方ではお約束の(面《つら》へ水)だろうけれど、仕事をして居る時の一寸合方《ちょっとあいかた》にあっても可《よ》し、唄に……「池の蛙のひそひそ話、聞いて寝る夜《よ》の……」と言う寸法も悪くない。……一体大すきなのだが、些《ちっ》とも鳴かない。殆《ほと》んどひと声も聞えないのである。又《また》か、とむかしの名僧のように、お叱《しか》りさえなかったら、ここで、番町の七不思議とか称《とな》えて、その一つに数えたいくらいである。が、何も珍しがる事はない。高台だからこの辺《へん》には居ないのらしい。——以前、牛込《うしごめ》の矢来《やらい》の奥に居た頃は、彼処等《あすこいら》も高台で、蛙が鳴いても、たまに一つ二つに過ぎないのが、もの足りなくって、御苦労千万、向島《むこうじま》の三《み》めぐりあたり、小梅の朧月《おぼろづき》と言うのを、懐中《ふところ》ばかり春寒く痩腕《やせうで》を組みながら、それでものんきに歩いた事もあったっけ。……最《も》う傞《こ》う世の中がせせっこましく、物価が騰貴《とうき》したのでは、そんな馬鹿な真似《まね》はして居られない。しかしこの時節のあの声は、私は思い切れず好きである。処《ところ》で——番町も下六《しもろく》のこの辺だからと云って、石の海月《くらげ》が踊り出したような、石燈籠《いしどうろう》の化けたような小旦那《こだんな》たちが皆無《かいむ》だと思われない。一《いっ》町《ちょう》ばかり、麹町《こうじまち》の電車通りの方へ寄った立派な角邸《かどやしき》を横町へ曲ると、其処《そこ》の大溝《おおどぶ》では、くわッ、くわッ、ころころころころと唄って居る。しかし、月にしろ、暗夜《やみ》にしろ、唯《と》、おも入《い》れで、立って聴くと成ると、三めぐり田圃《たんぼ》をうろついて、狐《きつね》に魅《つま》まれたと思われるような時代な事では済まぬ。誰《たれ》に何と怪しまれようも知れないのである。然《さ》らばと言って、一寸蛙《ちょっと》を、承《うけたまわ》りまする儀でと、一々町内の差配《さはい》へ断るのでは、清水谷《しみずだに》まで行けばだけれど、時鳥《ほととぎす》を見るような殺風景に成る。……と言う隙《ひま》に、何の、木戸銭《きどせん》を払って要するに不精《ぶしょう》なので、家《うち》に居ながら聞きたいのが懸値《かけね》のない処である。

里見弴《さとみとん》さんが、まだ本家有島《ありしま》さん（1）に居なすった、お知己《ちかづき》の初《はじめ》の頃であった。何かの次《つい》手《で》に、この話をすると、庭の池にはいくらでも鳴いて居る。……そんなに好きなら、ふんづかまえて上げましょう。背戸《せど》に蓄《か》って御覧なさい、と一向《いっこう》色気のなさそうな、腕白《わんぱく》らしいことを言って帰んなすった。——翌日だっけ、御免下さアい、と耄《ぼ》けた声をして音訪《おとず》れた人がある。山内《やまのうち》（里見氏本姓）から出ましたが、と言うのを、私が自分で取次いで、はは、これだな、白樺《しらかば》を支《し》那鞄《なかばん》と間違えたと言う、名物の爺《とっ》さんは、と頷《うなず》かれたのが、コップに油紙の蓋《ふた》をしたのに、吃驚《びっくり》したのやら、呆《あき》れたのやら、ぎょっとしたのやら、途方もねえ、と言った面《つら》をしたのやら、手を突張《つっぱ》って慌《あわ》てたのやら、目ばかりぱちぱちして縮《すく》んだのやら、五六疋《びき》入ったのを届けられた。一筆添《ひとふでそ》って居る——（お約束のこの連中の、早い処を引っ捉《とら》えてお目に掛けます。しかし、どれも面《つら》つきが前座らしい。真打《しんうち》は追って後より。）——私はうまいなと手を拍《う》った。いや、まだコップを片手にして居る。うまい、と膝《ひざ》を叩いた。いや、まだ立ったままで居る。いや何にしろ感心した。

台所から縁側に出て仰山《ぎょうさん》に覗《のぞ》き込む細君を「これ平民の子はそれだから困る……食べものではないよ。」とたしなめて「何《ど》うだい。」と、裸体の音曲師《おんぎょくし》、歌劇《オペラ》の唄い子と言うのを振って見せて、其処《そこ》で相談をして水盤の座へ……も些《ちっ》と大業《おおぎょう》だけれども、まさか欠《かけ》擂鉢《すりばち》ではない。杜若《かきつばた》を一年植《ひととせうえ》たが、あの紫のおいらんは、素人手《しろうとで》の明り取《とり》ぐらいな処では次の年は咲こうとしない。葉ばかり残して駈落《かけおち》をした、泥のままの土鉢《どばち》がある。……それへ移して、簀《す》の子《こ》で蓋をした。

弴さんの厚意だし、声を聞いたら聞分《ききわ》けて、一枚ずつ名でもつけようと思うと、日が暮れてもククとも鳴かない。パチャリと水の音もさせなければ、その晩はまた寂寞《しん》として風さえ吹かない。……馴染《なじみ》なる雀《すずめ》ばかりで夜が明けた。金魚を買った小児《こども》のように、乗《の》しかかって、踞《しゃが》んで見ると、逃げたぞ！　畜生、唯《ただ》の一匹も、影も形もなかった。俗に、蟇《ひきがえる》は魔ものだと言う。嘗《かつ》て十何匹、行水盥《ぎょうずいだらい》に伏せたのが、一夜の中《うち》に形を消したのは現に知って居る。

雨蛙や青蛙が、そんな離れ業《わざ》はしなかろうと思ったが――勿論、それだけに、蓋も厳重でなしに隙《すき》があればあったのであろう。

二三日経って、弴さんにこの話をした。丁《ちょう》どその日、同じ白樺の社中で、御存じの名歌集『紅玉《こうぎょく》』(2)の著者木下利玄《きのしたりげん》(3)さんが連立《つれだ》って見えて居た。――木下さんの方は、弴さんより三四年以前からよく知って居たが――当日連立って見えた。早速小《しょう》音曲師逃亡《かけおち》の話をすると、木下さんの言わるるには、「大方《おおかた》それは、有島さんの池へ帰ったのでしょう。蛙は随分《ずいぶん》遠くからも旧《もと》の土へ帰って来ます。」と言って話された。嘗《かつ》て、木下さんの柏木の邸の、矢張《やっぱ》り庭の池の蛙を捉《とら》えて、水掻《みずかき》の附元《つけもと》を(紅《あか》い絹糸)……と言うので想像すると——御容色《ごきりょう》よしの新夫人のお手伝いがあったらしい。……その紅い糸で、脚に印をつけた幾疋《いくひき》かを、遠く淀橋《よどばし》の方の田の水へ放したが、三日め四日め頃から、気をつけて、もとの池の面《おも》を窺《うかが》うと、脚に糸を結んだのがちらちら居る。半月ほどの間には、殆《ほとん》ど放した数だけが、戻って居て、皆もみじ袋《ぶくろ》(4)をはいた娘のようで可憐《かれん》だった、との事であった。——あとで、何かの書《しょ》もつで見たのであるが、蛙の名は(かえる)(帰る)の意義だそうである。……これは考証じみて来た。用捨箱《ようしゃばこ》、用捨箱としよう。

就《つい》て思うのに、本当か何《ど》うかは知らないが、蛙の声は、随分大きく、高いようだけれども、余り遠くては響かぬらしい。有島さんの池は、さしわたし五十間《けん》までは離れて居まい。それだのに、私の家までは聞えない。——でんこでんこの遊びではないが、一町《いっちょう》ほど遠い遠うい——角邸から響かないのは無論《むろん》である。

久しい以前だけれど、大塚の火薬庫わき、いまの電車の車庫のあたりに住んで居た時、恰《あたか》も春の末の頃、少々待人があって、その遠くから来る俥《くるま》の音を、広い植木屋の庭に面した、汚い四畳半の肱掛窓《ひじかけまど》に、肱《ひじ》どころか、腰を掛けて、伸《の》し上《あが》るようにして、来るのを待って、俥の音に耳を澄ました事がある。昨夜《ゆうべ》も今夜も、夜が更《ふ》けると、コーと響く声が遥《はるか》に聞える、それが俥の音らしい。尤も護謨輪《ごむわ》などと言う贅沢《ぜいたく》な時代ではない。近づけばカラカラと輪が鳴るのだったが、いつまでも、唯《ただ》コーと響く。それが離れも離れた、まっすぐに十四五町遠い、丁《ちょう》ど伝通院前あたりと思う処に聞えては、波の寄るように響いて、颯《さっ》と又汐《しお》のひくように消えると、空頼《そらだの》みの胸の汐も寂しく泡に消える時、それを、すだき鳴く蛙の声と知って、果敢《はか》ない中にも可懐《なつか》さに、不埒《ふらち》な凡夫《ぼんぷ》は、名僧の功《く》力《りき》を忘れて、所謂《いわゆる》、(鳴かぬ蛙)の伝説を思いうかべもしなかった。……その記憶がある。

それさえ――いま思えば、空吹く風であったらしい。

又思出《おもいだ》す事がある。故人谷活東《たにかっとう》(5)は、紅葉《こうよう》先生の晩年の準門葉《じゅんもんよう》で、肺病で胸を疼《いた》みつつ、洒々落々《しゃしゃらくらく》とした江戸ッ児《こ》であった。(かつぎゆく三味線箱や時鳥《ほととぎす》)と言う句を仲の町で血とともに吐いた。この男だから、今では逸事《いつじ》と称しても可《よ》いから一寸素破《すっぱ》ぬくが、柳橋か、何処《どこ》かの、お玉とか云う芸妓《げいしゃ》に岡惚《おかぼれ》をして、金がないから、岡惚だけで、夢中に成って、番傘をまわしながら、雨に濡《ぬ》れて、方々《ほうぼう》蛙を聞いて歩行《ある》いた。――どの蛙も、コタマ！　オタマ！　と鳴く、と言うのである。同じ男が、或時《あるとき》、小店《こみせ》で遊ぶと、その合方《あいかた》が、夜ふけてから、薄暗い行燈《あんどう》の灯《ひ》で、幾つも幾つも、あらゆるキルクの香《におい》を嗅《か》ぐ。……あらゆると言って、「これが恵比寿《えびす》ビールの、これが麒麟《きりん》ビールの、札幌《さっぽろ》の黒ビール、香竄葡萄《こうざんぶどう》、牛久《うしく》だわよ。甲斐産《かいさん》です。」と、活束の寝た鼻へ押《お》っつけて、だらりと結んだ扱帯《しごき》の間からも出せば、袂《たもと》にも、懐中《ふところ》にも、懐紙《かいし》の中にも持って居て、真《しん》に成って、真顔で、目を据《す》えて嗅《か》ぐのが油を舐《な》めるようで凄《すご》かったと言う……友だちは皆知って居る。この話を——或時、弴さんと一所《いっしょ》に見えた事のある志賀さん(6)が聞いて、西洋の小説に、狂気の如く鉛筆《えんぴつ》を削る奇人があって、女のとは限らない、何でも他人の持ったのを内証《ないしょ》で削らないでは我慢が出来ない。魔的に警察に忍び込んで、署長どのの鉛筆の尖《さき》を鋭く針のように削って、ニヤリとしたのがある、と言う談話《はなし》をされた。——不束《ふつつか》で恐れ入るが、小作蒟蒻本《こんにゃくぼん》(7)の蠟燭《ろうそく》を弄《もてあそ》ぶ宿場女郎《しゅくばじょろう》は、それから思い着いたものである。

書斎の額《がく》をねだった時、紅葉先生が、活束子のために(春星池《しゅんせいち》)と題されたのを覚えて居る。……春星池活束、活束は蝌蚪《かと》にして、字義(オタマジャクシ)だそうである。

玉虫

去年の事である。一雨《ひとあめ》に、打水《うちみず》に、朝夕濡色《ぬれいろ》の恋しく成る、乾いた七月のはじめであった。……家内が牛込《うしごめ》まで用たしがあって、午砦《ひるち》と過ぎに家を出たが、三時頃帰って来て、一寸《ちょっと》目を円《まる》くして、それはそれは気味の悪いほど美しいものを見ましたと言って、驚いたように次の話をした。

早いもので、先《せん》に彼処《あすこ》に家の建続《たてつづ》いて居た事は私たちでも最《も》う忘れて居る、中六番町《なかろくばんちょう》の通り市《いち》ケ谷《や》見附《みつけ》まで真直《まっすぐ》に貫いた広い坂は、昔ながらの帯坂《おびざか》と、三年坂の間にあって、確かまだ極《きま》った名称がないかと思う。……新坂とか、見附の坂とか、勝手に称《とな》えて間《ま》に合わせるが、大きな新しい坂である。この坂の上から、遥《はるか》に小石川の高台の伝通院《でんづういん》あたりから、金剛寺《こんごうじ》坂上《ざかうえ》、目白《めじろ》へ掛けてまだ余り手の入らない樹木の鬱然《うつぜん》とした底に江戸川の水気《すいき》を帯びて薄く粧《よそお》ったのが眺められる。景色は、四季共《とも》に爽《さわや》かな且《か》つ奥床《おくゆか》しい風情《ふぜい》である。雪景色は特に可《い》い。紫の霞《かすみ》、青い霧《きり》、もみじも、花も、月もと数えたい。故々《わざわざ》言うまでもないが、坂の上の一方は二七《にしち》の通りで、一方は広い町を四谷《よつや》見附の火の見へ抜ける。——角《かど》の青木堂を左に見て、土の真白に乾いた橘鮨《たちばなずし》の前を……薄い橙色《オレンジいろ》の涼傘《ひがさ》——束ね髪のかみさんには似合わないが、暑いから何《ど》うも仕方がない——涼傘で薄雲の、しかし雲のない陽《ひ》を遮《さえぎ》って、いま見附の坂を下りかけると、真日中《まひなか》で、丁《ちょう》ど人通《ひとどおり》が途絶《とだ》えた。……一人や二人はあったろうが、場所が広いし、殆《ほとん》ど影もないから寂寞《ひっそり》して居た。

柄《え》を持った手許《てもと》をスッと潜《くぐ》って、目の前へ、恐らく鼻と並ぶくらいに衝《つ》と鮮《あざや》かな色彩を見せた虫がある。深く濃い真緑《まみどり》の翼が晃々《きらきら》と光って、緋色《ひいろ》の線でちらちらと縫《ぬ》って、裾《すそ》が金色《こんじき》に輝きつつ、目と目を見合うばかりに宙に立った。思わず、「あら、あら、あら。」と十八九の声を立てたそうである。途端《とたん》に「綺麗《きれい》だわ」「綺麗だわ」と言う幼《いとけな》い声を揃《そろ》えて、女の児《こ》が三人ほど、ばらばらと駈《か》け寄った。「小母《おば》さん頂戴《ちょうだい》な」「その虫頂戴な」と聞くうちに、虫は、美しい羽も拡げず、静かに、鷹揚《おうよう》に、そして軽く縦《たて》に姿を捌《さば》いて、水馬《みずすまし》が細波《さざなみ》を駈《かけ》る如く、ツツツと涼傘を、上へ梭投《ひな》げに衝《つ》くと思うと、パッと外へそれて飛ぶ。小児《こども》たちと一所《いっしょ》に、あらあらと、また言う隙《ひま》に、電柱を空《くう》に伝って、斜《なな》め上《あが》りの高い屋根へ、きらきらきらきらと青く光って輝きつつ、それより日の光に眩《まぶ》しく消えて、忽《たちま》ち唯一天《ただいってん》を、遥《はるか》に仰いだと言うのである。

大きさは一寸《いっすん》二三分、小さな蟬《せみ》ぐらいあった、と言う。……しかしその綺麗さは、何《ど》うも思うように言《いい》あらわせないらしく、じれったそうに、家内は些《ち》と逆上《のぼ》せて居た。但《ただ》し蒼《あお》く成ったのでは厄介《やっかい》だ。私は聞くとともに、直下《すぐした》の三番町と、見附の土手には松並木がある……大方玉虫であろう、と信じながら、その美しい虫は、顔に、その玉虫色笹色に、一寸《ちょっと》、口紅をさして居たらしく思って、悚然《ぞっ》とした。

すぐ翌日であった。がこれは最《も》う些《ちっ》と時間が遅い。女中が晩の買出しに出掛けたのだから四時頃で——しかし真夏の事ゆえ、片蔭が出来たばかり、日盛《ひざか》りと言っても可《い》い。女中の方は、前通りの八百屋《やおや》へ行くのだったが、下六番町から、通《とおり》へ出る薬屋の前で、ふと、左斜《ひだりななめ》の通の向側を見ると、其処《そこ》へ来掛《きかか》った羅《うすもの》の盛装した若い奥さんの、水浅葱《みずあさぎ》に白を重ねた涼しい涼傘をさしたのが、すらすらと捌《さば》く褄《つま》を、縫留《ぬいと》められたように、ハタと立留《たちど》まったと思うと、うしろへ、よろよろと退《しさ》りながら、翳《かざ》した涼傘の裡《うち》で、「あらあらあら。」と言った。すぐ前の、鉢ものの草花屋、綿屋《わたや》、続いて下駄屋《げたや》の前から、小児《こども》が四五人ばらばらと寄って取巻いた時、袖へ落すように涼傘をはずして、「綺麗だわ、綺麗だわ、綺麗な虫だわ。」と魅せられたように言いつつ、草履《ぞうり》をつま立つようにして、大空を高く、目を据えて仰いだのである。通りがかりのものは多勢《おおぜい》あった。女中も、間《あいだ》は離れたが、皆一斉《いっせい》に立留って、陽を仰いだ——と言うのである。私は聞いて、その夫人が、若いうつくしい人だけに、何となく凄《すご》かった。

赤蜻蛉《あかとんぼ》

一昨年の秋九月——私は不心得《ふこころえ》で、日記と言うものを認《したた》めた事がないので幾日《いくか》だか日は覚えて居ないが――彼岸《ひがん》前だっただけは確《たしか》だから、十五日から二十日《はつか》頃までの事である。蒸暑かったり、涼し過ぎたり、不順な陽気が、昨日も今日もじとじとと降りくらす霖雨《ながあめ》に、時々野分《のわき》がどっと添って、あらしのような夜など続いたのが、急に朗《ほがら》かに晴れ渡った朝であった。自慢にも成らぬが叱人《しかりて》もない。……張合《はりあい》のない例の寝坊が朝飯を済ましたあとだから、午前十時半頃だと思う……どんどんと色気なく二階へ上《あが》って、やあ、いいお天気だ、難有《ありがた》い、と御礼を言いたいほどの心持で、掃除の済んだ冷《ひや》りとした、東向の縁側へ出ると、向《むこ》う邸《やしき》の桜の葉が玉を洗ったように見えて、早《は》やほんのりと薄紅《うすべに》がさして居る。狭い町に目まぐろしい電線も、銀の糸を曳《ひ》いたようで、樋竹《といだけ》に掛けた蜘蛛《くも》の巣も、今朝ばかりは優しく見えて、青い蜘蛛も綺麗《きれい》らしい。空は朝顔の瑠璃色《るりいろ》であった。欄干《らんかん》の前を、赤蜻蛉が飛んで居る。私は大すきだ。色も可《よ》し、形も可し……と云ううちにも、この頃の気候が何とも言えないのであろう。しかし珍しい。……極暑の砌《みぎり》、見ても咽喉《のど》の乾きそうな塩辛蜻蛉《しおから》が炎天の屋根瓦にこびりついたのさえ、触ると熱い窓の敷居に頬杖《ほおづえ》して視《なが》めるほど、庭のない家には、どの蜻蛉も訪れる事が少《すく》ないのに――よく来たな、と思ううちに、目の前をスッと飛んで行く。行くと、又一つ飛んで居る。飛んで居るのが向うへ行くと、すぐ来て、又欄干の前を飛んで居る。……飛ぶと云うより、スッスッと軽く柔《やわら》かに浮いて行く。

忽《たちま》ち心着くと、同じ処ばかりではない。縁側から、町の幅一杯に、青い紗《しゃ》に、真紅《しんく》、赤、薄樺《うすかば》の絣《かすり》を透《す》かしたように、一面に飛んで、飛びつつ、すらすらと伸《の》して行く。……前《さき》へ前へ、行くのは、北西《きたにし》の市ケ谷の方で、あとからあとから、来るのは、東南《ひがしみなみ》の麹町《こうじまち》の大通《おおどおり》の方からである。数が知れない。道は濡地《ぬれつち》の乾くのが、秋の陽炎《かげろう》のように薄白く揺《ゆ》れつつ、ほんのり立つ。低く行くのは、その影をうけて色が濃い。上に飛ぶのは、陽の光に色が淡《うす》い。下行く群は、真綿《まわた》の松葉をちらちらと引き、上を行く群は、白銀《しろがね》の針をきらきらと翻《ひるがえ》す……際限《かぎり》もなく、それが通る。珊瑚《さんご》が散って、不知火《しらぬい》を澄切《すみき》った水に鏤《ちりば》めたようである。

私は身を翻《かえ》して、裏窓の障子《しょうじ》を開けた。ここで、一寸《ちょっと》恥を言わねば理の聞えない迷信がある。私は表二階の空を眺めて、その足で直《すぐ》に裏窓を覗《のぞ》くのを不断《ふだん》から憚《はばか》るのである。何故《なぜ》と言うに、それを行《や》った日に限って、不思議に雷《らい》が鳴るからである。勿論《もちろん》、何も不思議はない。空模様《そらもよう》が怪しくって、何《ど》うも、ごろごろと来そうだと思うと、可恐《こわ》いもの見たさで、悪いと知った一方は日光、一方は甲州、両方を、一時に覗《のぞ》かずには居られないからで。——隣村《となりむら》で空臼《からうす》を磨《す》るほどの音がすればしたで、慌《あわただ》しく起《た》って、両方の空を窺《うかが》わないでは居られない。従って然《そ》う云う空合《そらあい》の時には雷鳴があるのだから、いつもはかつぐのに、その時は、そんな事を言って居る隙《ひま》はなかった。

窓を開けると、ここにも飛ぶ。下屋《げや》の屋根瓦の少し上を、すれすれに、晃々《きらきら》、ちらちらと飛んで行く。しかし、表からは、木戸を一つ丁字形《ちょうじがた》に入組《いりく》んだ細い露地《ろじ》で、家と家と、屋根と尾根と附着《くっつ》いて居る処だから、珊瑚の流れは、壁、廂《ひさし》にしがらんで、堰《せ》かると見えて、表欄干から見たのと較《くら》べては、やや疎《まばら》であった。この裏は、すぐ四谷見附の火の見櫓《やぐらみ》を見透《みとお》すのだが、その遠く広いあたりは、日が眩《まぶし》いのと、樹木に薄霧《うすぎり》が掛ったのに紛《まぎ》れて、凡《およ》そ、どのくらいまで飛ぶか、伸《の》すか、そのほどは計られない。が、目の届くほどは、何処《どこ》までも、無数に飛ぶ。

処で、廂だの、屋根だのの蔭で、近い処は、表よりは、色も羽も判然《はっきり》とよく分る。上は大屋根の廂ぐらいで、下は、然《さ》れば丁《ちょう》ど露地裏の共同水道の処に、よその女房《かみ》さんが踞《しゃが》んで洗濯をして居たが、立つとその頭ぐらい、と思う処を、スッスッと浮いて通る。

私は下へ下りた。――家内は髪を結いに出掛けて居る。女中は久しぶりのお天気で湯殿口《どのぐち》に洗濯をする。……其処《そこ》で、昨日穿《は》いた泥だらけの高足駄《たかあしだ》を高々《たかだか》と穿《は》いて、この透《すき》通《とお》るような秋日和《あきびより》には宛然《まるで》つままれたような形で、カランカランと戸外《おもて》へ出た。が、出た咄嗟《とっさ》には幻《まぼろし》が消えたようで一疋《ひとつ》も見えぬ。熟《じっ》と瞳を定めると、其処《そこ》に此処《ここ》に、それ彼処《あすこ》に、その数の夥《おびただ》しさ、下に立ったものは、赤蜻蛉の隧道《トンネル》を潜《くぐ》るのである。往来《ゆきき》はあるが、誰も気がつかないらしい。一つ二つは却《かえ》ってこぼれて目に着こう。月夜の星は数えられない。恁《か》くまでの赤蜻蛉の大《おおい》なる群が思い立った場所から志《こころざ》す処へ移ろうとするのである。おのずから智慧《ちえ》も力も備わって、陽の面《おもて》に、隠形陰体《おんぎょういんたい》の魔法を使って、人目にかくれ忍びつつ、何処《いずこ》へか通って行くかとも想《おも》われた。

先刻《さっき》、もしも、二階の欄干で、思いがけず目に着いた唯一匹がないとすると、私はこの幾千万とも数の知れない赤蜻蛉のすべてを、全体を、まるで知らないで了《しま》ったであろう。後で、近所でも、誰一人この素《す》ばらしい群の風説《うわさ》をするもののなかったのを思うと、渠等《かれら》は、あらゆる人の目から、不可思議な角度に外《そ》れて、巧《たくみ》に逸《いっ》し去ったのであろうも知れぬ。

さて足駄を引摺《ひきず》って、つい、四角《よつかど》へ出て見ると、南寄《みなみより》の方の空に濃い集団が控えて、近づくほど幅を拡げて、一面に群《むら》がりつつ、北の方《かた》へ伸《の》すのである。が、厚さは雑《ざっ》と塀の上から二階家の大屋根の空と見て、幅の広さは何《ど》のくらいまで漲《みなぎ》っているか、殆ど見当が附かない、と言ううちにも、幾千ともなく、急ぎもせず、後《おく》れもせず、遮《さえぎ》るものを避けながら、一つ一つがおなじように、二三寸ずつ、縦横《じゅうおう》に間《あいだ》をおいて、悠然として流れて通る。桜の枝にも、電線にも、一寸《ちょっと》留まるのもなければ、横にそれようとするのもない。

引返して、木戸口から露地を覗くと、羽目《はめ》と羽目との間に成る。ここには一疋も飛んで居ない。向うの水道端に、いまの女《か》房《み》さんが洗濯をして居る、その上は青空で、屋根が遮らないから、スッスッ晃々《きらきら》と矢ッ張り通るのである。「おかみさん。」私は呼んだ。「御覧なさい大層な蜻蛉です。」「へへい。」と大きな返事をすると、濡手《ぬれて》を流して泳ぐように反《そ》って空を視《み》た。顔中をのこらず鼻にして、眩《まぶ》しそうにしかめて、「今朝ッから飛んで居ますわ。」と言った。別に珍しくもなさそうに唯つい通りに、其処《そこら》等に居る、二三疋だと思うのであろう。時に、もうやがて正午《おひる》に成る。

小一時間経って、家内が髪結さんから帰って来た。意気込んで話をすると――道理こそ……三光社《さんこうしゃ》の境内《けいだい》は大変な赤蜻蛉で、雨の水溜《みずたまり》のある処へ、飛びながらすいすいと下りるのが一杯で、上を乗越しそうで成らなかった。それを子供たちが目笊《めざる》で伏せるのが、「摘草《つみくさ》をしたくらい笊《ざる》に沢山《たくさん》。」と言うのである。三光社の境内は、この辺《へん》で一寸子供の公園に成って居る。私の家からさしわたし二町ばかりはある。この様子では、其処《そこ》まで一時一面の赤蜻蛉だ。何処《どこ》を志して行くのであろう。余りの事に、また一度外へ出た。一時を過ぎた。爾時《そのとき》は最《も》う一つも見えなかった。そして摘草ほど子供にとられたと言うのを、何だか壇《だん》の浦《うら》のつまりつまりで、平家の公達《きんだち》が組伏せられ刺殺《さしころ》されるのを聞くようで可哀《あわれ》であった。

とに角《かく》、この赤蜻蛉の光景は、何にたとえようもなかった。が、同じ年十一月のはじめ、塩原《しおばら》へ行って、畑下戸《はたおり》の渓流滝《けいりゅうたき》の下の淵《ふち》かけて、流《ながれ》の広い渓河《たにがわ》を、織るが如く敷くが如く、もみじの、尽きず、絶えず、流るるのを見た時と、——塩の湯の、断崖《だんがい》の上の欄干に凭《もた》れて憩《いこ》った折から、夕颪颯《ゆうおろしさっ》として、千仭《せんじん》の谷底から、滝を空状《そらざま》に、もみじ葉を吹上げたのが周囲の林の木の葉を誘って、満山《まんざん》の紅《くれない》の、且《か》つ大紅玉《だいこうぎょく》の夕陽に映じて、かげとひなたに濃く薄く、降りかかったのを見た時に、前日《さきのひ》の赤蜻蛉の群の風情を思ったのである。

肝心の事を言いおくれた。——その日の赤蜻蛉は、残らず、一つも残らず、皆一つずつ、一つがい、松葉につないで、天人の乗る八挺《はっちょう》の銀の櫂《かい》の筏《いかだ》のようにして飛行した。

何と……同じ事を昨年も見た。……篤志《とくし》の御方は、一寸お日記を御覧を願う。秋の半《なかば》かけて矢張り鬱々陰々《うつうついんいん》として霖雨《ながあめ》があった。三日とは違うまい。——九月の二十日前後に、からりと爽《さわや》かにほの暖かに晴上った朝、同じ方角から同じ方角へ、紅舷銀翼《こうげんぎんよく》の小さな船を操りつつ、碧瑠璃《へきるり》の空をきらきらきらきらと幾千万艘《そう》。――家内がこの時も四谷へ髪を結いに行って居た。女中が洗濯をして居た。おなじ事である。その日は帰って来て、見附の公設市場《しじょう》の上かけて、お濠《ほり》の上は紀の国坂へ一面の赤蜻蛉だと言った。惜《おし》い哉《かな》。すぐにもあとを訪ねないで……晩方散歩に出て見た時は、見附にも、お濠にも、ただ霧の立つ水の上に、それかとも思う影が、唯二つ、三つ。散り来る木の葉の、しばらくたたずまうに似たのみであった。

（大正十一年五月二十三日―三十一日「時事新報」）

芥川竜之介《あくたがわりゅうのすけ》氏を弔《とむら》ふ

玲瓏《れいろう》、明透《めいてつ》、その文、その質、名玉山海《めいぎょくさんかい》を照らせる君よ。溽暑蒸濁《じょくしょじょうだく》の夏を背《そむ》きて、冷々然《れいれいぜん》として独《ひと》り涼しく逝《ゆ》きたまひぬ。倏忽《たちまち》にして巨星《きょせい》天に在《あ》り。光を翰林《かんりん》に曳《ひ》きて永久《とこしなえ》に消えず。然《しか》りとは雖《いえど》も、生前手をとりて親しかりし時だに、その容《かたち》を見るに飽《あ》かず、その声を聞くをたらずとせし、われら、君なき今を奈何《いかん》せむ。おもひ秋深く、露《つゆ》は涙の如し。月を見て、面影《おもかげ》に代《か》ゆべくは、誰《たれ》かまた哀別離苦《あいべつりく》を言ふものぞ。高き霊よ、須臾《しばらく》の間《あいだ》も還《かえ》れ、地に。君にあこがるゝもの、愛らしく賢き遺児たちと、温優貞淑《おんゆうていしゅく》なる令夫人とのみにあらざるなり。

辞《ことば》つたなきを羞《は》ぢつゝ、謹《つつしん》で微衷《びちゅう》をのぶ。

（昭和二年八月「改造社文学月報」）

『泉鏡花篇』(1) 小解

歌《うた》行《あん》燈《どん》(2)

板塀《いたべい》の小路《こうじ》、土塀《どべい》の辻、径路《ちかみち》を縫《ぬ》ふと見えて、寂《さび》しい処幾曲《ところいくまが》り。（中略）月の光を廂《ひさし》に覆《おお》うて、両側の暗い軒《のき》に、掛行燈《かけあんどん》が疎《まばら》に白く、枯柳に星が乱れて、壁の蒼《あお》いのが処々。長い通りの突当りには、火の見の階子《はしご》が、遠山の霧を破つて、半鐘《はんしょう》の形活《い》けるが如し。……火の用心さつしやりやせう……金棒《かなぼう》の音に夜更《よふ》けの景色。霜枯時《しもがれどき》の事ながら、月は格子《こうし》にあるものを、桑名《くわな》の妓達《こたち》は宵寝《よいね》と見える。

月下の霜《しも》の桑名新地、真景《しんけい》やゝ写し得たらむ歟《か》。

註文帳《ちゅうもんちょう》(3)

お若《わか》の紅梅《こうばい》屋敷に、紅梅の花咲く時、淡雪《あわゆき》はよし。恋なりとて、踏迷《ふみまよ》ふばかりの雪深きは如何《いかが》と、夜もすがら思ひなやみし、朝より大雪の降りたるに勢《いきお》づきて、そのしん〳〵と降りしきるに競ひつゝ、――十四――雪の門《かど》を書きつゞけつ。

註文の註を、注にあやまりて、紅葉《こうよう》先生のおこゞとを頂く。

唄立山心中一曲《うたのたてやましんじゅういっきょく》(4)

峯《みね》の白雪、麓《ふもと》の氷。

いまは互《たがい》に隔てて居れど、

やがて嬉しく、

とけて流れて添ふのぢやわいな。

アノ山越えて来イやんせ。

霜月《しもつき》、信州長野に遊びし時、横川にてこの構の端緒《たんしょ》を得たり。諸君は、彼処《かしこ》より碓氷《うすい》トンネルに上《のぼ》らむとして、電気にかはるとともに、中央にも機関車をつなぐために、汽車の真二つに別《わ》かるゝを或《あるい》は御存じなるべし。

鞄《かばん》の怪《かい》(5)と題して、「淑女之友《しゅくじょのとも》」(6)に、その一片を掲げ、作の全構を得ざりしを、超えて三年、再び信州に遊び、姨捨山《おばすてやま》の月をさぐりて、「改造」に、その完《まったき》を得たるなり。


改造の記者某氏。

「この題は何と読みます。」

作者。

「うたのたてやましんぢゆういつきよく。」

改造の記者某氏。

「はゝあ。」と妙な顔。

雑誌出《い》づ。水上滝太郎《みなかみたきたろう》、久保田万太郎、両雄声を揃《そろ》へて、

「何と云ふんです、」

「この題は。」

作者少々てれながら、

「うたのたてやましんぢゆういつきよく。」

お両人《ふたり》、にがわらひ。

女客《おんなきやく》(7)

家まづしきものの、誰《たれ》も遭遇《そうぐう》する市塵《しじん》の些沫《さまつ》なるべし。然《しか》りと雖《いえど》も。……

国貞《くにさだ》ゑがく(8)

それならぬ、姉様《あねさま》が、山賊の手に松葉燻《いぶ》しの、乱るゝ、揺《ゆら》めく、黒髪までが目前《めさき》にちらつく。

織次《おりじ》は激《はげし》く云つた。

「平吉《へいきち》、金《かね》でつく話はつけよう、鰯《いわし》は待て。」

後《のち》に大立廻《おおたちまわ》りの一手《ひとて》もあるべき趣向を、年末の稼ぎに切《せま》りて、半《なか》ばにして、完とせり。いま思へば、却《かえ》つて、可ならむ。

三枚続《さんまいつづき》(9)

遠山《とおやま》の桜にあらず、野路《のじ》の梅にあらず、良家《りょうか》に秘蔵の娘ながら、簪《かざし》の枝の花は撓《た》

めざる、柳屋のお夏が伝。　――（当時の広告）

お夏は後生大事に、そろ盤を置いた処を爪紅《つまべに》のさきで圧《おさ》へながら、

「ちら〳〵するね、屹《きっ》と飲んでおいでだよ。」

「おつと、八銭也《なり》。」

早速珠《たま》を弾《はじ》いて、

「あゝ。」

「何《ど》うも一つ一つ、あゝと返事をなすつちやあ、その間《あいだ》に、ぽつ〳〵、私《わっし》なんざ及びツこなし、旨《うま》いものです。」

「旨いもんです。」とお夏は珠を凝視《みつ》めたまゝで莞爾《にっこり》する。

愛吉《あいきち》はけろりとして、

「お次が二十八銭也。」

このあたり大《おおい》に評判よく、作者嬉しがる。

葛飾砂子《かつしかすなご》(10)

この題は、稿成りてのちつけわづらひ、「新小説(11)」のしめ切《きり》に間《ま》に合すため、俥《くるま》にて駆けつくる途中、いまの東京駅あたりの原中《はらなか》にて、深川《ふかがわ》の空に、ふと思ひうかびたるおぼえあり。

折から洲崎《すさき》の何の楼《うち》ぞ、二階よりか、三階よりか、海へ颯《さっ》と打込む太鼓《たいこ》。浴衣《ゆかた》は静《しずか》に流れたのである。

通夜《つや》物語(12)

いかに方々《かたがた》、来《きた》つてこの篇について、人生の意気の粋《すい》なるを見ずや。出刃庖丁《でばぼうちょう》は女の魂、血を以《もっ》て描《えが》くは男の腕なり。一《いっ》はけいせい、一は画工《がこう》。

——右はその当時の広告。

「丁山《ちょうざん》さんの、おいらんだよ。」

をかし、野嬢《やじょう》時にこれを口誦《くちずさ》む。

櫛《くし》巻《まき》(13)

その頃は夫人、年二十二三。

いつも櫛巻にはあらざるべし。然《しか》れども、今もベコニヤを愛すとこそ聞け。

誓之《ちかいの》巻《まき》(14)

一二三四五六の巻より続けて、新年の「文芸倶楽部《ぶんげいくらぶ》」(15)に、誓の巻を稿せしは、十一月下旬なりき。

また一《ひと》しきり、また一しきり、大空をめぐる風の音。

この凩《こがらし》、病む人の身を如何《いかん》する。

「みりやあど。」

「みりやあど。」

目はあきらかにひらかれたり。また一しきり、また一しきり、夜深くなりゆく凩の風。

樋口一葉の、肺を病みて、危篤《きとく》なるを見舞ひし夜なり。こゝを記す時凄《すさま》じく凩せり。この凩、病む人の身を如何する。稚気《ちき》笑ふべしと言はば言へ。当時ひとり、みづから目《もく》したる、好敵手を惜《お》しむ思ひ、こもらずといはんや。

照葉《てりは》狂言《きょうげん》(16)

ふるさとの木槿《むくげ》の露《つゆ》
小親《こちか》の楽屋は今もなつかし。

外科室(17)

小石川《こいしかわ》植物園に、うつくしく気高《けだか》き人を見たるは事実なり。やがて夜の十二時頃より、明けがたまでにこれを稿す。早きが手ぎはにはあらず、その事の思出《おもいで》のみ。

風流線(18)

明治三十六年十月、紅葉《こうよう》先生おん病篤《やまいあつ》くして、門生かはるがはる夜伽《よとぎ》に参る。月の

中旬《なかば》、夜半《やはん》に霜《しも》おく蓑虫《みのむし》のなく声、幽《かすか》に更《ふ》けて、露寒《つゆさむ》きしら〳〵あけに、先生は、衾高《ふすまたか》く、その枕辺《まくらべ》についゐ居しに、

「……来月から国民（新聞）に載るさうだが、勉強しな。――時にいくらだ。一両出すか。」

「いゝえ、もう些《ちつ》とです。」

「五十銭《にぶ》も寄越すか。」

「もう少々。」

「二両かい。」

「先生、もう些《ちつ》と……」

「二両二分《ぶ》――三両だと。……ありがたく思へ。」床《とこ》ずれの背を衾の袖《そで》にお凭《よ》りになり、顔をじつと見たまひて、

「勉強しなよ。」

刻心《こくしん》、精励《せいれい》、十一月よりして、翌年一月二月にわたりて、毎回殆《ほとん》ど夜《よ》を徹《てつ》す。

空薫《そらだき》。その——六十九。

小夜衣《さよごろも》厚うしては、胸苦《むなぐる》しとて重きを厭《いと》ひ、幸之助《こうのすけ》の言《ことば》、鶯《うぐいす》の声、鼓の音《つづみね》など身に染《し》みて、寒気立《さむけだ》つたる宵《よい》のほど、寝衣《ねまき》は袖を襲《かさ》ねて着て、粽《ちまき》の頃に取りのけた、屏風《びょうぶ》をさへ建てさせながら、夜具《やぐ》は猶軽《なおかろ》らかに、薄きを一ッで打臥《うちふ》した、その効《かい》もなき物思ひ、跫音《あしおと》胸を貫いて、心の曇《くもり》ならねども、蒔絵《まきえ》の台に薫《た》きしめたる、薄紫の香《こう》の煙、縷々《るる》として濃《こま》やかに、床《とこ》の間《ま》の柱に活《い》けたる、白き芍薬《しゃくやく》の萼《うてな》に消えんか、はたそれ、銀屏《ぎんびょう》を漏《も》れ出《い》でて、忍ぶものの便宜《よすが》とならむか、黒髪近き萌黄《もえぎ》の紗《しゃ》の、行燈《あんどう》のあたりに唯《ただ》、馥郁《ふくいく》として立迷《たちまよ》へり。

七十——の末の章。

（昭和三年九月『明治大正文学全集第十二巻　泉鏡花』春陽堂）

『斧琴菊《よきこときく》』(1)例言《れいげん》

表見返《おもてみかえ》しにその真筆《しんぴつ》を謄写《とうしゃ》し、尚《な》ほ篇中に掲《かか》げたるは、芥川竜之介氏の嘗《かつ》て我が小さき全集のために与へられたる推奨の名文也《なり》。(2)

推奨、然《しか》り推奨といはむ、然れども、弘く江湖《こうこ》に頒《はん》したる広告報条なる故《ゆえ》を以《もっ》て、その讃賞の言《げん》の相当《あいあた》らざるはいふを俟《ま》たず、当面の作者いかんぞ自省して慚汗《ざんかん》せざらむと欲するも得むや。

然るを今敢《あえ》てこゝに収録する所以《ゆえん》のものは、氏が黄絹幼婦《こうけんようふ》の章を宝蔵し、はた友愛の情《じょう》を紀念《きねん》せむとする衷心《ちゅうしん》に他《ほか》ならざるを、諸賢、諒察《りょうさつ》をたまはらば幸《さいわ》なり。(3)

昭和六年九月中旬、残暑盛夏を凌《しの》ぐ夕《ゆうべ》、佐藤春夫氏、氏が愛誌古東多万《ことだま》(4)の名苑《めいえん》に一茎《ひとくき》の野草《のぐさ》を添へむがため、溽暑《じょくしょ》を厭《いと》はず、番町《ばんちょう》の借家を訪《と》はる。兼約《けんやく》なり。その日薄暮《はくぼ》、草稿成る。貝の穴に――河童《かっぱ》(5)、河童、河童わづかに化けたり。河童が居る……事、この、事といふを、題に加ふべきか、否《いな》か、打案《うちあん》ずることやゝ久しうして、やがて記さむとせ

しその折なりけり、佐藤氏の車を見たるは。立迎《たちむか》へ、座に請《しょう》ずるとともに、

「谷崎(6)さんのは出来ましたか。」

「いましがた届きました。岡本から、」と言はる。

「題は。」と問ふ。

「覚海《かくかい》上人《しょうにん》天狗《てんぐ》になる事。」

や、名将の「事」の字かいたる旗、颯爽《さっそう》として迅《はや》く城頭《じょうとう》に翻《ひるがえ》れるなり。後馳《おくれば》せに同色の旗をひらめかすを恥ぢて、座の佐藤氏にも言はでやみにき。いま一字を添へて題としたるは、すこしく我が思《おもい》を徹《てつ》して、且《か》つひとりその執着を嘲《あざ》けるのみ。


九九九会小記、掲載の雑誌、書架の一冊、人に貸してあり合はさず、その三田《みた》文学(7)の元じめ、滝太郎《たきたろう》、水上《みなかみ》さんに、夜宴《やえん》の席上、一部の分配を恰《あたか》も勘定の割前《わりまえ》の如く頼入《たのみい》る。

混沌《こんとん》たる宿酔《しゅくすい》のあくる朝、起きよ、そのおとうさんの一粒だね、大秘蔵の愛子《あいし》、名代《なだい》のわんぱく、優蔵《ゆうぞう》坊(8)や、いたいけ盛りの三歳なるが、距離約二百メートルの邸《やしき》より、おかあさんに手をひかれたり、はなしたり、玲瓏《れいろう》たる冬晴れの町内、大銀杏《おおいちょう》樹のもみぢのあたり、飛んだり、まはつたり、駆けたり、来到《らいとう》。帽子を光らし、小さな靴を踊らして、ひらりと敷居を刎越《はねこ》すや、溌剌《はつらつ》として呼んで曰《いわ》く、ぢいちゃん……

「あい。」

とおやぢ似《に》の大《おおい》なる目をうつくしく莞爾《かんじ》と笑みつゝ、三田文学をその手より、これを手にする、さながら九九九会の席上、大盃《たいはい》にて白鷹《はくたか》を受くるが如く、嬉し。且《か》つ思ひがけず、幼麒麟《ようきりん》の助手を得たり。祝しておもふ、この本、あたると、おぢさん慾張《よくば》る。お使者の天真《てんしん》に恥ぢずや。優ちやん、をかしいね。

深川浅景《ふかがわせんけい》(9)――

「お船蔵《ふなぐら》がつい近くて、安宅丸《あたけまる》の古跡《こせき》ですからな、いやさういへば、遠めがねを持つた気で……あれ、ごらうじろと――河童の子供が回向院《えこういん》の墓原《はかはら》で、いたづらをしてゐます。」

「これ、芥川さんにきこえるよ。」

東京日々新聞社(10)計劃大東京繁昌記《はんじょうき》(11)、筆者分担の下町篇のうち、わが深川の記の前に、万太郎さんお得意の雷門《かみなりもん》以北あり。一つ尚《な》ほその前に、芥川氏の本所両国《ほんじょりょうごく》の佳篇あり。回向院《えこういん》を叙《じょ》するところ、

――僕等《ぼくら》はこの墓を後にし、今度は又墓地《またはかち》の奥に――国技館の後ろにある京伝《きょうでん》の墓を尋ねて行つた。

この墓地も僕にはなつかしかつた。僕は僕の友だちと一《いっ》しよに、度《たび》たびいたづらに石塔を倒し、寺男《てらおとこ》や坊さんに追ひかけられたものである——

この一節のあるによる、氏と河童との交渉は、串戯《じょうだん》にも真面目《まじめ》にも、遍《あまね》く世に知られたればなり。

裏の見返しに映したる、膚《はだ》ぬぎの天女《てんにょ》の婀娜《あだ》なる図は、篇中のいづれよりか、お読みときを希《ねが》ふ。絵探しとかいふものならず、通読《つうどく》を強《し》ふる謀略にてもなし。ほんの坊ちやん嬢ちやんが、春の日永《ひなが》のお慰《なぐさ》みまで、といふ。これしかしながら、えらい文士、気むづかしき創作家のせざる処、たゞそれ小説作者の戯《たわむ》れに好むもの乎《か》。

（昭和九年三月『斧琴菊』昭和書房）

いろ扱い

これは作者の閲歴談《えつれきだん》と云うようなことに聞えますと、甚《はなは》だ恐縮、ほんの子供の内《うち》に読んだ本についてお話をするのでございますよ。この頃は皆さんに読んで戴いて誠に御迷惑をかけますが、私は何《ど》うして、皆さんのお書きなすった物を拝見して、迷惑処《どころ》か、こんな結構なものはないと思うんです。それですが、江戸時代の文学だの、明治の文学だのと云う六ケ敷《むづかし》いことになると、言い悪《にく》うございますから、唯《ただ》ね、小説、草双紙、京伝本《ほん》、(1)洒落本《しゃれぼん》と云うその積《つも》りで申しましょう。母が貴下《あなた》、東京から持って参りましたんで、雛《ひな》の箱でさせたという本箱の中に『白縫《しらぬい》物語』(2)だの『大和《やまと》文庫』(3)『時代かがみ』(4)大部《たいぶ》なものはその位ですが、十冊五冊八冊といろいろな草双紙の小口《こぐち》が揃ってあるのです。母はそれを大切にして綺麗《きれい》に持って居るのを、透《すき》を見ちゃあ引張り出して——但《ただ》し読むのではない。三歳四歳《みっつよっつ》では唯《た》だ表紙の美しい絵を土用干《どようぼし》のように列《なら》べて、この武士《さむらい》は立派だの、この娘は可愛いなんて……お待ちなさい、少し可笑《おか》しくなるけれど、悪く取りっこなし。さあ段々絵を見るとその理解《わけ》が聴きたくなって、母が裁縫《しごと》なんかして居ると、其処《そこ》へ行っては聞きましたが、面倒くさがってナカナカ教えない。夫《そ》れを無理につかまえて、ねだっては話してもらいましたが、嘸《さ》ぞ煩《うる》さかったろうと思って、今考えると気の毒です。なるほど脚色《すじ》だけは口でいっても言われますが、読んだおもしろ味《み》は話されません。又《また》知識のないものに、脚色《すじ》だけ話をするとなると、こんな煩《うる》さい事はないのですから、自分もまた其様《そん》な物を読むと云う智慧《ちえ》はない時分で、始終絵ばかりを見て居たものですから、薄葉《うすよう》を買って貰《もら》って、口絵だの、挿絵《さしえ》だのを写し始めたんです。それから鎧武者《よろいむしゃ》が大変好《すき》になりました。それに親父《おやじ》が金属の彫刻師《ほりし》だものですから、盃《さかずき》、香炉《こうろ》、最《も》う目貫縁頭《めぬきふちがしら》などはありませんが、その仕事をさせる積りだったので、絵を習えと云うので少しばかりネ、薄《すすき》、蘭、竹などの手本を描いて貰いましたが、何、座敷を取散《とりちら》かしたのが、落《おち》で。その中に何《なん》なんです。近所の女だの、年上の従姉妹《いとこ》だのに、母が絵解《えとき》をするのを何時《いつ》か聞きかじって、草双紙の中にある人物の来歴が分ったものだから、鳥山秋作照忠《とりやまあきさくてるただ》、大伴《おおとも》の若菜姫なんというのが殊《こと》の外贔屓《ほかひいき》なんです。処《ところ》が秋作、豊《ぶん》後之助《ごのすけ》の贔屓なのは分って居るが、若菜姫が宜《よ》くッてならない、甚だ怪《け》しからん、是《これ》は悪党の方だから、と思って居たんです。のみならず、一体どう云うものだか、小説の中にある主人公などは、善人の方よりは悪党ができはきして居て可《い》い、善人とさえ謂《い》や、愚図愚図《ぐずぐず》しやあがって、何《ど》うかしたらよさそうなもんだ。泣いたり、口説《くど》いたり、何のコッたろう。浄瑠璃《じょうるり》のさわりとなると頭痛がします。併《しか》し、敵役《かたきやく》の中でも石川五右衛門《ごえもん》は甚だ嫌いですな。熊坂長範《くまさかちょうはん》の方が好い。この頃また白縫の後の方を見ると、口絵に若菜姫を描いて、その上へ持って来て、(皆様御贔屓の若菜姫)と書いてある。して見ると一般の読者にも、彼《あ》の姐《ねえ》さんは人気があったものと見えますね。

母はからだが弱くって……大層若くって亡《なく》なりましたが……亡なった時分に、私は十《と》歳《お》だったと思います。その前から小学校へ行くようになって、本当の字を少し許《ばか》り覚えたりなにかした。それから暫《しばら》くそう云うものに遠ざかって居た、石盤《せきばん》をほうり出して、いきなり針箱の上へ耶須多羅女《やすたらにょ》(5)の泣いて居る処を出されて御覧なさい。悉達太子《しったたいし》(6)を慕って居るのと絵解をするものは話さねばならないでしょう。さてその(慕う)ということを子供に説明をして、聞かせるものは、こりゃよほど面倒だから、母もなりたけ読ませないようにしたんです。それに親父が八釜《やかまし》敷い、論語とか孟子とか云うものでなくっては読ませなかった。処が少しイロハが読めるようになって来ると、家《うち》にある本が読みたくなったでしょう。読んでると目付《めつ》かって恐ろしく叱られたんです。そこで考えて、机の上に断《こ》う掛《かか》って居る、机掛ね、之《これ》を膝の上へ被《かぶ》さるように、手前を長く、向うを一杯にして置くので、二階に閉籠《とじこも》って人の跫音《あしおと》がするとヒョイとその下へ隠すという、うまいものでしょう。時々見付かって、本より、私の方が押入《おしいれ》へしまわれました。恁《こう》いうのはいくらもある。一葉女史なんざ草双紙を読んだ時、この人は僕と違って土蔵があったそうで、土蔵の二階に本があるので、故《わざ》と悪戯《いたずら》をして、剣突《けんつく》を食って、叱られては土蔵へ抛《ほう》り込まれるのです。窓に金網が張ってあるのでしょう。その網の目をもるあかりで細かい仮名を読んだ。その所為《せい》で、恐ろしい近視眼《ちかめ》、これは立女形《たておやま》の美を傷つけて済みません。話が色々になりますが、僕が活版本を始めて見たのは結城合戦花鍬形《ゆうきかっせんはなのくわがた》(7)というのと、難波戦記《なんばせんき》(8)、左様《そう》です、大阪の戦《たたかい》のことを書いたのです。厚い表紙で赤い絵具をつけた活版本なんです。友達が持って居たので、その時初めて活版になった本を見ました。殊《こと》にああ云う百里余《あまり》も隔《へだた》った田舎《いなか》ですから、それまでは未《ま》だ活版と云うものを知らなかったので、さあ読んで見ると又《また》面白くって仕様がない。無論前に柔《やわらか》い、「でござんすわいナー」と書いてある草双紙を見た挙句《あげく》に、親父がね、その癖大好《だいすき》なんで、但し硬派の方なんだから、私に内々《ないない》で借りて来てあった呉越軍談《ごえつぐんだん》(9)、あの、伍子胥《ごししょ》(10)の伝の所が十冊ばかり。その第一冊目でしょう。秦《しん》の哀公《あいこう》が会を設けて、覇《は》を図る処があって、斉国《さいこく》の夜明珠《やめいじゅ》、魯国《ろこく》の雌雄剣《しゆうけん》、晋国《しんこく》の水晶簾《すいしょうれん》などとならぶ中に、子胥《ししょ》先生、我楚《そ》国《こく》以《もつ》て宝とするなし、唯善《ただ》を以て宝とすとタンカを切って、大気焔《だいきえん》を吐く所がある。それから呉越軍談が贔屓になる。従って堅いものが好きになって来た。それで水滸伝《すいこでん》(11)、三国志(12)、関羽《かんう》の青竜刀、張飛《ちょうひ》の蛇矛《だぼう》などが嬉しくって堪《たま》らない。勿論《もちろん》その時分、雑誌は知らず新聞には小説があるものか無いものか分らぬ位《くらい》。処がその中に何《な》んですネ。英語を教わろうと、宣教師のやって居る学校へ入ったのです。そうするとその学校では郵便報知新聞(13)を取って居た。それに思軒《しけん》さん(14)の瞽使者《めくらししゃ》(15)が毎日毎日出て居ます。是《これ》はまた飛放《とびはな》れて面白いので、ここで、新聞で小説を読むことを覚えました。また病《やみ》つきで課業はそっちのけの大怠惰《おおなまけ》、後で余《よ》所《そ》の塾へ入りましたが、又この先生と来た日にゃ決して、然《そ》う云うものを読ませない。処が、例の難波戦記を貸して呉《く》れた友人ね、そのお友人《ともだち》に智慧を付けられて貸本屋へ借りに行くことを覚えたのです。併《しか》し塾に居るんですから、ナカナカきびしくって外出をさせません。それを密《ひそか》に脱出しては借りに行くので、はじめは一冊ずつ借りて来たのが、今度読訓《よみな》れて来ると読方が早くなって、一冊や二冊持って帰った所が直《すぐ》に読んで仕舞《しま》うから、一度に五冊、六冊、一晩にやッつける。その時ザラにアア云う新版物から、昔の本を活版に直したものを無暗《むやみ》に読んだ。どんな物を読んだか能《よ》く覚えて居ませんが、その中に遺恨骨髄《こつずい》に徹して居る本が一冊あります。矢張《やっぱり》難波戦記流の作なんですが、借りて来て隠して置いたのを見付かったんで、御取上げとなって仕舞った。処でその時分は見料《けんりょう》が廉《やす》いのだけれども、この本に限って三十銭となった。

南無三宝《なむさんぼう》三十銭、支出する小遣がないから払う訳に往《ゆ》かない。処で、どう間違ったか小学校の先生が褒美《ほうび》にくれました記事論説文例、と云うのを二冊売ったんです、是《これ》が悪事の始めさ。それから四書《ししょ》を売る。五経《ごきょう》を殺すね。月謝が滞《とどこお》る、叔母に泣きつくと云う不始末。のみならず、一度ことが露顕に及んでからは、益々塾の監督が厳重になって読むことが出来なくなった。そうなると当人既《すで》に身《み》あがり(16)するほどの縁《えん》なんだから、居ても起《た》っても逢いたくッて、堪《たま》りますまい。毎日夕刻洋燈《らんぷ》を点《つ》ける時分、油壺の油を、池の所へあけるんです。あけて油を買いに、と称して戸外《おもて》へ出て貸本屋へ駈付《かけつ》ける。跫音がしては不可《いか》んから跣足《はだし》で出たこともありますよ。処がどうも毎晩油を買いに行く訳にいかないじゃありませんか。何か工風《くふう》をしなければならないのに、口実がなくっては不可《いけ》ませんから、途中から引返したことなどもあったんです。それから本を借りて持って入るときに、見付けられるとわるいから帯の下と背中へ入れるんです、是が後でナカナカ用にたったことがある。質屋へ物を持って行くにこの伝《でん》で下宿屋を出るので、訳はないのです。確《たしか》に綿入《わたいれ》三枚……怪《け》しからんこッた。もし何処《どこ》へ往《い》ったと見咎《みとが》められると、ここに不思議な話がある、極《ごく》ないしょなんだけれども、褌《ふんどし》を外して袂《たもと》へ忍ばせて置くんで、宜《よ》うがすか、何の為《ため》だと云うと、その塾の傍《かたわら》に一筋《ひとすじ》の小川が流れて居る、その小川へ洗濯に出ましたと斯《こ》う答えるんです。そうすると剣突を喰って、「どうも褌を洗いに行きますと云うのは、何だか申上げ悪《にく》いから黙って出ました。」と言い抜ける積りさ。

それから読む時、一番困ったのは彼《あ》の美少年録(17)、御存じのとおり千ペエジ以上という分厚《ぶあつ》なんです。いったい何時《いつ》も誤魔化読《ごまかしよみ》をする時には、小説を先《ま》ず斯《こ》う開いて、その上へ、詰り英語の塾だから、ナショナル読本(18)、スイントンの万国史(19)などを載せる。片一方へ辞書を開いて置くのです。そうして発音がするとピタリと辞書を裏返しにして乗掛《のっけ》るしかけなんでしょう。処が薄い本だと宜《い》いが、厚いのになるとその呼吸が合いますまい。其処《そこ》でかたわらへ又沢山《たくさん》課目書を積んで、此処《ここ》へ辞書を斜めにして建掛《たてか》けたものです。そうすると厚いのが隠れましょう。最《も》う恁《こ》うなるといろあつかい。夜がふけると、一層身に染《し》みて、惚込《ほれこ》んだ本は抱いて寝るという騒ぎ、頑固な家扶《かふ》、嫉妬《じんすけ》は旦那に中をせかれていらっしゃる貴夫人令嬢方は、すべてこの秘伝であいびきをなすったらよかろうと思う。

串戯《じょうだん》はよして、私が新しい物に初めて接したような考えをしたのは、春廼家《はるのや》さん(20)の妹《いもと》脊《せ》かがみ(21)で、そのころ書生気質《しょせいかたぎ》は評判でありましたけれども、それは後《のち》に読みました。最初は今申した妹と脊かがみ、それを貸して呉《く》れた男の曰《いわ》く、この本は気を付けて考えて読まなくてはいけないよと、特にそう言われたからビクビクもので読んで見た。第一番冒頭に書《しょ》して、確かお辻と云う女《むすめ》、「アラ水沢《みさわ》さん嬉しいこと御一人きり。」よく覚えて居るんです。お話は別になりますが、昔の人が今の小説を読んで、主人公の結局《つづま》る所がないと云う、「武士の浪人ありける。」から「八十までの長寿を保ちしとなん。」と云う所まで書いてないから分らないと云うが、なるほど幼稚な目には、然《そ》う云う考えがするでしょう。妹と脊かがみに於《おい》て、何故《なぜ》、お雪がどうなるだろうと、いつまでも心配で心配で堪《たま》らなかったことがありますもの。

東京の新聞は余り参りませんで、京都の新聞だの、金沢の新聞に、誰が書いたんだか、お家騒動、附《つけ》たり武者修行の話が出て居るんです。その中に唯《ただ》二三枚あって見たんです、四五十回は続いたろうと思いますが、未《いま》だに一冊物になっても出ず、うろ覚えですから間違《まちがい》かも知れませんが、春廼家さんなんです、或いは朝野《ちょうや》新聞(22)とも思うし、改進新聞(23)かとも思うんだが、「ここやかしこ。(24)」と仮名の題で、それがネ、大分《だいぶ》文章の体裁が変って、あたらしい書方《かきかた》なんです。中に一人お嬢さんが居るんだネ、そのお嬢さんに、イヤな奴が惚れて居て口説くんだネ。(何かヒソヒソいう、顔を赧《あか》くする、又何かいう、黙って横を向く、進んで何かいおうとする、女はフイと立つ。)と、先《ま》ず恁《こ》うです。おもしろいじゃありませんか。演劇《しばい》なら両手をひろげて追《おい》まわす。読物の文章ならコレおむすとし、い、い、い、い、なだれかかる、と大抵《たいてい》相場のきまって居た処でしょう。

また一人《いちにん》の友人《ともだち》があって、貧乏長屋の二階を借りて、別に弟子を取って英語を教えて居《お》った。壁隣が機業家《はたや》なんです、高い山から谷底見れば小万可愛《こまんかわい》や布晒《さら》すなんぞと、工女の古い処を唄って居るのを聞きながら、日あたりの可《い》い机の傍《わき》で新版を一冊よみました。これが私ども先生の有名ないろ懺悔(25)でございました。あの京人形の女生徒の、「サタン退《しりぞ》けッ」「前列進め」なぞは、その時分、幾度繰返したか分りません。夏痩(26)は、辰《たつ》ノ口《くち》という温泉の、叔母の家で、従姉《いとこ》の処へわきから包《つつみ》ものが達《とど》いた。その上包《うわづつみ》になって読売新聞が一枚。ちょうど女主人公の小間使が朋輩の女中の皿を壊したのを、身に引受けて庇《かば》う処で、――伏拝《ふしおが》むこそ道理なれ――というのを見ました。纏《まとま》ったのは、たしかこちらへ参ってからです。田舎は不自由じゃありませんか。しかしいろ懺悔だの、露《ろ》伴《はん》さんの風流仏(27)などは、東京の評判から推《お》して知るべしで、皆が大騒ぎでした。

あの然《さ》よう。八犬伝は、(28)父《おやじ》や母に聞いて筋丈《だけ》は、大抵存じて居りましたし、弓張月、(29)旬伝実実記(30)などをよんだ時、馬琴《ばきん》が大変ひいきだった。処が、追々《おいおい》ねッつりが厭《いや》になったんです。けれども是は批評をするのだと、馬琴大人《うし》に甚だ以て相済《あいすま》ぬ、唯ね、どうもネ。彼《あ》の人は意地の悪いネジケた爺《じい》さんのようだからさ。作のよしあしは別として好き、きらい、贔屓、不贔屓はかまわないでしょう。西鶴《さいかく》も贔屓でない、贔屓なのは京伝と、三馬《さんば》、種彦《たねひこ》なぞです。何遍でも読んで飽きないと云えば、外《ほか》のものも飽きないけれども、幾ら繰返してもイヤにならなくて、どんなに読んでも頭痛のする時でも、快い心持になるのは、膝栗毛《ひざくりげ》(31)です。それから種彦のものが大好《だいすき》だった。種彦と云えば、アノ、「文字《もじ》手摺昔人形《てずりむかしにんぎょう》」(32)と云う本の中に、女が出陣する所がある。それがネ、斯《こ》う、込み入る敵の兵卒を投げたり倒したりあしらいながら、小手《こて》すねあてをつけて、鎧《よろい》を颯《さつ》と投げかける。その鎧の、「揺《ゆる》ぎ糸の紅《くれない》は細腰《さいよう》に絡《まと》ひたる肌着の透《す》くかと媚《なまめ》いたり。」綺麗《きれい》じゃありませんか。おつなものは岡三鳥《おかさんちょう》の作った、岡釣話《おかづりばなし》(33)、「あれさ恐れだよう、」と芸者の仮声《こわいろ》を隅田川の中で沙魚《はぜ》がいうんです。そうして釣られてね、「ハゼ合点《がてん》のゆかぬ、」サ飛んだのんきでいいでしょう。

ええ、このごろでも草双紙は楽《たのし》みにして居ります。それに京伝本なんぞも、父や母のことで懐《なつか》しい記念が多うございますから、淋しい時は枕許《まくらもと》に置きますとね。若菜姫なんざ、アノ画《え》の通りの姿で蜘蛛《くも》の術をつかうのが幻《まぼろし》に見えますよ。演劇《しばい》を見て居るより余《よ》ッ程《ぽど》いい、笑っちゃいけません、どうも纏《まとま》らないお話で、嘸《さ》ぞ御聴苦《おききぐる》しゅうございましたろう。

（明治三十四年一月「新小説」）

おもて二階

二度目の新小説の第一号は、私が大塚《おおつか》に居りました頃発刊になりました。誰方《どなた》も御存じの通《とおり》、水谷《みずたに》さんの『錆刀《さびがたな》』(1)と『薄唇《うすくちびる》』(2)という看板で、一寸《ちょっと》見ても立派な雑誌。処《ところ》がその時分は後藤さん、小杉さん(3)、島村さん(4)、などという今はいずれも国持城持《くにもちしろもち》の歴々が、大名のもとは野にふし山にふしで、一番乗《のり》一番槍《やり》、一番首《くび》の真最中、新著月刊(5)をやって居まして、私もその方の陣笠で居たんですから、新小説(6)が発刊になったのは、ござんなれ、大敵という気がして、鷲破《すわ》という時は若輩ながら、という意気組《いきぐみ》でした。おかしいじゃありませんか。よく考えて見れば、同じ文壇に、別に又《また》立派な名所が出来たのですから大《おおい》に祝さなければならないわけです。その後藤さん、私などが、唯今《ただいま》恁《こ》うやって、新小説の編輯《へんしゅう》をしますので四海《しかい》は兄弟、何処《どこ》にどんな親類があるか分りませんね。

同じ頃広津《ひろつ》さん(7)は矢来《やらい》の中《なか》の丸《まる》においでなすって、大塚からチョイチョイ遊びに参りました。其処《そこ》で春陽堂《しゅんようどう》(8)の吉《きち》どんとかいう人が、原稿の催促に来て居たのを、二三度見たことがあります。広津さんに聞くと、明日明後日《あさって》までに百五六十枚、書上《かきあ》げなければならんのだと云うことで、これがその月の新小説の呼びものになろうというのでしょう。それだのに二三日しか間《ま》がないものだから、暮《くれ》六つの鐘を合図という血相で居催促《いさいそく》の形です。

処を、名だたる矢《や》継早《つぎば》やの強弓《ごうきゅう》だから、びくともしないで自若《じじゃく》として出来たのが『河内屋《かわちや》』(9)で、これがポンと金的に大当《おおあたり》。雑誌が、ぱッと景気づいて来たそうです。引続いて、後藤さんの『闇のうつつ』(10)同じく大評判。この二篇で新小説が売れ出したというんですね。

また、おなくなンなさいました先生の塾が、横寺町《よこでらまち》から庭続きの箪笥町《たんすまち》にありまして、其処へ行って居りますと晩方なぞ、広津さんが、いいにおいを外套《がいとう》の襟《えり》で包みながら、御勉強ですか、なんて、ぶらりとお立寄《たちより》、その河内屋ではありませんが、別のを矢張《やはり》、烈《はげ》しく催促されておいでのことを内々《ないない》知って居るし、些《ち》と長いのをと御本人もいってなんだから、おや、日数《ひかず》もないのに、と此方《こっち》は驚くくらいでしたがいや、悠然たるもので、余裕綽々《しゃくしゃく》。

私が新小説へ始めてのは『凱旋祭《がいせんさい》』(11)十枚ばかりの極《ご》く短篇、春陽堂の方へ、とおっしゃって先生が書かして下さったんです。しばらくたって『辰巳巷談《たつみこうだん》』(12)でした。処が広津さんや後藤さんのなどとは違って、是非《ぜひ》あなたでなくッちゃ、こんどの号のと、び、らが開けられないと云う訳ではない。従って先方から、せッつかれるのでもありませんが、此方で少々その何《なに》なんかで急ぎましてね、わずかの日数で書き上げようとすると、さあ、その心配な事、出来るか何《ど》うか、と案じました。ここで広津さんです。例の、いいにおいで御勉強ですかを、思い出して、鬼神《おにがみ》にてはヨモあらじ、ナニ人間業《わざ》で、企て及ばないことはあるまいと、勇気をつけて、何でも、一週間ばかりで書き上げたことがありました。

そののち新小説へ密接の関係が付いたのは、後藤さんが編輯になってからです。勿論《もちろん》その以前から柳川さんが毎日勤めて居りましたので、用があったり、遊びだったり、一寸一寸《ちょいちょい》参ったことがありますので編輯局の様子などは知って居ました。柳川さんはたしか二十《はたち》ぐらいからだったろうと思います。私もお邪魔には出るが、雑誌にはそんなに深くはなかったのです。

編輯を後藤さんが引受けたのは、今ちょいと覚えちゃ居ませんが、何でも薬王寺《やくおうじ》前町《まえまち》においでの頃で、師走《しわす》でした。押詰《おしつま》って寒うございますね。お景気はと、丁《ちょう》ど遊びに行って居た処で、今の支配人の助《すけ》さんが、羽織を一着《いっちゃく》で、更《あらた》まって、たずねて来て、雑誌の編輯を悉皆《すっかり》お引受けをというのでした。後藤さんは、アア云う、責任を重んずる人ですから、オイソレと言いません。熟考の上返辞《へんじ》を、とその時はそれだけでありましたが、さて、いよいよ、爽《さわや》かに出廬《しゅつろ》となる。

たしか、一月の分は編輯済で、雑誌は三月の分から後藤さんということになりました。私に何か一つ勤めろというのでその時のが、『高野聖《こうやひじり》』(13)。さあ、あれか、これかという内に、延び延びになって、〆切《しめきり》の日も広津さん式に迫って来ました。丁度《ちょうど》〆切の前の日に、後藤さんと雑司《ぞうし》ケ谷《や》辺を散歩した、処がその時の雑誌の話などは一向《いっこう》言わないで、小鳥は何処《どこ》がいい、お芋《いも》の田楽《でんがく》が名物だなぞと、一向のんん気だから、内々、こりゃナニ編輯〆切と云うけれども、二日や三日原稿が遅れたって差支《さしつかえ》あるまいと、高《たか》を括《くく》って居ると、その翌日、編輯局から主任の名で、ゲンコウスグヨコセは何《ど》うです、疾《はや》きこと如風《かぜのごとし》。

後藤さんは、一体、事業に非常に精励で、厳粛で、酒は飲んでも飲まいでも勤める処は屹《きっ》とという風《ふう》ですから、時々不意を打たれて敗北するんですよ。

そんなこんなで前よりは、より多く新小説の方へ仕事をするようになりましたが、別に編輯員と云うのじゃなく編輯は前田さん、柳川さん、その後藤さんが主任で、私などは唯《た》だ仰せを受けては書くのでしたが、その後、猪苗代《いなわしろ》の方に、お宅が出来るについて、それまでは毎日編輯へ出て居られたが、以来月に一週間ずつ上京ということになりました。其処《そこ》で留守番かたがたお手伝い、と云うので四丁目の表二階へ罷出《まかりいで》ますが、しかし皆さんが腕ッこきばかりですから、別に何の仕出来《しでか》した事もありません。

それでも、種々編輯上の相談などがあって、成るたけ品《ひん》を落さないように、併《しか》しドッチかと云えば数が売れて、出版元にこにこの方が双方の為《ため》ですから、なかなか苦労をしますんです。

いつかも社会欄の材料に、三階いや二階総出で、浅草公園などへ行って、彼処《あすこ》の様子なんか書いたことがありましたっけ。後には段々手を拡げて、後藤さんが上方《かみがた》へ出かける。柳川さんと私と二人、名古屋へ参ったこともございます。(14) そういえば、浅草へ後藤さんと一緒に行きました時ですがね。あの池の端《ふち》の角《かど》に浪華踊《なにわおどり》と云うのがあったんです。如何《いか》なるものか入って見ようと、そこで木戸銭《きどせん》を払うと、詰《つま》り源氏節一流の女茶番極めて恐しいものでしたが、ともかく一寸《ちょっと》、汚い蒲団《ふとん》に坐《すわ》ろうとすると、場所柄《がら》だから、名は申しません、定連席に大安坐《おおあぐら》をかいて、控えて居た、年の少《わか》い通人《つうじん》があって、イヤ！御観察ですかと言われて、遁出《にげだ》しました。

なかなかね、千人が千人に御気《おき》に入るようにするのはむずかしいもので、編輯をやるのも容易なことではないんです。その時の帰りがけ仲店《なかみせ》を通ると烏帽子《えぼし》を被《かぶ》って反歯《そっぱ》隠しのハンケチを巻いた女の売卜者《ばいぼくしゃ》が居った、是《これ》は名物だそうで、たしか『袖屏風《そでびょうぶ》』(15)の書出しの所へ、人相家相周易判断と云う女の易者《えきしゃ》と書いたのは、これを思いついたのでございました。

それから先《ま》ず後藤さんの在国中は留守して居りますが、なかなか会席で押並《おしなら》ぶ御留守居《おるすい》と云ったような気の利いた柄《がら》じゃない、手の足りない時は、校正のお手伝いは結構ですが、当人念の入った近眼の上に、そそッかしいから出来が悪い、いつか中《うち》も、中島さん(16)の海外文壇の校正を、生憎《あいにく》私一人の時に持って来られたので、まず頬杖《ほおづえ》をついて落いてやり出しました所が、外国語がいけますまい。一々、ＡＢＣを引合せるのに非常に困却、一寸葉書へこの処海外文壇の校正にて大恐縮草双紙のかなばかり、目前《めさき》にちらつく――と書いて出して、誰かに大叱言《おおこごと》をいわれました。これは内証、後藤さんには、隠《おん》密《みつ》隠密。

猪苗代を二日にたって毎月三日の晩、必ず着、四日の朝から厳重に休み無く勤めて十日一ぱいに〆切りますから一と月詰めて居なくても誰方《どなた》も決して御不足はありません。

十日には皆が寄って、スッカリ編輯を〆切ります。手に取って御覧になるのは、発行日の一日ですが、如何《どん》なものが出るか、載るかは、前の月の十日にチャンと定《き》まるのですから、我が敬愛なる、紳士令夫人令嬢方は、どうぞ十日を、お楽《たのし》みなすって下さい、とお書き下さい。

それから、これは些《ちっ》と、すっぱぬきのようですが、春陽堂のね、表二階の編輯局は大分汚ない。この頃は硝子《ガラス》なども入れ換《かわ》ってなかなか綺麗《きれい》になりました。彼処《あすこ》は夏は暑いですよ。そこへトントンと上る、箱火鉢《はこひばち》があって鉄瓶《てつびん》がかかって、座蒲団が待って居ます。ここへ鰭崎《ひれざき》さん(17)が来て画《え》の水鉢に水を入れる。これで墨をすって、受持の仕事にかかる。用の無い時は新聞などを読む、尤《もっと》も三面の艶種《つやだね》なぞは読みませんよ。専《もっぱ》ら意を天下の大勢《たいせい》に注ぐ、正午《ひる》が来る、山岸君、今日は何にしよう、と是から昼飯の相談になるのです。彼処《あすこ》へ入る弁当には十五銭、メソッ子(18)の鰻丼《うなどん》。二銭ばかり格安で親子丼、是がね、何《ど》れも余り美味《うま》くない。勿論お値段のせいもあります。甚《はなは》だ意地の汚ないお話ですが、その親子丼なるものが三人乃至四人一味徒党に及んで取ると、少しは鳥らしいものが入って来るけれども、一人で取ると悉《ことごと》く如何《いかが》なもので、少しプンと来たり何かする。処が銘々思い思い千差万別《てんやわんや》で鰻丼が好いと言う者もあれば、親子丼というのがある。おれはパンと水だと、名文を案じながら気焔《きえん》を吐く、実は衛生と経済を兼ねるんで、大分行われますよ。又宝亭《またたからてい》から入る、肴《さかな》一品パン附二十銭の西洋料理がある。併《しか》し宛行《あてが》い扶持《ち》で先方《むこう》から持って来るのですから、好き嫌いのものがあって甚だ困る。特に一品を註文すると些《ち》とお値段が張りますからね。このあいだはツイ向《むこ》う横町の平野《ひらの》の弁当が美味いと云うので、二十五銭《いちぶ》奮発《はず》んで取った所が、ここに芋棒《いもぼう》鱈なる難物があって、隅田川のほとり矢《や》の倉《くら》の住人なんざ真先《まっさき》に辟易《へきえき》して仕舞《しま》った。それから二時《やつ》時分になると、奥からお茶が入って出ます。このお六鮨《ろくずし》なんざ書入れ(19)です。

時に編輯でチリンと呼鐘《よびりん》を鳴《な》らす事がある。小僧さんを呼ぶんですがね、威厳が行われずなどと怨言《いやみ》を言う必要もありませんが、前《せん》の中《うち》は馬車が通るので、あのガチャリンガチャリンに紛れて聞えなかったもんです。

用は、煙草《たばこ》を買って来て貰《もら》うとか、お湯を取って来て貰うとか、例のお弁当のお取次。ここに最もこのチリンを説く必要のあるのは、小僧さんを呼んで、「助さんに、一寸《ちょいと》、」と云う一種の通言《とおりことば》があるのです。外《ほか》の方はどうだか知らないが、私なんざ殊《こと》にこの「助さんちょいと」(21)なるものをやるので、どう云う意味かと申すと、其角《きかく》(20)有句《くあり》、炉開《ろびらき》や汝を呼ぶは金の事、「助さんちょいと」と呼んで、実は是から前借《ぜんしゃく》の相談にかかるのですよ。その「助さんちょいと」と言おうと思って、鳴らす時は、此方《こっち》の気のせいか、なかなか聞えない。さて愈々《いよいよ》「ちょいと」で呼んで、支配人が上って来ると、談判に掛るのですが、顔を見ると少し気の毒になって言い出しかねる。支配人二十八というのに大層な若白髪《わかしらが》です、時々ね、(御前借が髪を白くします。身体に障《さわ》りますので、)と言われるので甚だ辟易をするのです。但《ただ》この前借がきくかきかぬか。後篇を待って知り給え。(22)

何処《どこ》の編輯でもそうでしょうが、人数が少ない代りには極《ご》く水いらずで、誰に気を兼ねると云うこともなし、誠に楽しんでやって居られます。

先ずそう云う風《ふう》、別に用が無くて新聞を読んで居ると云う際でも、片時も愛読者諸君と云うことを、一人として念頭に置いて居ない者はありません。時には店の方から持出して来る例の俗受《ぞくうけ》と云うことに付《つい》ては反対することもありますが、反対をしつつも諸人《しょにん》愛敬《あいきょう》、愛染《あいぜん》様の御符《ごふう》、御守《おまもり》でも持って居たい位に思って居ります。

作物《さくぶつ》に付ては我々のような未熟な者は苦心談と云って申上げる程のことはございませんが、ちょいとキッカケがあった話がありますから、それだけお話を致しましょうか。あの『註文帳《ちゅうもんちょう》』(23)と云うのを書きますのに、又〆切間際《まぎわ》で時日は切迫して居るし、何処から書出して宜《よ》いか、手が着けられなくって弱って居りました。榎町《えのきまち》に居た時で、隣家《となり》が下宿屋、或る日前晩《ぜんばん》から掛けて雪が降りました。正午頃《おひるごろ》です。下宿して居た書生さんが、ポンポンポン、手を叩くと、はいーッて女中が返辞をして上った様子で、部屋へ入ろうとして、一寸貴下《あなた》、昨夜は何方《どちら》でお浮気をなすったの？ と言った、それから思い着いて場所が唄の文句の霞《かすみ》の衣、衣紋坂《えもんざか》あたりと極《き》まりました。丁度その頃、先生が寒《かん》牡丹《ぼたん》(24)を書いていらっしゃる時分で、余り客が多くってやりにくいとおっしゃって、私の書斎が四畳半、汚ない所でしたがおいで下すって書いていらっしゃいました。私はその後《うしろ》でお茶の御給仕などをしながら、書きかかりました。お傍に居《お》ってあの通り不出来です、ああ、もう叱られたくっても在《い》らっしゃらない。

苦心も何もありませぬが、『紅雪録《こうせつろく》』(25)と『続紅雪録』(26)を書く時は非常に弱った。それは丁度今年征露開戦の際で、号外屋は来る。近所へは兵隊さんが来る。内でも御宿《おやど》を申付かるという、で一方には国民新聞(27)を書いて居たものですから、新聞の方は毎日でなくっちゃならず、此方《こちら》も時日が迫って来る、チリンチリン号外！ 号外！ 格子戸《こうしど》をからり、小隊長殿より命令と伝令が宿泊して居る方を呼びましょう、取次ましょう。居たり立ったりの所へ、長《ちょう》どんという名誉の自転車乗《のり》が矢の如く乗りつけて春陽堂です。原稿を、唯今すぐに、五枚でも十枚でも！ どうしてここで、いいにおいをさせて、泰然自《たいぜんじ》若《じゃく》として居られるもんですか。蒼《あお》くなって、あやまると、とも角《かく》もといって引返す、すぐに二番手がのりつける、三番手がかけつける、二階が御飯だ、ソレ茶だ、おみおつけを持って行け、号外！　号外！　浦塩《ウラジオ》艦隊が北海道焼討、それは大変としりもちをつく処へ、春陽堂です原稿を、と四番手が飛んで来るでしょう。串戯《じょうだん》じゃありません、あとで聞いたら自転車の買いたてで催促かたがた練習と云うので、今だから笑って居ますが、お察しなさい！　その時ばかりは例の広津さんを思い出して、口の中《うち》で柳浪《りゅうろう》さんを三たび唱えても、なかなか手が廻《まわ》らなくって非常に困りました。さて新小説も十週年何《ど》うぞ御贔屓《ごひいき》下すって、発行部数百万とさえ声がかかれば「助さんちょいと」も、少《すく》なくって、その若白髪も染まりますよう、偏《ひとえ》に大方の眷顧《けんこ》を仰ぐ。

（明治三十八年一月「新小説」）

幼い頃の記憶

人から受けた印象と云うことに就《つ》いて先《ま》ず思い出すのは、幼い時分の軟《やわ》らかな目に刻み付けられた様々な人々である。

年を取ってからはそれが少《すく な》い。あってもそれは少年時代の憧《あこが》れ易《やす》い目に、些《ちょ》っと見た何の関係もない姿が永久《えいきゅう》その記憶から離れないと云うような、単純なものではなく、忘れ得ない人々となるまでに、いろいろ複雑した動機なり、原因なりがある。

この点から見ると、私は少年時代の目を、純一無雑な、極《ご》く軟らかなものであると思う。どんな些っとした物を見ても、その印象が長く記憶に止まって居る。大人となった人の目は、最《も》う乾《ひ》からびて、殻《から》が出来て居る。余程《よほど》強い刺撃《しげき》を持ったものでないと、記憶に止まらない。

私は、その幼い時分から、今でも忘れることの出来ない一人の女のことを話して見よう。

何処《どこ》へ行く時であったか、それは知らない。私は、母に連れられて船に乗って居たことを覚えて居る。その時は何と云うものか知らなかった。今考えて見ると船だ。汽車ではない、確かに船であった。

それは、私の五つぐらいの時と思う。未《ま》だ母の柔らかな乳房を指で摘《つま》み摘みして居たように覚えて居る。幼い時の記憶だから、その外《ほか》のことは、ハッキリしないけれども、何でも、秋の薄日の光りが、白く水の上にチラチラ動いて居たように思う。

その水が、川であったか、海であったか、又、湖であったか、私は、今それを茲《ここ》でハッキリ云うことが出来ない。兎《と》に角《かく》、水の上であった。

私の傍《そば》には沢山《たくさん》の人々が居た。その人々を相手に、母はさまざまのことを喋《しゃべ》って居た。私は、母の膝に抱かれて居たが、母の唇が動くのを、物珍らしそうに凝《じ》っと見て居た。その時、私は、母の乳房を右の指にて摘んで、恰度《ちょうど》、子供が耳に珍らしい何事かを聞いた時、目に珍らしい何事かを見た時、今迄貪《いままでむさぼ》って居た母の乳房を離して、その澄んだ瞳を上げて、それが何物であるかを究めようとする時のような様子をして居たように思う。

その人々の中に、一人の年の若い美しい女の居たことを、私はその時偶《ふ》と見出した。

そして、珍らしいものを求める私の心は、その、自分の目に見慣れない女の姿を、照《て》れたり、含耻《はにか》んだりする心がなく、正直に見詰めた。

女は、その時は分らなかったけれども、今思って見ると、十七ぐらいであったと思う。如何《いか》にも色の白かったこと、眉《まゆ》が三日月形に細く整って、二重瞼《ふたえまぶた》の目が如何にも涼しい、面長《おもなが》な、鼻の高い、瓜実顔《うりざねがお》であったことを覚えて居る。

今、思い出して見ても、確かに美人であったと信ずる。

着物は派手な友禅縮緬《ゆうぜんちりめん》を着て居た。その時の記憶では、十七ぐらいと覚えて居るが、十七にもなって、そんな着物を着もすまいから、或は十二三、せいぜい四五であったかも知れぬ。

兎に角、その縮緬の派手な友禅が、その時の私の目に何とも言えぬ美しい印象を与えた。秋の日の弱い光りが、その模様の上を陽炎《かげろう》のようにゆらゆら動いて居たと思う。

美人ではあったが、その女は淋しい顔立ちであった。何所《どこ》か沈んで居るように見えた。人々が賑《にぎ》やかに笑ったり、話したりして居るのに、その女のみ一人除《の》け者のようになって、隅の方に坐《すわ》って、外《ほか》の人の話に耳を傾けるでもなく、何を思って居るのか、水の上を見たり、空を見たりして居た。

私は、その様《さま》を見ると、何とも言えず気の毒なような気がした。どうして外の人々はあの女ばかりを除け者にして居るのか、それが分らなかった。誰かその女の話相手になって遣《や》れば好《よ》いと思って居た。

私は、母の膝を下りると、その女の前に行って立った。そして、女が何とか云ってくれるだろうと待って居た。

けれども、女は何とも言わなかった。却《かえ》ってその傍《そば》に居た婆《ばあ》さんが、私の頭を撫《な》でたり、抱いたりしてくれた。私は、ひどくむずがって泣き出した。そして、直《す》ぐに母の膝に帰った。

母の膝に帰っても、その女の方を気にしては、能《よ》く見返り見返りした。女は、相変らず、沈み切った顔をして、あてもなく目を動かして居た。しみじみ淋しい顔であった。

それから、私は眠って了《しま》ったのか、どうなったのか何の記憶もない。

私は、その記憶を長い間思い出すことが出来なかった。十二三の時分、同じような秋の夕暮、外口《とぐち》の所で、外の子供と一緒に遊んで居ると、偶《ふ》と遠い昔に見た夢のような、その時の記憶を喚《よ》び起した。

私は、その時、その光景や、女の姿など、ハッキリとした記憶をまざまざと目に浮べて見ながら、それが本当にあったことか、又、生れぬ先にでも見たことか、或《あるい》は幼い時分に見た夢を、何かの拍子に偶と思い出したのか、どうにも判断が付かなかった。今でも矢張《やっぱ》り分らない。或は夢かも知れぬ。けれども、私は実際に見たような気がして居る。その場の光景でも、その女の姿でも、実際に見た記憶のように、ハッキリと今でも目に見えるから本当だと思って居る。

夢に見たのか、生れぬ前に見たのか、或は本当に見たのか、若《も》し、人間に前世の約束と云うようなことがあり、仏説などに云う深い因縁があるものなれば、私は、その女と切るに切り難い何等《なんら》かの因縁の下に生れて来たような気がする。

それで、道を歩いて居ても、偶と私の記憶に残った然《そ》う云う姿、然う云う顔立ちの女を見ると、若しや、と思って胸を躍《おど》らすことがある。

若し、その女を本当に私が見たものとすれば、私は十年後か、二十年後か、それは分らないけれども、兎に角その女に最《も》う一度、何所《どこ》かで会うような気がして居る。確かに会えると信じて居る。

(明治四十五年五月「新文壇」)

注

玉川の草

（1）**白井氏**　白井泰治（生歿年未詳）。鏡花宅の一軒隣の白井歯科医院の医師。「露宿」にも出る。

（2）**鏑木清方**　日本画家（一八七八―一九七二）。父は幕末明治の文人条野採菊。水野年方に入門、明治三十年代に挿絵画家の中心となる。文展開設以降は創作画を主体とし、浮世絵の伝統を継いだ清麗な美人画のみならず人物画、風俗画にも画境を開き、その文章もまた優に一家を成す。鏡花とは明治三十四年に知合い、爾後「刎頸《ふんけい》の友」となった。

（3）**浜町に居る頃**　清方が日本橋浜町（現東京都中央区）に居たのは明治三十九年十二月―四十五年五月（はじめ二丁目のち三丁目）。その後本郷竜岡町に移った。

（4）**お照さん**　鏑木清方夫人の照（一八八六―一九七〇）。清方の友人の日本画家・都筑真琴の義妹。十八歳で清方に嫁し二女をもうける。しばしばその絵のモデルになり、また自ら彩管を揮うこともあった。

（5）**獦子鳥**　十月ごろ日本に来る渡り鳥。雀よりやや大きく、頭と背は黒、胸から肩にかけて赤褐色。

雨のゆうべ

（1）**毎日新聞**　現在の「毎日新聞」とは異なる。明治三年十二月八日創刊の「横浜毎日新聞」を淵源とし、以後「東京横浜毎日新聞」(明治十二年—)、「毎日新聞」(明治十九年—)、「東京毎日新聞」(明治三十九年—)と紙名を改め、昭和十五年に廃刊した。

(2) **百度**　華氏百度は摂氏で三八・七度にあたる。

(3) **万宝全書**　叢書。享保三年(一七一八)刊。編者未詳。画・書・茶・古書・工芸の手引書十種を編輯したもの。当時の各方面の知識の相を知る便となる。

(4) **智嚢**　明の馮夢竜《ふうむりゅう》の撰。二十八巻。古来の賢人名士の智術計謀にわたるものを網羅輯録し、これに評語を加えた書。

(5) **文藝春秋社**　菊池寛の興した出版社。大正十二年(一九二三)一月「文藝春秋」創刊とともに創設。昭和二十一年三月に公職追放を受けた菊池が社を解散、六月には社員有志により文藝春秋新社を設立。四十一年に株式会社文藝春秋に変更、現在に至る。

飛花落葉(抄)

(1) **今打つ鐘は……**　鏡花作「草迷宮」(明治四十一年一月)の十二章にも出る。

(2) **桂馬飛**　将棋の駒の桂馬のごとく、真直ぐではなく斜めに飛ぶこと。

(3) **六部巡礼**　六部は六十六部の略。写経した法華経を全国六十六か所の霊場に納めて廻るために、仏像を入れた厨子を背負って行脚する僧。神社仏閣、聖地霊場を巡拝する巡礼者も併せていう。

(4) **狐格子**　裏に板を張り、屋根の妻に付ける格子。

(5) **枕橋**　隅田川へ入る源森川(墨田区吾妻橋二丁目と向島一丁目の境)に架かる源森橋とその北の新小

梅橋の二橋をまとめて枕橋といったが、今は新小梅橋が消え、源森橋を枕橋と称する。

（6）**腕車**　人力車の別称。明治時代に普及した一人（ないし二人）乗り一人曳きの人力車は、和泉要助、鈴木徳次郎、高山幸助の三名が明治三年三月に東京府へ願い出たのを嚆矢とする。

（7）**青面獣**　『水滸伝』に登場する楊志の渾名だが、ここでは無頼の徒、山賊のような風体の形容。楊志については後出「かながき水滸伝」注（28）参照（四一一頁）。

（8）**明神坂**　文京区湯島一丁目、神田明神前と湯島聖堂裏の間の坂。その中腹で昌平坂の坂上と合流して東へ下る。湯島坂、本郷坂ともいう。

春狐談（抄）

（1）**畜生ござりゃあがった**　男女の色事をうらやみ罵って言う。

（2）**切支丹坂**　現在は文京区小日向一丁目、地下鉄車庫脇から西へ上る途中に切支丹屋敷のあったことにより名付けられた坂だが、明治時代は、この坂下から小日向一丁目と春日二丁目の境を東北へ上る石段坂のことをいった。

（3）**博覧会**　内国勧業博覧会。第一回から第三回までは東京上野、第四回は京都岡崎、第五回は大阪天王寺で開催。明治十四年三月上野公園で開かれた第二回に、鏡花の父清次は金沢から香爐と壺を出品、香爐は褒状を得た。

草あやめ

（1）**二丁目**　牛込区神楽町（現新宿区神楽坂）二丁目二十二番地。鏡花がこの地に居住したのは明治三十六年一月から、逗子に赴く三十八年七月まで。
（2）**二上り**　後出「仲の町にて紅葉会の事」注（17）参照（四二七頁）。
（3）**原口**　原口豊秋（生歿年未詳）。明治三十四年七月尾崎紅葉に入門。埼玉鴻巣《こうのす》出身であるのにちなみ、紅葉から春鴻の号を与えられ、鏡花兄弟と親しく交わった。
（4）**愚弟**　鏡花より七歳下の弟豊春（一八八〇―一九三三）のこと。兄と同じく尾崎紅葉の門に入って斜汀と号し小説を書いた。
（5）**甚六**　長男、跡取り息子。おっとりして気の好いところから、お人好し、のろまな愚か者の意にも用いる。
（6）**金毛九尾**　狐の妖怪。中国から渡来した金毛九尾の狐が化けた玉藻前《たまものまえ》という伝説上の美女の話は浄瑠璃や歌舞伎に脚色されて広まった。
（7）**宙外君**　後藤宙外（一八六六―一九三八）。小説家・評論家。明治三十三年「新小説」の編輯主幹となり、四十年代には反自然主義の論を張った。後出「おもて二階」参照。
（8）**曙山君**　前田曙山（一八七一―一九四一）。小説家。日清戦後に春陽堂へ入って「新小説」の編輯に携わり、『園芸文庫』（全十四巻、明治三十六―三十八年）等を出して園芸家としても知られた。鏡花に「曙山さん」の一文がある。後出「おもて二階」参照。

(9) **四丁目の編集局**　春陽堂。京橋区(現中央区)日本橋通四丁目五番地。その角に三階建て土蔵造りの格子のある店舗を構えていた。明治十九年七月に同区南伝馬町一丁目十四番地から移転し、現在も当地で営業を続けている。後出「おもて二階」および注(8)参照(四四〇頁)。

北国空

(1) **「応々といへど敲くや雪の門」**　向井去来の句。『句兄弟』(其角編、元禄七年(一六九四)自序)所収。
(2) **「寝る恩に門の雪掃く乞食かな」**　榎本其角の句。『五元集』(延享四年(一七四七)成る)所収。

一景話題

(1) **西本氏**　鏡花愛読者の集い「鏡花会」の幹事を務めたことがある西本道圓(広島県出身。明治四十三年七月帝国大学法律学科卒業の法学士)のことか。
(2) **摩耶山**　神戸市灘区、六甲山地中央部の山。山頂南側に忉利《とうり》山《さん》天上寺がある。鏡花作「峰茶屋心中」(大正六年四月)は当地を舞台とする小説。鏡花に「春月や摩耶山忉利天上寺」の句もある。
(3) **六部**　前出「飛花落葉(抄)」の注(3)参照(三八八頁)。
(4) **盛衰記**　『源平盛衰記』。鎌倉後期の軍記物語。四十八巻。『平家物語』以後の諸本の中で読本(読みもの)系のテキスト。題名のごとく物語を源氏平家の盛衰を中心に捉え直している。
(5) **三伏**　陰陽道で夏の末から立秋前後の最も暑い期間。夏至後の庚《かのえ》の日をそれぞれ初伏、中伏、末伏とし、合せて三伏という。

（6） **橘南谿** 江戸時代の医者・文人（一七五三―一八〇五）。医を学んで京に開業したのち各地を遊歴し『東遊記』『西遊記』、随筆『北窓瑣談』を著した。

（7） **東遊記** 橘南谿の紀行随筆集。寛政七年（一七九五）刊。十巻十冊。南谿の巡った北陸・奥羽・関東・東海・信濃の諸歴を、旅の順序によらず記述。西国を記す『西遊記』と併せ広く読まれた。鏡花の蔵書目録に木版十冊がある。活字本として博文館版続帝国文庫『校訂紀行文集』（明治三十三年刊）に収める。

（8） **佐藤継信忠信** 平安末期の武将で、源義経の忠臣。義経四天王として主君の窮地を救い、ともに斃れた。忠信は謡曲「忠信」はじめ「義経千本桜」等の浄瑠璃・歌舞伎の題材となった。

（9） **安達ケ原の婆々** 安達ケ原は福島県安達太良山の裾野。泊めた旅人を殺す鬼女（鬼婆）が住んだという「黒塚」の伝説があり、謡曲、歌舞伎、絵画等にあまた形象されている。

（10） **宮城野と云ひ信夫と云ふ** 宮城野は仙台の、信夫は福島の、それぞれ歌枕として有名な地。また「宮城野信夫」は浄瑠璃「碁太平記白石噺」（安永九年（一七八〇）初演）の姉妹（姉は花魁、妹は田舎娘）の名で、同作の通称。

（11） **巴** 巴草（イタチハジカミ）。山吹と同じく黄色の五弁花をつける。

（12） **陸奥千鳥** 俳諧書。五冊。天野桃隣編。芭蕉三回忌の元禄九年（一六九六）「おくのほそ道」の経路をたどった記念として編んだ集。吉田東伍著『大日本地名辞書』（第二版下巻、明治四十年）の陸前国刈田郡「越王堂」の項に同じ部分の引用があり、以下に鏡花が引く『続奥の細道』『観聞志』もまた同様であるから、文の典拠は『大日本地名辞書』であると考えられる。

（13）**続奥の細道**　俳諧・紀行書。三冊。延享二年（一七四五）成立。山崎北華の編で角書《つのがき》「続奥の保曽道」、書名『蝶之遊《ちょうのあそび》』。元文三年（一七三八）三月松島の旅に立ち、芭蕉の跡を追ったもの。

（14）**観聞志**　地誌。正しくは『奥羽観跡聞老志』。仙台藩の儒者・絵師の佐久間洞巌《さくまどうがん》（本名義和。一六五三—一七三六）が著した藩内の地誌。全二十巻が享保四年（一七一九）に完成。鏡花の蔵書目録中に写本十六冊がある。

（15）**海老茶**　海老茶式部の略。海老茶色（黒みを帯びた赤茶色）の袴を着けたところから、明治三十年代の女学生の異称。海老茶袴は、束髪とともに女学生の風俗であった。

自然と民謡に

（1）**凡兆**　俳人（?—一七一四）。野沢氏、加賀の人。京に出て医を業とし、松尾芭蕉と往来を重ね、向井去来とともに『猿蓑』（元禄四年（一六九一））の編纂に当ったが、のちに芭蕉を離れた。芭蕉に接していた時の句品が最も佳といわれる。

（2）**「呼び返す鮒売見えぬ霰かな」**　『猿蓑』に収録の凡兆の句。寒鮒売の威勢の好さと足の速さを詠む。季語は「霰」で冬。

寸情風土記

（1）**久須美佐渡守の著す、（浪華の風）**　久須美祐雋《すけとし》（一七九六—一八六四）は幕臣。号蘭林。安政二年（一八五五）から大坂西町奉行を務めた。詩文を能くし、養蘭家としても知られた。『浪華の風』（一巻。安政三年起筆)は江戸人の観た大阪随筆。

(2) **赤蛙**　赤蛙は小児の疳《かん》の虫に効くといわれ、焼いて食す。赤蛙売は同じ効用をもつ柳の虫(柳の幹に入っているキクイムシ)も小箱に入れて一緒に売り歩いた。

(3) **磯一峯が、(こし地紀行)**　磯一峰(生歿年未詳。元禄・宝永(一六八八―一七一一)頃の人)は姫路藩主本多忠国の臣。忠国歿して国替えのため播磨より越後村上に赴いた折の道中記が『越路紀行』(元禄年間成立)。京阪より北陸道を経て越後に至る。博文館版続帝国文庫『続紀行文集』(明治三十三年刊)に収める。

(4) **おきせん**　漢字は「置銭」。意味は恋人、愛人、情人。男女いずれにも用い、文化文政、天保の頃の流行語という。

(5) **四万六千日**　この日にお参りすると四万六千日間参詣したのと同じ功徳があるとされる縁日。

(6) **本草**　『本草綱目』。中国明代・李時珍の撰になる、草(主に薬草)の産地、形状、処方等を記した書。万暦二十四年(一五九六)刊。

(7) **食鑑**　『本朝食鑑』。江戸中期の人見必大《さだすく》の著。元禄十年(一六九七)刊。『本草綱目』にならった漢文体の本草書で、書名の通り食物材料の記述を重んじる。

(8) **お葉洗**　晩秋、越冬用の漬物にするため菜を洗うこと。

(9) **小著**　明治三十五年一月「文芸界」に発表の「波がしら」。引用は第三章冒頭の一節。

山の手小景

（1）**銘仙**　平織りの絹織物。丈夫で安価なため、女性の普段着や夜具の地に用いられた。
（2）**大籬**　大店、総籬とも。江戸期吉原遊廓で最も格式の高い妓楼のこと。間口奥行ともに広く大きく、抱えの遊女は太夫ばかりで、張見世（遊女が店先に居並んで客を待つこと）をしなかった。
（3）**やっちゃ場**　「やっちゃ、やっちゃ」のセリ市の掛声から、東京で青物市場のこと。

逗子だより

（1）**春鴻子**　原口春鴻（豊秋）のこと。前出「草あやめ」注（3）参照（三九〇頁）。

蘆の葉釣

（1）**海津**　クロダイの若魚の異称。幸田露伴に「かいづ釣の記」（「新小説」明治三十四年九月）があり、前年九月、月島沖の釣魚行を記したもの。
（2）**太公望**　釣り人。中国周の文王が釣りをする呂尚を見いだして「吾が太公（亡父の名）、子《し》を望むこと久し」と言ったことからの呼称で、『史記』の「斉世家」に記された故事による。

真夏の梅

（1）**食鑑**　前出「寸情風土記」注（7）参照（三九四頁）。
（2）**新井**　伊豆修善寺に今も営業する旅館。明治五年、相原平右衛門が「養気館新井」として開業。創業以来、文人墨客の常宿として知られる。

湯どうふ

（1）**松本金太郎叔父**　能楽宝生流シテ方（一八四三―一九一四）。鏡花の母鈴の兄。松本弥八郎の養子となり、神田猿楽町の自宅に稽古舞台を設け、幕末明治期に宝生流家元九郎を扶けて流儀の発展につくした。家元九郎の峻厳、金太郎の情誼が相まって流儀は進展、その芸は「墨絵の名画」のごとしと評され、次男長《ながし》（後出「十六夜」注（3）参照（四〇二頁））も後に続いた。鏡花作「新つや物語」（大正四年四月）は金太郎の逝去を一素材とする。

（2）**我楽多文庫**　文芸雑誌。明治十八年（一八八五）五月創刊、二十二年十月廃刊。小説・戯文・漢詩・和歌・俳句・新体詩・狂句・端唄・都々逸等、内容が種々雑多なことにより命名。学生時代の尾崎紅葉、山田美妙、石橋思案らが発行。硯友社の機関誌として明治の新文学興隆に貢献した。

（3）**小栗**　小栗風葉。後出「『金色夜叉』小解」注（7）参照（四一八頁）。

（4）**北山**　腹が来る（空腹になる）の意から、「北」を「来た」にかけた洒落。「北山しぐれ」ともいう。

（5）**菽乳羹**　ちり鍋のこと。白身魚や豆腐をあくの少ない野菜とともに水煮した鍋物の一種。新鮮な魚の切身を煮るとちりちりと縮まるところからの名という。

（6）**紫のおん姉君の、第七帖**　紫式部の『源氏物語』の七番目の巻「紅葉賀」。

新富座所感

（1）**春葉さん**　柳川春葉（一八七七―一九一八）。小説家。本名専之《つらゆき》。尾崎紅葉へは鏡花の金沢帰郷中に玄関番として入門。「やどり木」（明治三十八年）発表以降、自作上演に当って新派と関わりをもち、多数の脚色を手がけた。紅葉同門中、鏡花と最も気の合った仲だったという。「婦系図」の新富座初演は、春葉の脚色による。

（2）**喜多村**　喜多村緑郎《ろくろう》（一八七一―一九六一）。新派俳優。大阪で成美団を結成、写実的演技で名を挙げ東京に戻り、河合武雄とともに新派の女形の芸を確立して長く活躍、後継者として花柳章太郎を育てた。鏡花とは東上以後に親交を結び、愛読する鏡花作品を積極的に上演して信頼を得、その女主人公を当り役とした。

（3）**江戸川さん**　江戸川は、神田上水が文京区関口台より飯田橋で外堀に注ぐ間の名。その南岸の牛込区（現新宿区）東五軒町に住んでいた柳川春葉のことをいう。

（4）**伊井**　伊井蓉峰《ようほう》（一八七一―一九三二）。新派俳優。蓉峰の名を与えた依田学海の後援で男女改良演劇を始め、写実性を重んじた演技で新派の基礎を固め、端麗な容姿の立役として人気を誇った。

（5）**藤井**　藤井六輔（一八七四―一九三一）。新派俳優。明治二十八年伊井蓉峰に入門以来、瓢逸器用な性を活かした三枚目の役どころで一座を支えた。久保田万太郎作「春泥」（昭和三年一月―三月）の西巻金平のモデルといわれる。

（6）**秀調**　三代坂東秀調（一八八〇―一九三五）。歌舞伎俳優。二代の女婿。九代市川団十郎に入門、明治三十七年東京座で三代を襲名。女形として新派、新劇の舞台でも活躍した。

（7）**木村**　木村操（一八八〇―?）。新派俳優。伊井蓉峰一座の若女形を演じて人気があった。

（8）**村田**　村田正雄（一八七一―一九二五）。新派俳優。川上音二郎一座から伊井蓉峰一座に移って活躍。

貫禄ある重厚な芸風で自ら一座を持ったこともあった。

（9）**春月君** 高崎春月（一八八一―？）。小説家・編輯者。本名信太郎。東京小石川生れ。後藤宙外の門下となり、その縁で「新小説」編輯局に入って小説、劇評を載せた。

水際立った女

（1）**河合武雄** 新派俳優（一八七七―一九四二）。澤村源之助（四代）の伝法肌の女形芸を摂取、その美貌と華麗な芸風で新派全盛期に地位を固めた。鏡花作「恋女房」（大正二年）は河合のために書下ろされた戯曲。

（2）**稽古扇** 戯曲。明治三十三年七月「新小説」発表の鏡花の小説「うしろ髪」の改作で、明治四十五年二月―三月、新富座上演と同時期に「中央新聞」へ連載された。上演中は、志賀直哉、木下利玄、水上滝太郎、小泉信三、正宗白鳥、与謝野晶子らが観劇している。

（3）**つや物語** 原作「通夜物語」は明治三十二年四月―五月「大阪毎日新聞」連載。初演は三十九年八月大阪朝日座だが、翌四十年正月の東京の初演（新富座）では、伊井蓉峰の玉川清、河合武雄の丁山が大当りし、以後、丁山は河合終生の当り役となった。

（4）**南地心中** 明治四十五年一月「新小説」発表の小説。鏡花自らも脚色に加わり、同年五月新富座で上演された。

（5）**芙雀** 八代尾上芙雀（一八八二―一九一九）。歌舞伎俳優。五代尾上菊五郎の門弟。明治三十八年八代芙雀を襲名、大正四年三代菊次郎となり、市村座の立女形として艶冶で情感あふれる芸風により将来を嘱望されたが早逝した。

（6）**松蔦**　二代市川松蔦（一八八六―一九四〇）。歌舞伎俳優。明治四十五年二代松蔦襲名。翌年二代左団次の妹（舞踊家、初代松蔦）と結婚。左団次の創演した新歌舞伎の立女形として人気が高く、新感覚の女形芸を創った。

（7）**芝雀**　四代中村芝雀（一八七五―一九二七）。歌舞伎俳優。大阪生れ。十七歳で二代雀右衛門の養子となり、明治二十四年四代芝雀襲名。大正六年三代雀右衛門襲名。最初立役だったが帰阪後女形に転じ、容姿を活かした芸の工夫で東西随一の女形と称された。

くさびら

（1）**土手三番町の堀端寄に住んだ借家**　鏡花が明治四十二年二月、逗子から引揚げて住んだ麴町区土手三番町（現千代田区五番町）三十番地の家。四十三年五月、同区下六番町（現千代田区六番町）十一番地に移るまで居住した。

（2）**三州奇談**　随筆。正編五巻、続編八巻。成立年未詳。加賀の俳人堀麦水（?―一七八三）が加賀・能登・越中三か国の奇談を録したもの。活字本に博文館版続帝国文庫『校訂近世奇談集』（明治三十六年刊）がある。茸の話は巻之一に「囲炉裏の茸」として載る。

（3）**括袴**　裾の口に紐を通し、くくれるようにした袴。

（4）**見徳**　「賢徳」と書く場合が多い。狂言の面のうち鬼畜の面で馬、蟹、蛸などに用いる。

（5）**嘯吹**　狂言面の一つ。口を丸めて突き出した表情をもち、「茸」の茸の精のほか、「蚊相撲」の蚊の精、「石神」の石神などに用いる。

(6) **上髯** 普通は「登髭《のぼりひげ》」と書く。間《あい》狂言の末社の神が付ける。頬髭が耳の方へ上向きに植えられているのでこの名がある。頬に三本の皺があり笑みを含んだ老翁の面。「木実争《このみあらそい》」の茄子・橘・果樹の精としても用いる。

露宿

(1) **砲兵工廠** 小石川区小石川町(現文京区後楽一丁目)にあった東京砲兵工廠。明治四年徳川水戸藩上屋敷跡に造立、昭和八年に九州小倉へ移転するまで日本陸軍の兵器工場の中心をなした。大煙突のある工場は明治十二年の創設で、森田草平作「煤煙」(明治四十二年)の題名の由来となった。跡地は現在東京ドームと後楽園遊園地。

(2) **親不知、子不知** 新潟県の西南端、飛騨山脈の北端が日本海に落ち込む断崖で北陸道の最難所。波打ち際の街道を走り抜けるため、親と子が互いを顧みるいとまないほどの難所であることから名づけられたという。

(3) **濱野英二** 生歿年未詳。徳島阿波鳴門の出身。女学校教師のかたわら春陽堂『鏡花全集』の編輯校正の実務を担当したが、鏡花歿後郷里に帰った。昭和三十年代まで存命か。

(4) **水上さん** 水上滝太郎(一八八七—一九四〇)。小説家・評論家。本名阿部章蔵。筆名は鏡花の小説「風流線」の水上規矩夫と「黒百合」の千破矢滝太郎にちなむ。慶応義塾卒業後、父泰蔵の創業した明治生命保険会社に勤めながら「三田文学」を中心に批評的要素の強い作風を示した。大正五年に鏡花と相知り、以後歿するまで物心両面の支えとなること、出身の「三田文学」に対しての場合と同じであった。

(5) **吉井勇**　歌人・劇作家・小説家(一八八六―一九六〇)。新詩社に入り「明星」から出発、「スバル」に転じて編輯に従事、短歌とともに戯曲を発表して注目された。『酒ほがひ』『祇園歌集』に独自な耽美的歌風を示し長く創作を続けた。

(6) **弴さん**　里見弴(一八八八―一九八三)。小説家。本名山内《やまのうち》英夫。有島武郎・生馬の弟。鏡花に「河岸のかへり」(「白樺」明治四十四年五月)を称讃された縁で互いの距離を近くした。

(7) **有島家**　有島家の邸宅。有島武郎の父武が明治二十九年に麴町区下六番町(現千代田区六番町)十番地の旧旗本屋敷を購入。敷地は隣接地を含めて約一二〇〇坪だったという。鏡花の自宅(下六番町十一番地)は有島邸の筋向いにあった。

(8) **万ちゃん**　久保田万太郎(一八八九―一九六三)。小説家・劇作家・俳人。東京浅草生れ。慶応義塾卒業。在学中から「三田文学」に登場。大正二年に鏡花を知り、晩年まで親交を結んだ。鏡花作品の脚色も多い。

(9) **お京さん**　久保田万太郎夫人京子(一八九七―一九三五)。もと浅草谷の家の芸妓今竜。大正八年六月、喜多村緑郎夫妻の媒酌により結婚。一子耕一を産んだ。

(10) **八千代さん**　岡田八千代(一八八三―一九六二)。小山内薫の妹。はじめ芹影女の名で書いた劇評を認められ、のち小説を書き、明治三十九年末に洋画家岡田三郎助と結婚後も女流文学者の中心として活躍した。『若き日の小山内薫』は小山内の鏡花傾倒を語る貴重な書。

（11）**小山内さん**　小山内薫（一八八一—一九二八）。劇作家・演出家・小説家。歌舞伎や新派劇にかわる近代的演劇の確立をめざし、翻訳中心の西欧近代劇を上演、日本の新劇の礎を築いた。

（12）**画伯**　洋画家の岡田三郎助（一八六九—一九三九）。黒田清輝と知り合って白馬会に参加、渡仏して黒田と同じくR・コランに師事、帰国後は東京美術学校で後進を指導した。婦人像に傑作が多い。鏡花著『草迷宮』（明治四十一年一月）の口絵を描いたほか、春陽堂版『鏡花全集』の装丁を担当。

（13）**若有持是観世音菩薩名者。……**　法華経の「観世音菩薩普門品」の一節。「この観世音菩薩の名を心にとどめて忘れず、口に称《とな》えることを怠らなければ、よしんば大火に包まれようとも、火さえもその名を称える人を焼くことができないであろう。」（『観音経事典』柏書房、平成七年）の意。

十六夜

（1）**中六**　麹町区中六番町（現千代田区四番町）のこと。鏡花の住む下六番町の隣町。

（2）**水鶏が鉄棒をひく**　水鶏の鳴き声を「叩く」というのに同じ。鏡花作「鷭狩《ばんがり》」（大正十二年一月）中に「おつとそいつは水鶏だ、水鶏だ、トン〳〵トトン。」の用例がある。

（3）**松本長**　能楽宝生流シテ方（一八七七—一九三五）。松本金太郎の次男。鏡花の従弟。家元宝生九郎に入門。堅実端正な品位の高い芸風で、野口政吉（のち兼資）とともに九郎門下の双璧といわれ、九郎の最晩年家元に推されたこともあったが、歿後にこれを辞退した。

（4）**猿どの丶夜寒訪ひゆく兎かな**　与謝蕪村の句。「山家《やまが》」の前書がある宝暦元年（一七五一）の作。門人高井几董編の『蕪村句集』（天明四年（一七八四）刊）に収める。季語は「夜寒」で秋。

火の用心の事

（1）**金色夜叉夫人**　和達瑾《わだちきん》（一八七九―一九六七）のこと。静岡浜松の医家内田正の次女で、工学士和達陽太郎に嫁し、夫が尾崎紅葉と大学予備門の同期だった縁で晩年の紅葉および弟子の鏡花と親交が生じた。鏡花作「婦系図」や「紅雪録」の登場人物にその投影が認められるという。

（2）**杉野喜精**　実業家（一八七〇―一九三九）。日本銀行から名古屋銀行支配人を経て山一合資会社社長となり、昭和十年十二月東京株式取引所理事長となった。夫人やま子が前記和達瑾と母方の親戚という。

（3）**京伝の志羅川夜船**　山東京伝作・画の洒落本。寛政元年（一七八九）刊。角書に「艶語雑話」とある。表題は「白川夜船」のしゃれで全三話からなり、大見世ではなく西岸という吉原の低級の女郎屋での遊びを描く。引用の部分は第二話「素見高慢《すけんのうぬぼれ》」の冒頭。

（4）**芝天狗と、河太郎が、紫川から化けて来たように見えたろう**　「芝天狗」は河童の一種。人間を見ると相撲を挑んでくると伝えられる。「河太郎」も同じく河童の異名。「紫川」は名古屋市内の中区を流れる川。明治以降しだいに埋め立てられた。鏡花春葉連名の「名古屋見物」（「新小説」明治三十五年四月―五月）中に「愚図々々言ふと紫川へ叩き込むぜ。」と出ている。

（5）**ぐじ、と甘鯛の区別を知って**　「ぐじ」はアカアマダイ。京阪で甘鯛のことをいう。特に若狭産が京都に運ばれて珍重された。

（6）**嬌瞋**　美人がなまめかしく怒ること。

（7）**薄どろ**　歌舞伎の下座音楽。大太鼓を長ばちでかすかに打ち続け、幽霊妖怪の出入りをあらわす。強く打つ場合を「大どろ」という。
（8）**郡内**　山梨県東部の郡内地方産の絹織物。太い格子縞で夜具地に多く用いる。
（9）**寒牡丹**　翻訳。尾崎紅葉と長田秋濤共訳で「読売新聞」連載（明治三十三年一月―五月）後、三十四年二月春陽堂刊。歿後博文館版『紅葉全集』第五巻にも収められた。ロシアを舞台とする小説だが、原作は未詳。
（10）**妹背山**　「妹背山婦女庭訓《いもせやまおんなていきん》」。人形浄瑠璃の時代物。近松半二らの合作。明和八年（一七七一）初演。のち歌舞伎にも移植された傑作。
（11）**斎藤さん**　斎藤竜太郎（一八九六―一九七〇）。編輯者・小説家。大正十二年「文藝春秋」編輯同人となり、昭和十五年編輯局長、十八年専務取締役。戦後、菊池寛と同じく公職追放を受けた。
（12）**菅さん**　菅忠雄（一八九九―一九四二）。小説家・編輯者。父虎雄（第一高等学校教授・ドイツ語）は夏目漱石の旧友。その縁で芥川竜之介、久米正雄、菊池寛の知遇を得、大正十二年文藝春秋社に入社。「文藝春秋」「オール読物」の編輯長となった。
（13）**小稿**　「文藝春秋」大正十五年四月号に発表の「城崎を憶ふ」のこと。
（14）**紅インキで校正をして居た**　春陽堂版『鏡花全集』巻十四（大正十五年六月刊）収録の戯曲「愛火」の校正のこと。「ヴェスビヤス」の語は本作の第二幕末尾、主人公祐山のせりふの中に、六度繰り返される。初刊（春陽堂、明治三十九年十二月）の表記は「ヴェスヴィアス」。二十世紀に入ってのこの火山の噴火は明治三十九年（一九〇六）四月に起った。

(15) **即興詩人**　森鷗外がアンデルセンの原作(*Improvisatoren*, 1835)をドイツ・レクラム文庫版デーンハルト(H. Denhart)の訳から翻訳した作。最初「しからみ草紙」に発表され、日清戦争をはさんで「めさまし草」に載り、明治三十四年一月に完結。三十五年九月に春陽堂から上下二巻の大冊として刊行された。縮刷本は大正三年九月刊。

愛と婚姻

(1) **合卺**　「卺」は瓢《ふくべ》を両分した杯。中国で新郎新婦がおのおの祝酒を汲み契りを結んだところから、夫婦の縁を結ぶこと。婚礼。

(2) **嫦娥**　古来、中国で月の世界に住むという仙女。羿《げい》(後出「術三則」注(2)参照(四〇七頁))の妻であったが、羿が西王母から得た不死の薬を盗んで飲み、月に逃げたといわれる。

(3) **昭君**　中国前漢の元帝の宮女。紀元前三十三年、匈奴との和親のため呼韓耶単于《こかんやぜんう》に嫁し、彼の地で歿した。古来、悲劇の女人として数多くの文芸に潤色された。

(4) **式三献**　饗宴で献饌《けんせん》ごとに酒を勧める乾杯を三度繰り返す正式な酒宴の作法。俗にいう三三九度。

醜婦を呵す

(1) **村夫子**　いなかの学者。見識の狭い者を嘲笑していう。

(2) **矢場女**　楊弓(七十センチほどの小弓)で的を射る遊戯場に客の相手をする女。ときに売春もした。

(3) **赤壁に賦し、松島に吟ずる**　中国北宋の蘇軾が赤壁(湖南省南東部揚子江中流南岸の古戦場)を詠んだ賦と芭蕉が松島に吟じた句。いずれも自然の美に感じて詩の生ずること。

（4）**太液の芙蓉の顔**　「太液」は中国長安の宮中にあった池の名。白居易「長恨歌」に「太液の未央の柳芙蓉は面の如く柳は眉の如し」とあり、美人の顔にたとえる。

（5）**木の下は汁も鱠も桜かな**　松尾芭蕉の句。芭蕉七部集の第四、『ひさご』（浜田珍碩編、元禄三年（一六九〇））の冒頭に収める芭蕉・珍碩・曲水の三吟の発句。幸田露伴の『評釈ひさご』に「泰平の歓楽、花下の興趣、天時人情、春十二分なり。」とある。珍碩「西日のどかによき天気なり」、曲水「旅人の虱かき行春暮れて」と続く。

（6）**抜山蓋世**　力は山を引き抜き、気は世を圧倒する。力の強く気力の雄大なさま。『史記』の「項羽記」中の語。

（7）**針妙**　宮中の高級女官に仕え、裁縫などをした上級の女中。裁縫専門の女奉公人。

（8）**慶庵**　縁談・訴訟等の仲介人、口入れ屋。また言葉巧みにお世辞や追従を言う人。

（9）**白首**　襟おしろいを濃く塗った女。私娼や淫売婦のことをいう。

一寸怪

（1）**怪談会**　近世に入って定式化した百物語の怪談会。森鷗外の「百物語」（明治四十四年十月）に「多勢の人が集まつて蠟燭を百本立てておいて、一人が一つ宛《ずつ》化物の話をして、一本宛蠟燭を消して行くのださうだ。さうすると百本目の蠟燭が消された時、真の化物が出るといふことである。」との説明がある。鏡花には吉原仲の町の怪談会を素材とする「吉原新話」（明治四十四年三月）という作がある。

(2) **沼田さん**　沼田一雅(一八七三―一九五四)。彫刻家。渡仏し陶磁器彫刻を研究して帰朝し、母校東京美術学校の教授となった。『怪談会』(後出「『怪談会』序」注(1)参照(四一九頁))にも話を寄せている。

術三則

(1) **帝王世紀**　中国晋の皇甫謐《こうほひつ》の撰になる史書。一巻。説郛《せつぷ》第五十九に収める。

(2) **羿**　中国古代の伝説上の弓の名人。尭《ぎょう》の世に、太陽が十個いっしょに出た時、その九個を射落して人民を救ったという。

(3) **顔息**　中国春秋時代、魯の人。定公の時、従って斉を侵し、人を射て眉に当て、我の志はその目であると言ったという。

(4) **飛衛**　いにしえ射を善くした人。『列子』湯問第五に記述されている。

(5) **紀昌**　飛衛に射を学んだ名人。本文にも記される故事は「紀昌貫虱《きしょうかんしつ》」の語となった。

雨ばけ

(1) **青島**　チンタオ。中国の山東省膠州湾にのぞむ港湾都市。

(2) **斎藤道三**　戦国時代の武将(一四九四―一五五六)。山城国の油売りから身を興したという。

(3) **三太夫**　大名、貴族などの家の家令、執事の戯称。落語「粗忽《そこつ》の使者」等に登場する田中三太夫がその代表。御用人にこの名が多く、また用例は江戸期ではなく明治期以降という。

（4）**雑水**　飲料水ではなく、食器を洗ったり米をといだりする水。「ぞうず」とも。

（5）**猪口茸**　ハラタケ目のキノコの総称。表面が黄褐色で食用となる種が多い。

かながき水滸伝

（1）**種彦**　柳亭種彦（一七八三―一八四二）。江戸後期の戯作者。本名高屋知久、通称彦四郎という小普請組の旗本。『修紫田舎源氏《にせむらさきいなかげんじ》』は彼をして合巻の代表作者たらしめた。考証随筆も多い。

（2）**水滸伝**　中国の通俗長篇小説。元の施《せ》耐庵《たいあん》の集撰、明の羅貫中が纂修したといわれ、七十回本、百回本、百二十回本など多くの異本がある。北宋末、百八の魔星の生まれ変わりである百八人の好漢豪傑が梁山泊（湖水の船着場、これを「水の滸《ほとり》」とする）に結集し政府と戦うさまを描いた白話小説。四大奇書（他に『三国志演義』『西遊記』『金瓶梅』）のうち最も広く読まれ、本邦に伝わって多くの翻訳・翻案を生んだ。

（3）**仙果**　笠亭仙果《りゅうていせんか》（一八〇四―一八六八）。合巻作者。名古屋熱田生れ。柳亭種彦の門に入って、読本を合巻化した著作を多く世に送り、のち二世種彦を名乗った。

（4）**饗庭篁村**　小説家・劇評家（一八五五―一九二二）。江戸下谷生れで、江戸文学に深く通じ、人情風俗を軽妙洒脱に描いたほか、竹の屋主人の名で「東京朝日新聞」の劇評を長らく担当した。

（5）**水谷不倒**　近世文学研究者（一八五八―一九四三）。本名弓彦。東京専門学校で坪内逍遥に学び、卒業後小説を書いたが、後には近世文学の研究著述に専心した。後出「おもて二階」にも出る。

（6）**小説史稿**　正しくは『近世列伝体小説史』（二巻一冊、春陽堂、明治三十年刊）。水谷不倒撰、坪内逍遥

閲として刊行された近世小説史。引用の仙果の種彦宛書簡は本書下巻二七四頁に載る。『小説史稿』は関根正直の著(金港堂、明治二十三年)。

(7) **京山子**　山東京山(一七六九―一八五八)。江戸後期の戯作者。本名岩瀬百樹。山東京伝の弟。処女作『復讐《かたきうち》妹背山物語』はじめ教訓的な内容の合巻作者として、柳亭種彦に次ぐ長篇の合巻をものした。

(8) **歌川国芳**　江戸後期の浮世絵師(一七九七―一八六一)。武者絵を得意とし、洋風表現を取り入れた風景画のほかに諷刺画もよくした。「通俗水滸伝豪傑百八人之一個」が代表作。

(9) **林教頭風雪山神廟**　『水滸伝』第九回の章題。「林教頭」は林冲のこと。「教頭」とは武芸師範の意。後出注(39)参照(四一二頁)。

(10) **国字水滸伝**　次注参照。

(11) **稗史水滸伝**　合巻。全二十編。『水滸伝』の翻案。文政十二年(一八二九)―嘉永四年(一八五一)。初編―六編を執筆した山東京山の文章が不評のため、七編以下を柳亭種彦が受け持ったが、病気により十編―十七編を弟子の柳亭仙果が担当。十八編以降は松亭金水が書き継いだものの二十編で中絶。種彦の担当した七編以降、書名を「国字水滸伝」と改題、本文よりも国芳の絵を主体として刊行された。

(12) **楔子より六帙に至るは**　「楔子」は小説の第一巻目。「六帙」は第六巻。山東京山の担当した一編―六編をいう。

(13) **錦繡に貲布を綴る**　「貲布」は目のあらい麻織物。美しい織物に粗い麻織をつぎあわせる。

(14) **鷹爪の後に、苦茗を啜りたまふ**　「鷹爪」は上等な茶の名。「苦茗」は苦い下等な茶。

(15) **田舎源氏**　『修紫田舎源氏《にせむらさきいなかげんじ》』。柳亭種彦作、歌川国貞画の合巻。文政十二年(一八二九)—天保十三年(一八四二)刊。『源氏物語』の世界を室町期に移した翻案で、その趣向は後続する長篇合巻の淵源をなす。高い人気を博したが、江戸城大奥を描いたとのうわさにより天保の改革で絶版を命ぜられた。

(16) **忠臣蔵**　浄瑠璃・歌舞伎狂言「仮名手本忠臣蔵」。十一段の時代物で寛延元年(一七四八)初演。古来、浄瑠璃・歌舞伎併せて最多上演回数をもつ演目。

(17) **鉄砲場**　「仮名手本忠臣蔵」の五段目、山崎街道で早野勘平が猪と間違えて斧定九郎を撃ち殺す場。

(18) **定九郎**　「仮名手本忠臣蔵」の登場人物。斧九太夫(大星由良之助とともに塩谷の家老)の息子。

(19) **トルストイなんぞは知らず**　トルストイ作「クロイツェル・ソナタ」(*Krejserova sonata*, 1890)のことか。尾崎紅葉に小西増太郎との共訳「名曲クレーツェロワ」(『国民之友』明治二十八年五月—十二月)がある。

(20) **端唄**　短い歌詞をもつ三味線歌曲。浄瑠璃、長唄、民謡に属さないもので、上方歌(地歌)の一種としての端歌と、江戸端唄の二種があり、ここから幕末に歌沢と小唄が生じた。

(21) **追分節**　民謡の一つ。信州追分(中山道と北国街道の分岐)の宿場で歌われた馬子唄を起源とし、越後、松前、江差などが有名。哀調を帯びた旋律をもつ。

(22) **普門品**　法華経の第八巻第二十五品「観世音菩薩普門品」。これだけを取り出して読誦することが多く「観音経」という。

(23) **外山の巌屋に合掌して、伏姫君が誦せずしては**　曲亭馬琴作『南総里見八犬伝』の第二輯巻之一第十二回「富山の洞に畜生菩提心を発《おこ》す」をふまえる。犬の八房に伴われて富山(外山)の洞穴に住む伏姫(里見義実の娘)が、日々法華経を読誦するうち、自らの懐妊を知る章。

(24) **西施乳**　鰒《ふぐ》の腹の白いところを、西施(中国春秋時代の越の美女)の乳房にたとえたとも、その美味が西施の乳のごとくであるからともいう。

(25) **兜羅綿**　「兜羅」は梵語 tūla の音訳で綿。綿糸にウサギの毛を交えて織った舶来の織物。

(26) **東内**　『偐紫田舎源氏《にせむらさきいなかげんじ》』第三十四編の叙には「東円」とある。

(27) **軍書読**　軍記軍書を講釈する者。講釈師。軍記読みとも。

(28) **揚志**　正しくは「楊志」。『水滸伝』の天暗星。梁山泊の席次第十七位。

(29) **青面獣**　楊志の渾名。顔に青くて大きいアザがあるので名づけられた。

(30) **阮小五**　『水滸伝』の天罪星。梁山泊の席次第二十九位。渾名は「短命二郎」(「短命」はむごい、「二郎」は次男の意)。老母と阮小二、阮小七とともに梁山泊のほとりの石碣村《せきけつそん》に住む。この三兄弟を阮氏三雄または三阮という。

(31) **呉用**　『水滸伝』の天機星。梁山泊の席次第三位。渾名は智多星。智慧の多き星の意の名の通り、知謀にすぐれた軍師として活躍。

(32) **阮小二**　『水滸伝』の天険星。梁山泊の席次第二十七位。渾名は「立地太歳」(「立地」はたちどころに、「太歳」は凶星の意)。阮三兄弟の長兄。唯一妻帯している。

(33) **阮小七**　『水滸伝』の天敗星。梁山泊の席次第三十一位。渾名は「活閻魔」(生きた閻魔大王)。阮三兄弟の末弟。

(34) **しらぬひ譚の七郎**　合巻『白縫譚』(後出「いろ扱い」注(2)参照(四三四頁))の大友若菜姫の仇敵太

宰経房の忠臣鷲津六郎の弟。十一編—十五編で、兄弟ともに主君の愛妾の妖女小女郎を討たんとして窮地に陥ったところを若菜姫に救われて腹心となり、四十二編で降伏させた菊池家家老の上座となる。

(35) **智多星先生**　前出注(31)呉用の渾名。

(36) **勢語源語**　『伊勢物語』と『源氏物語』。ともに本邦の物語の代表。

(37) **陸虞候火焼草料場**　「陸虞候」は陸謙のこと。奸臣高俅《こうきゅう》の屋敷の用人。「火焼草料場」は『水滸伝』(百二十回本)の第十回。

(38) **李小二**　滄州の小料理屋の主人。女房ともども林冲(次注)から受けた恩を返す。

(39) **林冲**　『水滸伝』の天雄星。梁山泊の席次第六位。渾名は「豹子頭」(豹のような形の頭)。武芸に秀で一丈八尺の蛇矛《じゃぼう》の使い手。

(40) **東京八十万禁軍**　「東京」は中国北宋の都「東京開封府」の略で、汴京《べんきょう》、今の開封。「禁軍」は禁衛軍。天子を護衛する軍隊で宋代以降、正規の国軍を意味するようになった。

(41) **卍欄**　卍形の高欄。中国建築の特徴。

(42) **大湖の花石**　「大湖」は中国江蘇省南端と浙江省北端の境界にある湖。浸食による石灰岩の奇石を産する。北宋末の皇帝徽宗《きそう》が庭園を造るため調達させた珍花名木奇石を花石綱という。

(43) **朱貴**　『水滸伝』の地囚星。梁山泊の席次第九十二位。渾名は「旱地忽律」(陸に上った鰐《わに》)。容貌魁偉。梁山泊の首領王倫の配下。

(44) **修紫楼**　柳亭種彦(前出注(1))の筆名の一つ。通称の彦四郎にちなむ。

(45) **三十日**　月末の金の支払いの期限。

小鼓吹

（1）**横寺町の先生が「女の顔」の文章**　「横寺町の先生」は尾崎紅葉。後出「仲の町にて紅葉会の事」注（1）参照（四二五頁）。「女の顔」は「読売新聞」明治二十五年元旦に発表後、同年五月刊の『紙きぬた』（春陽堂）に収録。

（2）**膝栗毛**　十返舎一九（後出注（5））作の滑稽本。『道中膝栗毛』（発端、初編―八編）、『続膝栗毛』（初編―十二編）で弥次郎兵衛・喜多八が、東海道、伊勢参宮、京坂、木曽街道、善光寺、草津温泉を経て江戸に戻る道中の滑稽愚昧な失敗談を描く。「膝栗毛」は膝を栗毛馬の代用とする意から、徒歩で旅をすること。

（3）**ひとりもの小腹が立つと食わずに居て**　『俳風柳多留』（二編・三十五丁オモテ）に載る。前句に「うらみこそすれ〳〵」とある。独り者の鬱憤晴らしの哀れ。

（4）**水中在一物の禅味を解して**　一休禅師の故事。得体の知れぬものを描いた絵に賛を求められ「水中に物あり、その一の物を問へば、かきし画工も知らず、持主も知らず、賛する我は猶知らず」と揮毫《きごう》した（『一休咄』）と伝える。

（5）**十返舎一九**　江戸後期の戯作者（一七六五―一八三一）。駿河生れ。本名重田貞一。江戸から大坂に移り浄瑠璃を書いたが振るわず、江戸に戻って黄表紙・洒落本に筆を染め、滑稽本『東海道中膝栗毛』で大当りをとって、続編を重ねた。式亭三馬とともに滑稽本の代表的作者。

（6）**助郷馬**　江戸時代に宿駅常備の馬が不足した時に近傍の郷村に提供させたもの。課役として供出された馬。

(7) **木曽街道**　十返舎一九作の滑稽本『道中膝栗毛』の続編『続膝栗毛』の三編―八編(文化九年(一八一二)―十三年(一八一六)刊)。東海道中、金毘羅参詣、宮嶋参詣に続いて刊行され、木曽路から善光寺道中、さらに上州草津温泉、奥羽一覧、江ノ島へと続く。後出「いろ扱い」にも出る。

(8) **十五堂**　『続膝栗毛』八編下の原文では「十三堂」。十三堂は、死者の七七日から三十三回忌までを司る不動明王以下の十三の諸仏を祀った堂のことか。

(9) **方丈**　寺内の住職の居室。

(10) **煮花**　煎じたばかりの香りの佳いお茶。出花。

(11) **疑うらくはこれ地上の霜か**　李白の五言絶句「静夜思」の承句(第二句)。「牀《しょうぜん》前月光を看る　疑ふらくは是れ地上の霜かと　頭《こうべ》を挙げて山月を望み　頭を低《た》れて故郷を思ふ」。地上の霜かと疑うばかりの月の光の白さ。

(12) **外は白壁、中はトントンナーニ**　未詳。東京堂版『新版ことば遊び辞典』(昭和五十七年)に、甲斐、越後、豊後のなぞなぞとして「外は白壁中はどろどろナーニ(答えは卵)」を載せる。

遠野の奇聞

(1) **柳田国男**　民俗学者(一八七五―一九六二)。官職を辞してから民俗学を本邦に定着大成させた。鏡花とは柳田の帝国大学在学中、鏡花の大塚町時代(明治三十年ごろ)に知り合い、終生の畏友となった。『遠野物語』は明治四十三年六月、聚精堂刊。

（2）**老嫗茶話**　江戸期の雑記。松風庵寒流著。五巻三冊。活字本に博文館版続帝国文庫『校訂近世奇談全集』（明治三十六年刊）がある。

（3）**駄賃**　駄賃馬のこと。運賃を取って馬で荷を運ぶ業。帰途はまた料金を取って人を乗せた。

（4）**御伽百物語**　浮世草子。青木鷺水《ろすい》（一六五八—一七三三）の作。宝永三年（一七〇六）刊。諸国を廻る六十六部の怪談を記す教訓的な怪談集。続刊『諸国因果物語』『新玉櫛笥《たまくしげ》』と合せて怪談三部作をなす。

（5）**三州奇談**　前出「くさびら」注（2）参照（三九九頁）。

（6）**根子立の姉**　根子立は遠野郷の山の名。『遠野物語』の第四話に出る「穉児《ヲサナゴ》を負ひたる」「若き女」のこと。

（7）**だゞあ、がんま**　「だゞあ」は父、「がんま」は「があま」で母のこと。川柳に「赤んぼが吼《ほ》えるとダダアがまを呼び」（『誹風柳多留』一四三編）の句がある。

（8）**早地峰の高仙人**　『遠野物語』第九十二話に出る、里の子供たちが早池峰（『遠野物語』本文は「早地峰」）山中で出会った「丈の高き男」のこと。

（9）**経立**　寿命以上の多年を経たため化け物になったもの。遠野では猿のほかに犬（狼）の経立が伝わる。

三十銭で買えた太平記

（1）**蘭山の抄記**　高井蘭山（一七六二—一八三八。読本作者）の『平家物語図絵』（文政十二年（一八二九）—嘉永二年（一八四九）刊）のこと。

(2) **をりしも月はむらくもに……** 柳亭種彦作『偐紫田舎源氏《にせむらさきいなかげんじ》』第五編上の一節。光氏と黄昏(『源氏物語』夕顔の上に当る)が、軒の簾を身にまとい、道行する場面。

(3) **田舎源氏** 前出「かながき水滸伝」注(15)参照(四一〇頁)。

(4) **秋成** 上田秋成(一七三四―一八〇九)。江戸中期の国学者・歌人・読本作者。大坂に生れ、初め浮世草子から出発。のち読本『雨月物語』『春雨物語』等、中国白話小説に材を採り、性格の造型、説話的構成に優れた物語性豊かな作品で読本の質を向上させた。

(5) **京伝** 山東京伝(一七六一―一八一六)。江戸後期の戯作者。本名岩瀬醒《さむる》、通称伝蔵。絵師北尾政演としても活躍。黄表紙『江戸生艶気樺焼《えどうまれうわきのかばやき》』、洒落本『通言総籬《つうげんそうまがき》』、読本『桜姫全伝曙草紙』などはそれぞれのジャンルを代表する作品と認められたが、寛政の改革で筆禍を受けた。銀座に開いた店で「読書丸」という丸薬を売った。

(6) **三馬** 式亭三馬(一七七六―一八二二)。江戸後期の戯作者。一般の凡俗人の生活を精細に描いて人間の弱点を衝きつつ世相批判を含む滑稽本『浮世風呂』『浮世床』のほか、洒落本、黄表紙、合巻の多様なジャンルにわたって作品を残す一方、自家の売薬店で化粧水「江戸の水」を製造販売した。

(7) **南北** 四代鶴屋南北(一七五五―一八二九)。江戸後期の歌舞伎作者。文化文政の頽廃期の世相を巧みにとらえた世話物を得意とし、『東海道四谷怪談』(文政八年(一八二五)初演)を代表とする怪談物に多くの傑作を残した。

(8) **振鷺亭** 江戸後期の戯作者(?―一八一九頃)。本名猪狩貞居、通称与兵衛。はじめ鳥居清長に絵を学び、洒落本を初作して以来、読本、滑稽本などに筆を揮った。歿後、一時為永春水が二世振鷺亭を継いだことがある。

（9）**岡山鳥**　江戸後期の滑稽本・合巻作者（？―一八二八）。はじめ曲亭馬琴の門に入り、のち式亭三馬に入門して「三鳥」とも名乗り滑稽本に傑作を残した。後出「いろ扱い」にも出る。

『金色夜叉』小解

（1）**『金色夜叉』**　尾崎紅葉の代表作。明治三十年から三十五年まで「読売新聞」に断続掲載し未完となったが、貫一お宮の物語は演劇映画等で広く普及した。後出「仲の町にて紅葉会の事」注（5）参照（四二五頁）。

（2）**清方氏**　前出「玉川の草」注（2）参照（三八七頁）。清方画は、夢の中のお宮の水死の場面を描いて『金色夜叉』続編（春陽堂、明治三十五年四月刊）の口絵（コロタイプ版）となった。絵の発想はイギリス・ラファエル前派の画家J・E・ミレイの「オフィーリア」より得たというが、『明治大正文学全集』の口絵（多色刷）は、『金色夜叉絵巻』（春陽堂、明治四十五年一月刊）所収のもので絵柄が異なっており、鏡花の記憶違いの可能性もある。

（3）**大塚楠緒子**　小説家・歌人（一八七五―一九一〇）。本名久寿雄《くすお》。少女期から佐佐木信綱の竹柏園に入門。短歌美文をもって知られ、のち小説では一葉に次ぐ女流と期待されたが、早世。夏目漱石は「有る程の菊抛《な》げ入れよ棺の中」の句でその死を悼んだ。

（4）**上田柳村氏夫人**　上田悦子（一八七八―一九四四）。明治三十二年田口卯吉の媒酌で上田敏（柳村）と結婚。

（5）**「文学界」にちなみの浅からぬ婦人で、私の親友の細君**　鏡花の竹馬の郷友で教育者の吉田賢竜《けんりょう》（一八七〇―一九四三）の夫人勇子。明治八年生れ。雑誌「文学界」を経営した星野天知の妹で、島崎藤村「春」（明治四十一年）の「涼子」のモデル。

（6）**青葡萄**　尾崎紅葉の小説。「読売新聞」連載（明治二十八年九月―十一月）。弟子の小栗風葉がコレラに罹り病院に隔離されるさまを言文一致体で記す。

（7）**小栗**　小栗風葉（一八七五―一九二六）。小説家。本名磯夫。愛知県半田生れ。鏡花に次いで尾崎紅葉に入門。幸田露伴の激賞を得た「亀甲鶴」（明治二十九年）を出世作とし、その筆法は弟子のうちで紅葉に最も近かった。

（8）**金色夜叉の続篇**　小栗風葉作『終編金色夜叉』（新潮社、明治四十二年四月刊）や長田幹彦作『続金色夜叉』（春陽堂、大正七年五月刊）など、未完の作に結末を与えたものをさす。

豆名月

（1）**大塚町**　鏡花が小石川区小石川大塚町（現文京区大塚）五十七番地に住したのは、明治二十九年五月―三十二年秋。金沢より祖母のきて（一八一九―一九〇五）を迎え、弟豊春と三人で暮した。

『諸国童謡大全』序

（1）**『諸国童謡大全』**　明治四十二年（一九〇九）九月十五日、春陽堂刊。編者童謡研究会の代表・橋本繁は、花涙と号した鏡花の門人。東陽堂版「風俗画報」の記者で、本書は同誌掲載の童謡を主に輯録したものだが、同年九月三十日付で発売禁止となり、後年『日本民謡大全』（春陽堂、大正十五年十月二十三日刊）と改題して刊行された。

『怪談会』序

（1）**『怪談会』**　明治四十二年十月二十八日、柏舎書楼刊。編輯兼発行者の熊田茂八は春陽堂の店員。口絵に鰭崎英朋《ひれざきえいほう》画、鏡花の「一寸怪」（前出）を含め、二十二氏の怪談四十七話を収める。

（2）**ちくらが沖**　「筑羅」は筑紫と新羅の境、対馬沖合の朝鮮海峡付近。両国のいずれの領海とも判然としない場所から、どっちつかずの意を生じた。

『デモ画集』序

（1）**『デモ画集』**　明治四十三年八月十日、如山堂書店刊。名取春仙（一八八六―一九六〇）の画集。春仙は刊行の前年、「東京朝日新聞」連載の鏡花作「白鷺」の挿絵を担当した縁がある。同紙連載小説の挿絵や季節のカット画の抜粋集。

（2）**初峯入**　修験者の修行で初めて大峰山に入ることから転じて、初めての本格的な体験をすること。

『数奇伝』序

（1）**『数奇伝』**　明治四十五年五月十五日、玄黄社刊。田岡嶺雲《れいうん》（一八七〇―一九一二）の自叙伝。「序文」は鏡花のほかに三宅雪嶺、笹川臨風はじめ、のべ十六氏が執筆。小杉未醒《みせい》、小川芋銭《うせん》、岡本月村の挿絵入り。嶺雲は鏡花の文学的出発期に一貫して発表作を高く評価した。鏡花はその葬儀（大正二年九月十日）に参列している。

『築地川』序

（1）**『築地川』** 鏑木清方《かぶらききよかた》の随筆集。昭和九年十月十日、書物展望社刊。普及版と三百部限定版の二種がある。

（2）**兄** 鏑木清方。

妖怪画展覧会告条

（1）**千倉ケ沖** 前出「『怪談会』序」注（2）の「ちくらが沖」（四一九頁）ではなく、南房総の千倉。

（2）**通ひ帳** 金額の出入り、日付をつける帳面。

（3）**画博堂の若主人** 画博堂は、月岡芳年の弟子松井栄吉（号年葉）が、京橋区東仲通柳町一番地に営んだ浮世絵・日本画を扱う美術店。大正に入って栄吉の甥松井清七が後を継いだ。「若主人」とは、この清七。大正九年二月に歿した。

（4）**玉菊** 江戸中期新吉原の遊女。才色兼備で全盛をきわめた。この名妓の死を悼み、新盆に仲の町の引手茶屋がこぞって燈籠を掲げ、のち吉原の年中行事の一つとなった。

煙管を持たしても短刀位に

（1）**「白樺」**　明治四十三年四月創刊の文学・美術雑誌。学習院関係の青年を同人とし、強烈な自我意識と人道主義とに根ざした理想主義の傾向によって大正文学を支えた。同人には志賀直哉、里見弴、木下利玄など鏡花文学の愛読者が多かった。

（2）**理髪店の親方が……**　「白樺」明治四十三年六月号の志賀直哉作「剃刀」のこと。

（3）**魚屋に奉公して……**　「白樺」明治四十三年五月号の里見弴作「河岸のかへり」のこと。

（4）**「河豚」**　もと「実川延童《じつかわえんどう》の死」と題して「白樺」大正二年十二月号に発表。のち「河豚」と改題して第一創作集『善心悪心』（春陽堂、大正五年十一月刊）の巻頭に収める。上方の歌舞伎役者実川延童が河豚に当って急死する経緯を描いた短篇。

（5）**「銀十郎」**　正しくは「銀二郎の片腕」。「新小説」大正六年二月号に発表した短篇小説。恋する女の嘘に堪え切れず、自らの片腕を切落す北国の牧夫銀二郎の物語。

（6）**藪の中から怒鳴ってるよ、共通だ、共通だと**　里見弴が「大正の鏡花」といわれていたことをふまえるか。水上滝太郎「泉鏡花先生と里見弴さん」（「人間」大正九年二月号）に「田山花袋氏は里見弴さんを評して「大正の鏡花」と呼んで居る」とある。

献立小記

（1）**今度の全集**　春陽堂版『鏡花全集』（全十五巻）のこと。大正十四年七月から昭和二年七月にかけて刊行された。後出「『斧琴菊』例言」にも出る。

（2）**小村雪岱**　日本画家（一八八七—一九四〇）。本名泰助。埼玉川越生れ。幼くして両親と離別。上京し荒木寛畝《かんぽ》に入門、東京美術学校では下村観山(鏡花の又従兄にあたる)に学んだ。卒業後に鏡花と面識を得て、大正三年九月『日本橋』(千章館)を皮切りに、以後の鏡花本の装丁のほとんどを担当し、鏡花の信頼篤く、繊麗な感覚でその文学世界を最も佳く表象したと評される。

(3) **銀座のはち巻屋** 後出「九九九会小記」注(2)参照(四二三頁)。

(4) **新清藍** あざやかな藍色。

(5) **水上さんの令妹(日比谷夫人)** 水上滝太郎(本名阿部章蔵)の十歳下の妹八重子。明治三十年阿部泰蔵の四女として生れる。大正七年二月、日比谷平吉(綿糸問屋日比谷商店社長日比谷平左衛門の四男)と結婚。

(6) **武蔵八平氏** 武蔵七党のことか。武蔵国に在った同族武士団で一般に横山、猪俣《いのまた》、野与《のいよ》、村山、西、児玉、丹の諸党をいう。

(7) **木呂子** 木呂子斗鬼次《きろことき じ》(一八八八—一九五七)。春陽堂の番頭。明治三十三年、十三歳の時、小僧として入店。大正期に出版を差配した。

(8) **芥川さん** 芥川竜之介(一八九二—一九二七)。小説家。王朝物の歴史小説はじめ、才気にみちた多様な作風の短篇を書きつぎ、健康を損ねてから自己の存在の不安を形象化したが、春陽堂版『鏡花全集』完結の月、昭和二年七月に自裁した。

(9) **澄江堂** 芥川竜之介の別号。大正十一年ごろから用いた。

(10) **傘雨** 久保田万太郎の俳号の一つ。初期は暮雨とも称したが、句会では本名が多かった。

健ちゃん大出来！

（1）**健ちゃん**　鏑木清方の本名健一にもとづく親称。

（2）**「築地明石町」**　昭和二年の第八回帝国美術院美術展覧会出品作。帝国美術院賞を受賞。清方芸術の集大成といわれる名品。モデルは清方夫人照の同窓の江木ませ子で、鏡花の依頼により絵の指南をした縁のある婦人。立姿のポーズは清方の長女清子を写したものという。

（3）**きりしたんもの**　清方画「ためさる、日」（大正七年・第十二回文部省美術展覧会出品）のこと。長崎丸山遊女の年中行事であった踏み絵を描く対幅だが、文展には主題の散漫をおそれて左幅（踏み絵を踏まんとする姿）のみを出品、無鑑査（次回出品作を鑑査無しで入選とする）に推薦された。当時の清方の談話によれば、絵の発想は木下杢太郎の文（「浦上村事件」）に拠るという。

九九九会小記

（1）**灘屋**　正しくは「灘家」。日本橋槙町にあった飲食料理店。若槻礼次郎がひいきにしたという。

（2）**顚巻**　「はち巻岡田」。銀座の飲食料理店。主人がはち巻姿で江戸前料理を出したのでこの名が付いた。水上滝太郎が関東大震災の前からひいきにした店で、水上作「銀座復興」（「都新聞」昭和六年三月—四月連載）は、この店を実名のまま舞台とした小説。現在も銀座で営業を続けている。

（3）**中指**　中差かんざしの略。髷の中央に笄《こうがい》の代りに差す。

（4）**籠城に馬を洗う伝説**　籠城中、馬に白米を注いで脚を洗う様子をし、遠目に水と見せかけ、水の豊富だと思わせて敵を欺く、という話が全国各地の城に伝わる。柳田国男の「白米城の伝説」(『木思石語』三元社、昭和十七年)に詳しい。

一葉の墓

(1) **樋口一葉** 小説家・歌人(一八七二—一八九六)。本名奈津。鏡花が博文館の編輯に携わっていた明治二十八、九年ごろに一葉と交渉があり、鏡花晩年の作「薄紅梅」(昭和十二年)にも実名で登場する。

(2) **樋口一葉が墓は築地本願寺にあり** 明治二十年に一葉の父則義が西本願寺築地別院へ願を出して檀家となり、墓所も当地にあった。一葉は明治二十九年十一月二十三日に逝去、荼毘に付されて墓地に埋葬されたのは二十五日。築地本願寺は関東大震災で焼失、その再興に当って墓所を陸軍省火薬庫跡の和田堀廟所(現東京都杉並区永福一丁目)に移転した。

紅葉先生逝去前十五分間

(1) **石橋** 石橋思案(一八六七—一九二七)。小説家・雑誌編輯者。硯友社同人。滑稽小説を得意としたが大成せず、新聞各社を経て明治三十六年以降、博文館「文芸倶楽部」の編輯を担当。旧劇や音曲にも通じていた。

(2) **角田氏** 角田竹冷(一八五六—一九一九)。俳人。代言人(弁護士)のかたわら、東京市会議員、衆議院議員として政界にも活躍。尾崎紅葉、巌谷《いわや》小波《さざなみ》らと秋声会を興し、機関誌「俳諧秋の声」を創刊。その後身「卯杖《うづえ》」「木太刀《きだち》」を主宰。古俳書の蒐集でも知られた。

仲の町にて紅葉会の事

（1）**横寺町先生**　尾崎紅葉のこと。紅葉は明治二十四年二月、牛込区（現新宿区）横寺町四十七番地に居を定め、三月樺島喜久と結婚、三十六年十月の終焉までをこの地に過した。

（2）**夏彦ぎみ**　尾崎夏彦（一九〇一—一九三六）。尾崎紅葉の次男（第五子）。東京大学文学部卒業後、巌谷小波の媒酌で菊池幽芳の娘豊乃と結婚、直衛、伊策の二男をもうけたが、昭和十一年四月逝去。

（3）**新堀**　芝区新堀町（現港区芝）。同地二十五番地に尾崎紅葉夫人喜久の兄樺島直二郎（医師）の邸があり、未亡人は遺児とともにここへ引き移っていた。

（4）**東郷帽子**　海軍の水兵帽の子供用の帽子か。

（5）**東京座にて藤沢一座、金色夜叉を演ぜし**　明治三十六年六月（十四日初日）の東京座興行は、間貫一＝藤沢浅二郎、お宮＝山田九州男、富山唯継＝佐藤歳三、赤樫満枝＝守住月華（市川九米八）、荒尾譲介＝高田実の配役。紅葉は二十日に家族同道で見物し、所感「東京座の金色夜叉を見て」を「歌舞伎」（七月号）に寄せ、高田の荒尾譲介の演技を「百点の満点」と高く評価した。

（6）**同丈**　「丈」は長老に対する敬称だが、多く俳優の芸名に付ける。

（7）**高田**　高田実《たかたみのる》（一八七一—一九一六）。新派俳優。川上音二郎一座で初舞台後、喜多村緑郎、小織桂一郎らと大阪で成美団を組織、上京して本郷座の新派全盛時代を築いた。「金色夜叉」の荒尾譲介を当り役とする。

（8）**登張君**　登張竹風（一八七三—一九五五）。評論家・ドイツ文学者。広島江田島生れ。本名信一郎。

東京帝国大学在学中「帝国文学」を編輯。東京高師在任中にニーチェの超人思想を高唱して辞任後、「やまと新聞」「新小説」に籍を置いたが、四十三年第二高等学校教授となり昭和二年に至る。鏡花とは二高に赴任するまで交遊が濃やかだった。このかんにハウプトマン原作「沈鐘」の共訳がある。

(9) **逗子**　鏡花は明治三十八年七月下旬から逗子に赴き、四十二年二月まで滞在していた。

(10) **茶屋竹中**　浅草区旅籠町(現台東区蔵前)一丁目十五番地にあった待合茶屋「竹中家」。

(11) **食罰の紫苦き葡萄かな**　季語は「葡萄」で秋。『紅葉山人俳句集』(帝都社、明治三十七年刊)には「病中」の前書がある。『紅葉句帳』(文禄堂書店、明治四十年刊)にも収める。

(12) **空也**　長唄。追善のおりなどに唄われる曲。

(13) **御代の松**　長唄「御代松子日初恋《みよのまつねのひのはつこい》」。金井三笑(江戸中期の歌舞伎狂言作者)の作。

(14) **かぼちや元成が近所なれば、やぶの中の蔓にこそ**　加保茶元成は江戸の狂歌師(一七五四―一八二八)。通称村田市兵衛。江戸新吉原京町の妓楼大文字屋の息に生れ、吉原連を主宰して天明期の狂歌壇を支えた。「やぶの中の蔓」とは、いまだその系の続いていることをかぼちゃの長く伸びた蔓にかける。

(15) **暁台**　加藤暁台(一七三二―一七九二)。俳人。尾張藩に出仕したが、致仕後は蕉風を慕い、蕪村を知ってのちその一派とも親交した。

(16) **国貞**　歌川国貞(一七八六―一八六四)。江戸末期の浮世絵師。歌川豊国に入門、のち三代豊国を名乗り、五渡亭、香蝶楼とも号した。優艶な美人画で大衆の人気を得、柳亭種彦作『偐紫田舎源氏《にせむらさきいなかげんじ》』をはじめとする草双紙(合巻絵本)の挿絵にも多くの傑作を残した。鏡花に「国貞ゑがく」(後出「『泉鏡花篇』小解」注（8）参照（四三一頁））の作がある。

（17）**二上り三下り**　三味線（三絃）の調絃法。基本の本調子（一の糸を基準に、二の糸を完全四度高く、三の糸を完全八度高くする）から、二の糸を一音上げた調絃を「二上り」、三の糸を一音下げたものを「三下り」という。

夏目さん

（1）**漱石さんの特別号**　「新小説」臨時号「文豪夏目漱石」（大正六年一月発行）のこと。「夏目さん」は二十二氏による「漱石氏に関する感想及び印象」の棹尾《ちょうび》に載った。

（2）**月末の件**　月末の支払い、ふところ具合の苦しいさまを言い、鏡花が多用する表現。

（3）**満韓のところどころ**　「満韓ところ〴〵」明治四十二年九月二日―十月十七日の満州朝鮮旅行の記。同年十月―十二月東西の「朝日新聞」に連載された。

みなわ集の事など

（1）**即興詩人**　前出「火の用心の事」注（15）参照（四〇五頁）。

（2）**西園寺さんの雨声会**　明治四十年六月、首相西園寺公望が当代の文士を招いて歓談する会を催し、十月この返礼に文士たちが西園寺を招いた会を「雨声会」と命名、鏡花は以後大正五年の第七回の最終回まで、すべての会に出席している。西園寺は、文士招待に先立ち、四十年二月に歌舞伎俳優の招待会を催している。

（3）**郷土研究**　日本民俗学最初の専門誌。柳田国男・高木敏雄の編輯により大正二年三月―六年三月、昭和六年二月―九年四月発行。柳田の民俗学の展開の様相が窺える好個の資料。

（4）**月下園**　小説。明治三十三年六月、三井呉服店（現三越）発行の商品カタログ「夏模様」に「紅葉鏡花」の署名で載った。主人公の女優市川真寿美は、市川九女八（別名守住月華）がモデルとする説がある。

（5）**鷗外さんの追弔のため臨時増刊**　「新小説」の臨時増刊「文豪鷗外森林太郎」号（大正十一年八月発行）のこと。鏡花の文は集中「「人」及び「芸術家」としての鷗外博士」の冒頭に収載された。

（6）**セック**　sec（仏）は、かわいた、さっぱりした、の意。シャンパンやキュラソー（リキュール）の飲み口をいう。

入子話

（1）**月末だよ**　前出「夏目さん」注（2）の「月末の件」（四二七頁）に同じ。

（2）**どんどん**　船河原橋の俗称。新宿区下宮比《しもみやび》町から文京区後楽二丁目の江戸川に架かる。水勢の急な「どんど」「どんどん」の水音からの形容という。

（3）**柿の木坂**　下宮比町と揚屋町の境、南角の柿の老樹にちなむ柿の木横町があり、緩やかに上って宮比社に通じていた。

（4）**獅子寺**　神楽坂上の通寺町、曹洞宗竜峰山保善寺の俗称。山門に獅子窟の額を掲げていたのでこの称がある。寺内に大弓場《だいきゅうば》があり、尾崎紅葉ら硯友社の面々がよく通った。寺は紅葉歿後の明治三十七年中野へ移転した。

(5)**「三人妻」**　尾崎紅葉の小説。「読売新聞」連載(明治二十五年三月—五月、七月—十一月)後、十二月に春陽堂刊。富豪葛城余五郎と才蔵、紅梅、お艶の三人の妾がおりなす葛藤を描く。

(6)**「此ぬし」**　尾崎紅葉の小説。春陽堂より「新作十二番」の第二として明治二十三年九月に書下し刊行。令嬢薄井竜子《りょうこ》が、女色と縁なく苦学する小野俊橘《しゅんきつ》への思いを遂げる物語。

(7)**十日に一石、三日に一水**　絵画の制作の入念な態度。名画家が一つの石に十日、一つの川に三日をかけて描く苦心をいう。「十日一水、五日一石」の語もある。

(8)**ジャガタラ島の助六**　ジャガタラはインドネシアのジャカルタの古名。広くジャワ島の意に解された。「南蛮ぎせる」の名にちなみ、花川戸助六(歌舞伎十八番「助六由縁江戸桜《すけろくゆかりのえどざくら》」の主人公)が廓の女たちから次々と吸付けた煙管を差出される名場面にたとえる。

(9)**蝙蝠安**　歌舞伎「与話情浮名横櫛《よはなさけうきなのよこぐし》」(通称「切られ与三」)に出る小悪党。右の頬に蝙蝠の入墨があるので蝙蝠の安五郎、略して蝙蝠安という。お富の妾宅へ与三郎とともに訪れる。

(10)**鴨跖草**　鴨頭草(つきくさ。「つゆくさ」の古名)のことか。

(11)**三重吉さんの(赤い鳥)**　鈴木三重吉(小説家・童話作家。一八八二—一九三六)主宰の「赤い鳥」は大正七年—昭和十一年発行の児童文芸雑誌。鏡花は創刊号に創作童話「あの紫は」を寄せた。

(12)**カタサセスソサセの可憐なの**　古来ツヅレサセコオロギの鳴き声を「肩刺せ、裾刺せ、綴れ刺せ」と寒い季節の近づくころ冬着の繕い物を促す声と聴きなしていたことによる。

番茶話

（1）**有島さん**　前出「露宿」注（7）参照（四〇一頁）。

（2）**『紅玉』**　木下利玄の第二歌集。玄文社、大正八年七月刊。第一歌集『銀』（洛陽堂、大正三年五月刊）以降の歌五一六首を収める。

（3）**木下利玄**　歌人（一八八六—一九二五）。旧足守藩主の養嗣子となり、学習院を経て東京帝大（国文学専攻）卒。早くに佐佐木信綱に入門したが、「白樺」創刊以後は、写実的歌風へ行き着いて、大正歌壇に独自な歌境を拓いた。鏡花との面識は明治四十一年末で、白樺派の中では最も早い。

（4）**もみじ袋**　糠袋の異称。入浴の時、肌をこすって使う。

（5）**谷活東**　小説家・俳人（一八七七—一九〇六）。東京本所生れ。尾崎紅葉の門下で、のちに江見水蔭にも兄事。硯友社風の花柳小説もあるが、詩才は俳句において最も良く発揮された。鏡花とは南榎町時代（明治三十二年—三十六年）、弟斜汀ともどもの交友があった。

（6）**志賀さん**　志賀直哉（一八八三—一九七一）。小説家。鏡花とは「白樺」創刊（明治四十三年）以降に面識を得たが、学習院高等科時代から鏡花作品を愛読、木下利玄や里見弴に感化を与えた。

（7）**蒟蒻本**　正しくは「蒟蒻本」。大正二年六月「ホトトギス」発表。翌年一月「新日本」に「第二蒟蒻本」を発表するが、内容は連続していない。

（1）**『泉鏡花篇』**　春陽堂版『明治大正文学全集』第十二巻、昭和三年九月刊。

（2）**歌行燈**　明治四十三年一月「新小説」発表の「能楽もの」「芸道もの」の頂点。前年の文芸革新会の伊勢名古屋講演旅行を一素材とする。鏡花一行の桑名着は霜月十一日の夜十一時前であった。

（3）**註文帳**　明治三十四年四月「新小説」の巻頭小説。旧来の花柳小説の常套になずむことなく、心中に怪異を絡ませた独自の結構をもつ作。

（4）**唄立山心中一曲**　大正九年十二月「改造」に発表。

（5）**鞄の怪**　正しい題名は「革鞄の怪」。

（6）**「淑女之友」**　正しくは「淑女画報」（博文館発行）。「革鞄の怪」は同誌大正三年二月号に載った。

（7）**女客**　明治三十八年六月・十一月「中央公論」発表。従兄妹同士の交情を写実的に描く。久保田万太郎が好んだ作。

（8）**国貞ゑがく**　明治四十三年一月「太陽」発表。国貞えがく母遺愛の錦絵をめぐる物語。主人公竜田織次は「錦」の喩。

（9）**三枚続**　明治三十三年八月―九月「大阪毎日新聞」連載作。「式部小路」（「大阪毎日新聞」明治三十九年一月）はその続編。主人公お夏に樋口一葉の投影をみる説もある。

（10）**葛飾砂子**　明治三十三年十一月「新小説」の巻頭小説。「深川もの」の第二作。

（11）**「新小説」**　春陽堂発行の文芸雑誌。鏡花の「高野聖」はじめ数々の名作話題作を掲載し、通俗に流れることなく文芸雑誌の面目を保持した。鏡花は本誌に「高野聖」を発表する前月の明治三十三年一月に正式な編輯局員となり、四十四年一月までその任にあった。

（12）**通夜物語**　明治三十二年四月―五月「大阪毎日新聞」連載。劇的要素に富むため新派に迎えられ、上演数は明治大正期で最も多い。前出「水際立った女」にも出る。

（13）**櫛巻**　明治四十三年十一月「太陽」発表。ベコニアを愛する夫人のモデルは、俳人の久保より江（歌人・医師久保猪之吉夫人）だとする説もある。

（14）**誓之巻**　明治二十九年五月―三十年一月まで「文芸倶楽部」に連載した「一之巻」以下「誓之巻」までの七篇の連作の総題を「誓之巻」とする。

（15）**「文芸倶楽部」**　博文館が従来の諸雑誌を統合して明治二十八年に創刊。春陽堂の「新小説」と拮抗して明治三十年代の文壇に話題作を提供したが、明治末ごろより通俗に傾いて文壇の中心から遠ざかり、昭和八年に終刊した。鏡花は二十八年から三十年にかけて編輯局に籍を置いていた。

（16）**照葉狂言**　明治二十九年十一月―十二月「読売新聞」連載。単行本は三十三年四月春陽堂刊。近代文学史上、今様能狂言を作品化した随一のもの。

（17）**外科室**　明治二十八年六月「文芸倶楽部」の巻頭小説。四月に同誌発表の「夜行巡査」とともに日清戦後の新文学として「観念小説」の名を与えられ、鏡花の出世作となった。

（18）**風流線**　明治三十六年十月―三十七年三月「国民新聞」連載。全百章。三十七年五月―十月同紙連載の「続風流線」と合せて鏡花最大の長篇。本作の基礎となった「湖のほとり」（「新小説」明治三十二年四月）は、文字通り「水の滸《ほとり》」で、「風流線」が『水滸伝』をふまえた作であることを証す。

(1)**『斧琴菊』**　同題の小説(「中央公論」昭和九年一月)を含む小説八篇の他に紀行随筆等を併せて同年三月、昭和書房刊。題名は斧・琴・菊を染め出し「善き事を聞く」の意を寓した謎染にちなむ。

(2)**小さき全集**　前出「献立小記」注(1)参照(四二一頁)。

(3)**佐藤春夫**　詩人・小説家(一八九二―一九六四)。詩人として出発し、小説、評論に広く筆を揮った。鏡花との交流は谷崎潤一郎や芥川竜之介よりも晩く、昭和期に入ってから。

(4)**古東多万**　文芸雑誌。昭和六年九月―七年九月。全九冊。やぽんな書房発行、一千部限定の月刊誌。佐藤春夫の編輯で、ほかに中川一政、日夏《ひなつ》耿之介《こうのすけ》を同人とする。

(5)**貝の穴に――河童**　「貝の穴に河童が居る」と題して「古東多万」創刊号に発表した鏡花の小説。のち『斧琴菊』収録の際「貝の穴に河童の居る事」と改題。

(6)**谷崎さん**　谷崎潤一郎(一八八六―一九六五)。小説家。鏡花とは明治四十五年一月の文芸家新年宴会(読売新聞社主催)で初めて会い、大正九年「葛飾砂子」の映画化の企画で距離を近くして以降、親しく交わった。

(7)**三田文学**　文芸雑誌。明治四十三年五月、当時慶応義塾大学部文学科教授となった永井荷風の主宰で創刊。森鷗外・上田敏を顧問とし、「明星」「スバル」系の青年作家、耽美派系統の作家を多く動員して自然主義の「早稲田文学」と対抗した。以後断続して現在も発行されている。

(8)**優蔵坊や**　阿部優蔵(一九三一―二〇一〇)。水上滝太郎(阿部章蔵)の長男。慶応義塾卒業後、明治生命に勤務。著書に『東京の小芝居』(昭和四十五年)がある。出生後の記録は水上の『親馬鹿の記』(昭和九年)に詳しい。

（9）**深川浅景**　紀行文。「東京日日新聞」連載（昭和二年七月十七日―八月七日）。挿絵担当の鏑木清方、新聞社の記者高信峡水と深川を巡った。「辰巳巷談」「葛飾砂子」「芍薬の歌」等の「深川もの」を発表してきた鏡花ならではの深川探訪。

（10）**東京日々新聞社**　明治五年二月二十一日、東京最初の日刊新聞として創刊。社名を日報社とした。明治四十四年大阪毎日新聞社に買収されてからも紙名を維持し、昭和十八年一月に「毎日新聞」と統合改題されて現在に至る。

（11）**大東京繁昌記**　東京日日新聞社が、関東大震災の復興成った東京の景情を、その土地に縁のある作家に取材を依頼した見聞記。昭和二年三月十五日―十月三十日まで挿絵入りで夕刊紙上に連載後、翌年「下町篇」「山手篇」の二分冊として刊行。各篇の挿絵は多彩で秀逸。

いろ扱い

（1）**京伝本**　山東京伝（前出「三十銭で買えた太平記」注（5）参照（四一六頁））をその代表的作者とする「洒落本」のことをいう。江戸後期、明和・安永・天明年間（一七六四―一七八九）に、会話を主として遊里や恋を写実的に描いて流行した遊里文学。その色と形状から「蒟蒻本」ともいう。

（2）**『白縫物語』**　『白縫譚』。合巻。柳下亭種員、二世柳亭種彦（笠亭仙果）、柳水亭種清の合作。初編嘉永二年（一八四九）刊、明治十八年に完結。大友宗麟の娘若菜姫（白縫）の復讐譚を骨子とする合巻中の最長篇。

（3）**『大和文庫』**　『釈迦八相倭文庫』。万亭応賀作の合巻。弘化二年（一八四五）―明治四年（一八七一）刊。

釈迦が一代に示現した八相（降兜卒・入胎・住胎・出胎・出家・成道・転法輪・入滅）を平易な婦女向きに翻案、釈迦と提婆《だいば》・外道の対立を恋愛中心に描く末期長篇合巻の典型。挿絵は歌川国貞（初代・二代）・河鍋暁斎《きょうさい》。

（4）**『時代かがみ』**　『北雪美談時代加賀見』。合巻。四十八編のうち初編―四十四編を二世為永春水、四十五編―四十八編を柳水亭種清が書き、安政二年（一八五五）―明治十六年（一八八三）にかけて刊行。加賀騒動から想を得て、歌舞伎の趣向や講釈を取り入れ、美少年藤浪由縁丞《ふじなみゆかりのじょう》が妖蝶の術を駆使して活躍する長篇。

（5）**耶須多羅女**　『釈迦八相倭文庫』の悉達太子の妻。原文では「耶輸陀羅女」。

（6）**悉達太子**　『釈迦八相倭文庫』の釈迦の出家前の名。

（7）**結城合戦花鍬形**　須藤南翠の小説。「改進新聞」に「結城美談園花籬」として連載（明治十八年三月一日―六月四日）後、十一月刊。幕末、下総結城家の勤王派と佐幕派の対立に御家騒動を絡めた作。

（8）**難波戦記**　『今古実録増補難波戦記』（五冊、栄泉社、明治十六年六月刊）のことか。「難波戦記」は大坂冬の陣、夏の陣の合戦物語。

（9）**呉越軍談**　中国春秋時代の呉越両国の争いを描いたもの。『通俗呉越軍談』『絵本呉越軍談』等の書物で広く行われた。

（10）**伍子胥の伝**　『通俗呉越軍談』では、巻之一にあり、その第二に「秦哀公設会図覇」がある。

（11）**水滸伝**　前出「かながき水滸伝」注（2）参照（四〇八頁）。

（12）**三国志**　『三国志演義』。中国元末―明の羅貫中の歴史小説。正史に基づいて、三国時代の史実へ民間説話や講談を取り込み、劉備・関羽・張飛の義兄弟、魏の曹操、呉の孫権、劉備の宰相諸葛孔明らの英雄を活写、近世わが国に伝わって翻訳により人口に膾炙した。

(13) **郵便報知新聞**　明治五年六月十日創刊。駅逓頭《えきていのかみ》前島密の発想により企画され、栗本鋤雲《じょうん》を主筆とし、自由民権論の一拠点となったが、十年代以降は矢野竜溪を中心とする改進党系の有力紙となった。二十七年末に「郵便」の二字を削って政論紙から転換した。

(14) **思軒さん**　森田思軒(一八六一―一八九七)。翻訳家・新聞記者。備中生れ。本名文蔵。郵便報知新聞社入社後、渡欧。帰国後は矢野竜溪から同紙の編輯を委ねられ、ユゴーやヴェルヌの原作を周密文体(欧文直訳に漢文訓読体をあわせた文体)で翻訳、当代随一と謳われた。原抱一庵、村上浪六、遅塚麗水、村井弦斎を思軒門下の四天王という。

(15) **瞽使者**　ジュール・ヴェルヌ(Jules Verne, 1828-1905)の原作(*Michel Strogoff*, 1876)を森田思軒が翻訳、「郵便報知新聞」に「盲目使者」と題して連載後、報知社から『瞽使者』として二分冊で刊行。ロシア皇帝の密使として派遣された少年曹長蘇朗笏《ストロゴッフ》が敵兵により両眼を焼かれる盲目の刑を受けるが、その気力膽勇で皇帝の勅命を果たす物語。新演劇の舞台にもしばしば上場された。

(16) **身あがり**　芸娼妓が自費で抱え主にその日の揚げ代を払って勤めを休むこと。金の無い情人に会うためにする。

(17) **美少年録**　曲亭馬琴作の読本『近世説美少年録』。全三集十五巻。文政十二年(一八二九)―天保三年(一八三二)刊。善悪二人の美少年の物語。続編『新局玉石童子訓』(弘化二年(一八四五)―五年(一八四八))は失明のなか口授されたが、未完に終った。

(18) **ナショナル読本**　英語の教科書。バーンズ(Charles J. Barnes)編の *New National Readers* の略。明治大正期の代表的な英語テキストで、段階に応じて第一読本から第五読本まであった。

(19) **スイントンの万国史**　William Swinton の著 *Outlines of the World's History* のこと。明治時代に世界史・英語のテキストとして広く用いられた。

(20) **春廼家さん**　春廼屋おぼろ。坪内逍遥(一八五九—一九三五)の筆名。この名の著作に『一読三歎書生気質』『英文小学読本』『諷誡京わらんべ』『内地雑居未来之夢』などがある。

(21) **妹と背かがみ**　小説。正式書名は『新磨妹と背鏡』(会心書屋、明治十八年十二月—十九年九月刊)。二組の夫婦の愛、敬、信の不十分から、ともに失敗に終る過程を描いて、結婚の理想を逆に写し出す。

(22) **朝野新聞**　明治七年九月二十四日創刊。社長兼主筆成島柳北の社説、雑録、編輯長末広鉄腸の政論ともに江湖に広く迎えられた。民権運動では、柳北が自由党、鉄腸が改進党を支持したが、この両名が去って不振となり二十六年に廃刊した。

(23) **改進新聞**　明治十七年八月一日「開花新聞」を改題して創刊。名の通り改進党系の政党新聞。須藤南翠らの政治小説が載った。二十七年八月一日から再び「開花新聞」と改題された。

(24) **「ここやかしこ。」**　坪内逍遥の小説。「春のや主人」の署名で明治二十年三月—五月「絵入朝野新聞」に連載。十六歳の少年富吉賛平の立志伝的小説だが第二編までで中絶。作者自身「ここ」は東京、「かしこ」は出身地名古屋を仮想したものという。

(25) **いろ懺悔**　「二人比丘尼色懺悔《いろざんげ》」。尾崎紅葉作。明治二十二年(一八八九)四月、吉岡書籍店より「新著百種」第一号として刊行され、その彫琢の雅俗折衷体で紅葉の出世作となった。

(26) **夏痩** 尾崎紅葉の小説。「読売新聞」連載(明治二十三年五月―六月)後、「関東五郎」と併せ、同年十月春陽堂から『紅鹿子《べにかのこ》』として刊。

(27) **風流仏** 幸田露伴の小説。明治二十二年九月「新著百種」第五号に発表。若き彫刻師珠運と花漬売の娘お辰(実は子爵の娘)との恋を描いて作者の恋愛哲学を具現した作。

(28) **八犬伝** 『南総里見八犬伝』。曲亭馬琴の読本。九輯一〇六冊。文化十一年(一八一四)―天保十三年(一八四二)。安房里見義実の娘伏姫が妖犬八房の気に感応し産出した仁・義・礼・智・忠・信・孝・悌の八徳の玉をもつ八犬士が活躍し主家再興する伝奇小説。『水滸伝』に拠り勧善懲悪に貫かれた雄大な構想を備える、馬琴のみならず読本の代表作。

(29) **弓張月** 『椿説弓張月《ちんせつゆみはりづき》』。曲亭馬琴作・葛飾北斎画の読本。五編二十八巻。文化四年(一八〇七)―八年(一八一一)刊。鎮西八郎源為朝を主人公とし、史実をふまえながら、配流の地大島から琉球に渡って活躍する空想豊かな後半をもつ武勇伝。

(30) **旬伝実実記** 正しくは『旬殿実実記』。曲亭馬琴作の読本。十巻十冊。文化五年(一八〇八)刊。浄瑠璃「近頃河原達引《ちかごろかわらのたてひき》」のお俊伝兵衛を室町末期の豪商武家の世界に移し、勧懲の意をつくそうとした作。

(31) **膝栗毛** 前出「小鼓吹」注(2)参照(四一三頁)。

(32) **「文字手摺昔人形」** 『綟手摺昔木偶《もじてずりむかしにんぎょう》』。柳亭種彦作・柳川重信画の読本。五巻五冊。文化十年(一八一三)刊。近松門左衛門の浄瑠璃の趣向を借りて、武士の義理と因縁を絡ませた伝奇小説。

(33) **岡釣話** 岡三鳥(山鳥)作の滑稽本。一冊。文政二年(一八一九)刊。居候針助と岡釣師竿右衛門が大川へ岡釣りに出かける一部始終を精細に描く。

おもて二階

（1）**『錆刀』**　水谷不倒の小説。「新小説」（第二次）創刊号（明治二十九年七月）の巻頭を飾った。問屋主人の妻と番頭との不倫の恋を描き、幸田露伴をして「軽妙洒脱遠く篁村を凌ぐ」と言わしめた。

（2）**『薄唇』**　水谷不倒の短篇小説。「錆刀」と同じ号に載った。唇の薄い猪口の女お浦の薄幸悲惨を描く。広津柳浪らの悲惨小説の影響下にある作。

（3）**小杉さん**　小杉天外（一八六五―一九五二）。小説家。本名為蔵。秋田県生れ。ゾラの自然主義（ゾライズム）を作中に取り入れた「はつ姿」「はやり唄」の写実で文壇上の地位を確立。時代の新風俗を描く長篇の新聞小説「魔風恋風」は一世を風靡したが、以後の作は通俗に傾いて終った。

（4）**島村さん**　島村抱月（一八七一―一九一八）。評論家・劇作家・演出家。坪内逍遥の愛弟子として英独留学から帰朝後「早稲田文学」を復刊主宰し自然主義運動を領導、また文芸協会も掌り、女優松井須磨子を得て芸術座を組織、新劇を普及させた。

（5）**新著月刊**　文芸雑誌。明治三十年四月創刊。後藤宙外・島村抱月・伊原青々園・水谷不倒・小杉天外の結んだ丁酉文社の発行で、清新な小説を多く掲げたが、三十一年五月、十五冊を出して止んだ。

（6）**新小説**　前出「『泉鏡花篇』小解」注（11）参照（四三一頁）。鏡花は本誌賛成員として「化鳥」「清心庵」「ななもと桜」等の力作を寄せて進境を示した。

（7）**広津さん**　広津柳浪（一八六一―一九二八）。硯友社同人。日清戦後、社会の暗黒面を描く深刻・悲惨小説で鏡花らの観念小説とともに脚光を浴び、「今戸心中」「河内屋」では人間心理に深く分け入った。硯友社中、師の紅葉以外で鏡花が最も感化を受けた作家。作家の広津和郎はその次男。

（8）**春陽堂**　明治十一年、和田篤太郎(鷹城)が創業。新文学の胎動に応じ文芸書専門の出版社として一貫した経営を続け、月刊の「新小説」は、幸田露伴、後藤宙外らの編輯により作家の登竜門となって明治大正の文壇に揺るぎない位置を占めた。関東大震災で紙型のほとんどを焼失したが、円本の『明治大正文学全集』刊行で復活し現在に至る。水上滝太郎が「老舗の春陽堂が自慢の年頭初刊には、必ず先生の単行本を市に出した」(「鏡花世界瞥見」)と述べるほど、鏡花との関係は終始緊密であった。

（9）『**河内屋**』　広津柳浪の中篇小説。明治二十九年九月「新小説」に発表。糸問屋の主人重吉弟清二郎、重吉妻お染、元芸者お弓の四人が一家内で葛藤の末、斃死、心中に至る。四者の性格と心理を精細に描いてそれまでの悲惨小説からの進展を認められた作。

（10）『**闇のうつつ**』　後藤宙外の小説。明治二十九年十月「新小説」に発表。甲府在の豪農の破産と遺された二人の娘の悲劇を描く。特に姉娘お磯の妄執の人生の心理描写が高く評価されて出世作となった。

（11）『**凱旋祭**』　明治三十五年五月「新小説」発表の小説。金沢での日清戦後の凱旋祭の盛況を書簡形式で伝える。

（12）『**辰巳巷談**』　明治三十一年二月「新小説」の巻頭小説。もと深川洲崎の遊女お君とお君を横恋慕する船頭宗平の苦悶を描く「深川もの」の嚆矢。

（13）『**高野聖**』　明治三十三年二月「新小説」の巻頭小説。鏡花の名を不朽にした飛騨山中の神秘譚。

（14）**柳川さんと私と二人、名古屋へ参ったことも……**　前出「火の用心の事」参照。

（15）『**袖屏風**』　明治三十四年十一月「新小説」の巻頭小説。東京郊外武蔵野を舞台とする。

(16) **中島さん**　中島孤島（一八七八—一九四六）。評論家・翻訳家。明治三十四年以降「新小説」の「海外文壇」欄を担当した。

(17) **鰭崎さん**　鰭崎英朋（一八八〇—一九六八）。画家。浮世絵歌川派の右田年英に師事。明治後期、鏑木清方とともに挿絵画家として活躍。鏡花作『風流線』『続風流線』『婦系図《おんなけいず》』等の刊本の口絵で清方と競作した。「新小説」編輯局加入は明治三十五年。

(18) **メソッ子**　関東地方で小形のウナギの異名。

(19) **書入れ**　帳簿の記入に忙しい商売繁盛の儲け時から、最も当てにする時間や物。

(20) **其角**　俳人（一六六一—一七〇七）。榎本氏、のち宝井氏。蕉門の十哲の筆頭。『猿蓑』（元禄四年（一六九一））には求められて序文を書いた。

(21) **炉開や汝を呼ぶは金の事**　其角の句。自撰句集『五元集』（延享四年（一七四七））ほかに収める。

(22) **後篇を待って知り給え**　読者に期待をもたせるため、物語の末尾に記す常套句。

(23) 『**註文帳**』　前出「『泉鏡花篇』小解」注（3）参照（四三一頁）。

(24) **寒牡丹**　前出「火の用心の事」注（9）参照（四〇四頁）。

(25) 『**紅雪録**』　明治三十七年三月「新小説」の巻頭小説。

(26) 『**続紅雪録**』　明治三十七年四月「新小説」の巻頭小説。鏡花には珍しい「名古屋もの」。鏡花が柳川春葉とともに名古屋に赴いたのは明治三十五年一月末からの十日間。前出「火の用心の事」に詳しい。

(27) **国民新聞**　明治二十三年二月一日創刊。徳富蘇峰を主筆とし、当初の平民主義から政府の支持に転じて、二度の焼き打ちに遭った。昭和十七年十月「都新聞」と合併し「東京新聞」となった。鏡花は明治三十七年当時、本紙に「風流線」を連載中だった。前出「『泉鏡花篇』小解」注(18)参照(四三二頁)。

解　説

吉田昌志

小説や戯曲が鏡花世界の経《たていと》だとすれば、随筆はその緯《よこいと》である。鏡花の随筆を読むとは、そうした経緯の織りなす綾を確かめながら、豊かな世界のなりたちを知ることだといえよう。

大正五年十一月の初対面以後、泉鏡花の物心両面を力強く支えた水上滝太郎は、昭和に入って、五十代なかばになった鏡花の文学を総括する優れた評論「鏡花世界瞥見」(「中央公論」昭和四年三月)を公にした。情理をつくして代表作を論じた終りに近く、加齢とともに「心の柔軟性を失って、しかけ物のお化《ばけ》しか出せなくなった」最近の小説には「そのかみの純情の清さがなく、昔の熱情の本気が無い」と指摘したあと、その批判の鋒《ほこ》を収めるように、

尤《もっと》もそれは小説の話で、感情の激越をめあてとしない随筆には、近来先生の心境の

おちつきが滲み出して来て、此《こ》の数年間に珠玉の如き名品がつぎつぎにあらわれ、

新たなる鏡花世界の魅力を発揮している。

と述べるところがあった。しかし、この文から四か月後に連載の始まった「山海評記」（七月―十一月）の渾然たる活力の発現をみれば、小説に関する水上の指摘は杞憂に終ったとも考えられるし、また随筆の名品も「此の数年間」の昭和期に限ったことではなく、明治大正の多産多彩な小説の翳《かげ》に隠れて目立たなかったにすぎない。

鏡花存命中、随筆集に当るものは『春宵読本』（文泉堂書房、明治四十二年五月）を皮切りに『鏡花小品』（隆文館、同九月）、大正に入っては『桜草』（文芸書院、大正二年三月）、『鏡花随筆』（文武堂書店、大正七年六月）、『七宝の柱』（新潮社、大正十三年三月）と続く。小説家鏡花にあっても、決して随筆が閑却されていたわけではないのだ。

本書には二百篇以上に及ぶ随筆のうちから鏡花世界の特質をうかがうことのできる五十五篇を選んだ。配列は発表の順ではなく、自然、土地（金沢、東京、逗子）、料理、芸能、事変、主張、翻案、書物、序文、知友、追悼、自解、談話、等の題材、モティーフ、文章の形態によってまとめ、これをゆるやかにつなげてみた。

終始文筆一本で立っていた印象の濃い鏡花であるが、その出発期、明治二十八年から

三十年までは博文館の編輯局に、さらに三十三年から四十三年までは春陽堂に籍があった。「おもて二階」に述べられているのは春陽堂での日々で、「高野聖」に代表される、いわゆる「鏡花の時代」以降には、「新小説」の本欄へ小説を発表するだけでなく、雑録欄へ小品随筆紀行を寄せつつ、投稿欄の選者を務めるという毎日を送っていた。一葉追悼の文として名高い「一葉の墓」も雑録欄に載ったものだ。随筆を除いてしまっては、鏡花の文業の全体を見きわめることはできないのである。

小説と随筆とはおのおの独立した品類《ジャンル》であるから、随筆を小説の絵解きのために読むべきでない、という考えにも一理はあろう。しかし鏡花の場合は互いを切り離して個別に扱うよりも、つながり合う線を見いだして読むほうが、多面的な彼の文学の特性に適《かな》っているように思う。

たとえば「山の手小景」の「茗荷谷《みょうがだに》」がいかにして「瓔珞品《ようらくぼん》」(明治三十八年六月)の苺《いちご》の挿話に結びつくのか、「一景話題」の「あんころ餅」が「政談十二社《せいだんじゅうにそう》」(明治三十三年十一月)の中へどのように象嵌《ぞうがん》されて一篇の物語に変じているのか知りたくなるし、また「小鼓吹《しょうこすい》」を読めば、四年後に書かれる「歌行燈《うたあんどん》」(明治四十三年一月)の冒頭『膝栗毛《ひざくりげ》』の引用がけっしてかりそめのものでなかったことに思い至るだろう。

「文芸倶楽部」(明治三十八年八月)のアンケートで「貴下の最も好み給う夏季の遊戯」を尋ねられた鏡花は、これに「やすい草花培養」と答えている。この趣味は夏季に限らぬ四季を通じてのものだったようで、本書の冒頭に置いた「玉川の草」は秋の時候ながら「草花培養」の愉しみを語っており、「雨のゆうべ」や後出「我が家のものいふ花」を愛でる「草あやめ」、また「入子話」とともに草花を慈しむ家常茶飯が綴られている。黴《ばい》菌《きん》恐怖症で知られ、何でも煮沸せずには口に入れなかった鏡花ゆえ、食生活には制限があったけれども、安んじて食べられる物を語り出せば、「真夏の梅」「湯どうふ」のごとく、食膳の話題は滾々《こんこん》として尽きない。

有島武郎はその死の前年に、鏡花を「生活全部が純粋な芸術境に没入している人で、その人の実生活は、周囲の生活と、どんな間隔があろうと、一向それを気にしない」(「広津和郎氏に与う」大正十一年一月)と評しており、また同時代のおおかたはそう思っていたろうが、これら草花愛育の文章を読めば、「家内」として登場するすゞ夫人ともどもの「実生活」は至って穏やかで、市井一般との「間隔」はほとんど無いようにも思われる。しかし同時に、草花へそそぐ感情と身近な生活を見つめる視線はおのずから独特のひらめきをもつ。それを昇華させて一篇を成す心のはたらきには、まぎれもなく小説創作と同源の想像力が豊かにたたえられているのである。
鏡花随筆の扉をまずこのあたりから開けて、幾すじかの路をたどってみたい。

＊

明治六年に生れてから、二十三年に上京するまでの十七年間を過ごした金沢には、祖母きての実家(針舗目細《めぼそ》家)以外に寄るべを持たなかった鏡花であるが、「北国空」や「寸情風土記」をはじめとする故郷の風物を叙した文章は金沢の地方色《ローカルカラー》を誰よりも濃く染め出している。それらは「自然と民謡に」の冒頭に「加賀ッぽは何だか好かない」と言い、末尾に「故郷の自慢は、人物や人間ではなく、私はその自然と民謡とに、微《かす》かながらも或る種の矜《ほこ》りを感ずるのである」と述べているごとき、金沢の、人間よりも自然に、また上京後ではなく上京以前の幼少期の回想に傾いているのを特徴とする。

その因由は、二十七年一月の父清次逝去後に生じた負債の償却にからむ周囲との軋轢《あつれき》であり、それが故郷の「人間」との疎隔を決定的にしたのではないかと思われる。このため自殺を考えるまでに追いつめられた鏡花を死の淵から救い上げたのは師の尾崎紅葉であった。

紅葉の督励と添削を得て「義血侠血《ぎけつきょうけつ》」(「読売新聞」明治二十七年十一月)を発表した翌年の二十八年には、「夜行巡査」(四月)、「外科室」(六月)のいわゆる観念小説をもって、鏡花は日清戦後の文壇へ新進作家として登場するが、この両作のあいだに挟まるように五月に「愛と婚姻」が公にされているのを見遁《みのが》すことはできない。「社会の婚姻は、愛を束縛して、圧制して、自由を剝奪《はくだつ》せむがために造られたる、残絶《ざんぜつ》、酷絶《こくぜつ》の刑法なり」との激しい主張は、「夜行巡査」の伯父に体現された邪《よこしま》な因業の恋ではなく、「外科室」の医学士と伯爵夫人の至上の恋、そして現世における死の必然を補強するものであるからだ。このころの鏡花は一作ごとに面目を新たにするの感があった。

ところで鏡花がまだ泉鏡太郎だった幼少期は、小説制作において最も多く形象化が試みられた文学上の中枢である。「幼い頃の記憶」はその中枢の原型を語ったものだが、幼少期の実体験のまとまった表明の意外に少ないなかに、「いろ扱い」は貴重な回想である。「ほんの子供の内《うち》に読んだ本」をつぶさに語り、愛読書を「いろ」すなわち恋人扱いにして愛着を保ちつづけている点、鏡花ならではの命名といえよう。初出に「佃速記事務所員筆記」とあるものの、滑らかな談話体にすべく自身で相当に手を入れているとおぼしい。冒頭「この頃は皆さんに読んで戴いて誠に御迷惑をかけますが」とは、

「高野聖」発表からほぼ一年、わが時代の訪れつつあるという自信がほの見える。

草双紙(合巻《ごうかん》)に始まり、文字を覚えてからの読本《よみほん》、さらに軍記軍談へと進み、長じて同時代の文学へ、という読書遍歴は決して特殊なものではない。が、とりわけ亡き母鈴(明治十四年十二月歿、享年二十九)の絵解きの思い出と結びつく草双紙をいまだに愛読する、と明言しているのは、それらをたんに過去の追懐として胸にたたんでおくのではなく、自らの文学の母胎とし、不断に創作の力を補給し続けているからなのである。

なお、末尾近くに読本の代表作者馬琴に触れて、最初は「大変ひいき」だったものの「追々《おいおい》ねッつりが厭《いや》になった」と述べているのは、にわかに信じがたい。というのは「冠弥左衛門《かんむりやざえもん》」や「風流線」における馬琴の摂取は誰の目にも明白だからだ。郷里で級友だった細野燕台《えんだい》(茶人。一八七二―一九六二)にも「紅葉におのれのつくった小説は一切読むことならん、といわれ、そして古い文化文政時代からの小説をきょうはこれまで読めとか二冊とか三冊とかを読ます。一年ばかりはこれを読むのが専門であったらしいです」(「鏡花の思い出」「北国文化」昭和二十六年七月)との証言がある。おそらくこの談話で馬琴を「いろ扱い」できなかったのは、「僕は馬琴のものを好まぬ」(「紅葉大人談片」「新小説」明治三十七年一月)と公言していた師の紅葉に対して憚《はばか》るところがあったためではないかと推察する。

「どうも総体に時代なロマンチックな事は嫌うもんだから」(同前)という紅葉と対照的に、「かながき水滸伝《すいこでん》」にみられるごとく、本邦水滸伝の翻案に多くを学んだ伝奇への志向は、鏡花の生涯を貫いて「風流線」をはじめとする長篇を産み出した。

鏡花の蔵書は、歿後水上滝太郎を介して、自筆原稿とともに慶応義塾へ寄贈されたが、太平洋戦争末期の空襲(昭和二十年五月二十六日)で保管の蔵書(八三六冊)は草双紙を除きすべて失われた。奇しくもこの前日、鏡花の番町の自宅も空襲で焼失したのであったが、鏡花歿後の昭和十八年に養女となって番町の家に入った泉名月(実弟豊春長女)は焼失前の二階の書斎の蔵書について「四畳の押入れには、大言海、帝国文庫、漢書などの揃いが、上も下もずっしり並んでいました」(「番町の家」講談社版「日本現代文学全集月報」52、昭和四十年十月)と述べている。写本版本の類は慶応義塾へ移っていたから、この押入れの本は活字本ということになる。

右に言われた「帝国文庫」は、明治二十六年三月に発刊、毎月二回、一冊約一千頁の大冊を、当初五十冊で完結予定のところ、すこぶる好評につき、さらに三十一年一月から「続帝国文庫」五十冊を出し、五年後に完結した叢書で、軍書、稗史《はいし》、人情本、黄表紙、洒落本《しゃれぼん》、読本、合巻にいたるまで、戯作を中心とする近世の通俗読物を「殆《ほとん》ど網羅したる大出版」(『博文館五十年史』)であった。

この叢書の書目の多くは「いろ扱い」に語られる鏡花の読書歴に重なる。むろん幼少期に手にしたわけではなく、上京後刊行に応じて買い揃えていったものであろうが、おのずから作品の典拠につながるものも少なくない。「印度更紗《いんどさらさ》」と「天竺物語《てんじく》」(『漂流奇談全集』所収)、「袖屛風《そでびょうぶ》」「絵本の春」「山海評判記」等と「三州奇談」(『近世奇談全集』所収)、「天守物語」「眉かくしの霊」と「老媼茶話《ろうおんさわ》」(同上)、「戦国茶漬」と『甲越軍記』等々、その事例は枚挙にたえぬほどである。もとより写本版本で読んだことは当然考えられるが、先の泉名月の証言に照らしても、手近な活字本に拠った公算が大きい。

また、多くの小説ばかりでなく「一景話題」の典拠であることが明らかになっている吉田東伍著の『大日本地名辞書』(冨山房刊)も「帝国文庫」とともに押入れの棚に並んでいたはずである。

綺想をほしいままにした鏡花作品の少なからぬ部分が活字の流布本や著名な辞書に拠っているのは存外なことであろうか。しかしむしろ、稀覯《きこう》の書ではなく、誰もが読むことのできた活字本からあまたの奇譚を紡ぎ出した、その想像力の勁《つよ》さに驚かざるをえないのである。

同じ読書談の「小鼓吹」は、一読、著者持ち前の江戸趣味の鼓吹のごとくであるが、しかし「帝国文庫」の第九編『東海・奥羽・木曽・江ノ島道中膝栗毛』が『真書太閤記』とともに、この叢書中もっとも多くの版を重ねた本であったことをふまえるなら、その愛顧が決して特殊で時代離れしたものでなかったことを理解できるはずだろう。

『膝栗毛』は実は若き日の紅葉の愛読書でもあった。山田美妙は二人で漢詩制作に熱中していた大学予備門時代（明治十七年ごろ）、愛読書を訊ねて「名作ですね膝栗毛は。全く実に面白い作ですね。三四遍もう繰り返しても、しかし何処《どこ》までも飽きません」との紅葉の答えを伝えている（美妙「紅葉子追憶の記」「文芸倶楽部」明治三十七年十月）。やがて紅葉が小説に手を染めてのち『膝栗毛』を顧みることがなかったのに対し、鏡花は生涯これを手離さず、文字通り枕頭の書として、道中をともにしたのである。

『膝栗毛』や『白縫譚《しらぬいものがたり》』や『田舎源氏』を、わたしたちは時代区分に従って近世の文芸と承知している。この認識は誤りではないのだが、注意を要するのは、鏡花の場合はそうした世界が時代の向う側にあったのではなく、まさに彼の今の生活のただなかにおいて、共感、共有されているという点にある。『遠野物語』の著者柳田国男の言葉を藉《か》りるなら、「必ずしも史家に随逐して、江戸桃山安土室町なんぞと云う、刻み目を問うことを要しなかったのである」（「這箇鏡花観」「新小説」大正十四年五月）。

ところで、五歳上の師である尾崎紅葉は、父清次の歿後、窮地から鏡花を救ったことにより、いわば「第二の父」となったのだが、「『金色夜叉』小解」にも名の出る「青葡《あおぶ》萄《どう》」の紅葉自身の言葉によれば、「せめて内弟子だけは、三尺五寸ばかりは去って我影を踏まぬように躾《しつ》けたいと念《おも》って、鞭と麻縄と眼玉の三道具で自分の教育された寺小屋的学制を以て、玄関に臨むことにしたのである」という。

「紅葉先生逝去前十五分間」は、玄関番の四年間を含めて以後十二年のあいだ、こうした峻厳な教導によく従って人と成った筆頭の弟子が、その永訣の直前を伝える緊迫の文章である。逝去前の様子は折にふれ事あるごとに去来するので、大正末の食味随筆「湯どうふ」にも、病床の紅葉が追慕されている。

これに対し「仲の町にて紅葉会の事」は三回忌の追善の模様を記す。主催のおなつ、おさだの両人は日ごろ「金色夜叉」愛読を広言していたので、世に「金色芸者」と呼ばれた吉原の芸妓である。歿後に親友巌谷《いわや》小波《さざなみ》や石橋思案が発起し、多くの人士を集め、十二月十六日の誕生日に「紅葉祭」として催された追悼会とは異なり、この追善はごく内輪の会であって、仲の町という廓《くるわ》うちの場所がらゆえ、筆致にはおのずから優婉《ゆうえん》なおもむきがそなわる。小山内薫《おさないかおる》が「帝国文学」(明治三十九年一月)誌上で、文中「やあ、と一声かけたるばかり」以下のくだりを「名文なり」「日本趣味万歳」とこれを称えたのも故なしとしない。

「『金色夜叉』小解」は自作についての「『泉鏡花篇』小解」と同じく、春陽堂版『明治大正文学全集』いわゆる「円本」の各篇末に付されたものだが、「金色夜叉」が紅葉の代表作とみなされるようになったのは、よほど後年のことで、歿後四年目の明治四十年に「中央公論」の編輯者滝田樗陰《たきたちょいん》が、鏡花を含む当時の著名作家九名に紅葉の傑作を問うたところ、「金色夜叉」と答えた者は一人もいなかった(ちなみに鏡花は「多情多恨」を第一に挙げている)。作品の周知は「仲の町にて紅葉会の事」に名の出る高田実、藤沢浅二郎、「新富座所感」の伊井蓉峰《いいようほう》、喜多村緑郎《きたむらろくろう》らの新派演劇による頻繁な上演や映画等のメディアの伝播が与《あずか》っているのだが、鏡花は至近にいた弟子として、原作発表当時の反響を印象的に綴っている。

はたして実際このような出来事があったのだろうか。紅葉晩年の日記『十千万堂日録』(明治四十一年十月刊)を見ると、明治三十四年三月二十九日の条に、当日紅葉を訪うた歌人佐佐木信綱の言葉を記して「我家に詠草を持来《もちきたる》、女弟子五六相集りて隣室に添削を待つ間の雑談こそをかしけれ。金色夜叉の評など出で、貫一の先はいかに〳〵と待たるゝに、抑《そもそ》も塩原の地形たるやとは何事でせう！　又曰《またいわく》、貫一に恋せしにあの崖頭に尻《しり》端折《はしょり》の様を見て、興さめ了《おわ》れりと」と出ている。鏡花はおそらく右の記事を読んで、信綱の伝えた女弟子の言葉を、大塚楠緒子や上田敏夫人ら「淑女才媛」が作者に迫る華やいだ園遊会の場としてあつらえたのであろう。両名が御茶水高等女学校の同窓会や「金色夜叉」の宮戸座総見のおり、紅葉と同席していることを承知の上で、日録の「貫一に恋せしに」云々の部分を除いて文を成したのにちがいなかろう。もって鏡花の文藻の虚実綯《ない》交《ま》ぜのありようを知ることができる。

＊

母鈴の歿後、家中の女手として慈愛深く見守ってくれた祖母のきてを三十八年二月に喪《うしな》った衝撃から体調を崩した鏡花は、転地療養のため同年夏より三年半あまり逗子に日を送ることになった。

逗子を選んだのは「逗子だより」にも報じられているように、その三年前に胃腸を病んで一夏を保養した土地だったことによるが、心身ともに病んで自筆年譜に「殆ど、粥《かゆ》と、じゃが薯《いも》を食するのみ」と記さねばならぬほど過酷な生活を強いられた。しかし日々の生活の困難を極めたものであったからといって、創作活動が同じように難渋していたわけではない。かつて父歿後の窮迫が観念小説を産み出したごとく、危難はかえって鏡花世界に豊かな稔《みの》りをもたらすので、幻想小説の双璧「春昼《しゅんちゅう》」(明治三十九年十一月)と「草迷宮」(明治四十一年一月)が逗子滞在期の賜《たまもの》となった。あたかもこの時期が自然主義隆盛期に当るため、その圧迫を受けて退隠逼塞《ひっそく》していた時期と見なしてきた従来の把握は訂《ただ》されなければならない。

「春昼」の十七章に、唯美《ゆいび》瑰奇《かいき》の詩風で知られる中唐の詩人李賀(字長吉。七九一—八一七)の詩が引かれているのは、親友笹川臨風の呈した『李長吉詩注』(四冊)を嗜《たしな》んだことに起因するが、逗子時代は李賀にとどまらず、広く中国の文学に親しんで、しばしば翻案を「新小説」誌上に寄せている。「われらはその翻案文字を、幽艶奇秀な鏡花文学の一《ひとつ》として愛読した」とは日夏耿之介《ひなつこうのすけ》(『明治浪曼文学史』)の言葉であるが、「術三則《じゅつさんそく》」は弓の名人紀昌《きしょう》の事歴を叙べて、主人公を同じくする中島敦作「名人伝」(昭和十七年十二月)の先蹤《せんしょう》ともなるべき一篇である。中島には「泉鏡花の文章」(横浜高等女学校校友会誌「学苑」創刊号、昭和八年七月）と題する鏡花を頌した文があるほどだから、中島の受けた鏡花の影響を想定してよいだろう。鏡花の「翻案文字」を愛読したのは日夏ばかりではなかったはずである。

なお、中国種でいえば、時期は下るが大正に入っての「雨ばけ」は『酉陽雑俎《ゆうようざっそ》』に録された「諾皐記《だくこうき》」を典拠とすることが判っている。この半年前の「くさびら」の冒頭に「あれでなかなか凄味《すごみ》がある」と記した茸の幻妖を、『酉陽雑俎』の二百字に満たぬ原文から出現せしめる手腕は、優に翻案の域を超えている。「くさびら」「雨ばけ」両篇に示された「茸」のモティーフは、これらに先んじて小説「茸の舞姫」（大正七年四月）で存分に形象化されていたところであるが、随筆、翻案から小説まで――というよりジャンルの境界を越えて――「茸」が自在に転位変化するさまは、鏡花の独擅場であるといってよい。

逗子滞在期の創作の豊かさは、「春昼」「草迷宮」等の幻想譚のみならず、生涯唯一の翻訳「沈鐘《ちんしょう》」（ハウプトマン原作、登張竹風《とばりちくふう》との共訳、明治四十年五月―六月）、初の書下し戯曲「愛火」（明治三十九年十二月）、「世話もの」「花柳もの」の代表作「婦系図《おんなけいず》」（明治四十年一月―四月）を産んだことによっても証《あか》し立てられる。

「新富座所感」は、その「婦系図」が新派の伊井蓉峰、喜多村緑郎らの一座により初演をみた際の観劇評である。「春葉《しゅんよう》さんは嘸《さぞ》御迷惑」「彼方此方《あちこち》お手心《てごころ》の骨折《ほねおり》が見えて居る」と、同門柳川春葉の脚色に対する気遣いをみせたあとで、「原作の我がままもの」「芝居道に心得のないもの」の「ねだり」と言いながら、演出演技について相当の注文を出している。文中、喜多村のお蔦《つた》を賞して「一体原作では、殆《ほとん》ど菅子が女主人公で、お蔦はさし添《ぞい》と云うのであるから」「お蔦だけでは見せ場はなかろう、と思ったが、舞台にかけると案外で、まるでお蔦の芝居になった」と述べる条を軽々に読みすごすことはできない。舞台の「婦系図」は、一家一門主義への早瀬の復讐劇である小説「婦系図」を、喜多村演ずる「お蔦の芝居」として編み直したものであったことを示す言であるからだ。後年の「湯島の境内」(大正三年十月)における早瀬とお蔦の別れは、この再成に沿って作者が書き加えた場であり、それは原「婦系図」から派生した別の物語とすべきなのである。

「婦系図」を典型として、鏡花は役者との結びつきを強めながら、新派という演劇様式とその盛衰をともにした。随伴者の筆頭は喜多村緑郎で、長命を保って後継花柳章太郎を育てたが、「水際立った女」の河合武雄を逸するわけにはゆかない。大正元年八月脳膜炎に罹《かか》って九死に一生を得、盛時の容色をやや減じたものの、伝法肌の「通夜物語」の丁山《ちょうざん》は、当時喜多村のお蔦よりもよほど「鏡花の女」を演じて評判が高かったし、「南地心中」のお珊《さん》は河合ならではの妖艶な役どころであった。

しかし演劇的志向において鏡花が新派の風俗人情劇に満足していたわけでないことは、大正に入っての「夜叉ケ池」(大正二年三月)、「海神別荘」(同十二月)、「天守物語」(大正六年九月)等の幻想劇の創出をみても明らかだ。私見では、「夜叉ケ池」発表には、逗子時代登張竹風と共訳した「沈鐘」を台本とし、音楽劇で上演する企画のあったことが契機になったと考えられる。演者は藤沢浅二郎、作曲家で演劇同志会の北村季晴《すえはる》、土曜劇場のメンバーで、藤沢以外は新劇系の人々だった。残念ながらこの企画は帝国劇場における上演の予報(大正二年四月)のみに終ったが、戯曲隆盛の大正期には「沈鐘」を介して鏡花と新劇との接点も生れようとしていたのである。

新劇運動の本格的始動は、小山内薫が自由劇場を創立した明治四十二年とされるが、この年には演劇以外の創作壇においても、逗子から東京へ戻った鏡花を迎え入れるような新しい動きが兆していた。一月の「スバル」創刊に続き、翌四十三年には「白樺」(四月)、「三田文学」(五月)、第二次「新思潮」(九月)の創刊が相ついで、自然主義の大勢に変更を迫る流れが明確になってきた。それらに拠った青年の多くは明治三十年代前半のいわゆる「鏡花の時代」に文学へのめざめを経験しており、彼らが順次鏡花の「親和圏」を形成しはじめる。

白樺派では、「番茶話」の木下利玄、「煙管を持たせても短刀位に」の里見弴《さとみとん》、「スバル」「三田文学」の水上滝太郎、久保田万太郎、「新思潮」では谷崎潤一郎、やや遅れて芥川竜之介らがそれであり、広い文壇交際を潔しとしなかった鏡花は大正期以降、彼らとの親密な交流を専らにしてゆく。十四年二月に逝去した木下を除けば、「献立小記」に語られるごとく、やがて春陽堂版全集の編輯委員として鏡花一代の文業の集成に参与するのである。

鏡花には、彼らのほかにも自らを「鏡花宗」の信者、「鏡花党」の一員と称してははからぬ熱烈な一般読者が存在していた。その有志が作者を招いて一夕歓談する会を「鏡花会」と名づけて、明治四十一年六月以来、九回を数えた。あたかも東京を離れ逗子に滞溜していた鏡花にとって心の支えになったろうことは想像に難《かた》くない。会では、宴会ばかりでなく河合武雄の「南地心中」の総見をしたこともあった(明治四十五年五月、新富座)。東京以外には、関西にも、また海外では北米シアトルにも、「鏡花会」があり、さらに昭和初年のサンフランシスコ在住の日本人間には「二三羽――十二三羽の会」という特定の作品の名を冠した愛好者の会すら存したと伝えられている。近代作家の愛読者の組織としては異数であろう。

「九九九会小記」の集まりは、会費が九円九十九銭であることにちなむ。会員の一人である久保田万太郎によると（「日暮里にて」大正十三年一月）、会自体は関東大震災前から不定期に開かれており、会費は「九円九十九銭という以上、十九円九十九銭でもよければ、二十九円九十九銭でもよかった」のであるが、昭和三年五月から、毎月二十三日を定例とし、日本橋藤村家《ふじむらや》を会場に、逝去二か月前の十四年七月まで休みなく続けられた。五年九月に三宅正太郎（当時大審院判事）、九年三月から鏑木清方《かぶらききよかた》もこれに加わった。鏡花会の会費は一円ないし三円五十銭だったが、この会費の騰貴は第一次世界大戦後の物価上昇《インフレーション》にもとづくことはいうまでもない。

九九九会の会員は、大正十四年七月から刊行の始まった『鏡花全集』の参訂者（編輯委員）に重なる。「献立小記」に叙べるところの春陽堂からの全集出版は、明治以来の緊密な関係からして誰しも当然と思うだろうが、当時春陽堂に勤めていた島源四郎（「出版小僧思い出話(2)」「日本古書通信」昭和五十九年八月）によれば、関東大震災で壊滅的な被害を受け、その復興に手間取っていたあいだに、先んじて新潮社が出版契約金五千円を用意し、鏡花の承諾をほとんど得ようとしたところ、水上滝太郎が鏡花と春陽堂主人和田利彦の双方を説いてこの書肆《しょし》からの刊行を実現せしめた、という。

春陽堂に甚大な被害を与えた関東大震災は、鏡花に「震災もの」ともいうべき作品群をもたらした。小説では、「仮宅話《かりたくばなし》」(大正十三年四月)、「きん稲《いね》」(同)、「甲乙《きのえきのと》」(大正十四年一月)であり、随筆では震災の直後に「露宿《ろしゅく》」(十二年十月)、「十六夜《いざよい》」(同)、「間引菜《まびきな》」(同十一月)が立て続けに書かれる。ここでもまた危難の時に執筆の活力《エネルギー》が集中、放出される例を認めることができよう。

なかんずく「露宿」は東日本大震災を被験したわたしたちにとってひとしお身に沁むところが大きい。その非常時の深刻はもとよりだが、当時の状況を最も詳細にまとめた内務省警保局編纂『大正震災誌』と照合してみると、華麗な文辞で多くの人々を魅了してきた鏡花の筆は、大震、大火災の模様をきわめて精確に記録していることが判明する。彼の無事を確認するため相ついで見舞いに訪れる知友の活写、末尾を法華経普門品の偈《げ》で締めくくる独自性とも相俟《あいま》って、質量ともに本書収録文中の白眉とするに足る一篇である。

　ところで、先の鏡花会や九九九会が鏡花を囲む親睦の会であったのに対し、怪談会は彼の本領と直結している。その記録をまとめた『怪談会』に序を求められたのは、この種の怪異を描いて当代随一と認められていたためであるが、吉原水道尻で催された会(「一寸怪」にも言及がある)の模様をそのまま取り込んで、実況をはるかに越える怪異譚と化したのが「吉原新話」(明治四十四年三月)である。

　怪談会とは比較的新しい名称で、近世以来百物語と呼ばれていたこの催しの明治二十九年七月二十五日の会を素材とする森鷗外の「百物語」(明治四十四年十月)があってよく知られているが、鷗外がなぜこの時期に十五年も前の百物語の会を憶い起して作を構えたのか。その契機にはやはり当年の七か月前に発表の「吉原新話」の与えた刺戟《しげき》を前提としないわけにはゆかないだろう。鏡花が「みなわ集の事など」で語る鷗外からの感化とともに、鷗外が鏡花を意識していた事例も、鏡花の名を作中に記した「電車の窓」や「灰燼《かいじん》」にとどまらず、考えられてよいのではないか。

　「吉原新話」「百物語」発表の前年には、前記の江戸以来の百物語の会や怪談会とは別のところから、「山深き幽僻地《ゆうへきち》の、伝説異聞怪談」を集めた書物『遠野物語』が畏友柳田国男によって発刊されていた。「遠野の奇聞」は同時代にあって本書の意義を認めたほとんど唯一の文として知られる。桂園派の歌人松浦辰男(一八四四—一九〇九)の同門であり、「続帝国文庫」の『近世奇談全集』を柳田とともに編した田山花袋が、これを「粗野を気取った贅沢」「道楽」(「文章世界」明治四十三年七月)ときめつけたのと全く対照的に、「再読三読、尚《な》ほ飽《あ》くことを知らず」との感懐をもとにその内容を懇《ねんご》ろに説いてやまない。

柳田国男との交誼は、郷友、同門を除き、上京後に出会った人々の中で最も長く、鏡花の大塚時代から始まっている。柳田の帝国大学在学中(明治三十年ごろ)、鏡花の郷友吉田賢竜《けんりょう》を介して面識を得、その姿が「湯島詣」(明治三十二年十一月)冒頭の竜田若吉に写されていること、また晩年の「山海評判記」に「邦村柳郷博士《くにむらりゅうきょう》」のオシラ神信仰の説の紹介があるのは、周知の通りだ。

加えて、柳田の「暇さえあれば小石川の家へ訪ねていったりした」(『故郷七十年』)との言葉を手がかりにすれば、「湯島詣」と同時期「大塚もの」の「錦帯記《きんたいき》」(明治三十二年二月)には帝大生「山北《やまきた》」が出るのみならず、本作の題名の由来を示す、錦の帯の擬《まが》い物を押売りに来る旅商人の「柳田藤太郎」なる男までが登場している。さらに「夜叉ケ池」の、伝説を求めて諸国を経巡《へめぐ》る男萩原晃にもおもかげが認められるなど、柳田は鏡花作品の諸所へ濃い影を映じている存在なのである。

友人田山花袋の小説に無断でモデルとして使われたことをひどく憤った柳田だが、鏡花の場合にこうした反応がみられないのは、互いを許し合った仲だったからなのであろう。

したがって、「遠野の奇聞」はかかる両者の関係の中に置いて読み解かれるべきであるが、これを注意深く読めば、単純な『遠野物語』讃では決してない。遠野を昔話伝説の残る「聖域」とするのではなく、「声のみの変化《へんげ》」や「女の叫声《さけびごえ》」等の「修羅《しゅら》の巷《ちまた》を行くものの、魔界の姿見るが如」き事象を「自分実地に出あひて、見も聞きもしたる人」が他にもあるはずだ、と言い、神田の火事や本所両国橋の例を挙げる。神田の火事はのちに鏡花みずからが「黒髪」(大正七年一月)に作品化することになるが、これは談話「予の態度」(明治四十一年七月)で「お化」を「成るべくなら、お江戸の真中電車の鈴の聞える所へ出したいと思う」との発言の実践であり、ひいては都会の民俗伝承にその価値を認めたがらなかった柳田の空隙を衝《つ》いた指摘にほかならない。

であればこそ柳田は「遠野の奇聞」を載せた同じ「新小説」の翌年十二月号に「己《おの》が命の早使い」を寄せ、冒頭「「遠野物語」にああいった風な話を、極くうぶのままで出そうとした結果、鏡花君始め、何だ、幾らも型のある話じゃないか、というような顔色《かおつき》をした人が段々あったけれども、負け惜みのようだが、自分は、あれを書いてる時から、あの話が遠野だけにしかない話だとは思って居なかった」と弁じ、これに応えることになったのだった。この応答を可能ならしめた互いの心性の理解に基づく濃やかな交流は、昭和十四年九月七日の鏡花の死によって幕を閉じることになる。

柳田は、その七か月後に次のような追弔の言葉(「文芸と趣向」「日本評論」昭和十五年四月)を記した。

泉鏡花が去ってしまってから、何だかもう我々には国固有のなつかしいモチーフに、時代と清新の姿を賦与《ふよ》することが、出来なくなったような感じがしてならぬ。

「国固有のなつかしいモチーフ」とは柳田が生涯をかけて探究しつづけた主題であり、たんなる過去の懐旧にとどまらない。と同時に、それは繰り返し現われてこそ意味をもつのである。鏡花の文学がつねに「清新」であり、かつ今の「時代」の姿を得て、読者や表現ジャンルを刺戟してやまないのは、わたしたちが生き急ぐうちに見喪《みうしな》ってきたものをありありと現前させてくれるからだ。「なつかしいモチーフ」の賦活が鏡花をもって終ったのではなく、鏡花から次なる展望と新しい可能性が開けてくる。

いま鏡花の言葉の泉を汲むことの意義はこの点を措《お》いてほかにないのである。

〔編集付記〕

一、本書の底本には、岩波書店刊『鏡花全集』第二十二巻(一九四〇年)、第二十七巻、第二十八巻(一九四二年)を用い、「北国空」のみ岩波書店刊『新編泉鏡花集』第一巻(二〇〇三年)を用いた。各篇の初出はそれぞれの本文末尾に示した。

二、原則として、漢字は新字体に、仮名づかいは現代仮名づかいに改めた。ただし、原文が文語文であるものは旧仮名づかいのままとした。

三、底本はいわゆる総ルビであるが、取捨選択を加えて整理を行い、現代仮名づかいに改めた。なお、底本が総ルビでないものについて、「水際立った女」「いろ扱い」「おもて二階」は総ルビである初出本文を参照し、「自然と民謡に――郷土精華(加賀)――」「三十銭で買えた太平記」「幼い頃の記憶」は、編者の監修により適宜読み仮名を補った。

四、「其(それ・その)」「此(これ・この)」の二字のみ、読みやすさを考慮して平仮名に改めた。平仮名を漢字に変えることは行わなかった。

(岩波文庫編集部)

ま行

や行

ら行

さ行

た行

な行

は行

人名索引

＊本文中に登場する、近世以降の主要な人名を記した。
＊姓および名以外で本文中に登場する呼称は(　)で示した。
＊太字は注の項目ページを示す。

あ行

か行

鏡花随筆集《きょうかずいひつしゅう》

2013 年 7 月 17 日　第 1 刷発行
2022 年 1 月 25 日　第 5 刷発行

編　者　吉田昌志《よしだまさし》

発行者　坂本政謙

発行所　株式会社　岩波書店
〒101-8002 東京都千代田区一ツ橋 2-5-5

案内 03-5210-4000　営業部 03-5210-4111
文庫編集部 03-5210-4051
https://www.iwanami.co.jp/

印刷・三秀舎　カバー・精興社　製本・中永製本

ISBN 978-4-00-312717-9　　Printed in Japan

読書子に寄す

——岩波文庫発刊に際して——

岩波茂雄

真理は万人によって求められることを自ら欲し、芸術は万人によって愛されることを自ら望む。かつては民を愚昧ならしめるために学芸が最も狭き堂宇に閉鎖されたことがあった。今や知識と美とを特権階級の独占より奪い返すことはつねに進取的なる民衆の切実なる要求である。岩波文庫はこの要求に応じそれに励まされて生まれた。それは生命ある不朽の書を少数者の書斎と研究室とより解放して街頭にくまなく立たしめ民衆に伍せしめるであろう。近時大量生産予約出版の流行を見る。その広告宣伝の狂態はしばらくおくも、後代にのこすと誇称する全集がその編集に万全の用意をなしたるか。千古の典籍の翻訳企図に敬虔の態度を欠かざりしか。さらに分売を許さず読者を繋縛して数十冊を強うるがごとき、はたしてその揚言する学芸解放のゆえんなりや。吾人は天下の名士の声に和してこれを推挙するに躊躇するものである。このときにあたって、岩波書店は自己の責務のいよいよ重大なるを思い、従来の方針の徹底を期するため、すでに十数年以前より志して来た計画を慎重審議この際断然実行することにした。吾人は範をかのレクラム文庫にとり、古今東西にわたって文芸・哲学・社会科学・自然科学等種類のいかんを問わず、いやしくも万人の必読すべき真に古典的価値ある書をきわめて簡易なる形式において逐次刊行し、あらゆる人間に須要なる生活向上の資料、生活批判の原理を提供せんと欲する。この文庫は予約出版の方法を排したるがゆえに、読者は自己の欲する時に自己の欲する書物を各個に自由に選択することができる。携帯に便にして価格の低きを最主とするがゆえに、外観を顧みざるも内容に至っては厳選最も力を尽くし、従来の岩波出版物の特色をますます発揮せしめようとする。この計画たるや世間の一時の投機的なるものと異なり、永遠の事業として吾人は微力を傾倒し、あらゆる犠牲を忍んで今後永久に継続発展せしめ、もって文庫の使命を遺憾なく果たさしめることを期する。芸術を愛し知識を求むる士の自ら進んでこの挙に参加し、希望と忠言とを寄せられることは吾人の熱望するところである。その性質上経済的には最も困難多きこの事業にあえて当たらんとする吾人の志を諒として、その達成のため世の読書子とのうるわしき共同を期待する。

昭和二年七月

《日本文学(現代)》〔緑〕

怪談 牡丹燈籠	三遊亭円朝
真景累ヶ淵	三遊亭円朝
塩原多助一代記	三遊亭円朝
小説神髄	坪内逍遥
当世書生気質	坪内逍遥
青年	森鷗外
阿部一族 他二篇	森鷗外
山椒大夫・高瀬舟 他四篇	森鷗外
渋江抽斎	森鷗外
舞姫・うたかたの記 他三篇	森鷗外
鷗外随筆集	千葉俊二編
森鷗外 椋鳥通信 全三冊	池内紀編注
浮雲	二葉亭四迷 十川信介校注
野菊の墓 他四篇	伊藤左千夫
吾輩は猫である	夏目漱石
坊っちゃん	夏目漱石
草枕	夏目漱石
虞美人草	夏目漱石
三四郎	夏目漱石
それから	夏目漱石
門	夏目漱石
彼岸過迄	夏目漱石
漱石文芸論集	磯田光一編
行人	夏目漱石
こころ	夏目漱石
硝子戸の中	夏目漱石
道草	夏目漱石
明暗	夏目漱石
思い出す事など 他七篇	夏目漱石
文学評論 全二冊	夏目漱石
夢十夜 他二篇	夏目漱石
漱石文明論集	三好行雄編
倫敦塔・幻影の盾 他五篇	夏目漱石
漱石日記	平岡敏夫編
漱石書簡集	三好行雄編
漱石俳句集	坪内稔典編
漱石・子規往復書簡集	和田茂樹編
文学論 全二冊	夏目漱石
坑夫	夏目漱石
漱石紀行文集	藤井淑禎編
二百十日・野分	夏目漱石
五重塔	幸田露伴
運命 他一篇	幸田露伴
努力論	幸田露伴
天うつ浪 全二冊	幸田露伴
渋沢栄一伝	幸田露伴
子規句集	高浜虚子選
病牀六尺	正岡子規
子規歌集	土屋文明編
墨汁一滴	正岡子規

仰臥漫録	正岡子規
歌よみに与ふる書	正岡子規
子規紀行文集	復本一郎編
金色夜叉 全二冊	尾崎紅葉
二人比丘尼 色懺悔	尾崎紅葉
不如帰	徳冨蘆花
謀叛論 他六篇 日記	徳冨健次郎 中野好夫編
武蔵野	国木田独歩
愛弟通信	国木田独歩
蒲団・一兵卒	田山花袋
田舎教師	田山花袋
藤村詩抄	島崎藤村自選
破戒	島崎藤村
春	島崎藤村
千曲川のスケッチ	島崎藤村
桜の実の熟する時	島崎藤村
新生 全二冊	島崎藤村
夜明け前 全四冊	島崎藤村
生ひ立ちの記 他一篇	島崎藤村
にごりえ・たけくらべ	樋口一葉
大つごもり・十三夜 他五篇	樋口一葉
修禅寺物語 正雪の二代目 他四篇	岡本綺堂
高野聖・眉かくしの霊	泉鏡花
歌行燈	泉鏡花
夜叉ケ池・天守物語	泉鏡花
草迷宮	泉鏡花
春昼・春昼後刻	泉鏡花
鏡花短篇集	川村二郎編
日本橋	泉鏡花
外科室・海城発電 他五篇	泉鏡花
湯島詣 他一篇	泉鏡花
鏡花随筆集	吉田昌志編
化鳥・三尺角 他六篇	泉鏡花
鏡花紀行文集	田中励儀編
俳句はかく解しかく味う	高浜虚子
回想 子規・漱石	高浜虚子
有明詩抄	蒲原有明
上田敏全訳詩集	山内義雄 矢野峰人編
宣言	有島武郎
一房の葡萄 他四篇	有島武郎
ホイットマン詩集 草の葉	有島武郎選訳
寺田寅彦随筆集 全五冊	小宮豊隆編
柿の種	寺田寅彦
与謝野晶子歌集	与謝野晶子自選
与謝野晶子評論集	鹿野政直 香内信子編
私の生い立ち	与謝野晶子
入江のほとり 他一篇	正宗白鳥
つゆのあとさき	永井荷風
濹東綺譚	永井荷風
荷風随筆集 全二冊	野口冨士男編
おかめ笹	永井荷風

摘録 断腸亭日乗 全二冊	永井荷風 磯田光一編
すみだ川・新橋夜話 他一篇	永井荷風
夢の女	永井荷風
あめりか物語	永井荷風
江戸芸術論	永井荷風
下谷叢話	永井荷風
ふらんす物語	永井荷風
浮沈・踊子 他三篇	永井荷風
花火・来訪者 他十一篇	永井荷風
問はずがたり・吾妻橋 他十六篇	永井荷風
斎藤茂吉歌集	山口茂吉 柴生田稔 佐藤佐太郎編
桑の実	鈴木三重吉
小鳥の巣	鈴木三重吉
千鳥 他四篇	鈴木三重吉
鈴木三重吉童話集	勝尾金弥編
小僧の神様 他十篇	志賀直哉
万暦赤絵 他二十二篇	志賀直哉

暗夜行路 全二冊	志賀直哉
志賀直哉随筆集	高橋英夫編
高村光太郎詩集	高村光太郎
北原白秋歌集	高野公彦編
北原白秋詩集 全二冊	安藤元雄編
フレップ・トリップ	北原白秋
野上弥生子随筆集	竹西寛子編
野上弥生子短篇集	加賀乙彦編
お目出たき人・世間知らず	武者小路実篤
友情	武者小路実篤
釈迦	武者小路実篤
銀の匙	中勘助
鳥の物語	中勘助
犬 他一篇	中勘助
若山牧水歌集	伊藤一彦編
新編 みなかみ紀行	若山牧水 池内紀編
新編 啄木歌集	久保田正文編

時代閉塞の現状・食うべき詩 他十篇	石川啄木
蓼喰う虫	谷崎潤一郎 小出楢重画
春琴抄・盲目物語	谷崎潤一郎
吉野葛・蘆刈	谷崎潤一郎
卍（まんじ）	谷崎潤一郎
幼少時代	谷崎潤一郎
谷崎潤一郎随筆集	篠田一士編
多情仏心 全二冊	里見弴
道元禅師の話	里見弴
今年竹 全二冊	里見弴
萩原朔太郎詩集	三好達治選
郷愁の詩人 与謝蕪村	萩原朔太郎
猫町 他十七篇	萩原朔太郎 清岡卓行編
恩讐の彼方に・忠直卿行状記 他八篇	菊池寛
父帰る・藤十郎の恋 菊池寛戯曲集	石割透編
河明り 老妓抄 他一篇	岡本かの子
春泥・花冷え	久保田万太郎

大寺学校 ゆく年	久保田万太郎
室生犀星詩集	室生犀星自選
犀星王朝小品集	室生犀星
出家とその弟子	倉田百三
羅生門・鼻・芋粥・偸盗	芥川竜之介
地獄変・邪宗門・好色・藪の中 他七篇	芥川竜之介
河童 他二篇	芥川竜之介
歯車 他二篇	芥川竜之介
蜘蛛の糸・杜子春・トロッコ 他十七篇	芥川竜之介
芭蕉雑記・西方の人 他七篇	芥川竜之介
侏儒の言葉・文芸的な、余りに文芸的な	芥川竜之介
芥川竜之介俳句集	加藤郁乎編
芥川竜之介随筆集	石割透編
蜜柑・尾生の信 他十八篇	芥川竜之介
年末の一日・浅草公園 他十七篇	芥川竜之介
芥川竜之介紀行文集	山田俊治編
都会の憂鬱	佐藤春夫
美しき町・西班牙犬の家 他六篇	佐藤春夫 池内紀編
海に生くる人々	葉山嘉樹
日輪・春は馬車に乗って 他八篇	横光利一
宮沢賢治詩集	谷川徹三編
童話集 風の又三郎 他十八篇	宮沢賢治 谷川徹三編
童話集 銀河鉄道の夜 他十四篇	宮沢賢治 谷川徹三編
山椒魚・遙拝隊長 他七篇	井伏鱒二
川釣り	井伏鱒二
井伏鱒二全詩集	井伏鱒二
太陽のない街	徳永直
伊豆の踊子・温泉宿 他四篇	川端康成
雪国	川端康成
山の音	川端康成
川端康成随筆集	川西政明編
三好達治詩集	桑原武夫 大槻鉄男選
詩を読む人のために	三好達治
夏目漱石 全二冊	小宮豊隆
社会百面相 全二冊	内田魯庵
新編 思い出す人々	内田魯庵 紅野敏郎編
檸檬《レモン》・冬の日 他九篇	梶井基次郎
蟹工船 一九二八・三・一五	小林多喜二
風立ちぬ・美しい村	堀辰雄
富嶽百景・走れメロス 他八篇	太宰治
斜陽 他一篇	太宰治
人間失格・グッド・バイ 他一篇	太宰治
津軽	太宰治
お伽草紙・新釈諸国噺	太宰治
真空地帯	野間宏
日本唱歌集	堀内敬三 井上武士編
日本童謡集	与田準一編
森鷗外	石川淳
至福千年	石川淳
近代日本人の発想の諸形式 他四篇	伊藤整
小説の認識	伊藤整